Du même auteur, chez Milady, en poche :

Demonica :
1. *Plaisir déchaîné*
2. *Désir déchaîné*
3. *Passion déchaînée*
4. *Extase révélée*
5. *Péché absolu*

Ce livre est également disponible
au format numérique

www.bragelonne.fr

Larissa Ione

Guerre

Les Cavaliers de l'Apocalypse – tome 1

Traduit de l'anglais (États-Unis) par Zeynep Diker

Bragelonne

Collection dirigée par Stéphane Marsan et Alain Névant

Titre original : *Eternal Rider*
Copyright © 2011 by Larissa Ione Estell

Cette édition est publiée avec l'accord de
l'auteur, c/o BAROR INTERNATIONAL, INC., Armonk,
New York, États-Unis.
Tous droits réservés

© Bragelonne 2013, pour la présente traduction

ISBN : 978-2-35294-702-8

Bragelonne
60-62, rue d'Hauteville – 75010 Paris

E-mail : info@bragelonne.fr
Site Internet : www.bragelonne.fr

Parfois, je dois me pincer pour me rendre compte que mon rêve de devenir écrivain s'est réalisé, dépassant même mes plus grandes espérances. Avec ce nouveau livre, premier d'une série inédite, je prends conscience du chemin parcouru. Je le dédie aux auteurs qui m'ont inspirée, encouragée et beaucoup appris. (Lynn Viehl, ce dictionnaire a eu une sacrée veine!)

À tous mes incroyables lecteurs, en particulier les Writeminded Readers, les Underworld General RPGers sur Facebook, et à tous mes amis sur Facebook, Twitter et Goodreads: votre soutien, votre enthousiasme et votre sens du divertissement me permettent de continuer.

Bonne lecture à tous!

Remerciements

Les livres ne s'écrivent pas tout seuls, et le nombre de personnes prêtes à donner un coup de main au pied levé, sans contrepartie, m'émerveillera toujours.

Un immense merci à Jennifer Rowland, April Renn, Larena Wirum, Yvette Lowe, Melissa Bradley, Ann Aguirre et Lea Franczak pour leur incroyable générosité.

Je tiens également à remercier Fatin Soufan et Lillie Applegarth pour leur travail chez Writeminded. Je vous embrasse très fort !

Un énorme câlin à ceux qui ont consacré leur temps, leur énergie et leur amour à leurs passions et m'ont témoigné toute leur sympathie… Maggie Atchison, Heather Cass, Jackie Spencer et Tricia Picky Schmitt.

Et comme toujours, je remercie toute l'équipe de Grand Central Publishing. Vous m'avez soutenue, ainsi que mes livres, depuis le début, et je ne vous remercierai jamais assez. Amy Pierpont, tes conseils (et ta patience !) ont été une bénédiction. Lauren Plude, tu me facilites la vie à un point que tu n'imagines même pas, même si je dois te faire tourner en bourrique !

Enfin, un grand merci à Irene Goodman, pour avoir cru à ce nouveau projet. C'est génial de te savoir à mes côtés !

Glossaire

Aegis : Société de combattants humains vouée à protéger le monde des créatures des ténèbres. Voir : Gardiens, Régent, Sigil.

Agimortus : Élément déclencheur qui amène les sceaux des Cavaliers à se briser. Un agimortus peut être un symbole gravé ou marqué sur un individu hôte ou un objet. Trois types d'agimorti ont été identifiés, et peuvent prendre la forme d'une personne, d'un artefact ou d'un événement.

Anges déchus : La plupart des humains les croient mauvais, mais en réalité, on les classe en deux catégories : les Déchus véritables et les Non-déchus. Les Non-déchus ont été bannis du Paradis et envoyés sur Terre. Leurs actions ne sont ni bonnes ni mauvaises. À ce stade, ils peuvent encore, même si c'est rare, se rédimer et regagner le Paradis. Ou ils peuvent choisir de pénétrer dans Sheoul, le royaume démoniaque, afin de compléter leur chute et devenir de véritables anges déchus, des démons, disciples de Satan.

Daemonica : La bible des démons, source de plusieurs religions démoniaques. Ses prophéties concernant l'Apocalypse, si elles devaient se réaliser, assureraient que les quatre Cavaliers rallient les forces du mal.

Gardiens : Guerriers aegis, entraînés aux techniques de combat et au maniement des armes et de la magie. Quand un Gardien rejoint l'Aegis, il se voit offrir un bijou enchanté, qui porte le sceau des Aegis. Entre autres choses, celui-ci lui confère une excellente vision nocturne et la capacité de voir à travers les capes d'invisibilité.

Khote : Sort d'invisibilité qui permet à l'incantateur de se mouvoir parmi les humains sans être vu ni, en général, entendu.

Observateurs : Individus dont le rôle est de surveiller les quatre Cavaliers. Selon l'accord forgé au cours des négociations originelles entre anges et démons responsables de la malédiction d'Ares, Reseph, Limos et Thanatos les vouant à mener l'Apocalypse, l'un des Observateurs est un ange, et l'autre, un ange déchu. Ils ne peuvent aider de manière directe les Cavaliers à arrêter ou déclencher la fin du monde, mais ils peuvent les assister de manière officieuse. Néanmoins, cela les obligerait à jouer les funambules quand franchir la ligne pourrait leur être fatal.

Porte des Tourments : Portail vertical, invisible pour les humains. Il en existe tout un réseau, par lequel les démons voyagent d'un bout à l'autre du globe. Il relie aussi le monde des humains à Sheoul.

Quantamun : État d'existence supra-accélérée dans un plan qui permet à certaines créatures surnaturelles de voyager parmi les humains. Ces derniers ignorent ce qui bouge dans leur monde, et apparaissent figés aux individus pris dans le *quantamun*. À la différence du khote, sort qui opère en temps réel, le *quantamun* est un autre plan d'existence.

Régent : Chef d'une cellule aegie.

Sentinelles : Humains bénits par les anges et chargés de protéger un objet vital pour le bien-être de l'humanité. Les Sentinelles sont immortelles et invincibles. Seuls les anges (y compris les déchus) sont en mesure de les blesser ou de les tuer. Leur existence est un secret bien gardé.

Sheoul : Royaume des démons. Situé dans les profondeurs de la Terre, il n'est accessible que par les Portes des Tourments.

Sheoul-gra : Réservoir pour les âmes des démons où elles attendent de renaître ou sont torturées.

Sheoulien : Langue universelle des démons. Bien qu'elle soit connue de tous, certaines espèces utilisent leur propre langage.

Sigil : Conseil composé de douze humains connus sous le nom d'Anciens. Ils sont les chefs suprêmes de l'Aegis. Basés à Berlin, ils supervisent toutes les cellules à travers le monde.

Ter'taceo : Démon pouvant se faire passer pour un humain, soit parce que son espèce est humanoïde, soit parce qu'il possède le don de prendre cette apparence.

Prologue

« Elle s'appelait Lilith, et était un succube maléfique. Il s'appelait Yenrieth, et était un ange bienfaisant.

Après des siècles passés à séduire les humains, Lilith se lassa. Alors, elle jeta son dévolu sur Yenrieth, le défi absolu. Il lui résista. Elle persévéra. Il résista encore. Ce petit jeu dura des décennies, jusqu'à ce que l'inévitable se produise. Elle était, après tout, la beauté incarnée, et lui appréciait un peu trop le vin.

On ignore ce qu'il advint de Yenrieth après cette nuit de passion, mais neuf mois plus tard, Lilith donna naissance à quatre enfants, trois garçons et une fille. Elle les nomma Reseph, Ares, Thanatos et Limos. Lilith garda cette dernière avec elle à Sheoul, et déposa sur Terre les mâles, qu'elle échangea avec les nourrissons de dynasties riches et puissantes.

Les garçons grandirent sans jamais rien soupçonner de leurs origines. Du moins, jusqu'à ce que les démons surgissent et sèment la terreur, bien décidés à utiliser les fils de Lilith contre les humains. Limos s'enfuit de Sheoul, retrouva ses frères, et leur révéla la vérité sur leurs parents.

Les rejetons de Lilith avaient vu leurs terres ravagées et leurs familles anéanties par les démons, et aveuglés par la rage et la rancune, ils encouragèrent les humains – usant parfois de force et de manipulation – à leur prêter main-forte dans leur combat violent et acharné contre ces abominations infernales.

Cela ne plut guère au royaume céleste.

Zachariel, un ange de l'Apocalypse, mena une légion sur Terre pour affronter les hordes démoniaques. Lorsque le sol et les eaux se mirent à ruisseler de sang, menaçant la survie des habitants sur ces contrées empoisonnées, Zachariel conclut un pacte avec le diable.

Les enfants de Lilith devaient être punis pour avoir conduit l'humanité au bord de la ruine dans leur égoïste soif de vengeance. Parce qu'ils avaient failli causer la fin des temps, ils furent désignés comme gardiens d'Armageddon. Défenseurs ou instigateurs, ce choix leur incombait.

Chacun reçut un sceau auquel correspondaient deux prophéties. S'ils les maintenaient intacts jusqu'à ce que celle de la Bible se réalise, ils sauveraient leurs âmes… et l'humanité.

Mais s'ils leur permettaient de se briser avant l'heure, comme il était écrit dans le *Daemonica*, ils basculeraient du côté du mal, et seraient à jamais connus sous les noms de Pestilence, Guerre, Famine et Mort.

Ainsi naquirent les quatre Cavaliers de l'Apocalypse. »

De nos jours…

— Mmm… J'adore l'histoire de votre naissance. Ça me donne des frissons chaque fois que je l'entends, pas toi ?

Accoudé au bar d'un pub des Enfers, Ares essaya de ne pas prêter attention à la femelle derrière lui. Mais comment rester de marbre quand elle frottait ses seins contre lui et faisait glisser ses mains délicates de sa taille à son entrejambe ? Il percevait son excitation torride malgré son épaisse armure de cuir.

— Ouais. Des frissons.

Il y avait toujours un idiot pour lire à haute voix la plaque accrochée au mur quand il était là… autant dire souvent. La taverne, qui devait ses recettes en partie à Ares et sa fratrie, constituait sa deuxième maison. On la nommait même *Aux Quatre Cavaliers*, et la plupart des démons mâles se fondaient dans l'arrière-plan ou se faufilaient par la porte de derrière quand Ares arrivait. C'était plus sage. Le mépris qu'il éprouvait pour eux, combiné à son amour du combat, s'avérait… nocif pour les sous-fifres de Satan.

Cependant, le sexe opposé se montrait un peu plus courageux… ou simplement plus intéressé. Les femelles démons, métamorphes, garous et vampires monopolisaient les lieux sept jours sur sept, vingt-quatre heures sur vingt-quatre, dans l'espoir de poser leurs mains, pattes ou sabots sur Ares et ses frères. Par l'Enfer, il ne pouvait pas faire un pas sans en croiser une ! D'ordinaire, il était un peu plus réceptif à l'alcool, au jeu, et aux méfaits divers et variés, mais aujourd'hui, quelque chose le tracassait. Il était nerveux. À cran.

Ce qui n'était pas son genre.

Il était même à deux doigts d'être échec et mat – lui qui n'avait jamais perdu à un jeu de stratégie de toute sa vie ! – par le barman grassouillet, un démon oni rose.

— Ohé, Guerre ! (La démone sora, Cetya, lui lécha l'oreille.) Tu te doutes bien que ça nous excite.

— Je m'appelle Ares, grommela-t-il entre ses dents. Tu ferais mieux de ne pas traîner dans les parages le jour où je deviendrai Guerre.

Il avança sa tour, avala la moitié de sa bière, et s'apprêtait à en commander une autre lorsque la femelle posa la main sur son entrejambe.

— N'empêche que je préfère Guerre, roucoula-t-elle d'une voix sensuelle tout en cherchant la braguette d'Ares de ses doigts lestes. Et Pestilence… c'est tellement sexy !

Seule une démone pouvait être émoustillée par un nom pareil. Ares la repoussa. C'était l'une des favorites de Reseph. Les groupies des Cavaliers se comptaient par centaines et se nommaient les Meggido Monte-moi. Elles se subdivisaient même en sous-catégories en fonction de leur chouchou. Les admiratrices de Guerre, par exemple, aimaient à se faire appeler les Walkyries.

Le barman déplaça son cavalier, et Ares dissimula son sourire derrière sa chope.

La femelle, qui ressemblait à une diablesse de dessin animé, effleura du bout de son ongle noir l'étalon tatoué sur l'avant-bras d'Ares.

— J'adore.

Qu'il l'ait sur la peau ou qu'il la chevauche, sa monture, Bataille, faisait partie intégrante de sa personne, au même titre que ses organes, et Ares se crispa tandis que Cetya lui caressait les bras et le cuir chevelu. Tout contact avec le glyphe stimulait le membre correspondant, et lui envoyait une décharge pouvant s'avérer fort déplaisante. Ou très agréable mais inappropriée…

Ares fit tourner sa chope sur le comptoir et fit glisser sa reine en position d'attaque. Un sentiment de triomphe s'empara de lui, emplissant son âme avide de victoire.

—Échec et mat.

Le barman jura, Cetya rit, et Ares se leva. Du haut de ses deux mètres quinze, il surplombait la démone, ce qui ne la décontenançait guère. Vêtue d'un simple débardeur et d'une minijupe, elle se plaqua contre lui. Elle balaya le sol jonché de foin avec sa queue, et fit pivoter ses cornes noires comme des antennes satellites. Elle dévorait Ares d'un regard si ardent qu'il commença à craindre pour ses hauts-de-chausses.

Son corps réagissait malgré lui aux provocations des démones, et il le détestait. Il n'avait jamais éprouvé de désir pour les femelles qui n'avaient pas, au moins, une apparence humaine.

La rancune pouvait être tenace.

—Je me casse.

Malgré son coup de maître aux échecs, sa gêne n'avait pas disparu. Au contraire, les démangeaisons qui lui picotaient le derme signalaient l'escalade d'un conflit mondial. Il devait retrouver la trace d'une ancienne conquête, une démone répondant au nom de Sin qui avait déclenché une épidémie mortelle parmi les loups-garous, ou wargs comme ils aimaient à se faire appeler. Ares et sa fratrie venaient à peine de découvrir qu'elle était la clé d'une prophétie qui, si elle se réalisait, briserait le sceau de Reseph et le transformerait en la créature que Cetya convoitait tant : Pestilence.

Sin devait mourir avant que n'éclate une guerre civile parmi les lycanthropes.

Incapable de rester immobile plus longtemps, il lança une pièce d'or sheoulien au barman à trois yeux.

—C'est ma tournée.

Avec fermeté, il délogea la démone scotchée à lui et quitta la taverne à grands pas pour sortir dans la pénombre perpétuelle. Un air chaud et étouffant qui empestait le soufre lui emplit les poumons, et il sentit ses bottes s'enfoncer dans le sol spongieux caractéristique de la région des Six-Rivières de Sheoul, le royaume démoniaque au centre de la Terre.

Bataille se tortilla sur sa peau, impatient de galoper.

—Viens! ordonna Ares, et une seconde plus tard, le tatouage s'évapora avant de se solidifier pour former un énorme étalon rouge feu.

Bataille pressa le nez contre son maître pour le saluer, ou recevoir un morceau de sucre, ce qui était plus probable.

—Tu as oublié un truc…

Bataille, qui portait bien son nom, montra les dents à Cetya qui se tenait devant l'entrée de la taverne, la queue enroulée autour d'une dague qu'elle balançait avec amusement. L'invitation évidente que reflétait son expression sensuelle lui indiqua qu'elle la lui avait subtilisée exprès, mais Ares le savait déjà. Il n'oubliait jamais ses armes.

Bien entendu, on ne les lui volait jamais non plus. Cette femelle était douée. Très douée même. Et s'il n'était pas attiré par les démones, il ne pouvait qu'admirer le talent de celle-ci. Pas étonnant que Reseph l'apprécie autant. Et si, pour une fois, Ares faisait une entorse à sa règle « je ne couche qu'avec des humanoïdes »…

Il lui rendit son sourire et commença à avancer vers elle… avant de s'arrêter tout net, pris de chair de poule.

Il se tramait quelque chose. Bataille hennit avec fureur et recula tandis qu'un chien des Enfers de la taille d'un buffle fendait l'air à travers les arbres voilés par les ombres. Ares focalisa son attention sur le flanc gauche de la bête, à la recherche – en vain – de la cicatrice en dents de scie qui l'aurait identifiée comme l'infâme créature qu'il pourchassait depuis des millénaires. Ébranlé par cette profonde déception, il repoussa Cetya, un geste stupide qui faillit le coincer entre les mâchoires puissantes de l'animal.

Les Cavaliers étaient immortels, mais les morsures des chiens des Enfers agissaient comme un poison sur eux, et les paralysaient. Et alors… ils devaient se préparer à souffrir.

Ares se baissa tandis que Bataille, d'un féroce coup de sabot dans les côtes, envoyait la vile créature s'écraser contre la porte de la taverne. Elle récupéra aussi vite qu'après une piqûre de puce, et prit pour cible la démone qui recula en rampant. Son effroi était palpable, Ares le sentait sur sa peau, et il songea que la femelle sora n'avait sans doute jamais eu affaire à cette race de canidés.

Occasion rêvée pour se déniaiser, non?

—Hé!

Distraire. Ares roula sur lui-même pour se relever, et dégaina son épée. *Provoquer.*

—Je suis là, enculé!

Achever.

L'animal fit volte-face, et une traînée noirâtre maléfique voila ses yeux écarlates étincelants d'excitation. Ares, blindé par son armure, lui résista de tout son poids. L'agréable craquement des os contre l'acier résonna dans l'air. Le frisson de l'impact parcourut les bras d'Ares, et un geyser de sang jaillit du poitrail du chien qui poussa un grognement terrifiant avant de lancer une contre-offensive étonnamment efficace.

Il plaqua sa patte géante contre la poitrine d'Ares, éraflant son plastron et le propulsant contre une colonne d'incantation en pierre. La douleur étreignit ses membres supérieurs. En moins de deux, la bête fut sur lui, les mâchoires à un millimètre de sa carotide.

Son haleine fétide lui brûla les yeux, et sa salive mousseuse, cuisante, lui goutta sur la peau. Les griffes du chien labouraient son armure, et Ares dut rassembler ses forces pour l'empêcher de le mordre à la gorge. Bataille avait beau la rouer de coups de sabot, la créature s'évertuait à croquer Ares.

Ce dernier planta son arme dans le ventre de l'animal et la retira d'un coup sec. Alors qu'il hurlait à la mort, Ares roula et tournoya sur lui-même avant de décrire un arc de cercle maladroit avec son épée.

Malgré tout, il parvint à décapiter son attaquant. La chose s'écroula, secouée de tremblements, et une vapeur épaisse s'échappa de son cou fendu. Le sol spongieux absorba le sang avant qu'il ne forme une flaque, et des centaines de dents noircies en surgirent, s'enfoncèrent dans le cadavre et commencèrent à le dévorer.

Bataille poussa un hennissement pour manifester son amusement. L'étalon avait toujours fait preuve d'un humour particulièrement macabre.

Avant que la terre ne reprenne la bête, Ares essuya sa lame sur la fourrure, sans cesser de remercier les entités supérieures quelles qu'elles soient pour lui avoir épargné une morsure qui l'aurait plongé dans une horreur interminable. La paralysie qu'elle provoquait ne stoppait ni la douleur… ni la capacité à crier. Ares le savait d'expérience.

Il fronça les sourcils lorsqu'une idée jaillit soudain dans son esprit. Ces vils canidés étaient des prédateurs, des tueurs, mais ils chassaient généralement en meute. Pourquoi celui-ci l'avait-il attaqué seul ?

Quelque chose ne tournait pas rond.

Ares jeta un coup d'œil vers la taverne. La sora avait disparu. Elle devait sans doute s'enfiler des shots de feu démoniaque au bar. Et d'ailleurs, personne n'avait daigné sortir pour l'aider. Génial, non ? Malgré leur amour du carnage – et la plupart ne vivaient que pour ça –, aucun démon sain d'esprit ne cherchait des noises à un chien des Enfers.

Une lumière rayonna, et vingt mètres plus loin, au milieu d'une rangée d'arbres noirs et tordus, une Porte des Tourments étincela. Les Portes des Tourments classiques étaient des portails permanents qui permettaient aux créatures surnaturelles de voyager, mais les Cavaliers pouvaient les invoquer à volonté, ce qui facilitait les attaques surprises et les évasions furtives.

Ares rengaina son épée lorsque Thanatos surgit, projetant des ombres menaçantes dans l'obscurité. Le Cavalier comme sa monture louvette, Styx, ruisselaient de sang qui bouillonnait même aux naseaux du cheval.

Ce spectacle n'avait rien d'inhabituel, mais une telle synchronie ne pouvait être l'œuvre du hasard, et Ares lâcha un juron en se hissant sur Bataille.

— Que t'est-il arrivé ?

L'expression de Thanatos s'assombrit lorsqu'il aperçut l'animal mort.

— La même chose qu'à toi, il faut croire.

— Des nouvelles de Reseph ou de Limos ?

Les yeux jaunes de Thanatos étincelèrent.

— J'espérais les trouver ici.

Ares invoqua une Porte des Tourments.

— Je pars à la recherche de Reseph. Occupe-toi de Limos.

Sans attendre la réponse de son frère, il talonna Bataille qui bondit dans le portail. Lorsqu'il en sortit, ses énormes sabots foulèrent un banc rocheux érodé par des siècles de blizzard et de tempêtes de glace.

Ils avaient rejoint le repaire himalayen de Reseph, un immense labyrinthe souterrain creusé dans les entrailles de la montagne et invisible aux humains. Ares descendit de selle avec grâce et agilité, le bruit de ses bottes contre la pierre résonna à l'infini dans l'air.

—À moi!

Aussitôt, le cheval se transforma en un nuage de fumée tourbillonnante. Il forma une spirale avant de s'enrouler autour de la main d'Ares pour recouvrir son avant-bras sous la forme d'un tatouage brun-gris.

Ares se précipita vers l'entrée de la grotte. Il n'avait pas fait dix pas qu'un mauvais pressentiment aussi puissant qu'un courant électrique de dix mille volts le parcourut.

Passons aux choses sérieuses!

Après une course effrénée, il dégaina son épée, le chuintement métallique de la lame arrachée à son fourreau semblable au murmure d'une maîtresse pendant les préliminaires. Peu importe qu'il vienne tout juste de terrasser un ennemi, Ares ne se lassait jamais de se battre. Il chérissait cet exutoire qui lui faisait le même effet qu'un orgasme, et il avait décidé, il y a fort longtemps déjà, qu'il préférait faire la guerre plutôt que l'amour.

Néanmoins, il devait bien le reconnaître, il n'y avait rien de mieux après une bonne bagarre que de se détendre dans les bras d'une voluptueuse femelle. Il retournerait peut-être à la taverne plus tard pour se dégotter une Walkyrie.

L'adrénaline saturait ses veines, et Ares bifurqua à un angle si vite qu'il dut déraper pour changer de direction avant de faire irruption dans le principal lieu de vie de Reseph.

Ce dernier, une hache ensanglantée à la main, se tenait au milieu de la pièce maculée de sang encore frais et dégoulinant. Il était hors d'haleine, ses épaules voûtées, sa nuque baissée, ses cheveux platine lui masquaient le visage. Immobile, il semblait avoir les muscles figés. Derrière lui, un chien des Enfers gisait mort. Dans un coin, un deuxième encore en vie poussa un grognement rauque, sa gueule ouverte laissant voir ses crocs acérés.

—Reseph.

Le frère d'Ares ne bougea pas.

Merde. Il avait été victime d'une morsure paralysante.

La bête tourna sa tête hirsute vers Ares. Ses iris rouges étincelants de furie sanguinaire, elle s'assit sur ses pattes arrière. Ares mesura la distance qui le séparait de sa cible en un fragment de seconde, et avec une incroyable rapidité, lui lança un poignard dans l'œil. Puis, profitant de son avantage, il lui trancha la mâchoire inférieure avec le fil de son épée. L'animal poussa un hurlement sauvage, mais Reseph l'avait déjà blessé et, affaibli, il vacilla avant de s'écraser au sol, laissant Ares libre d'enfoncer la lame dans son cœur noir.

—Reseph !

Sans récupérer son arme, Ares se précipita vers son frère dont les yeux bleus voilés par la douleur reflétaient la rage.

—Comment sont-ils entrés ?

—Quelqu'un, grogna Reseph, a dû… les envoyer.

Cela apparaissait comme une évidence. Cependant, très peu d'individus étaient capables de maîtriser ces créatures. Celui qui était derrière tout ça comptait vraiment mettre Ares et ses frères – et peut-être même Limos – hors d'état de nuire.

—Tu devrais être flatté, reprit Ares sur un ton léger qui ne trahissait en rien ses sentiments, tu as eu droit à deux chiens des Enfers, toi. Qui as-tu énervé encore ?

Avec douceur, il souleva Reseph et l'allongea par terre.

—Je ne t'ai pas dit… (Reseph inspira avec peine.) Hier soir… mon… sceau.

Ares sentit son cœur se glacer, et les mains tremblantes, il déchira le tee-shirt de Reseph pour révéler la chaîne qu'il portait autour du cou. Le pendentif qui l'ornait était intact, mais lorsqu'il toucha la pièce d'or, une vibration saturée de malveillance se propagea le long de son bras.

—L'épidémie warg…, poursuivit Reseph, les dents serrées, le souffle saccadé, elle empire. Ce n'est… pas… bon.

Ça, c'était un sacré euphémisme ! Alors qu'Ares observait le médaillon, une fine zébrure le sépara en deux. Autour d'eux, la grotte commença à trembler. Le sceau se brisa et Reseph se mit à hurler.

Le compte à rebours pour Armageddon avait démarré.

—On a perdu le premier Cavalier de l'Apocalypse.

Le sergent de première classe Arik Wagner, l'un des deux représentants du X, l'unité spéciale de l'armée américaine chargée des affaires paranormales, faillit trébucher alors qu'il faisait les cent pas dans la salle de conférences du QG berlinois de l'Aegis. Les deux agences qui travaillaient de manière indépendante depuis des années venaient d'allier leurs forces pour combattre la menace infernale qui gagnait du terrain. Arik ne prenait jamais à la légère les renseignements fournis par l'Aegis, mais il dut tout de même se répéter les paroles de Kynan avant de les comprendre, si ce n'était de les croire.

Il inspira et s'efforça d'arpenter la pièce sans tomber tout en jetant des coups d'œil furtifs à Kynan et aux onze autres Anciens assis autour de la table ronde. À l'évidence, certains connaissaient déjà cette information, mais à en juger par leur air bouleversé et terrifié, ce n'était pas le cas de tous. Le choc qu'ils ressentaient n'avait rien de surprenant, mais leur peur manifeste accroissait l'anxiété d'Arik. Ce n'était pas la première fois que l'Aegis, société millénaire vouée à combattre les démons, devait faire face à un scénario catastrophe, alors voir ses dirigeants effrayés à ce point… c'était vraiment troublant.

—Bon sang!

Regan, une femme époustouflante à la peau dorée, bien trop jeune pour être qualifiée d'«Ancienne», ramena sa queue-de-cheval devant son épaule et en tritura la pointe noire, ce qu'elle faisait quand elle était nerveuse.

Decker, l'imperturbable coéquipier d'Arik, avait blêmi et calé son corps massif contre l'embrasure de la porte pour ne pas tomber.

—Quand? Comment?

—Je l'ai appris ce matin.

Les yeux bleus de Kynan étincelèrent lorsqu'il poussa le *Daemonica*, la bible des démons, vers le centre de la table et l'ouvrit un peu avant la dernière page.

—C'est expliqué dans ce passage. «Celle au sang mêlé qui ne devrait point exister porte en elle le pouvoir de semer miasmes et pestilence. Au jour de la bataille, conquête sera scellée.»

La tension lisible sur son visage, il balaya la table du regard avant de poursuivre.

—Celle au sang mêlé est ma belle-sœur, Sin. Elle est responsable de l'épidémie qui s'est propagée parmi les loups-garous et a débouché sur le conflit entre les deux espèces il y a deux jours. «Au jour de la bataille, conquête sera scellée.» La guerre civile des wargs a brisé le sceau du Cavalier.

Arik continua d'arpenter la pièce, le martèlement de ses bottes de combat contre le sol étouffé par le tapis.

— Il s'agit donc d'une prophétie démoniaque ?

Kynan marqua une longue pause avant de lâcher un « oui » sinistre de sa voix rocailleuse. Alors qu'il servait encore dans l'armée, un démon avait failli lui déchiqueter la gorge. Depuis, il portait les séquelles de ses blessures avec fierté.

— En quoi diffère-t-elle de celle des humains ?

Decker avait retrouvé des couleurs, et tant mieux, parce que avec ses yeux bleu-gris et ses cheveux blonds, il ressemblait à un cadavre ressuscité.

Kynan, en jean usé et tee-shirt gris moulant, se rassit et croisa les mains sur le ventre.

— Si celle du *Daemonica* se réalise, les Cavaliers embrasseront leur moitié démoniaque et basculeront dans les ténèbres. Si en revanche, celle de la Bible s'accomplit, ils suivront les traces de leur père et combattront aux côtés du bien.

Arik s'arrêta enfin de marcher.

— Pardon ? Les Cavaliers sont mauvais. Point barre. Tu n'as pas lu le livre de l'Apocalypse ? Ils sont censés conduire à la fin des temps en semant maladies, guerres, famines et morts sur leur chemin.

— C'est l'interprétation la plus commune.

L'un des Anciens de longue date, Valeriu, un proche par alliance d'Arik, pianota sur la table en chêne massif.

— Cependant, certains érudits, moi y compris, pensent que les sceaux seront brisés par Jésus en personne. Les Cavaliers ouvriront bien la voie au Jugement dernier, mais c'est peut-être une bonne chose.

— Ben voyons ! Armageddon est une partie de plaisir, c'est bien connu ! riposta Arik avec ironie. Faites péter la bière, les bretzels et les semi-automatiques !

Regan lui jeta un regard agacé. Apparemment, le sarcasme n'était guère apprécié au QG de l'Aegis. Il ne l'était pas non plus au sein du X, surtout depuis qu'Arik était tombé en disgrâce pour avoir préféré déserter au lieu de révéler à sa hiérarchie l'emplacement de sa sœur loupgarou. En guise de punition, il avait été chargé de collaborer avec l'Aegis.

— Et pour nous, que signifie ce premier sceau brisé ? Peut-on le réparer ? Empêcher les autres de se rompre ?

— Aucune idée. (Kynan poussa un soupir exaspéré.) Il va falloir rechercher théories et oracles existants, grappiller la moindre information possible.

Bordel, Arik allait avoir besoin d'un verre après ça !

—Est-ce qu'on sait ce qui brisera le deuxième sceau ?

—Tout ce qu'on a, c'est la phrase suivante de la prophétie. (Valeriu feuilleta les papiers devant lui et retira une page du lot.) « Guerre viendra par faute de l'ange, et femme morte brisera sa lame. Prenez garde ! D'un chien, le cœur peut encore vaincre. »

Arik passa la main dans ses cheveux courts, et songea qu'il était temps de se les refaire couper. Et en effet, le moment était parfaitement choisi pour faire pareil constat.

—C'est quoi ce charabia ?

—Ça concerne le deuxième Cavalier, Guerre. (Valeriu remonta ses lunettes sur son nez.) On ne comprend pas tout, mais on suppose que l'agimortus de Guerre est un Non-déchu.

Un ange coincé sur Terre qui n'avait pas encore pénétré dans Sheoul et basculé du côté obscur pour de bon. Intéressant.

—Minute ! (Arik secoua la tête.) L'agimortus ?

—Oui, répondit Valeriu. Le déclencheur. Il peut s'agir d'une personne ou d'un événement.

—Celui de Pestilence a été brisé par un événement, expliqua Kynan. Sin était un agimortus, ses actions ont provoqué l'événement qui a amené le sceau de Pestilence à se rompre. Pour le conserver intact, il aurait fallu la supprimer avant que l'épidémie ne débouche sur un conflit. Nous pensons que l'agimortus de Guerre est un individu, et le tuer brisera son sceau.

Arik cessa de marcher.

—Si vous connaissiez la première prophétie, pourquoi ne pas avoir abattu Sin ?

Kynan prit une inspiration saccadée. Sin était la sœur de ses meilleurs amis ; des démons soit dit en passant.

—Aujourd'hui, cela paraît évident. Mais sur le coup, on l'ignorait. On n'avait pas assez de recul.

—Parle pour toi, riposta Regan.

Sa silhouette pulpeuse attira le regard d'Arik. Non pas qu'il soit intéressé. Il aimait les femmes un peu plus douces et à l'allure moins « meurtrière », mais elle lui rappelait qu'il n'avait pas goûté aux plaisirs de la chair depuis une éternité. Difficile de brancher une fille quand il faut mentir sur son nom, son boulot, et toute sa vie.

Kynan rougit.

— C'est vrai. J'avais lu la prophétie un millier de fois, j'aurais dû voir que Sin était l'agimortus dès le début de l'épidémie. Nous devons tout de même nous souvenir d'une chose : les présages ne sont pas obscurs sans raison. Nous devons redoubler d'efforts afin de préserver les sceaux restants.

Arik considéra ces nouvelles informations.

— On y mentionne un chien. Un lien avec ceux des Enfers ?

Kynan fronça les sourcils.

— Pourquoi ?

— Le X a reçu de nombreux rapports signalant leur présence. C'est plutôt inhabituel.

Les Anciens échangèrent un regard, et Val finit par avouer :

— Nous l'avons constaté aussi. Nos Gardiens en ont rencontré plus la semaine dernière qu'au cours de toute l'année passée.

Avant qu'Arik puisse lui poser la question, Val secoua la tête et ajouta :

— J'ignore pourquoi.

— Bien. Nous devons donc conserver le sceau de Guerre intact par tous les moyens. Qu'en est-il des autres Cavaliers ? Ces sceaux se brisent-ils dans un ordre précis ?

— Selon le *Daemonica*, celui de Pestilence devait se casser le premier, mais les autres peuvent se rompre n'importe quand. Et il y a pire, déclara Valeriu dépité.

Ô joie ! La situation pouvait encore empirer. Arik allait avoir besoin d'un double en sortant de là.

— Si deux sceaux sont brisés, les autres suivront automatiquement, déclencheur ou non. Et alors, on sera dans Armageddon jusqu'au cou.

Arik sentit ses pensées s'éparpiller comme des confettis en pleine tempête. Les questions se bousculaient dans sa tête, et il avait l'impression qu'elles ne trouveraient jamais de réponses.

— Ça risque de se produire sous peu ? Ou ça peut durer des siècles ?

Regan prit la parole, le regard sinistre, sa voix rauque lugubre.

— D'un point de vue technique, ça peut durer. Cela dit, la situation est grave, même si nous n'avons perdu que Pestilence. Aux quatre coins de la planète, des maladies se déclarent, les bactéries contaminent les sources d'eau potable, et les activités démoniaques atteignent des sommets. Souhaite-t-on vraiment que ça s'éternise ?

Val se racla la gorge.

— Il est écrit que la destruction d'un sceau affaiblit les autres. Dans les faits, cela provoque des événements susceptibles d'accélérer leur rupture. Par exemple, un objet nécessaire à l'accomplissement de la prophétie peut surgir d'un coup alors qu'il était introuvable depuis des millénaires. Et soyez assurés que Pestilence, en tant qu'incarnation du mal, redouble d'efforts pour rallier ses frères à sa cause. Les Cavaliers sont les êtres surnaturels les plus puissants après Satan. Ils régneront sur la Terre si les forces des ténèbres remportent l'ultime bataille.

— Super, grommela Arik. Alors quel est le plan ? On va devoir contenir ou tuer ces Cavaliers pour les empêcher de semer le chaos, ou bien collaborer pour éviter l'Apocalypse qui nous pend au nez ?

— On ignore s'il est possible de les neutraliser ou de les supprimer. (Regan pressa sa tasse contre la machine à café.) En fait, on ne sait pas grand-chose.

— Je vais questionner mes beaux-frères pour voir ce qu'ils arrivent à trouver, dit Kynan. Autant profiter de leur point de vue privilégié sur les traditions démoniaques.

— Excellente idée, rétorqua Regan d'une voix dégoulinante de sarcasme. Sollicitons les démons !

— Toute aide est bienvenue.

Kynan croisa les doigts derrière la tête et observa la fresque médiévale qui représentait une bataille entre anges et démons.

— Y compris celle des Cavaliers, ajouta-t-il.

— Est-ce bien sage ? demanda Decker. Tient-on vraiment à s'associer avec ces types ? S'ils sont mauvais, autant éviter qu'ils nous remarquent.

Kynan secoua la tête.

— Selon les annales de l'Aegis, nous travaillions en étroite collaboration par le passé.

— Pourquoi avoir arrêté ?

— Stupidité des temps modernes. Au Moyen Âge, l'Aegis a viré un chouïa fanatique sur toutes les questions de religion. Nous leur devons, entre autres, les chasses aux sorcières. Un changement radical s'est opéré dans les modes de pensée, et du jour au lendemain, on a considéré toutes les créatures surnaturelles comme maléfiques, y compris les Cavaliers. (Kynan dévisagea l'assemblée avec sévérité.) Cela ne fait que deux ans que nous sommes retournés à notre fonctionnement d'origine.

Arik réprima un sourire devant le commentaire volontairement teigneux de Kynan. Ce dernier, après avoir rencontré bien des résistances de la part du Sigil, était en partie responsable de la nouvelle ligne de conduite de l'Aegis vis-à-vis des citoyens des Enfers. Il avait épousé une demi-démone, et en plus, du sang angélique coulait dans ses veines. Sans compter qu'il avait été béni par les anges et était destiné à jouer un rôle dans l'ultime bataille. Et Kynan ne craignait pas d'user de ce statut pour forcer les Anciens à partager sa vision des choses.

— Donc, pour résumer, reprit Arik sur un ton bourru, nous devons demander l'aide de types susceptibles d'en vouloir à l'Aegis, et détenant le pouvoir de déclencher la fin du monde.

Le large sourire de Kynan reflétait son amusement pervers.

— Bienvenue à l'Aegis !

Chapitre premier

« La guerre, c'est l'enfer. »
William Tecumseh Sherman [1]

« Sherman était à ma botte. »
Guerre

Six mois plus tard...

Aux confins d'un village perdu d'Afrique, Ares, également connu sous le nom de Guerre, deuxième des quatre Cavaliers de l'Apocalypse pour une majorité d'humains et de démons, enfourcha son étalon, le corps et l'esprit vibrants d'énergie. Une bataille faisait rage. Deux chefs locaux, le cerveau rongé par une maladie parasitaire, se battaient pour une flaque d'eau croupie au fond d'un puits. Ares sillonnait la zone depuis plusieurs jours, attiré par les hostilités comme un toxicomane en manque d'héroïne, et incapable de partir tant que le sang coulait à flots. C'était un cercle vicieux, car sa présence ne faisait qu'attiser les violences, s'abreuvant de la furie sanguinaire de chaque homme dans un rayon de dix kilomètres.

Satané Reseph.

---

[1]. Militaire américain (1820-1891), général de l'armée de l'Union pendant la guerre de Sécession. (*NdT*)

Non. Pas Reseph. Plus maintenant. Le plus décontracté et espiègle de la fratrie, celui qui les avait gardés unis au fil des siècles n'était plus depuis six mois. Désormais, il s'appelait Pestilence. Ce nom et cette transformation allaient de pair avec des pouvoirs impies qui menaçaient l'humanité comme jamais. Pestilence parcourait le globe, et d'une simple morsure, caresse ou pensée, semait épidémies, infestations d'insectes et rongeurs, et mauvaises récoltes en masse. Alors que les désastres se propageaient, des conflits de ce genre éclataient un peu partout, et Ares n'avait d'autre choix que de rejoindre les scènes de carnage, délaissant sa mission urgente : localiser Batarel, l'ange déchu qui détenait entre ses mains le destin d'Ares.

Si Batarel, actuelle porteuse de l'agimortus d'Ares, mourait, le sceau du Cavalier se briserait, relâchant Guerre sur Terre.

Pourchassée par Reseph et tous les démons pressés de provoquer l'Apocalypse, Batarel s'était volatilisée, ce qui malheureusement empêchait Ares de la protéger.

De plus, même s'il parvenait à la retrouver, il ne pourrait pas vraiment la défendre, car sa malédiction comportait une clause spéciale : Ares faiblissait lorsqu'il se trouvait à proximité de son agimortus.

La bataille qui se jouait devant lui commençait enfin à décliner, et l'euphorie électrique qui le gardait en otage se dissipa, cédant la place à l'habituelle torpeur. Femmes et enfants avaient été massacrés, les quelques chèvres qui avaient survécu au carnage avaient été emportées en guise de nourriture. Rien que sur ce continent, les scènes de ce genre se dénombraient par dizaines.

Ares ferma les yeux. Son armure en cuir crissa lorsqu'il empoigna son pendentif et se concentra. Un bourdonnement diffus était censé émaner du sceau pour lui indiquer l'emplacement de Batarel.

Rien. L'ange déchu n'émettait aucune vibration.

Une brise chaude répandit les relents putrides de sang et de boyaux sur la terre desséchée, plaquant la crinière noire de Bataille contre son cou brun-rouge. Ares lui tapota la croupe.

— On en a terminé ici, mon grand.

Le cheval donna un coup de sabot dans le sol. Les humains n'apercevaient rien tant qu'Ares se trouvait dans le khote, un sort qui lui permettait de parcourir le royaume terrestre sans être vu.

L'inconvénient ? Il se déplaçait comme un fantôme, et ne pouvait toucher qui que ce soit. Reseph adorait sortir du khote pour surprendre et effrayer les humains. Sa présence ne les affectait pas, contrairement à celle d'Ares. À l'exception des femmes, que Reseph attirait comme un aimant.

Sans un dernier regard sur les vestiges ignobles du conflit, Ares invoqua une Porte des Tourments, et Bataille y bondit, les amenant devant la demeure de Thanatos située au Groenland. L'ancienne forteresse, protégée par de la magie naturelle qui la rendait invisible aux humains, surgit du paysage escarpé et stérile, comme une baleine de l'océan.

Ares descendit de sa monture et foula la glace.

— À moi.

L'étalon reprit sa place sur l'avant-bras d'Ares et le Cavalier entra dans le manoir richement décoré, sans prêter attention aux vampires, serviteurs de Thanatos depuis des siècles, qui se prosternèrent devant lui. Il trouva son frère dans la salle de sport, occupé à cogner sur un punching-ball. Thanatos portait sa tenue d'intérieur habituelle, un bas de survêtement et un bandana noirs sur ses cheveux châtains mi-longs. Il était torse nu. À chaque coup, ses tatouages serpentaient sur sa peau ambrée, des os brisés sanguinolents sur ses mains, aux armes diverses qui ornaient ses bras, jusqu'aux scènes de carnage sur son dos et son torse.

— Thanatos ! J'ai besoin de toi. Où est Limos ? (Il fronça les sourcils devant la tache noire au sol.) Qu'est-ce que c'est que ça ?

— Un succube. (Than s'essuya le front du revers de la main.) Envoyé par Reseph pour me tenter. Encore.

— Il n'est plus Reseph. (La voix d'Ares gronda dans l'air frais tel un éboulement de falaise.) Appelle-le par son nom.

Plus facile à dire qu'à faire. Ares aussi avait du mal à s'y habituer.

Thanatos braqua son regard jaune pâle sur les yeux de jais d'Ares.

— Jamais. On peut le sauver.

— Les sceaux sont irréparables.

— On trouvera un moyen, répliqua-t-il sur un ton ferme et péremptoire, intransigeant comme la mort qu'il incarnait.

— Non, nous devons le tuer.

Tout autour de Thanatos les ombres se mirent à tournoyer, de plus en plus vite à mesure qu'il s'énervait. Des quatre, il avait toujours été le premier à démarrer au quart de tour, mais des millénaires de célibat pouvaient vous rendre irascible. Voilà pourquoi il vivait dans une contrée désolée ; la moindre saute d'humeur risquait d'anéantir toute vie terrestre à des kilomètres à la ronde.

— As-tu oublié que Reseph parcourait le monde à la recherche des pommes les plus juteuses pour nos chevaux ? Qu'il nous rapportait toujours des cadeaux ? Qu'il s'efforçait de trouver un remède lorsque nos serviteurs étaient blessés ou malades, et qu'il veillait sur eux jusqu'à leur rétablissement ?

Ares s'en souvenait, bien entendu. Reseph avait certes été un séducteur irresponsable, mais il n'avait jamais manqué d'attention et de prévenance envers ceux qu'il considérait comme sa famille. Il se tracassait même lorsque leurs Observateurs ne se manifestaient pas pendant plusieurs semaines.

En vain, car Reaver, envoyé angélique du Paradis, et Harvester, ange déchu qui jouait dans l'équipe Sheoul, n'en avaient que faire, mais leurs apparitions rassuraient Reseph.

Il en avait été ainsi depuis que leur premier Observateur sheoulien avait outrepassé sa simple fonction. Éviscérateur avait souffert pendant des mois avant de mourir, d'une façon qui seyait parfaitement à son nom, pour avoir révélé sans permission le matériau utilisé dans la fabrication de l'agimortus de Limos.

— Tout cela est sans rapport avec la situation actuelle, déclara Ares.

— On ne le tuera pas, point.

Il ne servait à rien de débattre. Non seulement ils ne possédaient pas les outils pour achever leur frère, mais Than n'était pas près de céder. La mâchoire d'Ares se rappelait encore la dernière fois qu'ils avaient eu cette discussion. Ares non plus n'avait pas envie de supprimer Pestilence, mais il ne le laisserait pas les mener à Armageddon sans réagir.

— Tu préférerais que la prophétie du *Daemonica* se réalise ?

Malgré leur inconstance, les présages des humains donnaient ces derniers gagnants lors de l'ultime bataille et laissaient entendre que les Cavaliers auraient l'occasion de combattre aux côtés du bien. Si ceux des démons venaient à s'accomplir, le mal détiendrait toutes les cartes.

Et le mal ne suivait aucune règle.

Than frappa de toutes ses forces dans le punching-ball.

— Je ne suis pas stupide. Je pourchasse les sous-fifres de Reseph depuis quelque temps, et j'ai réussi à… convaincre l'un d'eux de parler.

— Convaincre, torturer, peu importe. (Ares croisa les bras, faisant bruisser les plaques en cuir rigide de son armure.) Qu'as-tu appris ?

— Que je dois trouver un larbin mieux informé, grommela Than. J'ai tout de même découvert que Reseph avait envoyé des hordes de démons récupérer Délivrance.

— Alors, il va falloir le battre à son propre jeu, déclara Ares.

Thanatos attrapa une serviette du banc de musculation et s'essuya le visage.

— On recherche cette dague depuis le XIVe siècle, sans succès.

— On redoublera d'efforts.

— Je t'ai dit que…

Ares interrompit son frère.

— On n'est pas obligés de s'en servir. Mieux vaut l'avoir en notre possession et ne pas en avoir besoin plutôt que l'inverse. Si Res… Pestilence la trouve le premier, on peut faire une croix dessus.

Thanatos s'avança vers Ares, qui se tint prêt à l'affronter. Peu importait qu'ils soient frères, Ares vivait pour se battre, et à cet instant son sang bouillonnait, débordant d'adrénaline, l'arrachant à sa satanée torpeur.

— Quand on aura le poignard, gronda Thanatos, je le garderai.

Le timbre d'Ares changea sous l'effet de la frustration. Bon sang, il voulait Délivrance ! C'était le seul artefact capable de détruire Pestilence, l'arme ultime destinée à la guerre suprême, et en commandant digne de ce nom, Ares exigeait un contrôle absolu sur son arsenal.

— On en reparlera le moment venu.

Une voix grave empreinte d'amusement leur parvint de la porte.

— Pourquoi vous chamaillez-vous encore ?

Ares se tourna vers Reseph, debout devant l'entrée. Un liquide noir visqueux suintait de son armure ternie. Dans sa main gantée, il tenait la tête d'une femme.

La panique envahit soudain Ares.

— Batarel.

Il tritura avec maladresse la pièce qu'il portait autour du cou. Soulagé qu'elle soit intacte, il ne put cependant réprimer sa colère, sa stupeur et l'envie de corriger son frère.

Un joyeux bordel en somme.

— Comme tu n'arbores pas d'affriolants crocs flambant neufs, reprit Reseph, j'en déduis que ton sceau est intact. Cet imbécile d'ange déchu a transféré l'agimortus.

Reseph laissa tomber la tête de l'imbécile en question. Son corps aurait dû se désintégrer après sa mort. Elle avait donc été tuée au sein d'une structure démoniaque, ensorcelée par l'Aegis, ou sur le territoire de créatures surnaturelles.

Sur le bras d'Ares, Bataille commença à s'agiter, ses émotions étant liées à celles de son maître.

— Où l'as-tu trouvée ? demanda Ares entre ses dents.

— Cette froussarde s'était réfugiée dans une Porte des Tourments, répliqua Reseph. (Ce qui expliquait pourquoi Ares ne parvenait pas à sentir sa présence.) J'ai dû dépêcher des rats-diables pour la débusquer.

Bien entendu. Reseph communiquait avec la vermine qu'il contrôlait afin de semer miasmes et pestilence parmi la population humaine. Apparemment, il utilisait aussi ces nuisibles comme espions.

Thanatos s'avança vers Reseph, ses pieds nus silencieux sur le sol en marbre.

— Sur qui Batarel a-t-elle transféré l'agimortus ?

— Aucune idée. (Reseph lui décocha un sourire carnassier, révélant ses «crocs flambant neufs».) Mais je le saurai bientôt. Peut-être après avoir causé de nouvelles épidémies. Le haut de gamme, avec pustules et incontinence.

Il ouvrit une Porte des Tourments, mais marqua une pause avant d'y entrer.

— Vous devriez tous cesser de me combattre. Le Seigneur des Ténèbres en personne me soutient. Plus vous repousserez l'inévitable, plus ceux que vous aimez souffriront.

Le portail scintilla avant de disparaître, et Ares proféra un juron, puis fit volte-face pour planter les poings dans le punching-ball. Bon sang, il paierait cher pour que le sac soit Pestilence ! Reseph n'avait jamais été cruel ou sans-cœur. Il avait toujours craint de succomber à sa facette obscure, et vu le mal qui animait son frère à présent que son sceau s'était brisé… Ares était foutu.

—Ta main !

Ares se tourna vers Thanatos qui lui confia les globes oculaires de Batarel. Ainsi que son oreille.

Cela faisait longtemps que ce don pour le moins répugnant ne dégoûtait plus Ares. Il referma les doigts sur sa paume et laissa les visions venir à lui.

—Que vois-tu ?

—L'épée de Reseph.

L'immense lame, la dernière chose que Batarel avait vue, occupait tout l'espace. Les visions commencèrent à s'inverser, et Ares attendit jusqu'à ce que… Là ! L'oreille de l'ange déchu vibra, et le son se joignit à l'image.

—Un mâle blond. Il s'appelle Sestiel. Il hurle. Il ne veut pas de l'agimortus.

—Ben voyons ! Qui voudrait se retrouver avec une cible sur le cul ?

La remarque de Thanatos était exagérée, mais en effet, l'agimortus plaçait son possesseur dans la ligne de mire de Pestilence. Étonnant, cependant, que l'hôte soit un homme. La prophétie serait-elle inexacte ? Aurait-elle changé ?

L'un des serviteurs vampires de Thanatos s'empressa de nettoyer les restes de Batarel, et se prosterna devant Ares.

—Puis-je vous débarrasser de ces morceaux de chair, sire ?

Quelle politesse ! Bien sûr, la plupart des créatures n'hésitaient pas à lécher les bottes aux Cavaliers de l'Apocalypse.

Sage comportement, sans doute. Après réflexion, c'était même la meilleure chose à faire.

Cirez-nous bien les pompes, car une fois nos sceaux brisés, vous en prendrez plein la tronche.

Quelqu'un qui tambourine à la porte à 3 heures du matin apporte rarement de bonnes nouvelles. Cara Thornhart traversa le couloir d'un pas traînant, agitée par un sinistre pressentiment. Le martèlement s'intensifia, et à chaque coup, Cara crut que son cœur allait cesser de battre.

Respire, Cara, respire.
— Thornhart! Ouvre-moi, bordel!
La voix, inintelligible, lui était familière, et lorsqu'elle regarda par le judas, elle reconnut aussitôt l'homme sur le perron, le fils d'un de ses anciens clients.
Ross Spillane, âgé d'une vingtaine d'années et père de six enfants de six femmes différentes, faisait partie de ces délinquants au chômage. L'unique pharmacie du coin ne devait pas vendre de préservatifs.
Cara retroussa les manches de son pyjama en flanelle et observa les deux verrous, la chaîne et la serrure. Un frisson de terreur la parcourut. Elle vivait à la campagne, au milieu de nulle part, et même si Ross n'était pas un tueur en série, elle faisait confiance à son sixième sens qui lui envoyait d'incontestables signaux d'alarme.
Ou alors, tu te tapes une crise de paranoïa.
Sa psychologue lui avait dit qu'il était normal d'avoir des accès de panique, mais cela remontait à deux ans. Ne devrait-elle pas être capable d'ouvrir la porte sans trembler comme une feuille?
— Que se passe-t-il, Ross? s'enquit-elle sans se résoudre à la déverrouiller.
— Ouvre-moi, putain! J'ai écrasé un clebs!
Un chien? Merde.
— Je n'exerce plus. Emmène-le à la clinique.
— Impossible.
Évidemment! À en juger par sa voix, Ross était soûl, et le vétérinaire du village était marié au chef de la police. C'était également un enfoiré corrompu qui n'hésitait pas à surfacturer, utilisait du matériel de mauvaise qualité, bâclait son travail et refusait de s'occuper d'animaux qui avaient eu l'impolitesse de tomber malades ou de se blesser en dehors des heures d'ouverture du cabinet.
— Bon sang, Thornhart! Je n'ai pas le temps de lambiner!
Aide le chien. Ressaisis-toi et aide le chien!
Le front et les paumes en sueur, elle se décida à entrebâiller la porte. Sans attendre davantage, Ross lui tendit le canidé noir, la forçant à reculer d'un pas.
— Merci.
Il s'apprêta à redescendre les marches.

— Pas si vite ! (D'un geste maladroit, elle soupesa le chien qui avoisinait les trente kilos.) Tu ne devrais pas conduire.

— Mouais. Il n'y a qu'un kilomètre.

— Ross...

— Va te faire voir, marmonna Ross avant de se diriger vers son vieux pick-up au bout de l'allée gravillonnée.

— Hé !

Elle n'était pas en mesure de l'arrêter, mais elle aperçut une petite blonde, à première vue encore mineure, sur le siège passager.

— Ton amie a le permis ?

— Ouais.

Il ouvrit la portière et jeta les clés à la jeune fille. Tandis qu'il contournait le véhicule d'un pas chancelant pour lui céder la place, Cara l'interpella à nouveau.

— Pourquoi m'as-tu apporté ce chien ?

Sous-entendu : pourquoi ne pas l'avoir laissé mourir sur le bas-côté de la route ?

Ross marqua une pause, coinça les pouces dans les passants de sa ceinture, et baissa les yeux sur ses santiags. Lorsqu'il reprit la parole, Cara dut tendre l'oreille pour l'entendre.

— Je ne me suis jamais fait poignarder dans le dos par un clébard.

Cara le dévisagea, interdite. C'était à n'y rien comprendre ! Les gens qui ne la connaissaient pas l'avaient toujours jugée avec sévérité, et elle venait d'en faire de même avec Ross.

Puis, il poussa un cri de joie, donna une tape sur les fesses de la blondinette, et cracha une chique par terre, perpétuant les clichés, mais bon... au moins, il aimait les animaux.

Cara referma derrière lui, et s'empressa de remettre les verrous avant de porter la boule de poils inerte dans le bureau qu'elle avait cessé d'utiliser deux ans plus tôt.

— Bon sang !

Son juron accompagna le grincement des gonds rouillés lorsqu'elle poussa la porte avec l'épaule. La pièce sentait le renfermé et l'échec. Elle s'efforça de se conduire en adulte courageuse, mais ne put empêcher ses mains de trembler quand elle déposa le chien sur la table d'examen avant d'allumer.

Sa fourrure noire était maculée de sang, et la pointe d'un os transperçait sa patte arrière tordue. Il avait besoin d'un vrai vétérinaire. Pas d'un charlatan qui soignait grâce à des vibrations dont même elle doutait parfois. Son unique expérience médicale remontait à huit ans, quand, adolescente, elle assistait son père.

Elle fit demi-tour avant de s'engager davantage sur cette route ténébreuse, et enfila une paire de gants. Lorsqu'elle se tourna vers l'animal, elle recula. Le chiot – malgré sa taille, il avait les traits rondelets et plutôt mignons – l'observait. Et ses iris étaient… rouges.

Du sang, ce doit être du sang.

Ce qui n'expliquait pas cette lueur inquiétante.

—Euh… Salut, toi.

Le chiot retroussa les babines, révélant des crocs énormes et incroyablement acérés. De quelle race était-il ? On aurait dit un croisement entre un loup et un pitbull, avec peut-être des gènes de grand requin blanc. D'après ses estimations, il devait être âgé d'environ quatre mois. À une exception près : il était aussi gros qu'un husky adulte.

Et ces dents. Ces yeux.

Une base militaire se trouvait non loin de là. Depuis qu'elle avait emménagé dans ce village rural de Caroline du Sud, elle avait entendu certaines rumeurs sur des expériences menées par le gouvernement et les créatures étranges qu'elles engendreraient. Pour la première fois, Cara considéra cette éventualité, car ce chien ne semblait pas… normal.

Il remua sur la table, glapissant de douleur au moindre mouvement, et soudain sa provenance lui importa peu. Qu'il ait été conçu dans un laboratoire, qu'il soit le produit d'une manipulation génétique, ou qu'il vienne d'une autre planète, Cara ne supportait pas de voir un animal souffrir, surtout lorsqu'elle ne pouvait pas y faire grand-chose.

—Tout doux, murmura-t-elle en lui tendant la main.

Le chien la regarda avec méfiance, mais l'autorisa à lui caresser la joue. C'était un mâle. Elle n'avait pas à vérifier, elle le savait. Elle entretenait depuis toujours un lien particulier avec les animaux, et même si cette créature émettait des vibrations inhabituelles… incohérentes, elle les percevait malgré tout.

Avec délicatesse, pour ne pas l'effrayer, elle glissa les mains sous son corps. Elle ne pourrait pas faire mieux que le maintenir en vie jusqu'à ce qu'elle puisse l'emmener chez le docteur Happs.

Le salaud se contenterait d'euthanasier la pauvre bête si personne ne payait pour les soins, par conséquent Cara devrait choisir entre régler les honoraires du vétérinaire ou rembourser la mensualité de son prêt immobilier.

Elle décela une perforation, et le chiot, secoué de tremblements, poussa un hurlement plaintif.

— Je suis désolée, mon grand.

Seigneur, c'était une plaie par balle. Quelqu'un avait dû lui tirer dessus avant que la camionnette de Ross ne le heurte.

Le chiot gémit et se tordit de douleur, et Cara l'éprouva dans sa chair. Au sens propre. Ce don, à la fois bénédiction et malédiction, faisait partie des caractéristiques qui la différenciaient des autres.

Elle avait juré de ne plus jamais y recourir, mais la vue de cet animal à l'agonie lui était insoutenable. Elle devait faire quelque chose, même si sa raison lui hurlait de s'en garder.

— Je vais tenter un truc, murmura-t-elle. Tiens bon.

Elle ferma les yeux et mit les mains au-dessus du chien, à deux centimètres de sa fourrure. Elle s'efforça de se détendre, et se concentra pour canaliser ses émotions et son énergie dans sa tête et sa poitrine. Elle n'avait pas reçu d'enseignement formel sur la guérison énergétique ou spirituelle, mais cette méthode avait toujours fonctionné pour elle.

Jusqu'à ce qu'elle tue.

Elle secoua la tête pour se vider l'esprit, et commença à ressentir un léger picotement qui la parcourut tout entière avant de suivre sa propre cadence. Elle visualisa un courant violet affluer de son cœur vers ses mains. Le chiot cessa de s'agiter, sa respiration et ses gémissements se calmèrent. Elle n'était pas capable de ressouder les os ou de réparer les organes endommagés, mais elle pouvait ralentir l'hémorragie et apaiser la douleur, et la pauvre bête en avait bien besoin.

L'énergie accumulée vibrait en elle, impatiente d'être relâchée.

Exactement comme lors de cette fameuse nuit.

Ce souvenir lui transperça le cerveau, et la ramena des années en arrière, quand son don avait muté en quelque chose de sinistre avant de s'abattre non pas sur un animal, mais sur un homme. Elle revit ses yeux exorbités, emplis de terreur, le sang qui avait giclé de son nez et de ses oreilles. Ses cris avaient été silencieux, mais pas ceux de ses amis.

Arrête de cogiter!

Le flux de pouvoir se rompit, bloqué par sa peur. La tête commença à lui tourner et ses genoux se mirent à flageoler comme si elle se trouvait dans le palais du rire d'une fête foraine, sauf que la situation n'avait rien de drôle. Un gémissement l'arracha à sa transe, et elle avança d'un pas chancelant vers le coffre ancien dans lequel elle conservait les fournitures médicales de son père.

— Désolée, mon grand, dit-elle d'une voix éraillée. Il va falloir recourir aux méthodes archaïques.

Elle n'avait pas de diplôme de vétérinaire, mais ayant travaillé aux côtés de son père pendant des années, elle savait pertinemment que ce chien mourrait si elle n'agissait pas.

Aussi vite que possible, malgré ses mains tremblantes, elle chargea un chariot avec le matériel adéquat et le fit rouler jusqu'à l'animal qui gisait immobile, sa respiration encore plus laborieuse qu'auparavant. Autour de la blessure, la chair enflait rapidement, et lorsqu'elle regarda de plus près, elle hoqueta. Sous ses yeux, le muscle et la peau se nécrosaient. Si cela ne s'était pas produit sous son nez, elle aurait dit que la plaie avait commencé à s'infecter sept jours plus tôt. La gangrène était bien installée, et l'odeur de putréfaction emplissait la pièce.

— Seigneur, haleta-t-elle. Comment est-ce possible ?

Ne voulant pas perdre une seconde, elle saisit le scalpel, et pria pour que le chien ne la morde pas, parce qu'elle allait lui faire mal.

Avec attention, elle effectua une légère incision au niveau de la perforation. Le chiot gémit, mais resta immobile tandis qu'elle essuyait le pus et le sang avant d'attraper une pince.

— Reste tranquille, petit.

Cara retint son souffle et pria pour ne pas trembler. *Vas-y. Fais-le maintenant...*

Elle enfonça l'instrument dans l'entaille, et le bruit du métal qui pénétrait la chair en décomposition la crispa. Elle n'avait pas invoqué son pouvoir, mais un fourmillement qu'elle ne pouvait arrêter lui parcourut le bras. *Ne panique pas.* Elle parvint à garder son calme jusqu'à ce qu'elle touche la balle. Le chien glapit tandis qu'elle s'activait, mais ne bougea pas... et ne la mordit pas non plus.

Avec une grande délicatesse, elle retira la balle. Étrange... Elle était en argent. Cara reposa la pince sur le plateau, attrapa les bandages, se retourna vers le chiot, et... poussa un cri strident.

Il s'était redressé, et l'observait, la tête penchée, la langue pendante comme s'il venait de s'ébattre dans un parc et n'avait jamais frôlé la mort. Seuls le sang séché sur sa fourrure et la flaque rouge par terre indiquaient qu'il avait été blessé.

En état de choc devant cette situation invraisemblable, Cara sentit ses jambes se dérober avant de s'écrouler au sol. Son crâne heurta le carrelage froid, et soudain, le chiot se campait à son côté. Ses yeux écarlates étincelaient. Il lui lécha le visage, la bouche, et beurk, sa bave empestait le poisson pourri. Elle le repoussa péniblement, mais il revint à la charge et colla son corps massif contre Cara.

Il haleta, et son haleine toxique agit comme des sels médicinaux. Cara réprima un haut-le-cœur tandis qu'elle retrouvait ses esprits.

— Pouah ! souffla-t-elle en agitant la main devant la gueule du chien pour chasser l'odeur. On va devoir faire quelque chose pour ton halitose. C'est infernal.

Seigneur, elle parlait comme si tout cela était vrai.

Ce qui n'était pas le cas. C'était impossible. Elle devait encore être au lit, en train de rêver. Soudain, Halitose se coucha sur elle, un grognement lui faisant vibrer la poitrine. Le son, anormal lui aussi, était rauque, tranchant, semblable à celui que pouvait produire un dragon. Ou un démon. *Bizarre.*

Tout à coup, la porte s'ouvrit à la volée, et quatre hommes déboulèrent dans le couloir. Elle voulut hurler, mais le cri resta coincé dans sa gorge. Elle était terrorisée. *Non, pas de nouveau !* Le souvenir de cette nuit qui lui avait gâché la vie se mêla aux événements présents, et elle se figea, pétrifiée, à tel point que ses poumons ne parvenaient plus à expulser l'air accumulé.

Il y eut un coup de feu, un grognement… suivi de hurlements effroyables. Le sang gicla sur le sol, les murs, ses vêtements… Cara sortit de sa paralysie et se redressa avec difficulté. Hal renversa l'un des intrus à terre, et de ses griffes – qui s'étaient allongées comme celles d'un félin – lui lacéra la poitrine tandis que deux de ses coéquipiers s'approchaient, menaçant l'animal avec d'étranges couteaux.

Cara sonda les alentours à la recherche d'une arme quelconque. Elle se baissa pour s'emparer d'un lourd bocal en verre, mais recula aussitôt, aveuglée par une explosion de lumière. Un homme blond, magnifique, apparut au milieu de la pièce. Des flammes jaillirent de ses doigts, formant une boule de feu, avant de se transformer en un filet doré qui retomba sur Hal, l'immobilisant sur-le-champ.

—Non !

Elle se rua vers le chien, mais on l'attrapa par-derrière. Hal devint fou. Crocs et griffes dehors, il commença à se débattre comme un diable.

Les jurons fusèrent, et quelqu'un tira sur le dernier venu qui reçut la balle en pleine poitrine sans ciller. Il souleva Hal et disparut derrière un voile lumineux.

L'homme serra Cara avec fermeté, et un autre avança vers elle en boitillant. Son bras gauche était cassé, et son visage défiguré par la rage.

—Qu'es-tu ?

Elle cligna des yeux.

—P... pardon ?

—Je t'ai demandé ce que tu étais, grogna-t-il.

—Je ne comprends pas.

Il la gifla avec une telle rapidité que Cara sentit la brûlure sur sa joue sans avoir vu le coup partir.

—Quelle sorte de démon es-tu ? hurla-t-il en postillonnant.

Oh, Seigneur, ces hommes étaient cinglés ! Elle nageait en plein délire. Plus rien ne tournait rond, et elle la première !

—Pourquoi...

Elle prit une inspiration saccadée et s'efforça de garder son calme. Ce qui n'était pas évident quand on vous comprimait la poitrine.

—Qu'est-ce qui vous fait penser que j'en suis un ? questionna-t-elle.

Peut-être étaient-ils des fanatiques religieux ? Comme ceux qui l'avaient accusée de pratiquer la sorcellerie avant qu'elle n'apprenne à camoufler son don de guérisseuse.

Sa théorie s'effondra lorsque le troisième type, agenouillé à côté du cadavre, se releva et ramassa la balle en argent que Clara avait délogée. Il la lui tendit.

—Qui d'autre, répondit-il avec une sérénité qui lui fit froid dans le dos, soignerait un chien des Enfers ?

Chapitre 2

Un chien des Enfers ?
Ces gens étaient fous.
— Ce n'était qu'un chien.
— Vraiment ?

Le rouquin aux taches de rousseur, qui lui rappelait Poil de carotte, poursuivit avec une douceur trompeuse.

— Et le type qui a surgi de nulle part pour l'emporter était un simple humain, je présume ?

Elle ouvrit la bouche pour répondre, mais que dire ? L'individu s'était tout bonnement volatilisé.

— Je... euh... Que pourrait-il être, sinon ?
— Je n'en sais rien... un démon ? Comme toi.

C'est ça, continue de les faire causer. Dans le calme.

Super plan, en théorie, mais qui allait la calmer, elle ? Elle prit son courage à deux mains, et demanda :

— Qui êtes-vous ?

L'homme qui l'avait frappée tira de l'étui fixé à sa poitrine un étrange poignard à double lame en forme de S, et en pressa la pointe dorée contre le cou de Cara.

— Tu es vraiment stupide ou tu le fais exprès ?
— Garcia. (Poil de carotte posa la main sur l'épaule de son acolyte.) Regarde-la, vieux, elle est pétrifiée. Elle ignore qui on est.
— Stupide, donc. (Garcia fit glisser le couteau sur la gorge de Cara qui sentit un pincement suivi d'une traînée chaude sur sa peau.) Je sais que tu as entendu parler des Gardiens.

—Les quoi ?

Il fit tournoyer l'arme et lui effleura l'autre côté de la gorge avec la crête en argent. Encore une piqûre, encore une goutte de sang.

—L'Aegis ? Les tueurs de démons ?

Sérieusement ? Ces types devaient se faire soigner. Ils avaient peut-être abusé des jeux de rôle. Ou de la drogue.

—Je ne suis pas… (Elle s'interrompit pour s'éclaircir la voix, mais cela ne suffit pas à chasser sa terreur.) Je ne suis pas un démon. Je suis humaine. Le chien a été heurté par une voiture. Et on lui a tiré dessus…

Sa phrase resta en suspens lorsque Poil de carotte ouvrit sa veste pour révéler le pistolet dans son étui.

—On sait. (Le type qui l'immobilisait lui parla dans l'oreille, son souffle brûlant et sa voix glaciale lui donnèrent la chair de poule.) C'est nous qui l'avons blessé. Puis on a suivi le péquenaud qui l'a amené ici.

—Alors pourquoi continuez-vous à me prendre pour un démon ? Je n'ai rien fait si ce n'est recueillir l'animal qu'on m'a apporté.

—Je viens de te le dire. Les chiens des Enfers guérissent vite, mais pas à ce point. (Garcia scruta son arme insolite d'un air perplexe.) Aucun de ces métaux ne t'affecte. On peut essayer autre chose.

Il plaisantait ou quoi ? Le sang ruisselait de chaque côté de sa gorge ! Elle comprit qu'elle avait pensé tout haut lorsque Garcia la gifla. Elle n'avait jamais su quand se taire, ce qui l'avait mise dans le pétrin à plusieurs reprises.

—Hé mec ! reprit Poil de carotte d'une voix empreinte de sarcasme. C'est possible qu'elle soit humaine. Sorcière, chamane, ou servante d'un démon. Du coup, elle n'est sensible ni à l'argent ni à l'or.

Je suis entourée de tarés !

Garcia sembla considérer la question, mais Cara se demanda si ces propos annonçaient une bonne nouvelle pour elle.

—Quel sort as-tu utilisé pour soigner le clébard ?

Elle ne pouvait pas l'expliquer. Seul un léger filet d'énergie lui avait échappé, mais elle avait bien pratiqué la magie. Maléfique. Certes, les gens les plus ouverts voyaient cela comme un don, une forme puissante de « soins énergétiques » disaient-ils. Peu importe. Aucune publication ne référençait la puissance de ses facultés.

Comme elle ne dit rien, Garcia agita l'arme devant son visage.

— On peut te forcer à parler.

Elle sentit le pouvoir qu'elle méprisait tant l'abreuver. *Respire… ne flanche pas.*

De nouveau, Poil de carotte pressa l'épaule de Garcia.

— Tu connais les règles. Si elle est un tant soit peu humaine, on doit appeler un superviseur.

— Rien à foutre. Leur souplesse et leur indulgence, ils peuvent se les carrer où je pense. Manquerait plus que je fasse des câlins aux arbres !

— Crétin !

L'homme qui retenait Cara changea de position, et écrasa les orteils nus de la jeune femme qui réprima un cri de douleur alors que son énergie bourdonnait dans ses veines, impatiente d'être libérée.

— Ce sont les écolos qui s'enchaînent aux arbres, ajouta-t-il.

— Tu m'as compris, non ? Ces saloperies de sympathisants de démons ! (Garcia décocha à Cara un sourire carnassier.) Même si elle n'est pas des leurs, elle bosse pour eux. Elle ne vaut pas mieux que ces vermines. Je ne vois pas pourquoi on devrait se gêner.

Cara sentit ses poumons se serrer, et se mit à haleter, tandis que la panique l'assaillait.

— Je vous en supplie, murmura-t-elle. Partez. Je n'en parlerai à personne.

Mauviette.

Ouais, mais le moment était mal choisi pour se flageller. Elle s'en chargerait plus tard.

Si elle était encore en vie.

Pouvait-on être assez chanceux pour survivre deux fois à la même catastrophe ?

— Qu'on s'en aille ? (Garcia pressa la pointe de son arme sous l'œil gauche de Cara.) Pas avant d'avoir obtenu des réponses.

Elle voulut reculer, mais sa tête heurta le torse de son agresseur, et elle se figea avant que la lame ne l'éborgne. Ses doigts commencèrent à lui picoter. Sa main se leva, comme mue par sa volonté propre, pour toucher Garcia. *Non !* Seigneur, que s'apprêtait-elle à faire ?

Il devait y avoir un autre moyen, mais il fallait réfléchir. Et vite. Ces hommes allaient la tuer, mais d'abord, ils lui infligeraient des tortures atroces.

Soudain, elle aperçut le téléphone, couvert de poussière, fixé au mur derrière Poil de carotte. Si elle parvenait à s'en saisir... Alors quoi ? Ils l'abattraient avant qu'elle ait pu composer le numéro de la police. Malgré tout, elle devait tenter le coup. *« Donne-leur ce qu'ils veulent, dans la limite du raisonnable. »* La voix de son professeur d'autodéfense lui caressa l'oreille, et lui conféra de l'assurance.

— Je vous dirai tout, promit-elle, même si elle doutait de sa sincérité et de l'étendue de ses connaissances. Laissez-moi partir, c'est tout.

Toujours empoignée par l'un des Gardiens, elle se tortilla, réprimant un cri lorsqu'il la frappa au sternum pour l'immobiliser.

— Oh, ça, c'est sûr, répliqua Garcia, mais tu n'as pas besoin de tes yeux pour causer.

— Garcia !

Poil de carotte s'avança comme pour arrêter son coéquipier, et Cara sauta sur l'occasion.

Elle se rappela les conseils de son instructeur. *« Flanque-lui un coup dans les couilles et tire-toi en vitesse. »* Elle planta son genou dans l'entrejambe de Garcia tout en enfonçant le coude dans le ventre du gars derrière elle. Il poussa un grognement moins satisfaisant que celui de Garcia, plié en deux, mais cela permit à Cara de foncer vers la porte.

— Merde ! s'écria Garcia qui respirait avec difficulté. Rattrapez-la !

Cara sentit des bras l'agripper, et Poil de carotte la retourna face à l'homme qu'elle venait de frapper. Cette fois, il s'empara d'elle avec beaucoup moins de délicatesse.

Une nouvelle explosion de lumière inonda les lieux, et le cauchemar empira d'un cran.

À la place du type qui s'était volatilisé avec Hal se campait un individu immense, en armure de cuir, ses yeux noirs, sévères, son expression implacable. Il tenait à la main une épée aussi grande que Cara. Les trois « tueurs de démons » encore vivants avaient beau lui flanquer la frousse, cet étranger les surpassait, et de loin. Elle recula, comme si celui qui la retenait pouvait – ou voulait – l'aider.

Le colosse sembla évaluer la situation en un clin d'œil. Avec une rapidité reptilienne, il propulsa Garcia et Poil de carotte à l'autre bout de la pièce d'un revers du bras. Lorsque le troisième Gardien relâcha Cara, le chevalier lui planta le poing dans le menton, l'envoyant rejoindre ses deux acolytes.

Cara n'eut pas le temps de crier. Ni de fuir. Ni de s'évanouir. D'une foulée, le nouveau venu rompit la distance qui les séparait. Elle fit un pas en arrière, mais la table d'examen lui barra le passage. Il la suivit, sa présence écrasante, comme si l'oxygène lui appartenait et qu'elle devait se battre pour chaque inspiration.

— Mademoiselle, déclara-t-il d'une voix sépulcrale hors du commun, vous allez devoir vous expliquer.

Crétins d'Aegis.
D'ordinaire, Ares soutenait leurs efforts. Par le passé, il avait même combattu à leurs côtés. Cependant, les tueurs de démons avaient tendance à juger maléfique tout ce qu'ils ne comprenaient pas.

Il jeta un coup d'œil aux trois Gardiens. Non quatre. L'un d'eux était mort. Les autres se redressaient avec peine, le visage tordu par la douleur, les yeux étincelants de fureur. La femelle humaine était acculée contre la table d'examen, la terreur qui émanait d'elle se mêlait à l'odeur du sang : la sienne, celle des Aegis, et… celle du chien des Enfers.

Or, il n'y avait aucun signe de Sestiel, l'ange déchu qu'Ares avait pisté jusque-là, et dont il ne détectait soudain plus la moindre trace.

Ares jaugea la situation, et en conclut qu'il n'était pas nécessaire d'éliminer les Gardiens, mais il devait savoir ce qu'il s'était passé dans cette pièce. Il devait à tout prix retrouver Sestiel avant Reseph, mais l'ange déchu s'était dégotté un satané chien des Enfers, ce qui n'arrangeait pas ses affaires. Ces bêtes agissaient comme des brouilleurs de radars, et tant que l'une d'elles accompagnait Sestiel, il serait impossible à localiser.

Sans oublier l'autre scénario envisageable, bien pire, celui-là : il était possible que le chien des Enfers contrôlât Sestiel, et non l'inverse. Par conséquent, Ares devait soutirer à l'humaine la moindre bribe d'information, et il comptait bien obtenir des réponses, d'une façon ou d'une autre.

Dommage pour elle. Il l'attrapa par le bras et la serra contre lui avant d'ouvrir un portail et de pénétrer le voile scintillant. Les humains ressortaient morts des Portes des Tourments… sauf lorsque celles-ci étaient invoquées. En ce cas, ils pouvaient les emprunter accompagnés d'un des Cavaliers. Pratique. Non pas qu'ils en aient souvent besoin. Plus depuis leur rupture avec les Aegis, en tout cas.

Une douce brise salée le caressa lorsqu'ils foulèrent les rochers et le sable ivoirin. À une centaine de mètres, le manoir d'Ares, une large bâtisse blanche sur les hauteurs d'une île grecque, surplombait la mer Égée. Invisible aux humains et à leur technologie, elle ne figurait sur aucune carte. Ares avait arraché ce lieu au démon qui l'avait créé, et il l'habitait depuis trois mille ans. La demeure était splendide, mais Ares l'avait rendue idyllique en y intégrant tout le confort moderne.

Pour autant, ils n'allaient pas y entrer.

Il tourna la femme face à lui, dos à la mer. Les pieds nus de celle-ci ne se trouvaient qu'à quelques centimètres du bord de la falaise.

— Qui êtes-vous ?

Il lui agrippa les épaules avec fermeté, enfonçant les doigts dans son pyjama bleu en flanelle. Avec des pingouins imprimés dessus.

— Je... vous en prie...

Le vent souleva ses cheveux blonds, les ramenant vers son visage, et une étrange pulsion poussa Ares à la recoiffer.

Il y résista.

— Qui êtes-vous ?

— Je ne suis pas un démon.

Sa respiration saccadée donna l'impression à Ares qu'elle n'allait pas tarder à s'évanouir.

— Comment vous appelez-vous ?

Elle cligna des yeux comme si elle ne comprenait pas la question, et lorsqu'il la reposa, elle finit par murmurer :

— Cara. Je m'appelle Cara. Je ne suis pas un démon. Je le jure.

— Vous n'arrêtez pas de répéter ça.

Il inspira, humant cette fois encore sa terreur, mais aussi une légère odeur de fumée caractéristique des chiens des Enfers. Elle avait été en contact direct avec l'un d'eux.

— Pourquoi étiez-vous avec un chien des Enfers ? Avez-vous été attaquée ?

Elle laissa échapper un petit couinement, comme si la peur lui obstruait la gorge. Ces sales bêtes pouvaient avoir cet effet sur leurs victimes. Mais Ares n'était pas là pour aider une femelle fragile à surmonter son traumatisme. Il lui fallait des informations, et tout de suite.

Il fit claquer ses doigts devant le visage de Cara, l'arrachant à sa torpeur cauchemardesque.

— Les Aegis vous ont-ils sauvée ?

— Les quatre hommes ? Ils ont essayé de tuer le chiot.

Ares ne parvenait pas à décider si elle était un peu… longue à la détente… ou sur le point de mourir d'effroi. Peut-être les deux. Quoi qu'il en soit, elle aurait dû être un peu plus agitée en la présence d'Ares, qui se demandait pourquoi ce n'était pas le cas. Il prit une profonde inspiration et s'exprima avec lenteur, même s'il n'avait ni le temps ni la patience pour ces conneries.

— Oui, je n'en doute pas. C'est leur boulot.

— De tuer des chiens ?

— Des chiens-démons. Des chiens des Enfers, quoi.

— Rien de tout ça n'est vrai, murmura-t-elle. Je veux rentrer chez moi… (Elle secoua la tête, se ravisant aussitôt.) Non, pas chez moi ! Ces types y sont encore. Non, je suis en train de rêver…

Merde. Elle déraillait. Avant qu'elle ne perde complètement les pédales, Ares la saisit par les épaules et plongea dans son regard. Ses iris étaient de la même couleur que la mer lorsque le soleil s'y reflétait. D'un bleu cristallin parsemé de vert et d'or. Époustouflants.

— Écoutez-moi. Je dois savoir si vous avez vu un autre homme dans cette pièce. De longs cheveux blonds. Une apparence angélique…

Elle acquiesça, et braqua les yeux sur Ares, comme si elle craignait de regarder ailleurs. Comme s'il était une bouée de sauvetage qu'elle ne devait pas lâcher au risque de sombrer dans un abîme de folie.

— Où est Hal ?

— Hal ?

— Le chien.

Elle lui avait donné un nom ? Ces monstres étaient vicieux, sadiques, voraces et toujours en rut… Un soupçon l'affola soudain. Et si le chien lui avait offert le baiser de l'Enfer ? Impossible. Ils ne l'accordaient jamais aux humains.

Et pourtant… Il se pencha vers elle, et à mesure qu'il s'approchait, l'odeur qui émanait d'elle, mélange de peur et de bête, céda la place à une fragrance plus féminine. Elle exhalait la propreté, la fraîcheur d'une prairie au printemps, rehaussée par de douces notes florales. Ares sentit sa queue se réveiller. Pauvre andouille ! Cette femme était terrifiée. C'était une humaine, et par-dessus le marché, elle avait de grandes chances d'être unie à l'une des créatures les plus abjectes que Sheoul ait jamais portées.

— Que faites-vous ?

Il ne répondit pas. Il pressa les lèvres contre celles de Cara. Elle laissa échapper un hoquet de surprise, et par les Dieux, elle avait un goût délicieux ! Une touche de dentifrice mentholé lui parfumait l'haleine, et tandis qu'il passait la langue sur ses lèvres satinées, il perçut l'incontestable fourmillement paralysant du baiser infernal. Ce qui expliquait pourquoi Cara ne se montrait pas agressive en sa présence. En se liant à la jeune femme, le chien l'avait attirée dans le monde surnaturel. Elle était encore humaine, mais… avec certaines améliorations.

Il aurait dû s'arrêter tout de suite, mais sa bouche était si douce, ses courbes si généreuses, et il n'avait pas embrassé une femme – une véritable humaine, s'entend – depuis des millénaires. Saisi de vertiges, il la serra contre lui. C'était inattendu, incroyable… Soudain, il ressentit une vive douleur à l'entrejambe. Il grommela un juron, et se plia en deux, les mains sur ses testicules.

— Enfoiré ! s'écria-t-elle en lui enfonçant le genou dans les parties avant de le planter dans son nez.

Cara voulut profiter de la stupeur d'Ares pour se ruer sur lui, mais elle se trouvait trop près de la falaise. Elle glissa, et son cri resta en suspens tandis qu'elle basculait dans le vide.

Bordel de… Ares plongea, et allongé au sol, parvint de justesse à lui attraper la main alors qu'elle disparaissait de l'autre côté de la paroi. Malgré l'éboulement de roches, il tint bon. Sous son torse, un énorme morceau de terre se détacha, et soudain, il se retrouva le buste dans les airs, sans aucune prise. Ils étaient à deux doigts de tomber.

Les vagues s'écrasaient sur les récifs en contrebas, l'écume jaillissait des flots et montait jusqu'à eux comme pour les attirer vers une mort certaine. Enfin, pour elle, peut-être. Ares, lui, souffrirait simplement le martyre le temps de se régénérer.

— Bataille ! héla-t-il entre ses dents serrées. Viens !

Cara s'agrippait à lui de toutes ses forces, mais alors qu'elle regardait la volute de fumée tournoyer sur son bras, il crut qu'elle allait le lâcher. La spirale tourbillonna jusqu'à son épaule, puis Ares entendit un grognement et sentit l'étalon lui pincer le mollet. Une douleur aiguë lui élança la jambe, mais son épaisse armure empêchait le cheval de lui déchiqueter la chair.

Bataille les tira en arrière. Ares entraîna Cara loin de la falaise et roula avec elle en lieu sûr, avant de s'effondrer sur elle. Elle l'observa pendant un moment, ses grands yeux empreints de peur et d'incompréhension.

Puis tout partit en vrille.

Elle se mit à crier et à le rouer de coups avant de soulever la tête pour le mordre. Il recula, l'évitant de justesse, et quand Bataille posa son énorme sabot à côté d'elle en guise d'avertissement, elle hurla de plus belle, animée par une terreur si primale qu'Ares en perçut les vibrations dans sa poitrine.

— Cara, murmura-t-il. Cara, calmez-vous…

C'était impossible, et il le savait. Ce qu'elle avait vu dépassait l'entendement, et sa raison n'était pas capable de le gérer. Seuls deux choix s'imposaient à Ares à présent : l'assommer ou remonter le temps.

Certes, il pouvait lui arracher les globes oculaires pour revoir ce qu'elle avait vécu, mais il avait beau être cruel, Ares n'employait des mesures aussi radicales que lorsque c'était nécessaire, et en général, contre d'autres guerriers. Par conséquent, si des Aegis se trouvaient encore chez elle, ils allaient comprendre ce que signifiait l'expression « à la guerre comme à la guerre ».

Malheureusement, Cara n'en sortirait pas indemne non plus. Si elle était liée à un chien des Enfers, ce dernier avait besoin d'elle. La bête lui rendrait visite, en vrai ou en rêve, et elle pourrait mener Ares jusqu'à Sestiel. Cara lui servirait donc d'appât. Il n'avait qu'à la ramener chez elle et attendre.

— Bataille, à moi !

Ares aurait juré que l'étalon avait grogné avant de reprendre place sur son bras, ce qui, bien entendu, donna lieu à plus de cris de la part de Cara. Ares l'étreignit avec fermeté, et invoqua une Porte des Tourments. Ils arrivèrent sur la tendre pelouse de Cara.

Sans lui laisser le temps de piquer une nouvelle crise de nerfs, il agita la main devant elle. Son regard était vide, ses yeux vitreux.

Il prit une minute pour réarranger ses souvenirs. Il ne pouvait pas les recréer, mais il pouvait effacer de sa mémoire les événements les plus récents. Cela faisait partie des pouvoirs spéciaux des Cavaliers. Plutôt cool, d'ailleurs.

Quand il eut terminé, il la porta à l'intérieur. L'endroit empestait le sang et le chien des Enfers. Les Aegis semblaient avoir levé le camp, mais Ares préférait ne courir aucun risque. Sans faire de bruit, il l'allongea sur le canapé et inspecta la maison de fond en comble. Rien à signaler. Si ce n'était le chaos total. Les Gardiens avaient endommagé la porte de derrière, sans doute lorsqu'ils étaient entrés par effraction, et avant de mettre les voiles avec leur mort, ils avaient passé au peigne fin les tiroirs et les placards de Cara. Le sang maculait la pièce dans laquelle Ares l'avait trouvée, on aurait dit la salle de travail d'un vétérinaire. À son réveil, le lendemain matin, la jeune femme serait dans un sacré brouillard.

Il pouvait au moins lui donner une explication rationnelle pour sa perte de mémoire. Il ratissa la cuisine jusqu'à ce qu'il tombe sur le jackpot : un verre à liqueur et une vieille bouteille de vodka. Il vida celle-ci dans l'évier, mouilla un gant de toilette et retourna auprès de Cara.

Elle était recroquevillée sur le flanc, ses cheveux sur le visage. Les papiers qui recouvraient la table basse, des factures impayées pour la plupart, jonchaient à présent le sol. Ares l'observa pendant un moment, se demandant s'il devait ôter la cuirasse qui le protégeait des atteintes physiques comme émotionnelles. Le cuir solide, en peau de gerunti, était très apprécié des races de démons qui gagnaient leur vie comme marchands d'esclaves, assassins ou mercenaires, et ne pouvaient montrer aucune faiblesse, dont les sentiments faisaient partie. Cependant, Ares avait appris il y a bien longtemps que tomber l'armure offrait parfois au guerrier une perspective inédite.

Comprendre ce que ressent l'ennemi permet de le blesser avec plus d'efficacité. Ou, dans ce genre de circonstances, appréhender le monde à travers les yeux de votre cible vous aidait à réviser votre stratégie afin de tirer profit de la situation.

Il repoussa les factures, et effleura la cicatrice en forme de croissant sous son maxillaire inférieur. Son armure s'évapora. Il se retrouva en treillis et tee-shirt noirs, ses habits de tous les jours, dans lesquels il se sentait le plus à l'aise. Néanmoins, pour une raison qui lui échappait, il avait l'impression d'être nu, comme si son armure lui était indispensable.

Pour quoi faire ? Se protéger de l'humaine endormie ?

Il secoua la tête pour chasser ces pensées. Pestilence avait vraiment le chic pour lui retourner le cerveau.

Cara remua, et tourna son visage ovale vers lui. Ses paupières étaient gonflées, et la trace bleuâtre d'une main lui marbrait la joue. Une colère qu'Ares n'aurait pas éprouvée s'il avait gardé son armure l'assaillit.

Ces salauds d'Aegis. Il aurait dû prendre le temps de les démembrer. Ares comprenait la nécessité de se montrer impitoyable. La guerre n'avait rien d'un thé dansant, et l'Aegis était engagé dans une mission pour sauver l'humanité, mais torturer des civils, en particulier les femmes, ne figurait pas dans le manuel de campagne. Surtout lorsqu'il existait des moyens plus simples et plus efficaces d'obtenir des informations.

Il les maudit en silence tandis qu'il essuyait la saleté sur le visage et les mains de Cara avec une infinie douceur. Il s'attarda sur ses doigts. Fins, longs, avec des ongles carrés vernis dans une teinte claire. Il avait toujours eu un faible pour les mains soignées, et alors qu'il l'imaginait le caresser, son esprit se mit à vagabonder dans des contrées interdites. Il devina son toucher délicat, hésitant, et cela lui plut sans qu'il comprenne pourquoi.

L'attrait de la différence, sans doute. Sa queue aimait ça, et Ares changea de position pour ne pas la comprimer tandis qu'il finissait de nettoyer Cara. Il remit en place l'anneau en or qu'elle portait à l'auriculaire de sorte que le petit rubis soit bien centré. Si féminin, comme tout ce qui la caractérisait. Même son pyjama, sans être particulièrement sexy, lui donnait un air vulnérable, et Ares maudit de nouveau les Aegis tout en essuyant le sang séché sur la gorge de Cara. Les plaies, à l'évidence réalisées à l'aide d'une lame acérée, s'étaient refermées, et grâce au lien d'union avec le chien des Enfers, elles auraient disparu d'ici quelques heures. Tout comme les bleus et les égratignures. Pour autant, il n'était pas certain d'avoir complètement effacé ses souvenirs, et ne pouvait rien faire contre les traces de boue et d'herbe sur son pyjama.

Lorsqu'il eut fini, il s'apprêta à se retirer, et se figea quand elle lui agrippa le poignet. Ses yeux étaient ouverts, mais dénués de la terreur qu'Ares se serait attendu à voir chez une personne qui venait de se réveiller face à un étranger.

Elle dormait encore.

Elle le tira par le bras, l'attirant plus près, comme si elle demandait du réconfort, de la protection.

— Doucement.

Ares lui caressa les cheveux, et de son pouce, lui referma les paupières. Quelques secondes plus tard, elle ronflait paisiblement. Il alluma la télévision au cas où elle était du genre à s'assoupir devant, et s'autorisa un sourire tandis qu'il hochait la tête en guise d'au revoir. Il verrouilla les portes et rabattit les rideaux avant de se diriger vers le bureau. Il glissa la main sous son tee-shirt pour palper son sceau, espérant déceler un indice sur l'emplacement de Sestiel, en vain.

En temps normal, Ares aurait juré comme un charretier. Or cette fois, il avait un atout dans la manche. Il jeta un dernier regard à la petite humaine, ouvrit un portail et disparut.

Mais il reviendrait.

Chapitre 3

Pestilence avait toujours adoré le Mexique. Quand il était encore Reseph, Limos et lui y passaient des journées entières à faire la fête, des coins les plus touristiques jusqu'aux plus reculés où les habitants locaux, qui les prenaient pour des sorciers, les appelaient *brujos*, même si sa sœur et lui ne leur avaient jamais révélé le moindre de leurs secrets… excepté leur longévité. Reseph et Limos avaient visité ces villages pendant des décennies. La plupart des anciens avaient été encore des bébés lorsqu'ils les avaient connus.

Aujourd'hui, Pestilence se tenait au centre d'un de ces hameaux de montagne, et regardait le dernier des habitants, un mâle d'une vingtaine d'années, se tortiller à ses pieds, s'efforçant de respirer malgré sa trachée obstruée.

— Beau travail.

Par-dessus son épaule, il jeta un coup d'œil à Harvester. L'ange déchu femelle, l'un des deux Observateurs des Cavaliers, analysa l'œuvre de Pestilence.

— Combien de temps ont-ils mis pour comprendre que tu n'étais pas venu leur apporter des cadeaux ?

— Pas longtemps.

Dès son arrivée, les petits avaient couru vers Reseph, s'attendant à recevoir des bonbons, et les adultes avaient commencé à préparer un festin digne d'un roi. À chacune de ses visites, Reseph avait couvert de présents la pauvre communauté de fermiers, que ce soit du bétail ou des caisses de médicaments, des livres ou des chaussures pour les enfants.

Alors, quand il avait décoché une flèche dans le cœur de sa première victime, tout le village s'était figé, choqué.

Jusqu'à ce qu'il attrape une adolescente, enfonce les crocs dans sa gorge et lui inocule une fièvre hémorragique démoniaque qui avait contaminé la population entière en quelques minutes. Le type à ses pieds avait été le dernier à mourir. Il avait rendu l'âme, le souffle saccadé, les globes oculaires se dissolvant dans son crâne.

Harvester s'agenouilla à côté du cadavre et passa le doigt dans la boue formée au sol par les fluides corporels du jeune homme décédé.

— C'est ta quatrième épidémie rien qu'au Mexique, je me trompe ?

Les longs cheveux noirs de l'ange déchu masquaient son expression, mais Pestilence devinait le mécontentement de Harvester à la rigidité de ses épaules.

— Rien que de minuscules villages isolés. Comme en Afrique, en Chine et en Alaska, reprit-elle.

— Je frapperai bientôt des populations plus importantes, répliqua Pestilence avec une intonation défensive qu'il ne put réprimer. J'ai un plan, figure-toi.

Harvester, qui avoisinait les deux mètres, se redressa de toute sa hauteur pour regarder Pestilence dans les yeux.

— Tu mens. Tu détruis tout ce qui te rappelle ton ancienne vie. Tu punis les humains pour la bonté que tu leur as témoignée. (Elle arbora un rictus empreint de mépris.) Maintenant que ton sceau est brisé, tu dois te magner le train tant que les Enfers gagnent du terrain.

— Reaver et toi n'êtes pas censés être impartiaux ?

Elle ricana.

— Du tout. Notre mission est de veiller à ce que l'autre joue franc-jeu. Reaver souhaite empêcher l'Apocalypse. Il me tarde qu'elle commence. Je ne peux pas t'aider de manière directe, mais je peux te servir d'éminence grise. Tu peux compter sur mon soutien. (Elle scruta ses ongles vernis de noir.) Mais je peux aussi perdre patience à te voir lambiner. On parle d'ajouter des Observateurs supplémentaires pour vous avoir à l'œil vingt-quatre heures sur vingt-quatre depuis que tu fais des tiennes, et je n'ai pas l'intention de partager mon boulot, alors remue-toi !

—J'y travaille. J'ai massacré Batarel…
—Après qu'elle a transféré l'agimortus d'Ares !

Pestilence empoigna Harvester par sa tunique et l'attira contre lui afin qu'ils se retrouvent nez à nez.

—Mes laquais pourchassent les Non-déchus jusqu'aux confins de la Terre. J'en ai tué six ces deux derniers jours. Des dizaines sont entrés dans Sheoul pour m'échapper. Que j'attrape Sestiel ou pas, il ne restera bientôt plus personne à qui confier l'agimortus.

Les anges qui franchissaient la ligne rouge et pénétraient dans Sheoul pour devenir maléfiques étaient éliminés d'office. En effet, un Déchu véritable sacrifierait volontiers sa vie pour briser le sceau d'Ares.

La peau de Harvester se marbra de veines noires, et des traînées écarlates zébrèrent ses yeux verts. Deux ailes noires tannées apparurent dans son dos.

—Imbécile ! L'agimortus peut être transféré à un humain. Même au bord du désespoir, Sestiel dispose de plusieurs milliards d'hôtes potentiels !

—Et pourquoi n'as-tu jamais daigné le mentionner ? questionna-t-il entre ses dents.

—Cela, répondit-elle, ne te regarde pas.

Elle déploya ses ailes immenses et s'éleva dans les airs, dans le but affiché de susciter l'admiration craintive de Pestilence devant le mal qu'elle incarnait. Elle pouvait toujours rêver.

Il se demanda la force qu'il faudrait pour lui arracher une aile.

—Que Sestiel s'en donne à cœur joie ! Il n'y a rien de plus facile que de tuer ces insectes. (Il resserra sa prise, formant un nœud avec la tunique de Harvester.) Cela dit, ça reste moins amusant qu'éliminer un ange déchu.

Elle siffla.

—De vous quatre, tu n'as jamais été mon préféré. Une fois ton sceau rompu, je pensais que tu cesserais d'être un bon à rien et que tu redoublerais d'efforts pour te forger un nom. À l'évidence, j'avais tort.

Pestilence grinça des dents.

—Je compte bien prouver au Seigneur des Ténèbres que je suis le plus méritant de ma fratrie. Quand la Terre et Sheoul fusionneront, je pourrai m'approprier les royaumes de mon choix.

En effet, il était écrit qu'après l'Apocalypse, les démons coloniseraient la planète qui serait alors divisée en quatre, chaque quart disposant de quantités variables d'eau, de nourriture, de terres, d'humains et de démons. Le Cavalier qui se serait distingué par ses exploits serait le premier à choisir sa région pour en faire un paradis de souffrances et de plaisirs.

Et ce Cavalier serait Pestilence.

Harvester arbora un sourire carnassier, et ses crocs étincelèrent.

—Tu n'y crois pas vraiment. C'est Ares qui gagnera, comme toujours.

Dans un rugissement féroce, Pestilence propulsa l'ange déchu vers l'une des huttes. L'impact perça un trou dans le bois, et tous deux atterrirent à l'intérieur.

—Je ne suis pas autorisé à te tuer, grogna-t-il en la clouant contre une poutre, mais je peux te faire regretter la mort.

—La vérité blesse, n'est-ce pas ?

Elle enroula une aile veinée autour de Pestilence et en enfonça l'extrémité griffue dans sa nuque. Une vive douleur le parcourut avant d'exploser dans son crâne, mais il n'émit aucun son, bien résolu à lui refuser cette satisfaction.

—Tu as toujours été jaloux d'Ares, persifla-t-elle.

Pas toujours, non. Ce n'était qu'après la rupture de son sceau que Reseph était devenu allergique au puissant Ares. Humain, ce dernier avait été un commandant brillant. Il n'avait jamais perdu une bataille. Il avait inspiré la légende du dieu grec de la Guerre. Bla-bla-bla.

À présent, c'était au tour de Pestilence. Il frapperait Ares à son talon d'Achille : ses serviteurs dont il se souciait tant. Oh, oui, Pestilence allait se faire une réputation ! Il serait le plus redouté des Cavaliers. Bien après la fin de l'Apocalypse, on prononcerait son nom avec révérence. Admiration. Peur.

Il tendit le bras en arrière et attrapa la pointe de l'aile de Harvester. D'un coup sec du poignet, il en cassa l'os. Puis, il planta les crocs dans sa gorge, interrompant son cri strident. Le sang ruissela sur la poitrine de l'ange déchu, le liquide chaud et poisseux maculant Pestilence.

Non, il ne pouvait pas la tuer. Ce serait enfreindre les règles. Mais il pouvait l'amener au seuil de la mort. Et s'assurer que les récits originaux de son règne de terreur soient délivrés de première main.

Aide-moi!

La voix interpella Cara alors qu'elle flottait, telle une ombre, dans une pièce froide et obscure. En dessous d'elle, un chien hurlait dans une cage, les yeux rouges, étincelants, à l'affût de ses moindres faits et gestes. Elle s'avança, sans trop comprendre comment puisqu'elle volait, mais quoi qu'il en soit, elle se retrouva soudain nez à nez avec l'animal.

Trouve-moi.

Elle hoqueta.

Le chien lui parlait. Pas de manière articulée, plutôt comme une pensée dans sa tête.

— Qui es-tu ?

— *Je suis à toi. Et tu es à moi.*

À moi ? À toi ? Tout cela était bizarre. Elle se colla contre les barreaux, sans craindre le moins du monde la bête. C'était un chiot, mais il respirait la puissance, la mort et le danger. Sa fourrure était si noire qu'elle semblait absorber le filet de lumière qui filtrait à travers les volets de l'unique et minuscule fenêtre. Quant à ses crocs, ils auraient eu toute leur place dans la gueule d'un requin.

Elle chercha le verrou... ou la porte, mais n'aperçut rien que d'étranges symboles gravés sur le métal. La cage occupait le centre d'un cercle dessiné sur le béton.

— Comment puis-je te libérer ?

— *Tu dois me retrouver.*

Bon... Ce chien qui hantait ses rêves était un peu simplet.

— C'est déjà fait.

— *Dans l'autre monde.*

Oui, son cerveau tournait au ralenti. *Dixit la fille qui parle à un animal.*

— Qui t'a enfermé là ?

— *Sestiel.*

Qui diable était ce Sestiel ? Elle s'éleva et balaya du regard ce qui ressemblait à un sous-sol. Les murs, formés de couches de pierres superposées, indiquaient une construction ancienne. Elle flotta jusqu'à des étagères poussiéreuses sur lesquelles trônaient quelques boîtes de conserve sans étiquettes, un crayon cassé, et une fiole à moitié remplie d'un liquide clair. Bizarrement, cette dernière n'était pas couverte de poussière. Cara voulut l'attraper, mais sa main passa à travers.

Peut-être ne rêvait-elle pas. Peut-être était-elle un fantôme. Mais comment était-elle morte ? Elle ne se souvenait de rien.

Un martèlement lointain l'effraya, et elle se tourna aussitôt vers le chien.

— Qu'est-ce que c'était ?

— *Quoi donc ?*

Elle entendit de nouveau ce bruit sourd qui s'intensifiait, et sentit son corps s'étirer comme de la guimauve tandis qu'elle se faisait happer.

Un voile de douceur la berça, et une vive lumière l'inonda. Elle cligna des yeux, commença à discerner son environnement, et se redressa.

Son salon. Elle se trouvait dans son salon, sur son canapé. L'étrange rêve se dissipa, remplacé par une confusion bien réelle. De toute évidence, elle s'était endormie devant la télé, mais… pourquoi y avait-il un verre et une bouteille de vodka vides sur sa table basse ? Elle ne buvait pas, et n'avait pas avalé une goutte d'alcool depuis la nuit de l'effraction deux ans plus tôt. La vie était fragile, pleine de surprises, elle l'avait appris à ses dépens et refusait qu'une substance – peu importe laquelle – engourdisse ses réflexes.

Un sentiment désagréable l'envahit lorsqu'elle se passa les mains sur le visage. Sa peau était meurtrie, et quand elle porta les doigts à sa bouche, le malaise l'assaillit de plus belle. Ses lèvres étaient enflées, enflammées.

Comme si on l'avait embrassée.

L'image d'un homme immense la serrant contre lui surgit dans son esprit. Waouh ! Ça devait forcément être un rêve, parce que personne ne pouvait être aussi grand. Ni aussi beau. Puis, elle le vit poser ses lèvres parfaitement ourlées sur les siennes. Elle sentit presque sa langue chaude la caresser, et cela lui parut si réel que son corps s'embrasa.

Un doux frisson la parcourut, mais elle eut soudain la chair de poule, et son excitation inattendue disparut. Il lui sembla alors qu'on l'épiait. Elle oublia sa bouche tuméfiée et l'homme de son rêve, et sonda les alentours du regard. Personne. Bon sang, elle en avait assez de cette paranoïa – ce qui ne l'empêcha pas de vérifier deux fois le moindre recoin.

Assurée qu'elle était bien seule dans la pièce, elle tâcha de passer outre à cette sensation coriace pour se concentrer sur la télévision et le bulletin spécial qui annonçait l'éruption d'une épidémie de malaria mortelle en Sibérie. Comme cette région ne comptait pas parmi les foyers de contamination habituels, la situation était traitée avec gravité, d'autant plus que les experts n'avaient jamais rencontré cette souche particulière.

« Mis à part le cas sibérien, des dizaines d'épidémies inédites et hautement meurtrières frappent les populations aux quatre coins du globe », disait le présentateur. « Les meneurs religieux de toute la planète hurlent à la fin du monde tandis que les scientifiques recommandent aux citoyens d'écouter leur bon sens. Comme l'explique ce chercheur de l'Organisation mondiale de la santé : "Les gens étaient persuadés que la fin des temps était venue lors de la dernière fièvre porcine. Et avant, c'était la grippe aviaire. Il s'agit en réalité de la nature qui se révolte contre les insecticides chimiques et les antibiotiques." » L'expression du journaliste était morne lorsqu'il regarda la caméra. « Et maintenant, direction la péninsule balkanique où d'importantes tensions… »

Cara éteignit la télévision. Ces derniers temps, les journaux semblaient n'annoncer que de mauvaises nouvelles : maladies, guerres et panique généralisée.

Elle se leva, et fut prise de vertiges… Qu'était-il arrivé à son pyjama ? Il était sale, comme si elle s'était vautrée dans la fange. Deux couleurs différentes en maculaient le bas, et elle avait des taches d'herbe sur les manches. Ainsi que… du sang sur son haut ?

Le cœur battant, elle s'inspecta des pieds à la tête à la recherche de blessures, mais à part un léger torticolis, sans doute attribuable au canapé cabossé, elle se sentait bien.

Oui, enfin, si on oubliait qu'elle débloquait complètement.

Un bruit de moteur interrompit la cacophonie de ses réflexions. Profitant de cette distraction, elle ouvrit les lourds rideaux de la fenêtre du séjour. La voiture du facteur s'éloignait, c'était donc lui qui l'avait réveillée. Elle se dirigea vers la porte, soulagée de constater que tous les verrous étaient en place. Une question subsistait cependant : pourquoi était-elle toute sale ? Était-elle devenue somnambule sans le savoir ? Avait-elle descendu une demi-bouteille de vodka dans son sommeil ?

De la caféine. Voilà qui l'aiderait à tirer tout ça au clair. Les toiles d'araignées dans sa tête attrapaient toutes ses pensées et les emmêlaient pour l'empêcher d'aboutir à une explication cohérente.

Elle souleva le loquet, veillant à bien regarder dans le judas avant d'ôter la chaîne, puis s'empara du carton et des enveloppes retenues par un élastique.

Les lettres se révélèrent être des factures. Il y en avait un paquet, et un volet coloré détachable terminait chacune d'entre elles.

Il fallait croire que l'électricité et l'eau courante étaient devenues un luxe.

Elle n'ouvrit pas la boîte qui contenait le seul plaisir qu'elle s'autorisait : du café de première qualité. Elle devait le rapporter. À présent qu'elle avait perdu son boulot à temps partiel à la bibliothèque, elle ne pouvait plus se le permettre. Sans compter que les factures s'empilaient, que cette ville minuscule n'offrait aucune perspective d'emploi et qu'aucun acheteur ne s'était encore manifesté pour la maison. Bon sang, il se pouvait même que la gamme générique de café du supermarché soit au-dessus de ses moyens à présent.

Elle frissonna à cette pensée, et jeta le courrier sur la petite table dans le couloir avant de refermer les verrous. Elle se traîna jusqu'à la cuisine, espérant qu'elle pourrait tirer une cafetière pleine des quelques grammes de café qui lui restaient. Arrivée à l'angle, elle s'arrêta brusquement.

La porte de son bureau était ouverte.

Elle n'y avait pas mis les pieds depuis qu'elle avait cessé d'exercer. Oh, Seigneur, qu'avait-elle fait dans son sommeil ? Une angoisse voilée l'étreignit tandis qu'elle se dirigeait vers son ancien cabinet.

Elle ne s'était pas contentée de boire de la vodka et de se rouler dans la boue.

Des boîtes de fournitures jonchaient le sol, leur contenu éparpillé çà et là. Une substance noire qui ressemblait étrangement à du sang séché maculait les murs et le carrelage, et lorsqu'elle entra, elle vit le mobilier renversé et les armoires défoncées.

Qu'était-il arrivé ? Et pourquoi, pour l'amour du ciel, se sentait-elle épiée ?

L'espionnage pouvait passer pour un talent. À moins d'être une créature surnaturelle traînant dans un khote. Alors, oui, Ares avait l'impression de jouer les voyeurs.

Cela dit, il ne pouvait tout de même pas surgir comme par magie devant Cara et lui demander de quoi elle avait rêvé la veille. Pas alors qu'elle venait de découvrir le bazar qui régnait dans son cabinet. Elle paraissait calme, certes, mais elle était livide, et avait manqué de trébucher en sortant à reculons de la pièce.

Et Ares avait failli quitter le khote pour la rattraper.

L'imbécile! Il l'avait regardée longer le couloir à pas lents jusqu'à la cuisine pour se préparer un café. Elle s'était servi un bol de céréales complètes bon marché qu'elle avait mangées comme un automate. Elle devait savoir que son pyjama était maculé de boue et de sang séché, mais ne semblait guère décontenancée. Le choc. Sans aucun doute.

Le commandant insensible et combatif voulait lui dire de se secouer. *Sois un homme, soldat, et remue-toi!* Mais d'un autre côté, il avait envie de... quoi? La réconforter? La serrer dans ses bras et lui susurrer des mots doux à l'oreille? Pauvre abruti! Il effleura sa gorge du bout des doigts, et son armure se mit en place. Il n'aurait jamais dû venir sans.

Ares avait été élevé pour devenir guerrier, et il avait embrassé ce destin. L'humain qu'il prenait pour son père lui avait enseigné l'art de la guerre, ce qui avait affûté ses instincts intrinsèques dus à son héritage angélico-démoniaque. Puis, quand les sceaux avaient été répartis entre la fratrie selon le potentiel de chacun – pour le meilleur et pour le pire –, il avait vu ses compétences décupler.

La fièvre du combat l'avait toujours animé. Cela, il ne pouvait pas le reprocher à la stupide prophétie.

Il était temps de se secouer et d'agir. Le destin du monde reposait sur ses épaules, et s'il devait traumatiser la petite humaine pour le sauver, tant pis.

Il s'apprêtait à dissoudre le khote lorsque Cara attrapa son téléphone et composa un numéro.

—Larena, c'est Cara, dit-elle sur un ton monocorde. Comment interpréterais-tu un chien noir dans un rêve? Il hurlait dans une cage. Et j'aimerais savoir si le nom Sestiel t'évoque quelque chose. Ça m'aiderait beaucoup. Merci.

Une cage? Sestiel était donc en possession de l'animal, et non l'inverse. Songeait-il à se lier à lui? Les anges déchus appartenaient à cette rare engeance capable de les apprivoiser, mais à présent qu'il était lié à Cara, plus personne ne pouvait le maîtriser, le domestiquer ou s'unir à lui. Sestiel ne pouvait pas compter sur la protection des chiens des Enfers, du moins de celui-ci, mais il devait l'ignorer.

Ares, quant à lui, gardait espoir. Ce chien pouvait être celui qu'il pourchassait depuis des millénaires, et il sentit son sang bouillonner, impatient d'accomplir enfin sa vengeance. Peu importe que Cara fasse partie des dommages collatéraux. Même s'il ôtait son armure, la crise de conscience qu'il pourrait éprouver à ce sujet ne ferait pas le poids devant la haine qu'il vouait à la bête, il en était persuadé.

Cara raccrocha et se dirigea vers sa chambre en pilotage automatique. Curieux, Ares la suivit, et quand elle commença à se déshabiller, il se dit qu'apparaître à cet instant précis ne serait sans doute pas une bonne idée.

Il avait grandi à une époque qui faisait peu de cas de la nudité, et les corps dévêtus le laissaient de marbre, la plupart du temps. Certes, comme n'importe quel mâle au sang chaud, il appréciait une femme nue dans un moment de passion, mais il en fallait beaucoup plus pour l'émoustiller.

Et pourtant, alors que Cara retirait son pyjama, il sentit une vague d'excitation le parcourir.

Comme si elle avait l'impression d'être observée, elle lui tourna le dos, mais trop tard. Ses seins fermes et généreux aux mamelons rosés resteraient gravés à jamais dans l'esprit d'Ares. Et il devait bien l'admettre, la vue de dos était tout aussi attrayante.

Cara avait le teint pâle, comme si elle voyait rarement le soleil, mais à part quelques taches de rousseur, sa peau était parfaite, laiteuse et lisse. Ares éprouva le besoin impérieux de la toucher pour s'assurer de sa douceur et de sa chaleur. Le moindre de ses mouvements faisait rouler ses muscles toniques, elle était plus forte qu'elle n'y paraissait, comme en témoignaient les parties génitales meurtries d'Ares.

Lorsqu'elle se pencha en avant pour ôter son pyjama et sa culotte, Ares, qui avait toujours préféré la guerre à l'amour, et qui s'était lassé du sexe qu'il jugeait peu stimulant, sans originalité… manqua d'avaler sa langue. Il avait un faible pour les seins, mais les fesses de Cara étaient sublimes.

Voilà qu'il reluquait une femme qui était encore en état de choc. Quelle noblesse! Cela dit, Ares n'avait jamais prétendu posséder cette qualité.

Cara se dirigea vers la salle de bains sur la pointe des pieds, et, comme si elle pouvait de nouveau sentir la présence d'Ares, elle ferma la porte. À clé.

À travers le contreplaqué, il entendit l'eau couler, et il eut une meilleure idée que de faire apparaître une Porte des Tourments pour entrer.

Il en invoqua bien une, mais pour rejoindre sa forteresse grecque et enfiler un pantalon kaki et une chemise blanche en lin. Il voulait paraître décontracté, le moins menaçant possible, et l'espace d'une seconde il envisagea même de mettre ses tongs en cuir. Personne ne pouvait avoir l'air dangereux en tongs.

Mais ce n'était pas pratique à cheval, avec des étriers, et comme Ares voulait se tenir prêt à chevaucher Bataille, il chaussa une paire de rangers, attrapa une liasse de billets américains, et se décida à passer à l'action.

Il se dit qu'il avait bien quelques minutes avant que Cara ne finisse de se doucher, et vérifia ses e-mails, espérant recevoir renseignements ou ragots de ses espions et sources infernales. La moindre information sur la localisation de Pestilence, ses activités, ses déplacements… n'importe quoi, pouvait s'avérer cruciale.

— Nouveau foyer de méningite en Ouganda, et la peste bubonique gagne du terrain aux Philippines.

Ares se frotta l'arête du nez avec le pouce et l'index avant de jeter un regard agacé à Reaver. L'ange blond adorait surgir à l'improviste. Il resta planté devant le bureau d'Ares, les bras croisés, ses yeux saphir étincelant d'intensité.

Ares consulta le site Internet de CNN.

— Les journaux n'en parlent pas encore.

Reaver remua les sourcils.

— Scoop de la TD, comme d'habitude.

Ares était tenté de lui rétorquer que les Enfers avaient souvent la primeur des mauvaises nouvelles, avant la prétendue Transmission Divine de Reaver, mais cela n'en valait pas la peine. Les anges n'aimaient pas reconnaître que les démons pouvaient avoir une longueur d'avance. Certes, Reaver constituait un cas à part. Apparemment, il avait passé un certain temps comme ange déchu, et avait travaillé à l'Underworld General, un hôpital de démons, pendant des décennies avant de regagner ses ailes. Par conséquent, sa vision des démons était particulière, et il entretenait même des rapports amicaux avec certains.

Bizarre.

— Je suis sûr que Thanatos est en train d'évaluer les foyers d'infection à la recherche de la patte de Reseph.

Thanatos, le Cavalier destiné à devenir Mort si son sceau se brisait, ne pouvait résister aux scènes de destruction massive, comme Ares aux batailles de grande ampleur. Ils hantaient souvent les mêmes lieux.

— Et que fais-tu, toi ? (Ares se cala dans son fauteuil, étendit ses longues jambes et croisa les chevilles.) Tu sais, tu nous serais bien plus utile si tu... comment dire... nous aidais, pour changer.

— Tu connais les règles.

Ouais, ouais.

— Les règles sont nazes.

— Ce que j'adore chez vous, les guerriers, ironisa Reaver, ce sont vos facultés d'expression.

— On s'en passe. Nos glaives sont plus puissants que les mots.

L'ange secoua la tête.

— As-tu trouvé le porteur de ton agimortus ?

— Mon sceau n'arrête pas d'émettre de brèves vibrations, mais le temps que je suive la piste, il a déjà disparu. Sais-tu où il est ?

— Il est indétectable, même pour moi.

— Tu ne me le dirais pas de toute façon, grogna Ares. Mais je connais son nom. Sestiel, ça te dit quelque chose ?

— Sestiel ? (Reaver se frotta le menton, songeur.) Il a chu il y a plusieurs siècles. Il a succombé aux tentations terrestres et a négligé ses devoirs une fois de trop. Aux dernières nouvelles, il cherchait à regagner le royaume céleste.

— Avec qui traîne-t-il ?

Reaver fit apparaître une boule de lumière dorée dans sa paume et la balança lentement. Ares détestait quand il faisait ça. Un faux mouvement, et l'Illum Céleste éclairerait l'île vingt-quatre heures sur vingt-quatre, sept jours sur sept.

— Tu connais Tristelle ?

Ares hocha la tête. Aussi loin qu'il s'en souvienne, la Non-déchue avait toujours fait partie du paysage, ravie, semblait-il, de jouer les funambules entre Paradis et Enfer.

— Sestiel essaie de se racheter depuis des décennies. (Reaver lui décocha un clin d'œil.) Et non, cette information ne t'est d'aucune utilité, puisque tout le monde le sait.

Excellent. Tristelle savait peut-être où se terrait Sestiel. Ares sentit son cuir chevelu le picoter, et Harvester se matérialisa à côté de Reaver, qui laissa la lumière s'éteindre tandis qu'il jaugeait son binôme des pieds à la tête.

— Que t'est-il arrivé ?

— Pas tes oignons, éructa-t-elle.

La vache ! L'Observatrice maléfique était, certes, soupe au lait, mais d'ordinaire, elle enrobait sa mauvaise humeur de sarcasme. De plus, c'était la première fois en deux mille ans qu'elle semblait si… abattue.

Rectification. Pas seulement abattue, mais battue. Ses ailes noires, trop abîmées pour se replier, tombaient si bas qu'elles balayaient le sol, sa tête penchait comme si sa nuque lui faisait mal, et l'espace d'une seconde, Ares crut lire de la terreur dans ses yeux. Les anges cicatrisaient vite, par conséquent la créature à laquelle elle s'était frottée devait être au moins aussi puissante qu'elle. Or ce type de spécimens était très rare.

Reaver lui décocha un sourire crispé.

— Humiliée de t'être enfin pris la dérouillée que tu mérites ?

À la surprise générale, Harvester ne rétorqua rien. Au lieu de quoi, elle se dirigea vers l'écran de l'ordinateur, resté sur la page de CNN.

— Les gouvernements humains taisent la plupart des œuvres de Pestilence. Vous avez remarqué ?

Ares, oui. Il avait constaté, également, que Harvester ménageait sa jambe gauche.

— Pourquoi es-tu ici au fait ? (Il jeta un coup d'œil à Reaver.) La question te concerne aussi.

— Je sais ce que manigance Pestilence, répliqua Reaver. Il déclenche des mini-épidémies aux quatre coins du globe et massacre tous les Non-déchus qui croisent sa route. Je crois qu'il est frustré de ne pas réussir à débusquer Sestiel.

Peut-être, mais Reseph n'était pas du genre irascible. Quand la colère amenait Ares, Thanatos et Limos à tout saccager, Reseph, lui, parvenait à les calmer. Devenir Pestilence avait pu changer cela, mais Ares en doutait. Reseph était bien plus malin. S'il était à sa place, Ares bloquerait toutes les issues de Sestiel au lieu de perdre du temps à assouvir sa basse vengeance…

— Je sais ce qu'il fait. Il élimine tous les hôtes potentiels de l'agimortus. (Ares proféra un juron.) Et il se sert des foyers d'infection pour les piéger.

Harvester fit remuer ses ailes.

—Comment ?

—Les Non-déchus sont attirés par la souffrance, expliqua Reaver, songeur. Comme tous les anges. Ils espèrent regagner le Paradis en réconfortant les morts.

Ares étudia la mappemonde géante sur le mur. Des punaises indiquaient les endroits où Pestilence avait frappé. L'enfoiré n'avait pas chômé.

—Pestilence sème des embûches. C'est ce que je ferais.

La porte s'ouvrit, et Vulgrim, un démon ramreel qui faisait partie des serviteurs d'Ares, entra, muni d'un plateau de thés glacés. Après son départ, Reaver ajouta une punaise sur le planisphère.

—Espérons que Sestiel garde son sang-froid et ne commette pas un acte stupide s'il tombe à court de porteurs.

—Stupide ?

Harvester s'empara d'un verre, comme si elle craignait qu'un autre le prenne avant elle. Elle agissait toujours ainsi.

—À part les anges, seuls les humains peuvent porter un agimortus.

Bordel de...

Ares contourna son bureau.

—Tu aurais pu le mentionner plus tôt, non ? Genre deux mille ans plus tôt ?

Il jura avant que Harvester ou Reaver ne répètent un truc idiot comme «tu connais les règles».

—Les humains sont vulnérables. Faciles à éliminer. Si l'agimortus est transféré à l'un d'eux...

—Ce n'est pas le principal problème, déclara Reaver.

—Je ne sais pas ce qu'il te faut !

—Les humains ne sont pas destinés à porter un agimortus. Cela les tuerait. Dans le meilleur des cas, il leur resterait quarante-huit heures à vivre.

Harvester sourit. C'était presque un soulagement de la voir retrouver son tempérament sinistre.

—Et pour ton information, Pestilence est au courant. Attends-toi à ce qu'il passe à la vitesse supérieure pour forcer Sestiel à utiliser un humain. Et alors, tu contempleras ton univers s'effondrer, Cavalier.

Chapitre 4

Reaver resta seul devant la maison d'Ares, les yeux rivés sur l'oliveraie au loin, rongé par l'impuissance. Un ange était tenu de respecter un ensemble de règles, Reaver en était conscient plus que quiconque.

Il avait déjà enfreint un commandement divin par le passé, et en avait payé le prix. Chassé du Paradis, il avait erré sur Terre pendant plusieurs décennies. Puis, lors d'une bataille quasi apocalyptique deux ans plus tôt, il s'était sacrifié pour sauver l'humanité, et avait retrouvé ses ailes.

Pendant un temps, profiter de son ascension et ne plus avoir à supporter le mépris de ses frères célestes l'avait transporté de joie. Redevenu un ange guerrier, un soldat de Dieu, il passait ses journées à massacrer des démons. De plus, il avait été désigné comme Observateur des Cavaliers. Et c'était génial, même s'il était obligé de côtoyer Harvester régulièrement. Cette position était prestigieuse, et Gethel, l'ange qui l'occupait avant lui, n'avait pas semblé fâché d'avoir été remercié.

Reaver ignorait pourquoi on lui avait assigné cette mission, mais à présent, alors que la fin du monde approchait de nouveau, il se demandait si le but n'était pas de le mettre à l'épreuve. Un test pour s'assurer qu'il était digne de confiance et n'enfreindrait plus les règles même si le royaume terrestre risquait de sombrer.

Laissant derrière lui le parfum salé du zéphyr, il se téléporta dans le repaire himalayen de Reseph. Reaver avait du mal à se dire que ce Cavalier si agréable s'appelait désormais Pestilence, surtout alors qu'il arpentait la grotte qui portait encore les traces de l'ancienne vie de Reseph : des poufs, un mixeur pour margaritas, des paquets de chips entamés, et des vêtements éparpillés au sol.

Reaver parcourut les lieux, à la recherche de preuves attestant la présence récente de Pestilence. Des rats-diables gros comme des marmottes grouillaient sous ses pieds, leur gueule béante munie de plusieurs rangées de dents semblables à des aiguilles, leur langue noire et fourchue balayant l'air. C'étaient les petits espions de Pestilence, et ils lui rapporteraient que Reaver était venu chez lui.

Sauf s'il les en empêchait.

Un sourire sinistre sur le visage, il fit un grand geste de la main et l'énergie vibra en lui. Fauchés par une vague invisible, les rongeurs se désintégrèrent, leurs couinements stridents se réverbérant sur les murs. Le feu céleste constituait un sacré atout. Dommage qu'il ne fonctionne que sur les créatures maléfiques inférieures.

Cependant, en tant qu'ange, Reaver disposait de tout un arsenal. Les Cavaliers aussi, d'ailleurs, et s'ils parvenaient à localiser Délivrance, ils posséderaient deux armes en une… car le poignard renfermait un pouvoir qu'ils ne soupçonnaient pas. Le problème ? Ni Harvester ni lui ne pouvaient le leur révéler au risque de violer la loi divine. Et Reaver ne transgresserait plus jamais aucune règle, même si cela était susceptible d'entraîner la fin du monde.

Il rassembla ses pensées, et fit le tour du salon, essayant de trouver un moyen d'aider Ares, Thanatos et Limos de manière indirecte. Le temps commençait à manquer, nul besoin de décrypter tous les signes célestes, bibliques et prophétiques pour le savoir. Il le sentait dans le tremblement qui secouait son corps.

Un tremblement. Il se rembrunit et cessa de marcher, mais ses jambes flageolaient toutes seules. Une vapeur maléfique satura l'air, le sol bougea sous ses pieds, et soudain il se mit à pleuvoir des cailloux. Il leva les yeux alors que la roche se fissurait, puis la grotte s'affaissa. Un énorme rocher atterrit sur l'épaule de Reaver. Une vive douleur l'étreignit tandis qu'il se concentrait pour se téléporter avant de se retrouver enseveli sous la montagne pour l'éternité.

Il déploya ses ailes pour survoler la chaîne montagneuse et sonda la zone du regard avant de se focaliser sur la source des vibrations sinistres… et de ce violent éboulement.

Harvester.

Dans un rugissement, il piqua vers la cime enneigée, et heurta l'ange déchu. Elle hurla tandis qu'ils dévalaient la paroi de la falaise pour s'écraser au sol, membres et ailes emmêlés.

— Pourriture démoniaque! grogna Reaver en lui serrant la gorge.

Des flammes dansèrent dans les iris noirs de Harvester, et elle laissa ses ongles s'allonger pour lui lacérer le visage.

— Qu'est-ce qui ne tourne pas rond chez toi?

Il continua de l'étrangler, ravi de la voir lutter pour respirer.

— Quoi? Tu pensais que j'allais te remercier d'avoir essayé de me réduire en purée et de m'enfouir sous la roche pour l'éternité?

Elle cligna des yeux, et l'espace d'un instant, il faillit croire qu'elle ne comprenait pas de quoi il parlait. Puis elle enfonça les griffes dans l'épaule blessée de Reaver, et la douleur suffit à le faire vaciller.

Il la relâcha, et elle se releva aussitôt avant de lui écraser les côtes de son pied botté.

— Si j'avais cherché à t'éliminer, tu ne t'en serais pas sorti indemne. Sais-tu ce que ça fait de se faire aplatir sans pouvoir mourir? Oh, suis-je bête? Tu n'en as aucune idée, parce que même si ça t'était arrivé, tu ne t'en souviendrais pas, pas vrai?

La pétasse! Il ignorait comment elle était au courant de son amnésie, mais elle adorait lui rappeler que les événements antérieurs à sa chute constituaient une zone d'ombre. Certes, il connaissait des choses sur le Paradis, l'histoire et les peuples, mais il était incapable de se remémorer les détails de son existence avant sa rencontre avec Patricia Kelley, la femme qui avait réussi à le convaincre d'enfreindre une règle si importante qu'il avait été chassé du royaume éternel.

Et d'ailleurs, personne ne s'en souvenait. Même les annales akashiques, la base de données céleste qui contenait tout le savoir de l'univers, ne le mentionnaient pas. À croire que Reaver en avait simplement été effacé.

— Ce n'était qu'un avertissement, poursuivit Harvester d'une voix proche du ronronnement.

Elle prenait un malin plaisir à le tourmenter.

— Tout le monde sait que tu adores transgresser la loi, reprit-elle. Ne t'avise pas de trouver des failles pour aider les Cavaliers. (Elle lui décocha un sourire, exposant ses crocs.) Vois-tu, je possède des contacts là-haut, et lorsque tu chuteras de nouveau, je m'assurerai qu'il n'y ait plus de rédemption possible. Seulement les flammes et l'agonie.

D'un délicat geste de la main, elle se téléporta, laissant Reaver seul sur la glace, en sang, et ébranlé. Il ne pouvait se permettre de déchoir à nouveau, car cette fois, il n'aurait pas droit au stade intermédiaire et atterrirait d'office à Sheoul. Sans passer par la case départ. Sans empocher 200 dollars.

Non, Reaver ne violerait plus la loi. Mais il trouverait le moyen de rendre à Harvester la monnaie de sa pièce. Et quand l'ultime bataille viendrait, elle serait le premier démon qu'il détruirait.

Harvester se matérialisa dans son luxueux appartement dans la région Horun de Sheoul… et hurla. Jusqu'à s'écorcher la gorge. Jusqu'à ce que son esclave de sang, un énorme loup-garou qu'elle appelait Whine, tombe à genoux en se couvrant les oreilles.

Quand elle s'arrêta enfin, elle prit quelques inspirations pour se calmer et se versa un verre de vin de moelle neethul qu'elle avala cul sec. La liqueur hors de prix, produite par les démons marchands d'esclaves, lui brûla le gosier avant d'embraser son estomac comme un charbon ardent. La torture ne dura qu'un moment, puis céda la place à plusieurs minutes d'extase orgasmique si intenses qu'elle dut s'appuyer contre Whine tandis qu'elle frissonnait de plaisir.

Quand ce fut terminé, elle s'effondra à côté de lui, en partie parce que ses jambes ne la soutenaient plus, mais aussi pour se nourrir. En silence – car il n'était pas autorisé à parler sans sa permission –, il pencha la tête et lui exposa sa carotide. Les fers qui lui entravaient les chevilles produisirent un son métallique lorsque Harvester changea de position pour enfoncer les crocs dans sa gorge, et elle songea soudain qu'elle était autant prisonnière de son destin que lui, même si ses chaînes à elle étaient invisibles.

Ivre de frustration, elle malmena Whine plus que d'habitude, et il tressauta à chaque succion violente qu'elle exerça sur son artère. Bon sang, ces deux derniers jours avaient été un enfer… sans jeu de mots. L'incident avec Pestilence au Mexique la hantait, et tous les sévices qu'il lui avait infligés élançaient encore son corps meurtri. La rage – et la soif de vengeance – l'avait amenée à démolir sa caverne. Elle se devait de répliquer, même si le coup restait mineur.

Le problème ? Reaver. Elle ignorait que l'ange auréolé s'y trouvait quand elle avait provoqué l'éboulement. Elle aurait pu lui dire la vérité lorsqu'il l'avait attaquée, mais il ne l'aurait pas crue, et pire, elle aurait été obligée d'expliquer pourquoi elle avait voulu détruire l'ancienne demeure de Pestilence.

Et à présent, si Reaver ne fermait pas sa grande gueule, Pestilence découvrirait que l'Observatrice avait anéanti sa grotte.

Elle frémit, se remémorant le Cavalier, qui après en avoir fini avec elle au Mexique, s'était allongé sur son corps nu et brisé pour lui murmurer à l'oreille : *« Ce n'était qu'un avant-goût de ce que je te réserve pour la prochaine fois. Tu es sous mes ordres, compris ? Pas l'inverse. Tâche de t'en souvenir. Fous-moi en rogne à nouveau, et je te ferai un deuxième trou de balle avant de le baiser. Et ça, en guise de préliminaires. »*

Oh, elle le haïssait. Pour l'instant, Reaver et elle pouvaient seulement suivre les activités des Cavaliers et les rapporter à leurs patrons. La moindre information qu'ils fournissaient aux guerriers, toute aide qu'ils leur apportaient, devait d'abord être validée par leurs supérieurs. Comme le fait que l'agimortus d'Ares pouvait être transféré à un humain… On l'avait autorisée à révéler ce détail insignifiant la veille. Pourquoi ? Elle l'ignorait. Comme toutes les autres créatures qui peuplaient l'univers, elle n'était qu'un pion. Elle l'avait appris il y a bien longtemps.

Elle devait juste décider comment jouer. Certes, elle avait connu des moments de pure terreur au cours des millénaires qu'elle avait passés à Sheoul, mais ce n'était rien comparé à l'effroi qu'elle ressentait à cet instant. Armageddon approchait, et pour la première fois, elle se demanda s'il valait mieux pour elle que le mal perde… ou triomphe.

Chapitre 5

Encore secoué par sa conversation avec Reaver et Harvester, Ares toqua à la porte de Cara et attendit. Un bon moment. Alors qu'il s'apprêtait à recommencer, il entendit des bruits de pas, puis un « Qui est-ce ? » étouffé.

—Je m'appelle… euh… Jeff. (C'était un prénom humain banal, non ?) Je me demandais comment se portait le chien que je vous ai apporté hier soir.

Elle ne s'en souviendrait pas puisqu'il lui avait effacé la mémoire, mais il était curieux de voir comment elle allait réagir.

Silence. Interminable. Puis, enfin, il perçut le cliquètement métallique des multiples verrous. La porte s'entrouvrit légèrement, toujours retenue par la chaîne. C'était ridicule. Un homme d'un gabarit standard pouvait la forcer. Or Ares était loin d'être normal. Il pouvait la défoncer avec son petit doigt.

—Le chien ?

Rassure-la. Souris. Invente des explications pour tout ce qui a pu lui paraître bizarre ce matin.

—Ouais. Le chien blessé que je vous ai confié. Hier soir ?

Elle écarquilla les yeux, comme si elle se rappelait. Il espérait bien que non. Il n'était certes pas aussi doué que Thanatos ou Limos qui pouvaient implanter de nouveaux souvenirs, mais il savait quand même embrumer le cerveau de ses victimes. Le lien qui unissait Cara au chien des Enfers devait altérer ses capacités.

—Qui êtes-vous ? s'enquit-elle. Vous n'êtes pas du coin.

—Je songe à emménager. Je reste chez des cousins en ville le temps de trouver un appartement. Ils m'ont dit que vous étiez véto.

Il priait pour avoir vu juste et ne pas avoir été induit en erreur par le matériel médical dans le bureau.

— Non, répondit-elle, une étrange inflexion dans la voix. Pas vraiment.

Qu'entendait-elle par là ? Il enfonça les mains dans les poches et s'efforça de paraître rassurant. Il aurait dû mettre ses tongs.

— Écoutez, il n'est pas à moi, alors s'il est mort, vous pouvez me le dire. Je tenais simplement à vous dédommager et à vous présenter mes excuses pour vous avoir réveillée. Et je suis désolé d'avoir abandonné le chien sur votre pelouse. Je ne pensais pas que vous ouvririez à un inconnu au beau milieu de la nuit.

— Oui, merci. Euh… je crains que le chien ne s'en soit pas sorti. Navrée.

— Pas grave. Je m'en doutais. Il perdait beaucoup de sang. (Il tira une liasse de sa poche.) Combien je vous dois ?

Cara lorgna l'argent comme si c'était de la nourriture et qu'elle n'avait pas mangé depuis trois jours. Ares se rappela les factures empilées sur la table basse, et s'attendit à un montant pharaonique.

— Vous ne me devez rien, soupira-t-elle, ce qui le frappa de stupeur. Merci d'être passé.

Il haussa les épaules.

— Merci d'avoir essayé. (Il rangea les billets, et le message qu'elle avait laissé sur le répondeur d'une certaine Larena lui revint en mémoire.) C'est bizarre. J'ai rêvé de ce satané clébard la nuit dernière. Il était dans une cage, et hurlait comme pour me dire quelque chose.

Il fit demi-tour, descendit une marche, et sourit lorsqu'il entendit Cara ôter la chaîne en métal.

— Ne partez pas ! Vous… avez rêvé d'un chien ? Un chien noir ? Celui que vous m'avez apporté ?

Il fit volte-face.

— Ouais. Pourquoi ?

— Parce que, répondit-elle tout bas, moi aussi.

Elle ouvrit un peu plus la porte, mais resta toujours derrière, s'en servant comme d'un bouclier pour regarder autour d'elle.

— Dans mon rêve, poursuivit-elle, il était dans un sous-sol. Et dans le vôtre ?

Il écarquilla les yeux, feignant la surprise.

—Pareil. De quoi d'autre vous souvenez-vous ?

Son langage corporel trahissait sa réticence : elle s'agrippait à la porte de toutes ses forces et se mordillait la lèvre inférieure.

—La cage se trouvait au centre d'un grand cercle. Orné de gravures.

Des glyphes de confinement, pour l'empêcher de se téléporter et d'appeler sa meute à l'aide.

—Ces symboles, ils étaient aussi sur les barreaux ?

Elle acquiesça, et ses cheveux mouillés lui tombèrent sur les joues. Si seulement elle pouvait avancer un peu afin qu'il voie ce qu'elle portait, même si c'était sans importance. D'après Ares, elle était du genre jean et sweat-shirt, mais il voulait en avoir le cœur net. Et puis, il mourait d'envie d'admirer ses jolies fesses moulées dans du denim.

—On a rêvé de la même chose alors… Qu'est-ce que ça signifie à votre avis ? demanda-t-elle.

—Aucune idée. Mais avec un peu de chance, on ne rêvera plus de chien enfermé cette nuit.

Ce n'était pas ce qu'il souhaitait. Il avait besoin qu'elle rêve. Elle était la seule à pouvoir le mener jusqu'à Sestiel. Même si l'ange déchu savait que la bête était liée à Cara, il pouvait rester à ses côtés pour échapper à Pestilence.

—J'aimerais bien. (Son intonation était mélodieuse, apaisante, et Ares se surprit à espérer qu'elle continue de parler.) Au fait, vous auriez un numéro pour que je puisse vous joindre ? Au cas où… il me viendrait des questions sur le chien…

Foutaises. Cependant, il avait établi une connexion avec elle, et leur avait trouvé un point commun teinté de mystère. Tout humain normalement constitué voudrait comprendre pourquoi deux parfaits inconnus avaient fait strictement le même rêve.

Ni vu ni connu, il tira un billet de 100 dollars de sa poche et le glissa sous une carte de visite. Pourquoi ? Il n'en savait rien, si ce n'était qu'elle en avait besoin et qu'il n'en manquait pas.

Elle sortit enfin de derrière la porte, et il se permit de la reluquer longuement des pieds à la tête. Il avait eu raison pour les vêtements ! Son sweat-shirt gris extra-large et son jean délavé lui allaient à ravir. Elle avait des hanches qu'on brûlait d'empoigner, des cuisses parfaites pour étreindre un homme, et des pieds sensuels et délicats qui viendraient se planter sous ses fesses. Il parierait sa couille gauche qu'elle avait les chevilles érogènes.

— Merci. (Elle prit la carte, mais se renfrogna à la vue de l'argent.) J'ai dit…

— Acceptez. Sinon, je le laisserai sur votre paillasson avec un deuxième billet de 100.

Ce n'était pas exclu qu'il le fasse quand même. Bordel, depuis quand était-il un modèle de charité ? Peut-être depuis qu'il avait jaugé Cara pour évaluer son potentiel au plumard et que tout le sang avait déserté son cerveau ?

Elle ébaucha un sourire embarrassé qui fit grimper la température d'Ares de quelques degrés. Il avait posé les lèvres sur sa bouche délicieuse, et bon sang, il brûlait de recommencer ! Elle était la première humaine qu'il goûtait depuis des années, et ce baiser ne l'avait pas rassasié.

— Merci.

Elle griffonna son numéro de téléphone sur un bout de papier. Lorsqu'elle le lui tendit, il veilla à lui effleurer les doigts, une caresse « innocente » qu'il prit soin de faire durer. Surprise, Cara hoqueta, entrouvrant légèrement les lèvres.

Ses mains étaient si douces ! Elle devait l'être partout…

— N'hésitez pas à m'appeler. (Il fit mine d'arborer un sourire timide.) On pourrait sortir ensemble un soir ? Pour prendre un verre ou dîner ?

Il aurait dû réfléchir avant de parler, car Cara s'empressa de reculer.

— Je… euh… ne pense pas que ce soit une bonne idée, mais merci.

— Vous êtes mariée ? Vous avez un petit ami ? Une petite amie ?

Des informations importantes puisqu'il allait devoir s'impliquer davantage dans sa vie pour obtenir les réponses qu'il convoitait tant. Il se passerait volontiers de l'intrusion ou des questions d'un amant jaloux.

— Non, avoua-t-elle, ce qui le ravit plus qu'il ne s'y était attendu. Je ne suis pas très sociable en ce moment, c'est tout.

Il se demanda ce qui avait bien pu lui arriver pour qu'elle rejette sa proposition qui aurait consisté à lui apporter à manger ou à lui offrir une assiette de poulet pané dans un endroit désert, puisqu'il ne pouvait pas mettre les pieds dans un lieu public. D'accord, c'était un parfait inconnu, mais toutes les femelles succombaient à ses avances… Entre autres avantages, il avait hérité de sa démone de mère un magnétisme sexuel auquel seuls les succubes pouvaient résister. Même les humaines qui devenaient violentes en sa présence se jetaient dans ses bras. Seul bémol : elles avaient aussi envie de le tuer.

La réticence de Cara découlait d'un traumatisme… il le percevait dans sa façon de bouger et de parler, mais surtout dans son regard. D'où pouvait bien provenir cette expression tourmentée ?

Rien à foutre. Ares ne pouvait rien y faire de toute façon. Il descendit à nouveau les marches du perron.

— Si vous changez d'avis, vous avez mon numéro.

Elle examina la carte qu'il lui avait donnée d'un air perplexe.

— Où vivez-vous ?

— En Grèce. (Il lui décocha un clin d'œil, et il aurait juré qu'elle avait piqué un fard.) Si jamais vous voulez visiter la région, j'ai de la place. L'endroit vous plairait. Sable blanc, mer turquoise… c'est magnifique, vous aurez l'impression d'être déjà venue.

Parce que c'était le cas.

Cara regarda Jeff s'éloigner, une sensation étrange dans le bas-ventre, les paumes moites contre les billets, mais pour une fois, ce n'était pas la peur qui la rendait si nerveuse. Cet homme était d'une beauté envoûtante… et sans l'ombre d'un doute, c'était lui qui l'embrassait dans le rêve – ou la réminiscence – bizarre qui la hantait.

Alors, même si elle ne se rappelait pas qu'il lui avait apporté le chien, à l'évidence ses neurones avaient retenu l'information. On ne pouvait pas oublier un apollon pareil. Il mesurait plus de deux mètres, respirait l'assurance, la puissance et le sexe. Oh, ça, oui ! Elle n'avait pas eu de rapports sexuels depuis des années, mais elle s'en souvenait encore, et à en croire son intuition féminine, une nuit avec Jeff valait toutes celles qu'elle avait pu connaître par le passé.

Et son odeur ! Ce parfum viril et épicé qui émanait de lui, lui faisait l'effet d'un aphrodisiaque. Son bon sens lui disait de prendre ses jambes à son cou, mais ses hormones s'escrimaient à museler sa panique.

Un agréable frisson la parcourut tandis qu'elle l'observait, incapable de détacher les yeux de sa silhouette féline. Son pantalon moulait ses fesses à la perfection – c'en était même obscène – et ses muscles dorsaux roulaient avec grâce sous sa chemise. Sous le soleil, ses cheveux bruns chatoyaient de reflets cuivrés, et elle ne put qu'imaginer le nombre de femmes à avoir caressé cette crinière sauvage en s'arc-boutant contre ce corps d'athlète.

Assaillie par le regret, elle déglutit, sans parvenir à faire disparaître la boule qui s'était formée dans sa gorge. Le plus beau mâle qu'elle avait jamais vu l'avait invitée à sortir, et elle avait réagi comme s'il avait menacé de la tuer. Aurait-elle vraiment commis une erreur si elle avait accepté ? Ils auraient pu se retrouver dans un lieu public où elle se serait rendue avec sa voiture de manière à ne subir aucune pression.

Comme s'il s'était senti observé, Jeff ralentit, et le cœur de Cara se mit à battre la chamade. Avec une lenteur insoutenable, il tourna la tête pour lui jeter un coup d'œil, et une mèche de cheveux lui retomba sur le sourcil gauche. Leurs regards se croisèrent. S'entremêlèrent. Prise en flagrant délit, elle piqua un fard. C'était la première fois qu'un homme l'affectait à ce point, surtout avec une simple œillade.

Il retroussa les lèvres en un sourire présomptueux et sensuel, comme s'il avait deviné ses pensées... et savait être en mesure de la combler comme elle ne l'avait jamais été. Doux Jésus, elle faillit s'étouffer avec sa langue.

Et que faisait-elle sur le palier, bon sang, à reluquer un parfait inconnu alors qu'elle devrait... Quoi ? Omettre de payer ses factures ?

Avant de passer pour une irrécupérable idiote, elle s'apprêta à fermer la porte, et cligna des yeux. Jeff avait disparu. Elle n'avait pas vu de voiture, n'avait même pas envisagé qu'il puisse marcher jusqu'en ville, et voilà qu'il s'était... volatilisé.

Encore un truc bizarre à ajouter à la liste.

Ouais, sauf que Jeff avait fourni un éclaircissement à presque chaque zone d'ombre. Le chien, les taches d'herbe, le sang.

Mais tout cela n'expliquait pas pourquoi elle s'était soûlée jusqu'à l'amnésie. Ni pourquoi ils avaient fait le même rêve.

Ni ce qu'elle avait fait du chien... Il avait dû mourir, sinon elle l'aurait mis dans l'une des niches près de sa maison, et elles étaient vides.

En tout cas, elle n'avait plus l'impression d'être épiée, c'était déjà ça ! Cependant, ce désagréable frisson de peur continuait de l'agiter. Un événement qui s'était produit la nuit dernière l'avait amenée à boire, mais quoi ? Elle n'avait jamais noyé ses problèmes dans l'alcool, ni au décès de son père ni après son agression. Ce n'était pas aujourd'hui qu'elle allait commencer.

Elle s'efforça de ne pas penser aux mystères de la veille ou au corps incroyable de Jeff tandis qu'elle nettoyait son bureau. Quand elle eut terminé, elle s'affala sur le canapé, devant la télévision qui débitait toujours les mêmes nouvelles éculées. D'étranges maladies surgissaient comme des feux de forêt, des organismes toxiques avaient pollué l'eau d'au moins quatre fleuves et trois lacs, et six pays s'étaient déclaré la guerre, sans raison apparente. Le gouvernement des États-Unis se demandait jusqu'à quel point s'impliquer, et l'armée se préparait à un possible déploiement militaire.

Le monde partait en sucette, comme aurait dit son père alors qu'il s'apprêtait à rallier des zones ravagées en compagnie d'associations de protection des animaux.

Attrapant la télécommande avec plus de force que nécessaire, elle éteignit le poste. Il fut un temps où elle adorait cette boîte à images. Elle avait même acheté un home cinéma dernier cri quand elle avait encore de l'argent. Et de l'ambition. Presque tous les objets de la maison étaient « les meilleurs du marché ». Sa volonté de réussite effrénée lui avait toujours procuré un sentiment de fierté. Mais tout cela était mort deux ans plus tôt, en même temps que son agresseur.

Engourdie, elle se traîna jusqu'à sa chambre et se roula en boule sur le lit. Dès qu'elle toucha l'oreiller, le sommeil s'empara d'elle.

—*Aide-moi!*
—Hal!

Cara secoua la tête. Se frotta les yeux. Se demanda si elle savait qu'elle était en train de rêver. De nouveau, elle flottait dans le sous-sol mal éclairé abritant le chien en cage, mais ce coup-ci, tout lui semblait plus familier. Elle savait même qu'il s'appelait Hal. Diminutif pour Halitose.

— *Trouve-moi!*

Et cette fois encore, l'animal dépassait la taille réglementaire.
—Je t'ai trouvé.

Les yeux rouges de Hal étincelèrent davantage et il se hérissa. Il ressemblait à un monstre préhistorique prêt à déchirer le voile de réalité pour tout détruire sur son passage.

— *Va.*

— Je viens à peine d'arriver…

Elle s'interrompit, aveuglée par une vive lumière et l'apparition d'un homme blond qu'elle avait déjà vu. Lorsqu'il l'aperçut, il écarquilla les yeux et se rua sur elle. Il lui effleura l'épaule tandis qu'elle se tortillait pour lui échapper.

— *Va-t'en! S'il t'attrape, tu seras piégée ici sans ton corps. Disparais par le plafond!*

Sans son corps? Mouais, ça ne lui disait rien qui vaille. Sa vision devint floue et il lui sembla se démembrer alors qu'elle s'élevait pour traverser la pierre, le ciment et le bois, puis soudain, elle était dehors, en plein jour, et la maison qu'elle venait de quitter se dressait derrière elle.

Où était-elle?

Elle dut bondir pour éviter une voiture… qui roulait du mauvais côté de la route. Elle remarqua la plaque d'immatriculation inhabituelle… Elle longea encore un peu la rue au gré du vent jusqu'à un panneau qui indiquait Newland Park Drive, ce qui ne lui disait rien du tout.

Elle continua de planer le long du trottoir, et là, comme si elle avait atteint un mur, elle ne put aller plus loin. Elle voyait ce qu'il y avait au-delà, mais elle était comme figée. Enfin, elle pouvait reculer, mais pas avancer.

— *Trouve-moi ou on mourra tous les deux.*

La voix désespérée de Hal résonna dans sa tête, et soudain, elle fut de nouveau chez elle, dans son lit. Cette fois, elle ne resta pas assise, complètement désorientée. Elle se leva en vitesse et se précipita dans la chambre d'amis au bout du couloir où son vieil ordinateur ronronnait doucement. Le fauteuil grinça quand elle s'y laissa tomber pour pianoter l'adresse d'un moteur de recherche.

Un million de résultats recensés pour «Newland Park Drive». La plupart ne lui furent d'aucune utilité, mais une bonne partie était localisée à York, en Angleterre. Elle cliqua sur l'onglet «Plans» et tapa «Newland Park Drive, Royaume-Uni».

Elle crut que son cœur allait cesser de battre lorsqu'une carte satellite apparut sur l'écran. C'était le quartier qu'elle avait vu. Elle n'avait jamais mis les pieds en Angleterre de sa vie, mais elle reconnut les rues et les bâtiments. Newland Park Drive était une longue avenue. Elle ne pouvait pas zoomer sur la maison de son rêve, mais il n'y avait aucun doute sur l'endroit. Elle se demanda si Jeff en avait rêvé aussi. Elle devrait peut-être lui téléphoner.

« *Trouve-moi ou on mourra tous les deux.* »

Elle regarda l'écran fixement, son cerveau repassant en boucle ce rêve qui semblait si réel. Oui, c'était la seule explication. Sinon, comment pouvait-elle se souvenir de détails aussi précis ?

Soit elle était devenue médium, soit elle avait développé un don de télépathie avec un chien étrange qu'elle ne se rappelait même pas avoir soigné.

Et qui avait atterri en Angleterre en l'espace de quelques heures.

Le sensé se mêla à l'impossible, et elle sentit sa raison s'effilocher jusqu'à former un fil ténu.

« *Trouve-moi ou on mourra tous les deux.* »

Chapitre 6

— Dis-moi que tu sais où se cache Sestiel.

Debout sur le pont en pierre traversant l'Inferno dans la région Dread de Sheoul, Pestilence observait le chien des Enfers blessé, l'un des plus énormes qu'il avait jamais vus. Un gros filet de bave dégoulinait de sa gueule béante pour former une flaque devant ses pattes. Dégoûtant.

Un vampire membre des Carceris – geôliers démoniaques qui élevaient ces créatures pour qu'elles pistent les démons recherchés – lui servait d'interprète. Il se tenait à quelques centimètres du bord, sans doute prêt à bondir hors du danger si la bête – ou Pestilence – décidait de ne plus la jouer collectif.

—Dévoreur du Chaos continue de traquer Sestiel et Ares, comme convenu.

Dévoreur du Chaos. Stupide nom pour un chien des Enfers. Pestilence se garderait pourtant de tout commentaire. Il avait beau détester ces enfoirés, il n'était pas idiot. Toujours vulnérable à leurs morsures, il n'était pas près de risquer la paralysie et une souffrance potentiellement éternelles.

—Notre contrat prévoyait qu'il immobilise Ares ou Sestiel, et il n'a fait ni l'un ni l'autre.

L'animal montra les dents, et sous ses pattes gigantesques, les dalles en basalte commencèrent à fumer. Ces créatures étaient extrêmement irascibles. Même le vampire recula d'un pas.

—D'après Chaos, il y aurait eu des complications. (Le vampire toussota, mal à l'aise.) Sa progéniture et lui pourchassaient Sestiel. Les Aegis les ont interrompus…

Il fronça les sourcils, et reprit :
— Je ne suis pas sûr de traduire correctement ce qui suit, mais il semblerait que son chiot ait été blessé et que Sestiel l'ait capturé.
— Voilà pourquoi il arrive à se cacher, répliqua Pestilence, songeur. Il s'est dégotté un chien des Enfers.
— On dirait bien. Chaos ne parvient pas à flairer sa présence. Mais il compte bien déloger le cœur de Sestiel avec ses crocs. Il fera d'une pierre deux coups : il vengera son petit et brisera le sceau d'Ares. Je crois qu'il désire sa ruine tout autant que vous.
Pestilence en doutait, mais tant que Chaos acceptait de l'aider…
— Trouve Sestiel, sac à puces, ordonna Pestilence. Trouve-le, et quand je le tuerai, tu retrouveras ton rejeton.
Le vampire pencha la tête, écouta, puis acquiesça.
— Il veut ce que vous lui avez promis.
— Ouais, ouais, tu pourras avoir Ares pendant trente jours. (Pestilence arbora un large sourire.) Il sera tout à toi.
Pestilence ne pouvait imaginer pire. Il préférait une année à se faire écorcher vif et énucléer plutôt qu'une heure à se faire souiller et mâchouiller par une meute de chiens des Enfers. Alors qu'il regardait Chaos se dématérialiser, Pestilence sourit. Reseph avait abhorré la torture. Pestilence en raffolait.
Il ne raterait pour rien au monde le viol collectif-festin où Ares allait être l'invité d'honneur.

Le Temple de Lilith.
Ares le visitait rarement, mais il était en chasse, et on lui avait assuré qu'il y trouverait l'objet de ses recherches.
Enfin, façon de parler, car Ares avait tué la « source » en question – un faux ange, une espèce de démon qui se faisait passer pour un ange afin de tromper les humains – et lui avait arraché les yeux pour collecter ses visions.
Il descendit les marches pour rejoindre la grotte secrète enfouie dans les entrailles des monts Zagros. Les incantations et les sons extatiques lui parvinrent aussitôt et éveillèrent sa libido. Non pas qu'il lui en faille beaucoup. Il était échauffé depuis qu'il avait écouté le message vocal de Cara vingt-quatre heures plus tôt, avant de sauter dans la Porte des Tourments pour venir ici, et après tout, Ares était à moitié démon sexuel. Il était loin d'être immunisé contre

l'énergie érotique suscitée par des actes charnels. Par l'Enfer, les lieux respiraient le sexe, à commencer par les gravures pornographiques sur les murs jusqu'aux sortilèges jetés par les sorciers lors d'orgies pendant la construction du sanctuaire. Tous ceux qui y entraient ressentaient une excitation immédiate qui s'intensifiait à mesure qu'ils avançaient vers la salle principale.

Il s'agissait du second temple érigé en l'honneur de sa mère. Le premier, édifié afin de vénérer Lilith comme déesse tutélaire, avait disparu sous les ruines de l'antique Sumer. Eh oui ! Elle avait trompé les humains pendant des millénaires, absorbant leur adoration, leurs offrandes et leurs sacrifices. Une sacrée futée, sa génitrice !

Le temple qu'Ares arpentait aujourd'hui la reconnaissait pour ce qu'elle était vraiment : succube originel et putain maléfique de premier choix.

Aux siècles passés, les gens laissaient libations et nourriture devant l'édifice sumérien. Ironie du sort, avant d'apprendre la vérité sur son existence, il s'y était rendu avec son frère, Ekkad, pour prier Lilith. Ce dernier lui avait demandé la protection d'Ares et des siens. Ares, celle de son armée. Non pas que sa famille n'ait pas eu besoin de l'aide de la déesse, mais Ares estimait que lui seul pouvait garantir leur sécurité. Ekkad avait ri, l'avait traité d'indéfectible soldat. Ekkad, estropié de naissance, tributaire de son aîné pour assurer sa défense, était pourtant vif et plein d'esprit, l'un des hommes les plus brillants qu'Ares avait jamais connus.

Il défendait Ekkad depuis son plus jeune âge. Il avait cinq ans quand il avait supplié son père, décidé à noyer le nouveau-né infirme, de le laisser vivre. Ares avait continué de soutenir son frère au fil des ans, récoltant des coups lorsqu'il exprimait trop son affection, car l'attachement pour autrui altérait le jugement.

Ce postulat s'était avéré d'une façon des plus effroyables, et des millénaires n'avaient pas suffi à apaiser la douleur d'avoir perdu ses fils et Ekkad. L'amour d'Ares leur avait coûté la vie, et pas un jour ne passait sans qu'il ne regrette de les avoir gardés près de lui au lieu de les avoir éloignés.

Ares entra dans la salle principale d'un pas lourd, attirant le regard de tous les individus rassemblés autour de la statue grandeur nature de Lilith. La plupart des fidèles étaient des humains occupés à forniquer en guise d'offrande à Lilith, mais à mesure qu'il s'approchait de sa proie, les conséquences qu'entraînait sa présence commencèrent à se faire sentir. Les insultes ouvraient toujours les hostilités avant d'évoluer en rixes sanglantes. Plus il restait parmi eux, plus les bagarres empiraient, jusqu'à ce qu'ils s'entre-tuent.

Sa mère s'amuserait sans doute du mélange de sexe et de mort au sein de son temple.

—Ares !

Tristelle, une Non-déchue, repoussa l'homme agenouillé entre ses cuisses. Loin d'être ravi par ce rejet et percevant les effets de la proximité d'Ares, il se jeta sur un autre mâle et lui flanqua son poing charnu en plein visage. Tristelle ne sembla pas le remarquer, et rajusta son déshabillé noir tandis qu'elle courait vers le Cavalier.

—J'offre des sacrifices à votre mère depuis des jours dans l'espoir qu'elle raisonne Pestilence et empêche l'Apocalypse.

—Bordel ! (Ares se frotta le visage.) Ma mère n'attend que ça ! Elle n'aurait pas hésité à t'immoler dans son sanctuaire, et ses adorateurs auraient utilisé ton sang comme lubrifiant.

Ares s'écarta lorsque deux femmes occupées à se crêper le chignon faillirent lui rentrer dedans.

—Sortons avant qu'ils ne s'étripent tous.

—Vous vous souciez de ces insectes ?

Le fait qu'elle traite les humains d'insectes expliquait sans doute pourquoi elle n'avait pas regagné le Paradis. Certes, ces individus-là adoraient une démone, donc le qualificatif s'imposait… mais les anges étaient censés croire à la rédemption universelle. Ares, lui, n'était pas dupe. Quand on avait vécu aussi longtemps, vu autant de choses, et que son frère était capable de lire la pureté ou la crasse d'une âme humaine, on ne pouvait plus échapper au principe de réalité.

—Non. (Il commença à remonter les marches.) Mais je n'arrive pas à parler dans une telle effusion de sang.

Sans compter qu'il brûlait de combattre les mâles les plus robustes, parmi lesquels un ter'taceo humanoïde.

—Comment avez-vous su que je me trouvais ici ? s'enquit-elle tandis qu'ils marchaient au clair de lune, sous le ciel iraquien.

—Je me suis rappelé à quel point tu aimais obliger les faux anges à te servir. Je n'ai pas eu de mal à localiser l'un de tes plus récents esclaves. (Il fit volte-face et lui agrippa les avant-bras.) Tu as toujours joué sur les deux tableaux… t'escrimant à regagner tes ailes tout en léchant les bottes de Lilith pour t'assurer une place à ses côtés des fois que tu pénétrerais dans Sheoul.

Elle poussa un cri outré.

—Jamais! Comment osez-vous…

—La ferme. Je ne suis pas stupide. Dis-moi plutôt ce que tu fais vraiment ici. Tu te fiches pas mal de l'Apocalypse. Le sort des humains t'importe peu.

Une peur sincère illumina ses yeux.

—C'est votre frère, avoua-t-elle. Pestilence est en train d'anéantir la communauté des Non-déchus pour éviter un second transfert de votre agimortus. Beaucoup ont rejoint Sheoul pour ne plus être en mesure de porter le symbole et réussir à lui échapper. Votre mère doit le sommer d'arrêter. Elle est notre seul espoir.

Le sommer d'arrêter? Ce n'était pas aussi facile. Tristelle devait le savoir, mais si la foi pouvait déplacer des montagnes…

—Perds ton temps si tu veux, mais le mien est précieux. Dis-moi où je peux trouver Sestiel.

—Je n'en sais rien…

Ares l'attrapa par un pan de son déshabillé et la plaqua contre l'entrée de la grotte.

—Dis-le-moi.

—Je lui ai donné ma parole.

Ares la relâcha.

—Dans ce cas, je ne peux rien pour toi. Quand mon frère viendra t'arracher le cœur par la bouche, transmets-lui mes respects.

Il ouvrit une Porte des Tourments.

—Attendez! (Tristelle se campa devant lui.) Je ne connais pas son emplacement exact, mais il a mentionné Albion.

—La Grande-Bretagne, marmonna-t-il.

Les anges employaient toujours les anciens toponymes… Ares ignorait pourquoi ils n'arrivaient pas à se mettre à la page. Quoi qu'il en soit, dans son message, Cara lui avait annoncé qu'elle s'envolait pour l'Angleterre, et cela ne pouvait pas être une coïncidence. Bon sang, si seulement il l'avait reçu plus tôt! Mais il parcourait alors le globe et Sheoul jusqu'à des confins reculés où il était impossible de capter le moindre réseau.

—Oui, voilà. Un chien des Enfers lui permet de se dissimuler, mais il a dit qu'il ne pourrait pas rester avec la bête indéfiniment. Sestiel faisait partie du complot visant à vous arrêter.

Ares se renfrogna.

—M'arrêter ?

—Pas vous en particulier. Tous les Cavaliers. (Elle resserra les pans de son vêtement avec fermeté.) Il y a de cela quelques mois, avant que le sceau de Reseph se brise, vous avez tous été attaqués par des chiens des Enfers, n'est-ce pas ?

Il se raidit.

—En effet.

Elle sonda les alentours avec nervosité.

—Sestiel en est responsable. Lui et deux autres déchus. Ils ont perçu le trouble dans la toile de l'univers, et quand la démone, Sin, a déclenché cette épidémie parmi les loups-garous, Sestiel a échafaudé un plan pour vous immobiliser. Il a envoyé ces créatures à votre poursuite.

—De sorte que nous ne puissions pas semer le chaos sur Terre si nos sceaux venaient à se rompre, murmura-t-il, plus pour lui-même que pour Tristelle.

Même si se retrouver paralysé à vie aurait craint, Ares devait reconnaître le mérite de Sestiel. L'ex-ange avait eu une bonne idée, et si son stratagème avait fonctionné, il aurait pu regagner sa place au Paradis.

—Essaiera-t-il à nouveau ?

—Peut-être.

Ares réfléchit à divers scénarios possibles. À présent que Sestiel avait un chien des Enfers en sa possession, il pouvait s'en servir pour négocier la coopération de la meute. Dans ce cas, il devrait se rendre sur l'unique cercle d'invocation en dehors de Sheoul dédié à ces créatures.

Sa prochaine escale serait donc l'île de Pâques.

Bataille s'agita avec impatience sur l'avant-bras d'Ares. *Tu pourras te défouler bientôt, mon vieux.*

—Combien de Non-déchus reste-t-il ?

—Une dizaine, à tout casser, répondit-elle.

Une dizaine ? Seigneur ! Une bonne centaine d'entre eux avaient dû être massacrés ou perdre leur âme à Sheoul. Tristelle leva sur Ares des yeux implorants.

—Vous avez dit que vous pouviez nous aider.
—J'ai menti.
Elle blêmit de panique.
—Que peut-on faire ?
—Prier. (Ares lui désigna l'entrée du sanctuaire.) Et cette fois, ne gaspille pas ton temps à prier une démone.

Le sang ruisselait des bras et des jambes de Sestiel. Sa gorge avait été lacérée, son torse écorché. Ses blessures ne le tueraient pas, mais il n'échapperait pas pour autant à la mort.

Le bruit des sabots résonnait douloureusement dans sa tête, comme si on lui martelait le crâne. Sestiel dévala avec peine la paroi rocheuse de la montagne sur laquelle il s'était téléporté après que Pestilence avait retrouvé sa trace sur l'île de Pâques. Il avait espéré tomber sur Tristelle au Temple de Lilith, mais d'après un fidèle, il venait de la rater.

Il longea une pente, priant pour que Pestilence ne le suive pas, même s'il savait à quoi s'en tenir. Le Cavalier avait versé le sang de Sestiel, et son étalon démoniaque pouvait désormais le traquer où qu'il aille, même s'il se cramponnait au chiot des Enfers emprisonné dans son sous-sol.

Affaibli par la bataille et exsangue, Sestiel perdit prise et dégringola de la falaise. Il se jeta dans les airs, et l'espace d'un instant, dans un état d'apesanteur, il put feindre d'avoir encore ses ailes. Il les sentit presque se déployer dans son dos en un arc majestueux, comme un membre fantôme.

Or les anges chassés du Paradis avaient les ailes coupées, et à moins de se racheter, il ne leur restait plus que des plumes imaginaires. Il existait un autre moyen de les récupérer, mais entrer dans Sheoul, le royaume démoniaque que les humains nommaient Enfer, pour parachever sa chute n'avait jamais compté parmi ses options. Sestiel avait certes fauté, mais sa foi n'avait pas été ébranlée.

Il se cramponna à cette idée tandis qu'il heurtait le sol. L'impact lui brisa les os et lui arracha un cri d'agonie. Il respirait à peine, mais parvint à se traîner jusqu'à un rocher et s'agrippa aux fissures pour se redresser.

Il ne pouvait pas échouer. Il avait un dernier service à rendre à l'humanité. À son Seigneur. Cependant, à cause de Pestilence et ses légions, Sestiel se trouvait presque à court d'anges déchus, et il n'avait plus le temps de traquer les rares spécimens encore en vie. Par conséquent, il devait se rabattre sur un hôte humain qui mourrait quelques heures après avoir reçu l'agimortus.

Il était possible, néanmoins, qu'une humaine touchée par le surnaturel soit plus résistante, et supporte mieux cet insoutenable fardeau. Sestiel ferma les yeux et avala d'un trait le contenu de la petite fiole de sang. Il l'avait prélevé au chien des Enfers après s'être téléporté dans le sous-sol où il le gardait, et avoir vu flotter l'esprit désincarné de l'humaine. Signe évident qu'elle était liée à la bête. Son estomac se révulsa lorsque le poison y entra, mais il passa outre à la nausée et laissa venir à lui la clairvoyance, confuse et lointaine. La femme, Cara… il pouvait la sentir…

Une explosion de lumière l'aveugla, et les bruits des sabots dans son crâne devinrent un grondement violent à ses oreilles. Dans son armure terne qui grinçait tandis que son étalon blanc galopait, Pestilence décocha une flèche.

Sestiel bondit sur le côté, mais le projectile réajusta sa trajectoire comme un missile téléguidé et lui transperça le cœur.

—Tu peux courir, mais tu mourras épuisé.

La montagne réverbéra les paroles du Cavalier, suivies par une pluie de roches et de terre.

—Un proverbe martial humain plutôt approprié, tu ne trouves pas?

La vision de Sestiel devint floue lorsqu'un étalon rouge feu surgit soudain d'un voile scintillant, son cavalier le chevauchant grâce à la seule pression de ses genoux et de ses cuisses musclées. *Ares.* Un bouclier géant en bois et en fer dans une main, une énorme épée dans l'autre. La rage bouillonnait dans ses yeux noirs.

—Rends-toi, mon frère!

La voix d'Ares n'était qu'un grognement guttural. Il tourna la tête vers Sestiel.

—Va-t'en! Maintenant!

Les deux étalons entrèrent en collision, et Ares leva son arme, mais Sestiel n'attendit pas de voir ce qui allait se passer.

Dans un ultime sursaut d'énergie, il se téléporta, récitant une prière silencieuse pour la pauvre âme sur le point de recevoir son cadeau.

Chapitre 7

Voici donc York.
Cara avait toujours voulu voir l'Angleterre, mais pas de cette manière.

Pour financer son voyage, elle avait convaincu le docteur Happs de lui racheter tout son matériel médical. Puis, elle avait laissé un message à Jeff pour le prévenir qu'elle partait sans doute à la chasse au dahu, mais qu'elle s'apprêtait à traverser l'Atlantique pour localiser la source de leurs rêves.

À présent, elle flânait dans la cité fortifiée après avoir fini de dîner. Il était trop tard pour commencer à chercher la maison de Newland Park, mais elle n'était pas prête à regagner sa chambre d'hôtes. Elle préférait faire un peu de tourisme. Voilà pourquoi, lorsqu'elle aperçut un type en sang avec une flèche dans la poitrine, elle prit une photo. Mais quand le sublime acteur blond trébucha au beau milieu de la célèbre Micklegate Street, un détail la frappa.

Il lui rappelait l'homme de son rêve, celui qui avait essayé de l'attraper quand elle se trouvait dans le sous-sol avec Hal. Plus étrange encore, à part elle, personne ne semblait le remarquer. Un brouillard épais enveloppait les réverbères, et le soleil s'était couché, mais il ne faisait pas si noir.

Elle se cramponna à son téléphone portable, et recula d'un pas, gagnée par l'inquiétude à mesure que l'individu s'approchait d'elle. D'un geste maladroit mais rapide comme l'éclair, il se jeta sur elle et l'agrippa par le chemisier. La terreur l'envahit, suffocante et glacée, lorsqu'il plaqua la paume contre la poitrine de Cara. Une vive brûlure manqua de la faire défaillir, mais elle ne put crier malgré la douleur.

Elle parvint tout de même à s'extirper de son étreinte, et lui flanqua un coup de poing en pleine figure. Comme s'il ne pesait guère plus qu'elle, il se retrouva propulsé plusieurs mètres plus loin, heurta le bitume, et atterrit contre un lampadaire. Elle n'analysa pas la facilité avec laquelle elle l'avait projeté loin d'elle, et n'attendit pas qu'il se relève. Elle fit volte-face et se dirigea avec peine vers le passant le plus proche, mais... quelque chose ne tournait pas rond. Pas rond du tout.

Les piétons ne bougeaient pas. Personne ne bougeait. Chaque voiture, chaque personne s'était figée.

En pleine action.

Une lumière aveuglante jaillit... Était-ce le flash d'un appareil photo ? S'était-elle perdue sur un plateau de cinéma ? Avait-elle interrompu le tournage d'une caméra cachée ? Elle envisagea plusieurs scénarios, dont aucun ne paraissait plausible. Son cerveau cessa de carburer lorsqu'un énorme cheval blanc surgit de nulle part, ses pupilles lançant des éclairs pourpres. Sur son dos, un chevalier, du sang suintant aux jointures de son armure rayée de noir.

L'espace d'un instant de folie, Cara se réjouit de le voir. Un chevalier... ne pouvait apparaître que dans un film... non ?

Certes, les effets spéciaux étaient époustouflants. On aurait vraiment dit du sang. La douleur sur le visage du type transpercé par la flèche semblait véritable. La malveillance et la cruauté dans les yeux bleu acier du cavalier n'auraient pu être plus sincères.

Puis, quand il tira une deuxième fois sur l'homme qui l'avait agrippée... le bruit sourd, le jet de sang... plus vrai que nature !

— Tu vas crever, oui ? s'écria le chevalier avec lassitude tandis qu'il encochait une troisième flèche.

Ses longs cheveux platine dissimulaient son expression, mais un amusement macabre émanait de lui, telle une vague huileuse que Cara sentit sur sa peau.

Je vous en prie, faites que je sois sur un plateau de cinéma. Ou dans un rêve.

La pelote à épingles ambulante tituba sur le trottoir, se cognant aux piétons figés et les éparpillant comme des quilles de bowling. Ils s'écrasèrent au sol, raides comme des mannequins.

Le chevalier libéra la flèche, touchant l'homme au dos. Dans un grognement, ce dernier tomba à quatre pattes, mais continua de ramper, laissant une traînée écarlate derrière lui. Cara retint avec peine un cri d'horreur.

Un second cavalier surgit d'un énorme ovale de lumière au milieu de la route. Et cette fois, elle n'éprouva pas un vague sentiment de déjà-vu devant l'individu à cheval, car elle le reconnut immédiatement.

Jeff. D'abord, elle se dit qu'il avait reçu son message, même si cette hypothèse lui paraissait saugrenue. Puis, à y regarder de plus près, elle trouva étrange que l'étalon rouge feu et lui portent une espèce d'armure en cuir, et bien qu'elle ne puisse s'en assurer, ils lui semblèrent tous deux plus imposants que le chevalier à la monture blanche.

Ce dernier adressa un sourire carnassier à Jeff lorsque son cheval se cabra. Un « Non ! » sonore fendit l'air, mais le pâle équidé poussa un hennissement strident, et abaissa les sabots sur la tête du type percé de flèches. Des brisures d'os et des jets de sang éclaboussèrent les pattes de l'animal, un réverbère, et la robe d'une vieille dame.

Cara hurla, mais les deux hommes continuèrent sur leur lancée comme si de rien n'était. Jeff brandit son épée et son assaillant blond dégaina un poignard.

Une pure terreur envahit Cara, et saisie de tremblements, elle s'empressa de reculer. Soucieuse de ne pas attirer leur attention, elle longea le trottoir en tapinois. Autour d'elle, le monde normal était plongé dans un silence inquiétant ; mais les bruits violents de la bataille résonnaient : jurons, métal qui s'entrechoque, grognements et hennissements des étalons assoiffés de sang.

Cara se hasarda à jeter un coup d'œil en arrière, mais le spectacle offert par les chevaux qui piétinaient le misérable cadavre tout en s'affrontant à coups de dents et de sabot lui souleva le cœur.

Prise de nausées, elle s'arrêta dans une allée entre un salon de thé et une pâtisserie. Elle craignait pour la tourte à la viande, la purée et les carottes qu'elle avait mangées au dîner. Elle avala plusieurs fois sa salive pour ne pas vomir, et s'efforça de continuer à marcher.

Une fois son estomac apaisé, elle se mit à courir comme une dératée. Elle ignorait la distance qu'elle avait parcourue lorsqu'elle bifurqua et manqua de renverser un vieillard avec une canne. Déjà à cran, la vue brouillée par la panique et les larmes, elle voulut faire demi-tour et, se tournant vers la rue, percuta une voiture.

Le chauffeur klaxonna, et Cara, qui avait failli mourir écrasée, éclata de rire. Certes, il s'agissait d'un fou rire hystérique, mais au moins le monde avait recommencé à bouger.

— Tout va bien, mademoiselle ?

Un homme d'âge mûr s'avança vers elle, l'air inquiet. Comme si elle était la seule chose qui clochait dans tout l'univers.

Non, pas du tout. Elle arbora un sourire timide et répondit d'une voix tremblante :

— Oui. Merci.

Il hocha la tête et poursuivit sa route. Chacun reprit le cours de son existence. Comme si rien ne s'était passé. Le téléphone de Cara sonna, ce qui la fit sursauter.

C'était sa psychothérapeute. Parfait timing !

— Larena ! Je suis contente d'avoir de tes nouvelles.

— Désolée de ne pas t'avoir appelée plus tôt, mais j'ai bien eu ton message, et je pense savoir ce que signifient le chien noir et la cage.

— Le chien et la cage ? (Le cerveau de Cara sautait comme un disque rayé, et il lui fallut un moment pour traduire les paroles de Larena.) Ah, oui ! Je t'avais raconté mon rêve.

Larena était sa thérapeute, mais avec le temps, les deux femmes étaient devenues amies. Leur relation sortait des sentiers battus, mais Cara s'en accommodait fort bien. De plus, Larena était la seule personne à qui elle pouvait confier ses plus noirs secrets.

Enfin, pas tous. Larena ignorait l'étendue des facultés contre nature de Cara. Cette dernière avait appris à ses dépens qu'il valait mieux ne pas en parler. Les gens, y compris les proches et la famille, avaient tendance à vous fuir quand vous ne rentriez pas dans la norme.

— Tu vas bien ? Tu as l'air bizarre.

Cara passa la main dans ses cheveux emmêlés.

— Je…

… viens de voir un homme se faire massacrer, deux chevaliers surgir de nulle part, et le temps s'arrêter. Mais sinon, je pète le feu ! Quelqu'un avait dû glisser du LSD dans son thé au dîner. C'était la

seule explication possible. Mais cela ne lui permettait pas de tirer au clair ce qui était arrivé chez elle.

La folie, claironna dans sa tête une voix guillerette. *Inutile de chercher plus loin.*

— Rien de grave, ne t'en fais pas. Un bain chaud et ce sera oublié. Continue, je t'écoute… Larena ? s'enquit-elle quand son amie hésita.

— Tu as dit que le chien grognait. Cela peut indiquer une hésitation, une période de troubles. Tu te sens emprisonnée et piégée. Le fait qu'il soit noir signale un danger.

Un danger. Sans déconner ! Les paroles de Larena la ramenèrent brutalement à la réalité. Elle était venue en Angleterre à la poursuite d'un rêve, et s'était retrouvée embarquée dans un cauchemar.

Un groupe de jeunes d'une vingtaine d'années sortit du pub derrière Cara en chahutant. Elle s'éloigna un peu pour éviter de se faire piétiner.

— Qu'en est-il des chevaux ? Et des chevaliers qui se battent ? Une idée sur leur signification ?

— Euh… Je ne sais pas. Il faudrait que je fasse des recherches. On devrait prendre rendez-vous.

L'un des types lui rentra dedans sans daigner lui présenter d'excuses ni même lui lancer un « dégage ! » et Cara le fusilla du regard. L'abruti… Oh, Seigneur ! Elle recula d'un bond, et faillit lâcher son portable.

Il arborait des cornes noires épaisses et n'avait pas de peau. Sur les parties de son corps que ses vêtements ne couvraient pas, on ne voyait que ses muscles à vif et ses os. Cara cligna des yeux, et l'homme recouvra une apparence normale. Il continua de rire avec ses amis et disparut dans un autre pub.

— Cara ? Tu es toujours là ?

— Ouais, croassa-t-elle.

Elle ferma les yeux, et compta jusqu'à trois avant de les rouvrir. Le temps s'écoulait et personne ne ressemblait à un démon. La vie était belle.

— Désolée. Je suis fatiguée. Je t'appellerai la semaine prochaine pour prendre rendez-vous.

— OK. On se reparle bientôt.

Cara rangea le téléphone dans son sac et essaya de localiser son emplacement. Le gîte ne se trouvait qu'à quelques rues, Dieu merci ! Il commençait à bruiner, son crâne la lançait, et elle avait les nerfs à fleur de peau. Il était l'heure d'avaler un somnifère et de dormir douze heures d'affilée ! Avec un peu de chance, à son réveil, cette horrible soirée s'avérerait n'être qu'un gros cauchemar. En fait…

Elle appuya sur l'icone « images » de son appareil pour visionner les clichés. Elle n'était pas sûre de vouloir voir l'homme désormais mort. Souhaitait-elle avoir confirmation que la rixe dont elle avait été témoin avait vraiment eu lieu ? Ou préférait-elle affronter la preuve de sa folie ? Franchement, la décision était difficile.

Elle retint son souffle et attendit que la dernière photo qu'elle avait prise apparaisse sur l'écran. Lorsqu'elle ne révéla qu'une rue remplie de voitures, bus et piétons, elle réprima un cri de soulagement. Pas d'individu en sang, une flèche plantée dans le torse. Pas de Jeff déguisé en ténébreux guerrier médiéval.

Elle rangea son téléphone dans la poche de sa veste, et sur le trajet jusqu'à la maison d'hôtes, s'efforça de se convaincre que rien de ce qu'elle avait vu n'était vrai, qu'elle n'était pas dingue, et qu'elle ne toucherait plus jamais une boisson qu'elle ne s'était pas servie elle-même. Elle entra dans la demeure typique du XIXe siècle, et salua la propriétaire, une dame charmante d'une cinquantaine d'années, avant de gagner sa chambre à l'étage. Elle fut tentée de se glisser sous les draps sans se déshabiller, mais parvint tout de même à ôter son jean et son sweat-shirt. Vêtue seulement de sa culotte – elle n'avait pas l'habitude de porter de soutien-gorge –, elle fouilla dans sa valise à la recherche de son pyjama.

Lorsqu'elle se redressa, elle aperçut son reflet dans le miroir.
Et hurla.
Au milieu de sa poitrine, entre ses seins, à l'endroit où l'homme criblé de flèches l'avait frappée, se trouvait une marque. Des zébrures écarlates formaient un bouclier et une épée… dont la pointe lui recouvrait le cœur.

Elle n'avait pas rêvé.

—Sois maudit, mon frère, pantela Ares. Sois maudit !
Il affermit sa posture, brandit son épée – dont la pointe s'était brisée – et se tint prêt pour une nouvelle partie de « qui cognera

le plus fort ». Par chance, son armure et ses armes avaient durci à présent que son agimortus ne rôdait plus dans les parages. L'espace de quelques instants d'angoisse, il avait été certain que sa lame volerait en éclats sous les assauts de Reseph, ou pire, que son frère lui assènerait un coup chanceux et transpercerait son armure comme s'il ne portait que des sous-vêtements. Reseph rit, exposant des dents teintées de sang.

—Ouille! C'était quand la dernière fois que tu as baisé? Attends que ton sceau se brise… les femelles démons se jetteront à tes pieds, en adoration.

Ares étreignit la garde de son épée. Il avait toujours su que la destruction d'un sceau serait catastrophique, mais il ne s'était pas douté que le mal libéré ainsi serait aussi ingérable… Surtout pas avec Reseph.

—Tu peux lutter, déclara Ares. Laisse-moi appeler Reaver.

Reseph partit d'un rire caverneux.

—L'ange n'y peut rien. Ce qui est fait est fait, tu le sais.

Il passa la langue sur sa lame, et lécha le sang de Sestiel.

—Assumer sa malveillance, c'est bien plus drôle que de marcher sur cette barbante ligne jaune comme on le fait depuis cinq mille ans.

Ares jeta un coup d'œil à l'ange déchu écrabouillé – et décapité – par terre. Seul un ange pouvait en tuer un autre, mais les Cavaliers dérogeaient à cette règle. La rage l'assaillit tandis que le corps de Sestiel se désagrégeait. Il n'aurait pas droit à une deuxième chance. En tant que Non-déchu, il ne pouvait monter au Ciel, et était condamné à une souffrance éternelle à Sheoul-gra, le réservoir pour les âmes démoniaques.

Malgré la fureur que le destin de Sestiel éveillait en lui, Ares s'efforça de garder son calme, refusant de donner à son frère la satisfaction de percevoir son irritation.

—Tu dois vraiment être déçu de ne pas avoir réussi à briser mon sceau.

Les yeux de Reseph lancèrent des éclairs impies.

—Ce n'est qu'une question de temps. Je trouverai la putain humaine à qui Sestiel a transféré l'agimortus, et alors, tu me rejoindras dans l'équipe gagnante.

Il se hissa sur Conquête, son étalon. Bataille fit claquer ses dents, mais Conquête l'esquiva d'un pas gracieux.

— Parce que le mal l'emportera, Ares. Le bien est beaucoup trop limité.

Un portail s'ouvrit, et dans un souffle d'air, Conquête et Pestilence s'évaporèrent.

Merde.

Ares sonda la ville alentour. York. Il la reconnaîtrait les yeux fermés. Des batailles sanglantes s'y étaient déroulées au fil des âges, et il n'en avait pas manqué une seule. Il sentait encore les vibrations de chacune d'elles.

Il huma les odeurs accumulées depuis des siècles, des relents de pots de chambre et de maisons closes d'antan jusqu'aux gaz d'échappement et arômes d'Earl Grey modernes. Dans ce maelström de parfums, il perçut celui, persistant, du chien des Enfers.

Sans réfléchir, Ares porta les doigts à son sceau. Sestiel avait transféré l'agimortus avant de mourir, et Ares n'avait aucun doute quant à son nouvel hôte. En effet, Cara avait été la seule humaine capable de les voir, un effet secondaire de son lien avec le chien des Enfers… Sans compter que son armure et ses armes avaient recouvré leur solidité habituelle après le départ de la jeune femme. D'ailleurs, où avait-elle bien pu passer? Il se demanda si elle avait localisé son infernale bête apprivoisée.

Et si elle comprenait vraiment ce qui lui était arrivé.

Il tourna dans la direction empruntée par Cara. Tout autour de lui, la membrane qui le séparait du monde commença à se déliter à mesure que la concentration nécessaire pour maintenir le *quantamun* se dissipait. Certaines créatures privilégiées, comme les anges et les Cavaliers, utilisaient le plan surnaturel pour se mouvoir parmi les humains à une vitesse différente, un million de fois plus rapidement que leurs yeux ne pouvaient le remarquer. Si le *quantamun* se désintégrait, Ares deviendrait visible.

Une Porte des Tourments s'ouvrit soudain, crachant un tourbillon d'ombres fumantes, suivies de Thanatos.

— Que s'est-il passé?

— Reseph a tué Sestiel, mais l'ange avait réussi à transférer l'agimortus avant.

— C'est une bonne nouvelle. Pourquoi cette tête d'enterrement?

— Parce que l'hôte est humaine.

Une image de Cara, une flèche de Pestilence plantée dans le cœur, lui traversa l'esprit. Et ça, c'était le meilleur scénario envisageable.

— D'après nos Observateurs, l'agimortus n'est pas destiné à être porté par un humain. Elle risque de mourir.

Thanatos ajusta le harnais entrecroisé sur son plastron en métal.

— Où Sestiel avait-il la tête ?

Ares réprima un juron. Il avait été si occupé à pourchasser Sestiel qu'il n'avait mis ni son frère ni sa sœur au courant pour le chien des Enfers. Il s'empressa de tout raconter à Thanatos.

Ce dernier poussa un long sifflement.

— Les chiens des Enfers ne se lient pas avec les humains. C'est bien la première fois que j'entends un truc pareil.

— Va donc le dire au clébard ! répliqua Ares sur un ton acerbe. Tu n'as rien découvert d'utile ? Parce que j'en aurais bien besoin.

Pestilence n'était pas en mesure de flairer la présence de Cara, ce qui était sans doute une bonne chose, mais du coup, Ares non plus.

Styx remua la tête, et Thanatos lui tapota la nuque jusqu'à ce qu'il se calme.

— J'ai réussi à soutirer d'autres informations à un sous-fifre de Reseph. Il n'a pas localisé Délivrance, mais ses fidèles démons saccagent les anciens cimetières aux quatre coins du globe. Ils fouillent partout, y compris les endroits qu'on a déjà ratissés quand on cherchait l'agimortus de Limos.

Foutrement génial ! Il leur avait fallu des siècles pour deviner de quel artefact il pouvait bien s'agir. Ils avaient fini par déterminer que quelque part sur Terre, était enfouie une coupelle qui briserait le sceau de Limos si on buvait dedans. Ils ne l'avaient jamais trouvée.

Thanatos était le plus chanceux des quatre. Sa virginité était son agimortus. Enfin, chanceux… c'était vite dit ! Ares en frémit.

— On s'éparpille trop, déclara Ares. Nous ne sommes pas assez nombreux pour chercher l'agimortus de Limos, localiser Délivrance et veiller sur Cara. On doit se concentrer sur une seule tâche.

— Cara, donc ?

Il hocha la tête. Même si sa présence suffisait à l'affaiblir, il devait la retrouver et rester auprès d'elle.

—Elle est la priorité, et je sais comment la retrouver. Après, il faudra tout mettre en œuvre pour la protéger.

Ares expira profondément, et son souffle forma de la buée dans l'air glacé.

—Je me connais, Than. Si elle meurt et que je deviens mauvais, rien sur cette terre ne pourra m'empêcher d'anéantir l'espèce humaine.

Chapitre 8

Cara ne dormit pas. Elle en était incapable. Dans un état de confusion totale, elle demanda par téléphone à la propriétaire une couverture supplémentaire, se doucha, frotta la trace bizarre sur sa poitrine pour la faire disparaître, et n'y parvenant pas, enfila son pyjama et essaya de nouveau d'appeler Larena, mais celle-ci était injoignable.

Cara s'assit sur le lit grinçant, et regarda la télé. La BBC diffusait un reportage sur les eaux rouges des fleuves africains pollués par une algue toxique, mais la jeune femme n'y prêta guère attention. Elle était trop engourdie, l'esprit déconnecté de l'ouïe. La dernière fois qu'elle avait ressenti ça, c'était après son agression.

Après qu'elle avait tué cet homme.

Le rapport officiel du légiste avait mentionné un infarctus, mais Cara connaissait la vérité. Elle savait à quoi ressemblait une crise cardiaque, elle l'avait vu de ses yeux quand son père s'était écroulé devant elle.

Seigneur, il lui manquait tellement! Il l'aimait même s'il se méfiait de son pouvoir. Elle n'avait qu'à l'appeler et il sautait dans le premier avion pour les États-Unis.

Sa mort, un mois avant qu'elle s'installe en Caroline du Sud, l'avait anéantie. Elle commençait à peine à se remettre sur les rails quand, quatre mois plus tard, ces individus s'étaient introduits chez elle.

Et à présent, ça! Elle avait fini par perdre le contact avec la réalité.

Sur la table de chevet, son portable sonna, et elle s'empressa de l'attraper.

—Larena ?

—Non.

La voix caverneuse résonna dans ses oreilles, suscitant un sursaut immédiat de soulagement mêlé de panique.

—Jeff ? murmura-t-elle.

—Où êtes-vous ? Il faut que je vous voie.

La voir ?

—Ça va vous paraître dingue, mais je vous ai vu... ou du moins, c'est ce qu'il m'a semblé. Avant. Sur un cheval...

—Cara, écoutez-moi, l'interrompit-il avec fermeté, et elle n'aurait pu reposer le téléphone même si elle l'avait voulu. Vous êtes en danger, poursuivit-il, et je dois vous retrouver. Dans votre message, vous affirmiez être en Angleterre. Où ça ?

Elle ne devrait rien lui dire. Elle le savait. Mais elle était désespérée, perdue, et Jeff constituait son seul lien avec le chien.

—Je suis à York, dans une maison d'hôtes.

Elle fouilla dans le tiroir de la table de chevet pour lui donner l'adresse inscrite sur la brochure.

—Merci.

Il raccrocha sans lui laisser le temps de le questionner davantage.

Et maintenant quoi ? Même s'il prenait le prochain avion, il n'atterrirait à York que le lendemain, dans l'après-midi. Attendait-elle réellement qu'il lui fournisse des réponses ? Un coup sur la porte la fit bondir. *Du calme, respire. C'est juste le service d'étage.*

Elle alla ouvrir. Et resta plantée sur place, stupéfaite.

—Jeff...

—Ares.

Il entra, même si elle ne l'y avait pas invité. Cara remarqua qu'il avait dû se baisser pour éviter de se cogner contre le chambranle. Il ne lui échappa pas non plus que ses larges épaules en frôlaient les côtés.

Il ne peut pas être arrivé aussi vite. Et... Ares ?

À moins qu'il n'ait été là depuis le début. Sur le cheval.

Il referma doucement derrière lui, la prenant au piège.

—N'avancez pas. (Elle fit le tour du lit pour le maintenir à distance.) Ne me touchez pas.

Pour apaiser ses craintes, Ares leva les deux mains en l'air, mais ce geste ne suffit pas à la rassurer. Il n'avait qu'à faire deux pas pour l'attraper.

—Je ne suis pas là pour vous faire du mal, Cara, mais pour vous aider.

—Vous pouvez me réveiller ? Parce que le seul moyen de m'aider c'est de m'arracher à ce cauchemar.

—Ce n'est pas un cauchemar. Ce que vous avez vu ce soir était réel.

Elle posa la main sur sa poitrine, à l'endroit où l'étrange symbole vibrait.

—Alors… un type en sang m'a marquée avec sa paume, puis vous et un autre type avez surgi de nulle part, à cheval, et avez commencé à vous battre. Le temps s'est arrêté. J'ai vu des gens se transformer en monstres. Vous voulez vraiment que j'avale ça ?

—Cela nous faciliterait la vie. Et le plus tôt sera le mieux.

Elle secoua la tête, même si continuer à nier requérait trop d'efforts pour valoir encore la peine. À quoi bon lutter ? Tout était vrai, et en son for intérieur, elle le savait.

Ares arqua un sourcil.

—Vous avez une autre explication pour la trace gravée entre vos seins ?

Non, bien sûr, mais si un vaisseau extraterrestre atterrissait dans le jardin, elle ne pourrait pas l'expliquer non plus.

—Qui êtes-vous ? (Elle considéra ses rangers, son pantalon en cuir noir, son tee-shirt à l'effigie d'AC/DC et sa veste en cuir.) Pourquoi vous déplacer à cheval et porter une armure ?

—On pourra en discuter une fois que vous serez en lieu sûr.

—Vous êtes cinglé ? (Elle l'observa, incrédule.) Je n'irai nulle part avec vous.

Il l'empêcha de poursuivre d'un geste de la main et s'avança vers la fenêtre.

—Avez-vous vu des rats ?

Le brusque changement de sujet l'étourdit.

—Des rats ?

—Des rongeurs qui ressemblent à de grosses souris.

—Je sais ce que c'est, rétorqua-t-elle les dents serrées. Pourquoi ?

—Ce sont des espions.

Il scruta l'obscurité entre les rideaux. Le brouillard épais diffusait la lumière jaune du réverbère, et baignait la rue d'une lueur inquiétante.

—En avez-vous vu? répéta-t-il.

Des rongeurs-espions? Ce type était beau comme un dieu, mais il était timbré. Le plus discrètement possible, Cara se dirigea vers la porte.

—Je n'ai pas vu de petits James Bond à poil, navrée.

Il la dévisagea d'un œil morne, et elle ajouta:

—D'accord, j'ai vu des bestioles se faufiler entre les ombres, mais j'ai vu pas mal de trucs bizarres ce soir.

Encore un pas.

—Vous n'y arriverez pas.

—Pardon?

La voix d'Ares était un mélange de lassitude et d'amusement.

—Vous n'atteindrez pas la porte.

Ah oui? Eh bien, elle pouvait toujours essayer. Elle évalua la distance, se dit qu'elle pouvait piquer un sprint sur la fin, mais se figea lorsque Ares se crispa des pieds à la tête.

—Que se passe-t-il?

—J'ai entendu un cheval.

Elle déglutit, se rappelant l'effrayant étalon blanc aux yeux rubis étincelants de malveillance.

—Un méchant... cheval?

—Pestilence, siffla-t-il. (Il tournoya sur lui-même à la vitesse de l'éclair et se campa devant elle.) On met les voiles.

Il tendit le bras, et un étrange couloir de lumière apparut au centre de la pièce. Ares attrapa Cara, et alors qu'un bruit assourdissant ébranlait la bâtisse et qu'une explosion retentissait derrière eux, Ares plongea avec Cara dans le tunnel scintillant.

Pourchassé par les flammes démoniaques du feu infernal, Ares se jeta hors de la Porte des Tourments pour atterrir, avec Cara, dans la grand-salle de sa villa.

Merde, on l'a échappé belle. Son instinct aurait dû l'alerter bien plus tôt, mais en présence de l'agimortus, il se sentait comme une poulinière attendant d'être saillie par un étalon en rut: handicapé, entravé.

La chaleur lui brûla la cheville, les flammes manquèrent de l'enserrer tandis que le portail se refermait. Ares se cogna l'épaule contre le sol en marbre, et roula pour amortir la chute. Cara l'agrippa avec fermeté, veillant à ne pas s'agiter pour ne pas heurter la surface dure.

Cette fois, elle se retrouva sur Ares, les bras autour de sa taille, le visage enfoui contre son cou. Elle sentait les fleurs et la vanille. L'instant était sans doute mal choisi pour le remarquer, mais cela faisait très longtemps qu'Ares n'avait pas étreint ainsi le corps souple d'une femme.

L'érection qui se manifestait dans son pantalon était encore plus inappropriée, surtout au vu des circonstances. Ils avaient tout de même failli finir rôtis, comme les cochons de lait lors des barbecues hawaïens de Limos.

Ouais, pile le moment pour bander, abruti !

— Ce cauchemar est vraiment pénible, marmonna Cara, et Ares espéra de tout cœur que ce commentaire n'était pas lié à sa queue qui durcissait à vue d'œil au contact de la jeune femme.

Il la repoussa et se redressa. Cara resta assise dans son pyjama en flanelle rose avec des moutons blancs imprimés dessus. Ares détestait le rose. Et tous ces trucs mignons et duveteux. C'était un miracle que cette femme ait survécu jusqu'à aujourd'hui, même dans le monde des humains. Dans le sien, elle n'aurait pas tenu cinq minutes. Cela dit, il fallait bien le reconnaître, elle lui avait asséné quelques répliques assassines, et avait essayé de s'enfuir de la chambre d'hôtes.

Ares l'avait coincée contre le mur avant qu'elle n'ait pu poser les doigts sur la poignée de la porte.

— Ce n'est pas un cauchemar, aboya-t-il. (Et, non, il n'éprouva aucun remords lorsqu'elle vacilla. Elle devait s'endurcir, et vite.) Je ne vous le répéterai pas.

— Et si vous m'en disiez plus dans ce cas ? (Elle leva le menton en signe de défiance. *Bien.*) Je croyais que vous m'aviez apporté le chien. Que vous rendiez visite à des cousins…

— J'ai menti.

Il s'accroupit à son côté, passa la main devant le visage de Cara et libéra les souvenirs qu'il avait enfouis dans son cerveau.

Elle hoqueta, et s'empressa de reculer, les yeux écarquillés.

—Qu'avez-vous fait ? Oh, Seigneur ! Qui sont ces étrangers dans ma maison ?

Elle se massa les tempes, la mémoire lui revenant avec fracas dans un flux d'informations qui aurait fait planter l'ordinateur le plus performant.

—C'étaient des guerriers humains. (Il s'avança vers elle, doucement, et la conduisit vers le coin de la pièce.) Des tueurs de démons. Ils devaient traquer le chien des Enfers que vous avez soigné.

Il cracha presque la dernière phrase, incapable de croire que l'on veuille aider l'un de ces monstres ignobles.

—C'est ce qu'ils n'arrêtaient pas de dire. Chien des Enfers. (Elle baissa les yeux sur ses pieds nus, et fronça les sourcils.) Minute. L'homme qui a surgi de nulle part dans mon bureau… Il a pris Hal, et plus tard, je l'ai revu dans mon rêve.

Elle posa la main sur sa poitrine.

—C'est lui qui m'a fait cette marque.

—Il s'appelle Sestiel. C'est un ange déchu.

—Un… ange déchu ?

Elle déglutit, se lécha les lèvres, et bien entendu, le regard d'Ares fut attiré vers sa bouche. Elle n'avait rien d'une guerrière, certes, mais les femmes douces et sensibles étaient parfois plus désirables.

—Pourquoi voulait-il un… chien des Enfers ? bafouilla-t-elle avant de se lécher de nouveau les lèvres, et Ares pria pour qu'elle arrête. Je veux dire… Hal.

—Parce que la proximité de ces bêtes permet aux anges déchus de dissimuler leurs faits et gestes. (Elles s'avéraient également être une arme redoutable contre les Cavaliers, mais elle n'avait pas besoin de le savoir.) D'après moi, il espérait la dompter pour qu'elle se lie à lui. Il ignorait sans doute qu'elle vous avait déjà choisie.

—Pardon ?

Une haine farouche et viscérale serra le cœur d'Ares.

—Les chiens des Enfers sont des créatures vicieuses et infâmes. Ils ne vivent que pour massacrer et mutiler, et n'éprouvent aucun regret. Quoi que vous lui ayez fait, sauvé la vie ou que sais-je… il vous en a été reconnaissant.

Cette idée suffisait à le rendre malade. Il préférait bouffer de la merde de chauve-souris-titan pour le restant de ses jours plutôt qu'être lié à un chien des Enfers.

— Vous avez rêvé de lui, sauf que ce n'était pas un rêve. Grâce au lien, ils peuvent communiquer par le biais de la projection astrale. Vous le rejoignez quand vous dormez, mais cela peut être dangereux, car sur ce plan, anges et démons peuvent vous capturer et vous séquestrer jusqu'à ce que votre corps physique dépérisse.

Cara recula encore un peu, les yeux dans le vide, le cerveau abreuvé d'informations qui dépassaient l'entendement.

— Et vous… vous m'avez enlevée. Vous m'avez kidnappée.

— Je vous ai sauvé la vie, lui fit-il remarquer. Les Gardiens vous auraient torturée puis tuée.

Elle enfouit le visage dans ses mains avant de relever brusquement la tête, les joues marbrées de rouge.

— Vous m'avez embrassée !

Il porta de nouveau le regard sur sa bouche, sur ses lèvres délicates dont il avait pu se délecter l'espace d'un instant. Il y avait perçu alors une note de menthe mêlée à l'odeur du chien des Enfers, et il se demanda quel goût elle pouvait bien avoir aujourd'hui.

— Ce n'était pas un baiser, humaine, inutile de vous exciter.

Elle poussa un cri outré.

— J'ignore comment on appelle ça chez vous – qui que vous soyez – mais nous autres, humains, on appelle le fait de poser les lèvres sur celles d'autrui « embrasser ».

— Eh bien, félicitations dans ce cas ! Vous avez bécoté un chien des Enfers.

Ares la jaugea des pieds à la tête, et ne manqua pas de remarquer ses formes voluptueuses, même dissimulées sous son pyjama informe. Le numéro de striptease qu'elle lui avait offert à son insu avant d'aller sous la douche resterait à jamais gravé dans sa mémoire.

— À votre place, je m'en garderais à l'avenir. Les chiens des Enfers baisent ce qu'ils tuent. En général, pendant qu'ils sont en train de les buter. J'ignore ce qu'ils sont capables de faire à quelqu'un… qu'ils apprécient…

Elle remua les lèvres en silence pendant un moment.

— Vous êtes répugnant.

Il ricana.

— Ce n'est pas moi qui roule des galoches à un clébard.

Un frisson la parcourut, et l'espace d'une milliseconde, il éprouva une once de remords de la molester ainsi. Il envisagea même d'enfiler son armure pour bloquer ce sentiment. Puis, Cara lui lança un regard assassin empreint de pur dégoût, dissipant aussitôt sa crise de conscience.

—Où sommes-nous ?

Comme il ne répondit pas au bout du délai imparti – deux secondes, semblait-il –, elle souffla.

—Eh bien ?

Elle pouvait passer de petite chose fragile à femme de poigne en un quart de seconde. Impressionnant.

—En Grèce. Nous sommes chez moi.

—Vous avez mentionné la Grèce quand vous m'avez donné votre numéro de téléphone, répliqua-t-elle, songeuse.

Elle ne paniqua pas, cette fois, et c'était tout à son honneur. Tel un guerrier chevronné, elle sonda les alentours du regard, évaluant son environnement, et repéra, Ares n'en doutait pas une seconde, toutes les issues possibles. *Brave fille !* Quand elle eut terminé, elle voulut se relever, mais il la coinça contre le mur. Il se campa devant elle, et lui tendit la main, mais elle la refusa.

Nerveuse et têtue, donc. La combinaison frustrante par excellence !

Elle se redressa toute seule tant bien que mal, et longea le mur pour mettre une certaine distance entre Ares et elle.

—Je nage en plein délire. Démons ? Chiens des Enfers ? Anges déchus ? Qu'est-ce que je viens faire là-dedans, moi ? Qu'est-ce que j'ai fait ?

Bonnes questions. Dommage qu'il ne possède pas les réponses.

—Mauvais endroit, mauvais moment. Quand le chien vous a donné le baiser de l'Enfer…

—Il ne m'a pas embrassée ! grommela-t-elle. C'est un chien !

—Il est bien plus que ça, et à un moment, il a dû vous lécher la bouche. Vous vous en souvenez ?

Perplexe, elle hocha lentement la tête.

—Je n'ai fait que l'aider. Il avait été heurté par une voiture. Cela dit, il a cicatrisé à une vitesse incroyable dès que j'ai retiré la balle.

—Parce que c'est un chien des Enfers. Ils sont difficiles à tuer, mais les Aegis ont utilisé des projectiles enchantés. Sans vous, il serait mort. Ces créatures ne se lient pas à n'importe qui. Vous lui avez fait une vive impression, et il vous a offert sa vie.

— Pardon ?

— Le baiser de l'Enfer unit vos forces vitales. Chaque fois que vous serez blessée, vous puiserez son énergie, et vice versa. Vous guérirez tous les deux avec une rapidité surnaturelle. Mais si c'est lui qui est mal en point, vous vous sentirez faiblir. Plus son état sera grave, plus le vôtre se détériorera. Au risque même d'entraîner votre mort.

Elle baissa la manche qu'elle avait retroussée pour exposer son avant-bras.

— Vous êtes vraiment doué pour délivrer de bonnes nouvelles.

Il haussa les épaules.

— Si ça peut vous rassurer, cela rallonge votre espérance de vie.

Enfin, ce serait exact si elle ne portait pas un agimortus susceptible de la drainer plus vite que ne pouvait la recharger le chien des Enfers.

— Il tenait vraiment à vous témoigner sa gratitude, parce que en dépit de leur immortalité, se lier à un mortel réduit leur longévité. Il sera toujours difficile à occire tant que vous serez en bonne santé, mais quand vous mourrez, il mourra aussi.

Elle considéra ses paroles.

— Vous êtes immortel ?

— Oui. Mais il est possible de supprimer la plupart des créatures immortelles. Les vampires, par exemple, ne résistent pas aux rayons du soleil, à la décapitation ou à un pieu dans le cœur. Or, moi, je suis indestructible. Rien ni personne ne peut m'atteindre.

Excepté Délivrance, la dague forgée dans le seul but d'éliminer les Cavaliers.

— Les vampires existent ?

Cara s'enlaça la taille, comme pour s'empêcher de tomber. Il n'avait pas eu ce luxe quand il avait découvert la réalité du monde surnaturel. Les bras enchaînés derrière le dos, on l'avait forcé à regarder sa femme être torturée, puis tuée.

— D'accord, mais je ne comprends toujours pas comment je me suis retrouvée embarquée dans cette histoire.

— Je vous ai dit que Sestiel s'était emparé du chien pour camoufler ses traces. Il était la cible d'assassins et avait besoin de protection.

Elle observa de nouveau ses pieds, pâles, même contre le marbre blanc.

—Pourquoi souhaitait-on sa mort ?

La situation risquait de se compliquer. Ares désigna l'immense canapé d'angle en cuir noir que Limos lui avait fait acheter. Comme s'il lui arrivait souvent d'accueillir douze hommes adultes dans son salon.

—Asseyez-vous. Si vous avez faim, je peux demander qu'on vous apporte de quoi manger.

—Je n'ai pas faim. Je ne veux pas m'asseoir. (Elle croisa les bras dans une attitude de défi.) Je veux savoir ce qu'il se passe !

Ares n'était guère habitué à recevoir des ordres et il le fit savoir.

—Vous savez l'essentiel pour l'instant, répliqua-t-il sur un ton péremptoire.

—Ah oui ? (Elle se sentit rougir de colère.) Je sais tout ? Avant que nous quittions la maison d'hôtes, vous avez dit que j'étais en danger. Qu'en est-il des autres clients ? Le bâtiment a-t-il explosé ? Sont-ils morts par ma faute alors que j'étais la seule visée ?

—Cara…

—Répondez-moi ! J'ai beaucoup de mal à croire à toute cette histoire, alors il me faut des réponses, et tout de suite !

Irrité par ses injonctions, Ares décida de lui révéler la vérité, intégrale et non censurée, puisqu'elle y tenait tant.

—Oui. Ces gens sont morts parce que vous étiez en danger. L'auberge a été engloutie par le feu infernal. (Qu'il était interdit d'utiliser sur Terre, mais personne n'allait appréhender Pestilence.) Des esprits tout droit sortis des ténèbres ont pourchassé tous les humains à portée des flammes, pour les brûler vifs tout en aspirant leurs âmes. Ils ont dû être carbonisés de l'intérieur. C'est une mort effroyable, et pire encore, leurs âmes sont désormais coincées en Enfer sans espoir de gagner un jour le Paradis.

Les larmes emplirent les yeux turquoise de Cara, et même si une étrange pulsion dicta à Ares de la réconforter, il opta pour une méthode qui le mettait plus à l'aise : celle du sergent instructeur.

—Écoute-moi bien, l'humaine. Ça craint que tu te retrouves embarquée là-dedans, mais c'est comme ça, autant t'y faire ! Tu n'imagines pas ce qui est en jeu, et tu vas devoir t'endurcir un bon coup si tu veux survivre. Des tas de gens vont crever avant la fin de cette histoire, alors arrête de chialer, et affronte la réalité ! Te voilà l'humaine la plus importante de la planète. Comporte-toi comme telle !

—Vous n'êtes qu'un bâtard ! s'écria-t-elle, la voix éraillée.

—C'est vrai. J'en suis un, au sens propre. Et vous, vous êtes le vaisseau de mon agimortus.

En deux enjambées, il rompit la distance qui les séparait et déchira le haut de Cara, envoyant les boutons valser aux quatre coins de la pièce. Elle hurla et essaya de s'enfuir, mais il l'attrapa d'une main autour du cou. Il pressa le doigt contre son thorax, sur le symbole entre ses seins, même si cela lui brûla la peau et lui ramollit les muscles.

—Ça, c'est un agimortus. Seul un ange déchu possède la force nécessaire pour le porter.

—Lâchez-moi, espèce de pervers !

Hors de question. Pas avant d'avoir mis les points sur les i.

—Réfléchissez à ce que je viens de dire, Cara. Seuls les anges déchus sont censés porter cette marque, et tout ce qui vous préoccupe, c'est que je voie vos nichons ?

Fort jolis, au demeurant. Ares dut faire montre d'une discipline martiale pour ne pas lorgner dessus. Il avait beau être un salopard, il ne prenait pas son pied à terroriser les femmes.

Cara le repoussa.

—Ôtez vos sales pattes, et je poserai la question que vous attendez tant.

Il recula d'un pas, et la regarda, d'un air amusé, refermer les pans de sa veste, les petits moutons ondulant avec fureur sur la flanelle rose bonbon.

—Allez-y. Demandez. Prouvez que ce joli petit crâne abrite un cerveau.

—Connard, cracha-t-elle. J'accepte de jouer le jeu. Alors, dites-moi, si seuls les anges déchus sont capables de porter votre « agimortruc », comment se fait-il que je l'aie ?

Pas bête, la poulette. Il aurait souri si la réponse n'était pas si terrible.

—Parce que les anges déchus sont une espèce en voie d'extinction. Sestiel n'avait d'autre choix que de le transférer à un humain. Malheureusement, ces derniers ne peuvent le supporter plus de quelques heures. Or, comme vous êtes liée au chien des Enfers, Sestiel a dû parier que vous seriez un peu plus résistante.

Elle blêmit sans se départir, pour autant, de son expression agacée. Excellent. Pas de larmes ni de jérémiades.

—Il avait raison ?

—Oui, mais ça ne durera pas. Vous drainez les forces de Hal pour rester en vie. Si on ne trouve pas un ange déchu pour lui confier l'agimortus, vous faiblirez tous les deux jusqu'à ce que mort s'ensuive.

Ares éprouva de l'admiration pour Cara, car même s'il voyait son visage changer alors qu'il prononçait ces paroles, elle garda son calme.

—Et alors, répliqua-t-elle d'une voix égale, je mourrai aussi.

D'un geste lent et délibéré, il tendit le bras, et cette fois, elle ne protesta pas lorsqu'il écarta les pans de son pyjama pour révéler sa poitrine. Le symbole entre ses seins semblait gravé au fer rouge, les lignes en relief comme des traces récentes de coups de fouet.

—Regardez-les. Écarlates comme du sang frais.

Elle ne cilla pas lorsqu'il dessina du bout du doigt le haut du bouclier.

—La couleur va s'estomper d'heure en heure, expliqua-t-il, à mesure que vous approcherez de la mort. Quand la teinte sera identique à celle de votre peau, ce sera fini. C'est un compte à rebours, Cara. (Il appuya sur la pointe du bouclier et regarda la chair pâlir avant de se regorger de sang.) Et le temps file.

Chapitre 9

Cara resta figée, comme un lapin pris dans les phares d'une voiture, le cerveau en ébullition, le cœur battant.

— Je crois que j'ai besoin de m'asseoir, finalement.

Elle arpenta le sol en marbre, les pieds comme lestés de plomb, jusqu'à un épais tapis sur lequel trônait une immense table basse conçue comme un échiquier. Elle renversa deux pions de la taille d'une canette de soda tandis qu'elle prenait place dans un fauteuil en cuir ultra-rembourré.

— Vous aimez les échecs ?

Sa voix était morne, sa question débile.

— Oui.

— Vous êtes doué, alors ?

Encore un commentaire stupide. Elle le lançait sur un sujet aussi trivial alors qu'Ares lui parlait d'anges déchus, de démons et de sa mort imminente.

Il remit les pièces droites.

— Personne ne m'a jamais battu.

— Rappelez-moi de ne jamais vous défier à un jeu, marmonna-t-elle.

— Il serait sage de ne jamais me défier tout court.

Il se tourna vers l'une des sorties situées à l'autre bout de la salle et héla un dénommé Vulgrim.

Son arrogance, sans doute justifiée, l'exaspéra et elle accueillit volontiers ce sentiment d'agacement qui lui permettait de passer outre à sa peur et à son hébétement. Mais avant qu'elle ait pu prononcer un mot, une énorme créature dotée de cornes de bélier et d'un large museau entra en claquant des sabots. Il – du moins supposait-elle que c'était un mâle – portait une sorte de tunique en cuir par-dessus une cotte de mailles certainement agrémentée d'une doublure, car sinon, son épaisse fourrure fauve se coincerait entre les chaînons.

Persuadée que rien ne pouvait la terrifier plus qu'elle ne l'était déjà, elle adopta une posture figée, s'efforçant de se fondre dans le décor comme une statue de marbre afin qu'Ares ne la remarque pas tandis qu'il s'adressait à la chose.

—Mon Seigneur ? gronda la bête.

Ares inclina la tête.

—Vulgrim, apporte de l'eau d'orc à l'humaine. Donne pour instruction aux autres de satisfaire ses moindres volontés. (Il coula un regard entendu à Cara.) Sauf si elle demande sa liberté. Je veux que vous la surveilliez comme la prunelle de vos yeux.

De l'eau d'orc ? Non, il avait dû dire « eau d'orchidée ». Comme de l'eau de rose. Mais à base d'orchidées. Seigneur, elle avait envie d'exploser d'un fou rire nerveux, parce qu'elle se prenait le chou à cause d'eaux florales alors qu'il y avait un monstre dans la pièce. Elle reluqua Ares et se ravisa. Réflexion faite, il y avait deux monstres dans la pièce.

Vulgrim exécuta une révérence, fit volte-face sur ses sabots, et disparut dans le couloir.

—Qu'est-ce… (Elle se racla la gorge pour se débarrasser de cet enrouement humiliant.) Qu'est-ce que c'était ?

Ares ôta sa veste et la jeta sur le dossier du canapé.

—Un démon ramreel. J'en ai trente à ma disposition comme serviteurs et gardes. Ils ne vous feront aucun mal.

Bien entendu, quelle idée ! Pourquoi un démon lui ferait-il du mal ?

—Tous les démons ressemblent-ils à des boucs ?

Il prit une profonde respiration, comme pour s'armer de patience avant de lui répondre.

—Il existe autant de races de démons que de mammifères, même si la plupart paraissent aussi humains que vous et moi. Nous les appelons ter'taceo. Vous serez capable d'en voir certains ou de sentir leur présence maintenant que vous faites partie de notre monde.

Elle se rappela l'homme, sorti du bar à York, qui s'était transformé en une créature hideuse l'espace de quelques horribles secondes. Une petite boule de poils traversa la pièce comme une flèche, et Cara oublia aussitôt le type du pub.

—Et… derrière vous, c'est aussi un démon ?

Ares se retourna, un large sourire adoucissant la rudesse de ses traits.

—Oui.

Il poussa une sorte de ronronnement, et la bête de la taille d'un chien, une version miniature de Vulgrim, plus ronde et touffue, courut vers lui à quatre pattes. Elle l'observa, ébahie par la démonstration de tendresse inattendue d'Ares qui s'était mis à le chatouiller.

—Rentre à la maison, Rath. Ton père doit être inquiet.

L'espèce de bouc bêla et s'éloigna en sautillant. Ares sourit et se tourna à nouveau vers Cara.

—C'est le petit-fils de Vulgrim. À peine quelques mois, et curieux comme une pie. Sa mère est morte.

Bon sang ! Elle avait un milliard de questions à lui poser, mais ne savait même pas par où commencer. Et pourquoi pas par la raison de sa présence ici ? Elle se rassit, et quand Ares la jaugea sans ménagement, elle pressa les genoux contre la poitrine et referma sa veste de pyjama déchirée pour se couvrir, même si au point où elle en était, cela ne devait plus changer grand-chose. Il avait déjà tout vu.

—Les gentlemen ne reluquent pas les dames, déclara-t-elle non sans agacement, parce qu'il aurait tout de même pu se retenir de baver.

—Détrompez-vous, répliqua-t-il d'une voix traînante. Ils font preuve de subtilité, voilà tout.

Peu importe.

—Pourquoi m'avoir enlevée ?

Il se mit à arpenter la pièce, perdu dans ses pensées, l'air sévère, le visage figé.

—Pour vous protéger de mon frère.

—Votre frère ? C'est lui qui essaie de me tuer ?

—C'était lui sur le cheval blanc, et il n'est pas le seul à souhaiter votre mort. La moitié du monde souterrain doit être à vos trousses. Voilà pourquoi vous devez rester chez moi. Lui et quelques autres peuvent trouver cette île. Il se doutera que je vous ai amenée ici, mais il lui manquera les détails. J'ai fait exterminer vermines et chauves-souris, et les faucons de mes ramreels chassent tous les oiseaux de l'espace aérien.

Devant l'expression perplexe de Cara, il ajouta :

— Mon frère communique avec les animaux vecteurs de maladies et les utilise comme espions.

Beurk. Voilà pourquoi il voulait savoir si elle avait vu des rats.

— Votre frère a l'air charmant.

Un long silence s'ensuivit, rompu seulement par le claquement de ses bottes sur le sol.

— Il l'était.

Pour autant, Cara ne pouvait se représenter le psychopathe sur son cheval-démon comme « charmant ».

— Il serait peut-être temps de m'expliquer ce que vous et votre frère êtes réellement, parce que, en toute franchise, j'ai beaucoup de mal à assimiler toutes ces informations.

Il secoua la tête.

— La vérité ne vous simplifiera pas la tâche.

— Est-ce que ça va la compliquer ?

— Ça risque d'être difficile à croire.

— Euh… (Elle désigna le chemin emprunté par le démon aux cornes de bouc.) Après ce que je viens de voir, vous pourriez m'avouer que vous êtes Dark Vador que je ne serais pas surprise.

Il arbora un demi-sourire avant de pincer de nouveau les lèvres en une ligne stricte, mais l'espace d'une seconde, elle se sentit attirée par cette bouche charnue, comme la première fois qu'elle l'avait croisé sur son perron.

— Mon frère s'appelle Reseph, déclara-t-il sur un ton bourru, mais à présent, il est celui que l'on nomme Pestilence, premier Cavalier de l'Apocalypse.

OK, elle avait parlé trop vite. Elle s'efforça de ne pas céder à la panique, et resta assise sans rien dire pendant un moment. Le frère d'Ares était Pestilence. Lorsqu'elle parvint à retrouver sa voix, elle coassa presque.

— Ce qui fait de vous…

— Guerre. Deuxième Cavalier de l'Apocalypse.

Le démon, Vulgrim, revint avec l'eau d'orc qu'Ares apporta à Cara.

— Buvez.

Elle obéit machinalement. Le liquide frais soulagea sa langue desséchée, et elle en avala la moitié avant qu'Ares ne pose la main sur la sienne et lui retire la bouteille avec délicatesse. La douceur était loin de le caractériser, mais à cet instant précis, le pouvoir terrifiant qui émanait de lui était contenu, et même son visage anguleux et sa bouche pincée semblaient moins sévères.

— Moins vite, femelle, murmura-t-il, vous allez perturber votre organisme.

Trop tard. Elle voyait mal comment elle pouvait être plus bouleversée encore.

— Ça n'a pas le goût de fleurs.

Elle était vraiment la reine des remarques débiles aujourd'hui ! Il la dévisagea comme si elle était complètement cinglée et que sa folie était contagieuse.

— Vous avez dit que c'était de l'eau d'orchidée, expliqua-t-elle.

Il fronça les sourcils, répéta en silence ses dernières paroles, et explosa de rire. Waouh ! Il était carrément à tomber quand il riait.

— De l'eau d'orc. J'ai demandé à Vulgrim d'y ajouter une plante orc aux vertus relaxantes.

Elle aurait dû être furieuse contre lui, mais l'herbe faisait sans doute déjà effet parce qu'elle se fichait royalement d'avoir été droguée. En réalité, une chaleur effervescente se répandait dans ses veines, et elle sentit avec ravissement ses muscles se détendre.

— Et maintenant quoi ?

— Nous devons attraper votre chien des Enfers avant Pestilence. S'il apprend que vous êtes liés, il le torturera pour vous tuer. (Il se frotta la nuque, ses biceps saillants mettant à rude épreuve l'élasticité de son tee-shirt.) Vous êtes allée à York pour retrouver le molosse, n'est-ce pas ? Savez-vous où il est ?

— Pas vraiment. Mais dans l'un de mes rêves, j'ai vu le nom d'une rue. Newland Park Drive.

— C'est là qu'il faut chercher en priorité. Les sbires de Pestilence doivent déjà ratisser la ville.

Ne pose pas la question… Ne pose pas la question…

— Pourquoi veut-il me tuer ? Pourquoi les Enfers veulent-ils ma mort ?

— Pourquoi ?

La voix d'Ares était si grave qu'elle résonna dans ses entrailles, et curieusement, elle apprécia cette sensation.

—Parce que les Enfers grouillent de démons, reprit-il.

Il baissa les yeux sur son tatouage qui semblait bouger, comme si une brise faisait ondoyer la crinière de l'étalon. Elle se rappela l'avoir vu se transformer en fumée avant de reprendre place sur l'avant-bras d'Ares… Et une interrogation de plus sur la liste !

—Ceux qui vivent sur Terre, pour la plupart, se contentent du statu quo. Mais ceux qui sont coincés dans Sheoul rêvent de s'échapper, alors ils rallient Pestilence. Et ce dernier veut vous tuer parce que votre mort brisera mon sceau.

—Et c'est une mauvaise chose ?

Il rit, mais cette fois, l'amertume qui en émanait glaça le sang de Cara malgré l'indolence dans laquelle l'avait plongée la boisson orc.

—Une mauvaise chose ? Cara, votre mort déclenchera l'Apocalypse. La destruction totale. La fin du monde tel que nous le connaissons. Alors, oui, c'est plutôt mauvais.

—Ah ouais, c'est la poisse.

Sans s'en rendre compte, elle lui avait pris la main. Elle devrait être rouge de honte parce qu'elle lui caressait la paume du bout des doigts, mais elle venait aussi de dire que mourir en causant l'Apocalypse serait la poisse, alors… Qu'est-ce qui clochait chez elle, bon sang ?

—L'eau d'orc, c'est le pied !

Ares arqua un sourcil.

—Je pense que Vulgrim l'a un peu trop corsée.

—Oh ! À propos… la vodka ! Je n'en ai pas bu, hein ? La nuit où j'ai soigné Hal et que vous m'avez enlevée ?

Il croisa les doigts sur ceux de Cara, et une vague de chaleur la réchauffa.

—J'ai tout mis en scène après avoir effacé vos souvenirs. Je voulais vous fournir une excuse pour avoir oublié les événements de la soirée.

—Ça aurait pu fonctionner, sauf que je ne bois pas. Jamais. (Elle se redressa.) Je peux avoir encore un peu de ce breuvage ?

Il fit une moue en poussant la bouteille hors de sa portée.

—Je ne préfère pas.

Il avait sans doute raison. Surtout que ses paupières étaient de plus en plus lourdes. Ce qui n'était pas le cas de sa libido. Elle dansait la gigue avec ses hormones, qui semblaient s'être éveillées d'un profond sommeil depuis qu'elle avait rencontré Ares.

—Vous sentez vraiment bon. Et vous êtes super beau. Cela dit, votre visage est un peu cruel. (Il se renfrogna, appuyant son propos.) Votre frère était terrifiant. Vous l'êtes aussi. Êtes-vous mauvais ?

—Pas encore. Voilà pourquoi nous devons vous garder en vie, Cara. Si vous mourez, je deviendrai très, très mauvais.

—Comme quand vous m'avez embrassée ? C'était mal.

—Ce n'était pas un baiser. Et ce n'était pas mal.

Il paraissait si outré qu'elle sourit.

—Votre bouche était sur la mienne.

Sa vue avait commencé à se troubler, sans l'empêcher toutefois de discerner aisément les lèvres d'Ares. Elles étaient parfaites. Et si sa mémoire ne lui jouait pas des tours, elles étaient fermes et souples à la fois. Elle tendit le bras pour lui effleurer la lèvre inférieure du bout des doigts.

Il hoqueta, surpris, et Cara sentit un agréable frisson lui parcourir le bas-ventre. L'effet de l'eau d'orc, sans doute. Avec lenteur et délicatesse, elle continua d'en redessiner les contours, et oui, elles étaient douces. Veloutées. Et elle brûlait d'y goûter.

Dans les tréfonds de son esprit, une voix hurlait que c'était mal, mais la torpeur, mêlée d'ivresse, qui l'envahissait peu à peu éveilla... son désir.

—Je vais vous montrer, murmura-t-elle tout en s'approchant de lui. Vous verrez ce qu'est un baiser.

Il recula, mais elle colla la bouche contre la sienne, l'immobilisant sur-le-champ. Elle voulut glousser, mais s'en retint de justesse. Elle était bien trop occupée à embrasser Ares.

Elle n'avait jamais fait le premier pas dans une relation. Ce devait être l'eau d'orc. Elle inclina la tête, et, comme il l'avait fait dans son souvenir, elle retraça le contour de ses lèvres avec la langue.

—Voilà, chuchota-t-elle, ce que vous m'avez fait.

Un grondement avide, viril, prit naissance dans la poitrine d'Ares, à mi-chemin entre le gémissement et le grognement, puis il se jeta sur elle. Il la plaqua contre le siège, l'écrasant de tout son poids, le bassin pressé contre ses cuisses écartées. De nouveau, une voix lointaine hurla à Cara que c'était une erreur, mais son corps était détendu, alangui, et après l'enfer des derniers jours, elle n'avait qu'une envie : oublier.

Ares enfonça les poings dans les bras du fauteuil et décolla son torse de Cara. *Ah, bordel !* Il faisait vraiment n'importe quoi. Elle n'était pas dans son état normal, l'herbe orc l'avait enivrée, et dès l'instant où elle l'avait caressé, il avait su qu'il devait l'arrêter.

Au lieu de quoi, il avait préféré céder à la curiosité. Il ne s'était pas douté qu'elle l'embrasserait. Et alors… elle lui avait prodigué le baiser le plus doux qu'il avait jamais goûté. Ses lèvres avides, sa langue chaude et humide, avaient ravivé en lui le feu qu'il croyait éteint depuis des lustres.

Et quand elle s'était agrippée à son cou, il s'était mis à flamber, échappant à tout contrôle. Ses instincts guerriers lui avaient dicté de poursuivre, de passer à l'offensive, de conquérir. Elle s'était retrouvée sous lui en une fraction de seconde, plaquée contre son corps puissant, tandis qu'il laissait sa bouche savourer cette femelle consentante et folle de désir.

À présent, il la couvrait de tout son poids, son érection pressait contre le bas-ventre de Cara tandis qu'il respirait avec difficulté, par à-coups. Puis, elle sombra dans le sommeil.

Relève-toi, abruti !

Il sentit un désagréable picotement sur la nuque, et persuadé d'être épié, il tourna brusquement la tête vers la source de son malaise. Vulgrim se tenait devant la porte entre la salle à manger et la grand-salle, ses petits yeux porcins agités par une vive réflexion et brillants de curiosité. Normal. Ares ne ramenait pas souvent de femelles chez lui. Et quand ça lui arrivait, il ne les pelotait pas dans le salon. Et ses conquêtes n'étaient pas non plus droguées jusqu'à l'inconscience.

Ouais, chouette spectacle !

—Quoi ? s'écria-t-il, agacé, avant de se redresser.

Ares résista à l'envie d'expliquer qu'il n'était pas en train de profiter de la situation. Il pouvait avoir toutes les femelles qu'il voulait. Il n'avait pas besoin de les soûler, et même s'il l'avait fait pour coucher avec l'humaine, cela ne concernait en rien son serviteur.

— Je vois que vous êtes… occupé, dit Vulgrim, un filet d'amusement dans sa voix d'ordinaire monotone. Je nettoierai plus tard.

— Fais donc ça. Et dis à Torrent de surveiller Rath.

La présence de la petite boule de poils chez lui ne le dérangeait pas, mais si Pestilence venait à trouver le bébé ramreel… Seigneur ! Ares refusait d'aller sur ce terrain-là, ne serait-ce qu'en pensées.

Il souleva Cara dans ses bras. Sa veste de pyjama s'ouvrit, les boutons arrachés et le tissu déchiré complétant le scénario « baise-la dans son sommeil ». Parfait !

— Il paraît que le GHB fonctionne bien mieux que l'herbe orc, maître, cria Vulgrim tandis qu'Ares traversait le couloir.

— N'oublie pas que j'ai une salle de torture dans la cave ! lui rétorqua Ares, et il ne plaisantait qu'à moitié.

Satané démon.

Malheureusement, ce dernier était loin de redouter le Cavalier, et Ares avait beau s'y efforcer, il ne regrettait pas d'avoir accepté Vulgrim et sa famille dans son cercle intime. Il n'aimait pas les démons, mais Vulgrim était différent, et l'avait toujours été depuis qu'Ares l'avait sauvé, petit, d'une mort certaine.

Cara remua, se lova contre son torse et s'accrocha à son cou. Une curieuse sensation de chaleur l'envahit, un sentiment qu'il ne pouvait identifier avec précision, mais c'était… agréable.

« *Il n'y a pas de place pour la tendresse dans ce monde. Les guerriers combattent. Ils baisent. Ils tuent. C'est tout.* » La voix de son père – de l'humain qui l'avait élevé – résonnait encore dans sa tête après toutes ces années. Bébé, Ares avait été battu pour avoir témoigné trop de bonté aux animaux et aux esclaves. Pendant ses dix premières années, on l'avait contraint à terrasser, littéralement, sa gentillesse. Et le message avait été reçu cinq sur cinq. Ne jamais s'attacher, à rien ni personne, car les possessions étaient faciles à perdre, le pouvoir fugace, et tout ce qui vivait était voué à mourir.

Sans déconner. Il avait oublié cette leçon avec le temps, et sa famille avait payé cher pour son échec.

Cara commença à ronfler, poussant de petits grognements qu'il s'évertua à ne pas trouver attirants. Ni adorables. Non, ce n'était pas mignon du tout. Il se le répéta plusieurs fois tandis qu'il la portait dans l'une des cinq chambres à coucher. Il choisit la plus grande.

Elle comprenait une salle de bains, un énorme lit, et dans le coin, un fauteuil dans lequel il pouvait s'asseoir et la regarder, si besoin. De plus, elle donnait sur la falaise, offrait la plus belle vue, et s'ouvrait sur un patio duquel on pouvait profiter de la brise océane. Détail important, elle était presque inaccessible de l'extérieur.

Il déposa Cara sur le matelas, lui déplia les doigts, et tâcha de ne pas lorgner sur sa poitrine nue tandis qu'il la couvrait. Bon, d'accord, il aurait pu mieux faire. Bon sang, ses efforts étaient pitoyables. Il devait lui trouver un autre pyjama. Sans tarder.

Dans un léger soupir, elle se recroquevilla sur le flanc et se blottit contre les draps. Une pointe de jalousie le titilla. Jamais il ne s'était lové ainsi sur un lit, c'était un comportement typiquement humain. Cela dit, même quand il avait cru en être un, il s'était senti en décalage, comme s'il n'était pas à sa place. Comme tout le monde, il s'était marié, avait eu des enfants et avait essayé de profiter de la vie, mais en son for intérieur, il avait toujours su que quelque chose ne tournait pas rond. Qu'il était destiné à accomplir des exploits, et n'avait pas besoin du confort et des émotions dont il ne se jugeait pas digne, par ailleurs.

Il se rendit compte qu'il faisait le pied de grue devant Cara, absorbé par ses pensées. Il lui retenait la tête avec les mains parce qu'il n'y avait pas d'oreillers sur le lit, lui effleurait les joues du bout des doigts... Il poussa un sifflement et recula d'un bond si brusque qu'il trébucha et se rattrapa sur la chaise pour ne pas atterrir sur les fesses. Bordel de merde ! Perte d'équilibre, esprit vagabond, maladresse... Tout cela ne lui ressemblait pas. Et même s'il avait envie de tenir l'agimortus pour unique responsable... Ouais, c'était la faute de l'agimortus ! Nulle femme, si belle soit-elle, ne devait être en mesure de lui embrumer le cerveau !

Il réagit en guerrier, et posta un garde dans le patio, sur le toit, et devant chacune des fenêtres. Une fois assuré que rien, pas même l'un des rats de Pestilence, ne pouvait se faufiler dans la chambre, il envoya un message à Limos et à Thanatos. Tous deux arrivèrent dans l'heure, et il les accueillit dans la grand-salle.

—Dis-moi que tu as l'humaine, lança Thanatos en guise de bonjour.

Vêtu de son armure en os de démon, il était prêt pour le combat, et ses bottes martelaient le marbre comme des coups de tonnerre. Ses cheveux platine étaient attachés avec un lien de cuir, mais deux fines tresses lui fouettaient le visage à chacun de ses pas. Il tenait à la main une canette de limonade glacée. Il était accro à ce truc.

Limos entra après lui. Elle portait un bermuda orange, un débardeur bleu à motifs hawaïens, des tongs à fleurs, et un gardénia jaune dans sa crinière de jais. Une vraie gonzesse !

— Salut, frangin ! (Elle passa devant Ares et lui donna une tape sur le torse.) Quoi de neuf ?

— J'ai l'humaine. Elle est en train de dormir.

— Bien. (Thanatos engloutit la moitié de son soda.) Elle te cause des soucis ?

Tu n'as pas idée.

— Elle ne devient pas agressive en ma présence, si c'est ce que tu veux savoir.

— Et quels sont les effets de l'agimortus sur toi ?

Ares serra et desserra les poings. Parmi toutes les contraintes qui pesaient sur lui depuis sa malédiction, la perte de ses aptitudes et la vulnérabilité qui en résultait l'irritaient le plus.

— Quand j'ai combattu Reseph à York, mon armure et mon épée m'ont failli, mais je n'ai pas eu besoin de recourir à mes pouvoirs depuis que j'ai récupéré Cara.

Menteur. Il n'avait pas pu compter sur ses réflexes, pourtant aiguisés, à l'auberge, car la proximité de Cara affectait sa capacité à flairer le danger imminent. Cependant, il ne pouvait avouer ses faiblesses, pas même à son frère et à sa sœur. Il pouvait dresser une liste d'arguments logiques, chercher à prouver par tous les moyens que ce n'était pas sa faute, que cela ne se serait pas produit avec une autre, et bla-bla-bla. Mais en définitive, c'était humiliant.

Limos lui décocha un regard sceptique, comme si elle voulait lui proposer un remontant surnaturel pour pallier ses problèmes d'agimortus, mais elle eut la sagesse de ne pas l'ouvrir.

— Comment gère-t-elle la situation ? Elle ne doit pas être ravie de se retrouver catapultée ennemie numéro un des Enfers.

— Comme elle peut. (Ares se dirigea vers le bar, près de la cheminée. La sensation de brûlure que laissait la tequila avait le don de remplacer celle, cuisante, de la honte.) Pour le moment, du moins.

— Montre-t-elle des signes de faiblesse ? (Les yeux violets de Limos s'illuminèrent quand Ares disparut sous le comptoir en granit.) Je veux bien, merci ! Quelque chose de fruité.

—Tu ne veux pas un parasol aussi ?

Elle lui fit un doigt d'honneur. Un de ces jours, sa sœur apprendrait à apprécier l'alcool, et cesserait de siroter ces boissons sirupeuses de fillettes.

—Je n'ai rien remarqué pour l'instant. Le lien avec le chien des Enfers va la maintenir en forme pendant quelque temps, mais nous devons le récupérer, parce que s'il meurt, Cara mourra aussi. Je sais où chercher en premier, dans une rue d'York ; nous ferons du porte-à-porte s'il le faut. Après, on aura besoin d'un ange déchu pour que Cara lui transfère l'agimortus et qu'on arrête de courir contre la montre.

Limos soupira.

—Je rentre faire mes bagages. L'un de nous doit t'aider à la protéger.

—Bien. Je m'occupe du molosse. Than, charge-toi du Non-déchu. À ta place, je commencerais par le Temple de Lilith. J'y ai trouvé Tristelle.

Ares espérait qu'elle avait eu la bêtise de rester.

—OK.

—D'après elle, ils ne sont plus qu'une dizaine. Ceux qui n'ont pas été tués par Pestilence ont pénétré dans Sheoul pour lui échapper.

Than lâcha un juron fleuri, et Ares ne put le contredire.

—D'autres nouvelles ?

Thanatos jeta sa canette à la poubelle.

—Reseph a tenté de convaincre l'un de mes vampires de glisser un aphrodisiaque dans mon verre.

—Ares aime beaucoup l'herbe orc, cria Vulgrim depuis la cuisine.

Il n'allait pas tarder à visiter la salle de torture, celui-là.

Limos se rembrunit.

—Qu'est-ce qu'il raconte ton démon ?

—Rien, maugréa Ares.

Il lança un glaçon à Thanatos qui l'observait, sourcils froncés, et essayait sans doute de décrypter les paroles du ramreel.

—À l'évidence, le plan de Reseph n'a pas fonctionné, ajouta Ares.

—Je le soupçonnais d'utiliser mon personnel pour m'atteindre, alors j'ai prévenu chacun d'entre eux qu'un pieu attendrait quiconque me trahirait.

Limos examina ses ongles alternativement peints en rose et jaune.

—Tu ferais mieux d'éviter les *Quatre Cavaliers*. Reseph serait passé au bar pour promettre une place éternelle à ses côtés, après l'Apocalypse, à celui qui arriverait à te faire céder à la tentation. Les femelles cherchent déjà les chaînes capables de te retenir. Quelques mâles prévoiraient même de participer à l'action.

—Chouette.

Les yeux jaunes de Thanatos étincelèrent comme des diamants.

Ares versa une giclée de rhum dans le mixeur pour préparer le cocktail de Limos.

—Tu comprends maintenant pourquoi on doit le détruire ?

—J'ai dit non. (Une ombre dansa pendant quelques secondes autour des pieds de Thanatos.) On trouvera un autre moyen. Reaver a dit qu'il nous aiderait.

Limos leva les yeux au ciel.

—J'attends de voir ça.

—Moi aussi, marmonna Thanatos. Mais il ne nous apportera pas une aide directe. Il a proposé d'arranger un entretien avec des représentants de l'Aegis.

—Un entretien ? Une embuscade pour nous tuer, oui !

Limos avait eu un échange musclé avec un groupe de Gardiens quelques siècles plus tôt. Ils lui avaient annoncé qu'éliminer les Cavaliers empêcherait l'Apocalypse. Ils connaissaient les effets des morsures des chiens des Enfers et lui avaient décoché une flèche imprégnée de bave. Elle était restée paralysée pendant sept jours avant que Reseph ne la secoure, et même si ce qu'ils lui avaient infligé n'était pas comparable aux déboires d'Ares en la matière, il lui avait fallu des semaines pour s'en remettre.

En théorie, les Aegis étaient les « gentils », mais ils n'étaient pas leurs amis, ça non.

Ares ajouta au rhum un mélange pour daïquiris à la fraise et des glaçons. Beurk.

—S'ils se rappellent que nous sommes vulnérables à la bave de ces saloperies, je crains qu'ils ne nous tendent un piège.

—Ils pourraient aussi nous apporter leur assistance, répliqua Thanatos. Je n'aime pas donner raison à Reaver, mais nous ne sommes pas en mesure de décliner sa proposition. Et puis, ils pourraient nous aider à trouver Délivrance avant Reseph.

— Ça ne me plaît pas.

Limos frappa le sol avec ses tongs.

Ares considéra leurs options, et malheureusement, ils n'en avaient pas beaucoup.

— Nous devons leur parler, mais c'est nous qui fixerons les règles. Than, dis à Reaver que nous les rencontrerons chez toi.

— Quoi ? s'écria Limos. Il y en aura plusieurs ?

Ares hocha la tête.

— Nous sommes trois, donc ils devront être trois aussi, maximum. Cara sera avec nous, et je refuse de lui faire courir le moindre risque.

— Et comment vont-ils venir ?

— Ça, c'est le problème de Reaver.

Ares enclencha le mixeur.

— Je continue de penser que c'est une erreur, maugréa Limos une fois le boucan terminé.

— Li, on cherche ton agimortus depuis des millénaires, en vain. Et ça m'étonnerait qu'on tombe dessus un jour. L'Aegis possède des atouts que nous n'avons pas. Nous sommes au pied du mur. Reseph a le soutien du mal, ainsi que ses ressources. S'il met le grappin sur ton agimortus avant nous...

— Ouais, ouais, je sais. Mais je n'aime pas ça.

— Moi non plus, mais...

Un cri interrompit Ares.

Cara. Il s'élança dans le couloir, Thanatos et Limos sur les talons. Il poussa les doubles portes et se précipita dans la chambre à coucher. Il trouva Cara assise sur le lit, une expression d'horreur sur son visage livide. Elle serrait le drap contre sa poitrine à s'en blanchir les jointures.

— Ares, pantela-t-elle, puis elle resta bouche bée à la vue de Thanatos, son épée à la main, et de Limos, affublée d'une tunique de samouraï en peau de croix-vipère et de hauts-de-chausses.

Ares aussi avait enfilé sa tenue de guerrier, et son armure grinça lorsqu'il s'avança vers elle.

— Voici mon frère et ma sœur.

Sans réfléchir, Ares examina chaque recoin de la pièce avant de se coller dos au mur pour scruter l'obscurité par chacune des fenêtres. Ses ramreels montaient la garde, imperturbables.

— Que s'est-il passé ?

— Quelqu'un a capturé Hal. (Cara prit une inspiration saccadée.) Ils lui font du mal.

Thanatos rengaina son arme, le sifflement de la lame qui retrouvait son fourreau diminua la tension ambiante.

— Hal ?

— Le chien des Enfers auquel elle est liée, expliqua Ares d'une voix aussi tranchante que l'épée de Thanatos. Qui était-ce ?

Cara se couvrit jusqu'au menton, et dévisagea à tour de rôle Thanatos, puis Limos.

— Ils étaient six. Cinq hommes et une femme. Il ne pouvait pas partir. Ils l'ont piqué avec des lances… il était dans la cage et ne pouvait pas s'enfuir.

Une larme roula sur la joue de Cara, et Ares éprouva le besoin stupide de l'essuyer. Il n'aurait pas dû ressentir de telles émotions lorsqu'il était en armure, mais la proximité de Cara avait transformé la solide cuirasse en peau de chamois, et les sentiments d'ordinaire refoulés affleuraient à la surface d'une manière fort agaçante.

— Pouvez-vous nous donner la moindre indication sur leur apparence physique ?

Thanatos s'adossa à la commode, prenant un peu trop ses aises au goût d'Ares tandis qu'il interrogeait Cara.

— Leurs armes ? Leurs vêtements ?

Cara s'adressa à Ares.

— Des jeans, répondit-elle. Du cuir pour certains. L'un avait un crucifix et une bouteille de liquide.

— De l'eau bénite, marmonna Ares. Quoi d'autre ?

Elle porta la main à sa gorge, là où elle avait saigné la nuit précédente, lorsque Ares l'avait arrachée aux Gardiens.

— Ils avaient le même couteau bizarre, en forme de S, qu'ils ont utilisé sur moi. Ils sont munis d'une double lame. L'une en or, l'autre en argent.

— Des stangs, grogna Limos. L'arme des Aegis. Saloperie de raclures humaines.

— Bordel ! souffla Ares. Thanatos, parle à Reaver et organise cette entrevue au plus vite. On aura nos réponses, et on récupérera ce satané clébard avant qu'ils le butent.

Les yeux améthyste de Limos étincelèrent.

—Ils ne le tueront pas tout de suite. D'abord, ils feront des expériences sur lui.

—Et pendant ce temps, je faiblirai.

Cara leva les yeux sur Ares et l'observa sans ciller jusqu'à ce qu'il ait l'impression de s'y noyer. De son plein gré, comme un marin entraîné vers le trépas par une sirène.

—N'est-ce pas ?

—Oui.

Il pouvait enrober le reste, mais elle connaissait déjà l'issue. Et il n'était pas du genre à prendre des gants.

—Vos forces vous déserteront peu à peu, puis vous mourrez et déclencherez la fin de ce foutu monde.

« Vos forces vous déserteront peu à peu, puis vous mourrez et déclencherez la fin de ce foutu monde. »

Cara se demanda combien de fois elle devrait entendre cette affirmation avant d'intégrer pour de bon que le sort de l'humanité reposait sur elle.

Elle attrapa impulsivement la main d'Ares, sans trop savoir pourquoi. Peut-être parce que le type aux yeux de faucon et au sourcil percé la dévisageait, et que la femme à la crinière noir corbeau et aux iris violets venait de traiter ses congénères de raclures, et qu'à cet instant précis Ares était son seul allié.

Si elle pouvait vraiment le qualifier ainsi.

Elle glissa des regards discrets aux nouveaux venus. L'homme avait les épaules moins larges qu'Ares, il était un peu plus mince, et ses cheveux étaient plus longs et beaucoup plus clairs, mais tous deux se caractérisaient par leur allure imposante, leurs traits anguleux et l'intensité de leur expression. La femme faisait partie de ces créatures que Cara détestait : une peau parfaite, de longs cils noirs bordant des yeux époustouflants, et sublime sans maquillage.

—Ce sont donc votre frère et votre sœur.

Un autre Cavalier, et une… Cavalière ?

—Thanatos, précisa Ares en désignant Yeux Jaunes. Et elle, c'est Limos. Ils ne vous feront aucun mal.

Ares remonta le drap pour lui recouvrir la poitrine, puis jeta un coup d'œil à son frère et à sa sœur.

— Vous nous laissez une minute ?

Il semblait agacé, ce qui n'avait rien de nouveau, songea Cara.

— Ouais.

Thanatos la jaugea, et elle prit soudain conscience de sa nudité. Un grognement bestial lui échappa, et sa voix changea, s'enroua.

— Il faut que je… file. Je vais appeler Reaver.

— Et moi, je dois récupérer deux ou trois bricoles si je dois garder ton humaine.

Limos ajusta la fleur dans ses cheveux, et d'une simple caresse sur la gorge, elle fit disparaître son armure, se retrouvant en bermuda, tongs et débardeur bariolé.

La situation devenait un peu plus bizarre d'heure en heure, mais à son grand étonnement, Cara ne paniquait plus face à des événements qui lui auraient fait piquer une crise de nerfs à peine deux jours plus tôt. Voire la veille.

Quelques minutes plus tard, Ares et elle étaient de nouveau seuls, et Cara balaya du regard la chambre décorée avec mesure.

— Comment suis-je arrivée ici ? Je ne me rappelle pas m'être endormie.

— Je vous ai donné un sédatif léger.

Léger ? Elle avait plutôt l'impression d'avoir été assommée à coups de whiskey. Elle se frotta les yeux sans parvenir à chasser la torpeur. Elle remarqua qu'elle lui tenait toujours la main, mais elle ne la lâcha pas. Elle serra même plus fort, mue par le besoin de s'ancrer. Il ne bougea pas, et l'observa, troublé, comme s'il se demandait quoi faire.

— Merci.

— Pourquoi ?

Il essaya de se dégager, mais elle le retint avec fermeté. Il avait beau être un étranger, il était le seul élément familier dans le décor.

— D'être là.

Elle lui effleura le pouce d'un air détaché. Il avait les doigts calleux, et pourtant, malgré toutes les fois où il l'avait malmenée, il ne lui avait jamais fait mal.

— Votre frère et votre sœur me font peur.

— C'est normal.

Elle soupira.

— Vous n'êtes vraiment pas doué pour réconforter les autres.

— Je suis un guerrier, pas une gouvernante, rétorqua-t-il d'une voix dénuée de compassion.

— Sans déconner, marmonna-t-elle. Pourquoi me haïssent-ils ?

— Ils ne vous haïssent pas.

— C'est ça, répliqua-t-elle, sarcastique, tandis qu'elle étudiait la cicatrice entre le pouce et l'index d'Ares.

Étrange. S'il était immortel, pourquoi avait-il des cicatrices ?

— Je devais dormir quand ils m'ont chaleureusement enlacée.

Ares retira la main et recula, remuant les doigts comme pour se débarrasser de la sensation de son contact.

— Ils se méfient. Vous êtes humaine. Corruptible et influençable. Faible de corps et d'esprit.

Faible. Ce mot lui transperça le cœur, balayant aussitôt l'irritation qu'elle éprouvait pour avoir été droguée à son insu. Elle avait été faible par le passé, mais elle s'efforçait de se reconstruire depuis deux ans. La thérapie. La musculation. Les cours d'autodéfense. Pour autant, cet entraînement ne lui avait été d'aucune utilité quand elle avait été attaquée par les tueurs de démons. Sa peur l'avait paralysée, et elle avait oublié toutes les techniques de combat qu'elle avait pu apprendre.

À présent, elle s'en souvenait.

La marque entre ses seins vibra lorsqu'elle balança les pieds hors du lit pour se lever, sans prêter attention à son haut de pyjama qui venait de s'ouvrir.

— Je ne suis peut-être pas un guerrier biblique légendaire, mais je ne suis pas une petite chose fragile.

— Face aux créatures de mon monde, si.

Il la jaugea avec intensité, s'arrêtant un peu trop longtemps sur sa poitrine, avant de laisser échapper un borborygme, un juron voilé, semblait-il.

— Alors vous allez m'écouter et m'obéir, poursuivit-il.

— Ah oui ? Vous me traînez sur votre île, me droguez, m'enfermez dans une pièce et me gardez prisonnière ?

— Bon résumé. (Il tourna les talons et se dirigea vers la porte.) Rendormez-vous et essayez de contacter votre molosse des Enfers. Nous devons découvrir l'endroit où le détiennent les Aegis.

Oh, non ! On ne la séquestrerait plus jamais. Fureur et frustration, envers son impuissance, sa situation, et envers Ares, brisèrent quelque chose en elle, et elle se jeta sur lui. Il fit volte-face et la maîtrisa sans difficulté tandis qu'elle l'attaquait. Elle se retrouva dos au mur en un battement de cœur, Ares plaqué contre elle, une main lui agrippant l'épaule et l'autre, le menton, pour l'empêcher de bouger la tête.

—Je suis la seule chose qui vous sépare de la mort, déclara-t-il entre ses dents. Si j'étais vous, je ferais preuve d'un peu plus de gratitude.

—Vous déraillez ou quoi ? (Elle se tortilla, mais autant essayer de déplacer un rocher.) Vous voulez que je vous remercie ? Vous savez quoi ? Je me montrerai reconnaissante si vous trouvez quelqu'un à qui refiler ce… cet… « agimachinchose ». Je vous aurais été reconnaissante, si vous aviez protégé l'ange déchu qui le portait pour lui éviter de me le transférer. Et je vous serai vraiment reconnaissante si vous me relâchez.

Elle se débattit encore, et cette fois, il sentit ses muscles tressaillir. Une lueur de surprise traversa son regard, puis il resserra sa prise.

—Écoutez-moi attentivement, Cara. (Sa voix était calme. Glaçante.) N'utilisez jamais la violence contre moi. La violence… m'excite. Vous ne souhaitez pas en être témoin, croyez-moi.

Il l'observa, les yeux réduits à deux fentes noires, la mâchoire crispée, et l'espace d'un instant, elle se dit qu'elle avait dépassé les bornes. Après tout, elle ignorait tout des Cavaliers, à l'exception de ce qu'elle avait pu voir dans les films, lire dans les romans ou apprendre au catéchisme quand elle était enfant. Et rien de tout ça n'était très flatteur. Son pouls s'accéléra à mesure que son anxiété augmentait, puis son cœur s'emballa devant le soudain changement d'expression d'Ares, mais pour une tout autre raison.

Il s'était radouci. Il l'étreignait moins fort, et s'était pourtant rapproché. La veine sur sa tempe palpitait, et tandis qu'elle l'examinait, elle en remarqua le rythme, identique aux pulsations qu'émettait le symbole entre ses seins.

Elle prit douloureusement conscience d'une dizaine de sensations différentes, y compris l'énergie érotique qui émanait d'Ares. Il faisait déjà chaud dans la pièce, mais la puissance de cet homme, son ardeur… la fit fondre de désir.

Et cette bouche… Elle se rappela y avoir posé les lèvres. Oui… quand ils étaient dans la grand-salle avec le bélier-démon. Ils discutaient, elle avait bu de l'eau, et puis… elle s'était sentie bizarre. Un sursaut de clairvoyance fit bourdonner son pouls à ses oreilles.

—Je croyais que vous aviez mélangé un calmant à l'eau !

—En effet.

—Alors pourquoi est-ce que ça m'a…

Elle piqua un fard.

—Excitée ? termina-t-il. L'herbe orc agit comme aphrodisiaque chez certaines espèces, et comme sédatif chez d'autres. Chez vous, il semblerait que ce soit les deux.

—Oh, mais c'est fabuleux ! répliqua-t-elle, irritée. Et vous gardez cette drogue du violeur à portée… Pourquoi ?

Ce n'était sans doute pas la chose la plus intelligente à dire à un homme qui mesurait trois fois sa taille, et qui s'appelait Guerre, mais elle en avait assez de jouer les victimes. D'être sans défense. Vulnérable…

—Oh, Seigneur ! Vous ne m'avez pas…

—Non.

Était-ce mal de constater, de nouveau, à quel point il sentait bon ? Un mélange de cuir, de sable chaud et d'épices.

—Je n'en aurais pas eu besoin, poursuivit-il. C'est vous qui vous êtes jetée sur moi.

—Parce que vous m'avez droguée !

Il haussa les épaules avec nonchalance.

—Ce serait arrivé tôt ou tard. Les femelles finissent toujours par succomber.

Succomber ? Quel abruti arrogant !

—Les femelles quoi ? Démons ?

Du pouce, il lui effleura la joue, et elle se détesta d'apprécier cette caresse.

—Je préfère les humaines, mais…

Il serra les dents si fort qu'elle les entendit grincer.

—Mais quoi ? Elles sont trop intelligentes pour gober vos conneries ?

—Je les rends agressives.

—Ça alors ! Vu votre personnalité, j'ai du mal à comprendre pourquoi !

Un voile de tristesse assombrit son regard, puis il arbora de nouveau cette expression d'impitoyable cruauté.

—C'est ma malédiction. Quand je suis entouré d'humains, je leur donne envie de se battre.

Elle se tortilla entre les mains d'Ares.

—Sans rire ?

Il afficha un sourire sensuel et coquin.

—Ça, c'est une dispute normale. Vous semblez immunisée.

—Vous êtes sûr ? Parce que vous me tapez sérieusement sur les nerfs.

Entre autres… Cara réprouvait les sensations qu'il éveillait en elle, mais de toute évidence, son corps et son cerveau n'agissaient plus de concert lorsqu'il était question d'Ares.

—Je vous assure. (Elle perçut une lueur d'amusement dans ses yeux.) Si vous ne l'étiez pas, vous seriez folle de rage en permanence, sans raison apparente, et ne pourriez plus réfléchir de manière rationnelle.

Elle se sentait bien incapable de raisonner à l'heure actuelle, ça, c'était sûr !

—Suis-je la seule humaine à ne pas être affectée ? C'est à cause de l'« agimonnaie » ?

La marque chauffa davantage, et une vague d'énergie roula sur sa peau et lui inonda les veines avant d'affluer dans tous ses membres.

—L'agimortus. Et, oui. Cela dit, les Gardiens aussi sont immunisés. Ils portent des bijoux ensorcelés pour calmer cet effet. C'est grâce à moi qu'ils ont commencé à enchanter leur quincaillerie.

Il en semblait fier.

—Tant mieux pour vous. (Elle fronça les sourcils, se rappelant York, et la facilité avec laquelle elle avait propulsé Sestiel à l'autre bout de la rue.) Que dois-je encore savoir sur l'« agitatus » ?

Oui, elle le prononçait mal, mais elle n'était pas dans son élément, et tenait à garder le contrôle sur quelque chose, même si ce n'était qu'un mot de quatre syllabes.

—Rien.

—Est-il possible qu'il me rende plus forte ?

—Pourquoi ?

—Parce que… Je ne peux pas l'expliquer, mais j'ai l'impression que je pourrais soulever quarante-cinq kilos.

Ares se rembrunit.

—L'agimortus est en train de vous tuer. Vous devriez vous sentir plus faible, au contraire.

Seigneur, elle exécrait cet adjectif !

—Oui, eh bien ce n'est pas le cas, alors dites-moi s'il existe un moyen de m'en débarrasser à part le transférer à un ange.

— Non.
— Vous avez un ordinateur ? Des livres ?

Il la dévisagea comme si c'était une question piège.

— Pourquoi ?
— Pour faire des recherches, Monsieur le Cavalier légendaire. Je ne vais pas rester ici les bras croisés. Je tomberai peut-être sur un élément que vous n'avez pas pris en compte, une piste pour me défaire de l'« agibidule » et du lien avec le chien des Enfers.

Ares arqua un sourcil.

— Sur Internet ?

Elle renifla.

— On trouve tout sur la Toile. (Elle ne prêta pas attention à son ricanement perplexe.) Vous pouvez me relâcher maintenant ?

— J'hésite.

Il se pressa contre elle, et... Waouh, une érection accompagnait ce timbre d'outre-tombe. Tiraillée entre sa raison et sa chair, elle se demanda si elle devait paniquer ou se sentir excitée, mais son corps, lui, avait déjà pris sa décision. Un courant électrique lui parcourut le bas-ventre, ses seins durcirent, et sa respiration accéléra.

— Promettez-vous de m'obéir ? Parce que voici le topo : vous mourez, le monde sombre dans le chaos. Vous m'écouterez à compter d'aujourd'hui, car vous n'êtes rien d'autre qu'un... (il se renfrogna comme s'il cherchait le terme exact, avant de poursuivre d'une voix proche du grognement) un pion. Vous n'êtes qu'un pion dans ce jeu, et je gagne à tous les coups.

Un pion ? Un foutu pion ? De quoi calmer ses ardeurs ! Elle avait reconnu qu'elle avait besoin de lui, et qu'elle serait perdue dans son monde sans lui. Cependant, n'avait-il pas affirmé lui-même qu'elle était l'humaine la plus importante de la planète à l'heure actuelle ?

— Je vous écouterai, mais vous devrez me traiter avec respect. Parce que je n'ai pas l'impression d'être un vulgaire pion, mais plutôt une reine.

Une veine commença à palpiter sur la tempe d'Ares, et Cara redoubla d'audace, embrassant le pouvoir qui émanait de sa poitrine et ravivait le courage qu'elle avait perdu lors de son agression deux ans plus tôt. Elle baissa la voix, et en lui mordillant l'oreille, lui susurra :

— Échec et mat.

Chapitre 10

Pour la deuxième fois en deux jours, la troisième en six mois, Arik était de retour au QG berlinois de l'Aegis, ce qui d'ordinaire ne lui posait aucun problème. Arik adorait la gastronomie, la bière et les femmes allemandes. Or, il n'avait eu le temps de s'adonner à aucune de ces distractions, et commençait à devenir bougon.

Pire, afin d'en intégrer le fonctionnement interne, il devait prêter serment comme Gardien. Il trouvait l'organisation un poil trop radicale et désordonnée. Il préférait l'administration bien plus stricte et structurée de l'armée. Cependant, l'Aegis lui ayant fait comprendre qu'elle ne transigerait pas sur ce point, Arik leur avait confié l'unique bijou qu'il portait – sa bague de l'armée – afin qu'ils y gravent leur symbole magique et l'imprègnent d'un sort de protection.

Il remua les doigts de la main gauche, et sentit l'anneau sur son majeur. Il pesait, semblait-il, plus que d'habitude, comme si l'enchantement qui affûtait sa nyctalopie et le dotait de nombreuses capacités fort pratiques l'avait alourdi.

Regan accueillit Arik dans l'antichambre, décorée comme un cabinet de comptable. Ceux qui venaient livrer le courrier, apporter de la nourriture ou autre, pensaient que l'immeuble abritait une entreprise qui conservait les dossiers personnels de grandes sociétés. La Gardienne assignée aux tâches administratives appartenait à une cellule locale, et avait été formée pour jouer les secrétaires. Elle appuya sur un bouton, et un mur coulissa, révélant un couloir, à première vue interminable, éclairé par la lumière vacillante de tubes fluorescents.

Arik sur les talons, Regan passa devant les bureaux principaux, la salle de conférences, les labos, l'escalier qui conduisait aux cellules de confinement… comprendre les geôles. Contrairement au X, l'Aegis ne menait pas d'expériences sur les démons, mais il leur soutirait des informations. L'Aegis était certainement aussi doué que le X pour recueillir des renseignements.

Ils finirent par arriver devant une porte sécurisée, et Regan pianota un code secret sur le clavier numérique intégré.

Que pouvaient-ils bien garder là-dedans ? Arik avait l'habitude des mesures de sécurité extrêmes au sein du X, mais les Aegis semblaient davantage compter sur la magie et leur sentiment d'invincibilité hypertrophié, alors les mots de passe au cœur même d'une zone ultrasécurisée paraissaient étranges.

—Kynan t'attend, annonça Regan. Ne touche à rien.

—Première fois qu'une femme me dit ça, railla-t-il, principalement pour l'agacer, même si c'était la vérité.

—Connard, marmonna-t-elle avant de faire volte-face sur ses talons compensés pour s'éloigner d'un pas sautillant, sa longue queue-de-cheval lui balayant le dos.

Il se sourit à lui-même et entra dans la pièce… qui tenait plus de l'entrepôt. Des rangées d'étagères numérotées remplies de cartons, sacs, et articles étiquetés s'étendaient sur des kilomètres. Au plafond, des caméras fixées à intervalles réguliers formaient une grille qui devait couvrir chaque mètre carré de la salle dont la température et l'humidité étaient contrôlées. Sur sa droite, Arik aperçut un lavabo et des gants chirurgicaux.

—Arik ! Par ici !

Kynan leva la main. Assis dans un renfoncement, qui semblait abriter une bibliothèque, il travaillait sur son ordinateur portable devant des dizaines de livres et parchemins entassés sur la table.

—Qu'est-ce que vous cachez ici ? demanda Arik tandis qu'il tirait une chaise pour s'installer face à Kynan.

—Des artefacts anciens et sacrés, des objets magiques, démoniaques… la liste est longue.

Il lui désigna du pouce une zone bourrée d'étagères.

— L'histoire complète de l'Aegis. Tous les écrits concernant l'organisation, aussi infimes soient-ils, s'y trouvent. Ceux qu'on connaît, du moins. (Il se rassit dans son fauteuil en cuir.) Des nouvelles du X ?

— Un virus australien affecte les moutons avec un taux de mortalité de cent pour cent, et il se répand plus vite que les feux de forêt dont le pays est coutumier. À Madagascar, vingt pour cent de la population native ont été décimés par une souche démoniaque de la peste bubonique. Et dans les îles Marshall, tous les habitants de l'île de Lib sont devenus aveugles à cause d'une infection parasitaire, selon l'OMS. L'armée a été déployée sur quatre continents pour juguler les violences croissantes suscitées par la pandémie de grippe, et aider les Nations unies à mettre en quarantaine le plus de zones contaminées possible. Le problème c'est qu'elles sont trop nombreuses, et de nouvelles apparaissent par dizaines tous les jours. (Arik poussa un soupir las.) Et l'Aegis ? Du nouveau de votre côté ?

— Des Gardiens ont disparu. Ça arrive de temps en temps... Ils se font tuer par des démons qui les emportent, mais on en a perdu une vingtaine en quelques semaines, ils ont été enlevés alors qu'ils étaient chez eux. Et les tensions entre wargs de naissance et wargs créés se ravivent. La trêve que j'avais négociée après la bataille du Canada n'aura pas duré longtemps.

Arik étudia son ami, et remarqua les poches noires sous ses yeux.

— Tu as une sale mine.

— Tu m'étonnes ! Je passe mon temps à faire des recherches. Gem ne se sent pas bien depuis quelques jours, et je suis coincé au QG, à me prendre la tête sur ces conneries.

— Qu'est-ce qu'elle a ? C'est le bébé ?

Gem était enceinte de huit mois et demi. Kynan était si dévoué à sa femme qu'en être éloigné devait lui peser, même s'il pouvait utiliser les Portes des Tourments – ce qui n'était pas donné aux humains normaux –, et la rejoindre en quelques minutes, peu importe où il se trouvait.

— Elle est épuisée. L'Underworld General connaît un surcroît d'activité à cause de l'agitation qui règne aux Enfers, et Gem est abonnée aux heures supplémentaires. Le bébé va bien. (Il arbora un large sourire, et ses cernes s'effacèrent.) On a hâte !

— Vous savez si c'est une fille ou un garçon ?

— Non. Comme Luc et Karlene, on veut que ce soit une surprise.

Luc, un ambulancier warg qui travaillait à l'UG, et sa compagne Karlene, venaient d'avoir une petite fille.

— Je suppose que vous n'allez pas peindre la chambre dans des tons pastel neutre ?

Gem était une gothique, à moitié déchiqueteuse d'âme, une espèce qui collait une trouille bleue aux autres démons, et à ce qu'en avait pu voir Arik, elle ne brillait pas par sa douceur.

— Ça, non ! Gem ne voulait que des couleurs primaires. Tu devrais voir les murs ! Plus bariolés qu'un costume de clown !

Arik éclata de rire, avant de reprendre son sérieux.

— Bref, tu ne m'as pas appelé pour causer bébé, si ?

Kynan arbora un air grave, comme un général face à ses soldats.

— Non. (Il poussa son ordinateur vers Arik.) Tu parles le silan ?

— La langue des démons silas ?

— Oui. On a intercepté des dialogues, mais on n'y comprend rien, et on ne trouve personne qui connaisse ce dialecte précis. Pas même ma belle-famille.

— Pourquoi accorde-t-on une quelconque importance aux babillages d'une bande de démons mercenaires ?

— Ils ont été recrutés par l'un des hommes de Pestilence, un ex-Aegi qu'on surveille de près depuis qu'on l'a viré quelques mois plus tôt. (Kynan croisa le regard d'Arik.) Ça reste entre toi, moi, et Regan. Personne n'est au courant, pas même les autres Anciens.

— Pourquoi ?

— Parce que le traître en question est le fils de Valeriu, David.

Arik poussa un long sifflement.

— Val ? Le fils d'un membre du Sigil qui complote avec des démons ?

Après tout, Arik n'aurait pas dû être surpris. Ce n'était pas la première fois que David trahissait l'Aegis. Mais œuvrer avec Pestilence pour déclencher l'Apocalypse… c'était au-delà de la perfidie.

— Ouais. C'est chouette, hein ? (Kynan se frotta les yeux.) On ne veut pas encore l'arrêter. Pour l'instant, il nous aide bien plus qu'il ne le croit. Val tente de renouer avec lui, et s'il apprend ce que David manigance…

Kynan secoua la tête.

—Qui sait ce qu'il serait capable de faire…

—Comment se fait-il qu'il soit libre ? s'enquit Arik. Il n'était pas en prison ?

—Val nous a convaincus de lui confier sa détention.

—Merde. (Arik essaya d'estimer les dégâts que David pouvait causer, mais le calcul mental lui donna mal au crâne.) Qu'est-ce qu'il y a sur ton portable ?

—Appuie sur Shift + P.

Arik obéit, et des voix montèrent des haut-parleurs. Au début, c'était du charabia, mais Arik possédait la troublante faculté de maîtriser n'importe quelle langue démoniaque après en avoir écouté quelques mots. Pratique, certes, mais c'était la séquelle d'une maladie que lui avait transmise un démon, et Arik craignait parfois que d'autres talents moins utiles ne fassent surface un jour. Le X le soumettait tous les mois à une batterie d'examens, et jusqu'à aujourd'hui, il n'avait constaté ni altération de son ADN, ni changement physique, ni signe d'aucune sorte.

—Ils sont trois. Ils parlent de manger… Oh, vieux, les démons, c'est de la saloperie. (Arik se pencha en avant, et tendit l'oreille.) OK, ils sont censés traquer une humaine. Pestilence veut sa mort. Ils pensent qu'elle est avec Guerre. Là, ils s'excitent sur un truc… un grand seigneur qui attend son épouse.

Arik fit le tri dans ce charabia tout en se demandant s'il y avait un distributeur de boissons dans le coin.

—Ah, ça y est ! On dirait que Satan veut faire son nid et engendrer une flopée de rejetons maléfiques. C'est mignon. Sacrée veinarde, l'élue en question !

Après un grésillement, l'enregistrement s'arrêta.

Kynan appuya les coudes sur la table, les yeux perdus dans le vague.

—Je n'en ai rien à carrer de la vie amoureuse de Satan, mais l'humaine ? On doit découvrir qui elle est et pourquoi Pestilence veut la tuer. Tout individu qu'il souhaite voir mort peut s'avérer être notre nouveau meilleur ami.

—Autant chercher une aiguille dans une botte de foin ! Ou plutôt dans une pelote d'aiguilles. Sur une planète faite d'aiguilles !

—Voilà pourquoi nous devons trouver le moyen de neutraliser les Cavaliers, et je pense savoir comment. (Kynan lui présenta un livre abîmé ouvert sur un article précis.) On rapporte ici le combat entre un groupe d'Aegis et un chien des Enfers en 1108. La bête avait le dessus. Deux Cavaliers – on ignore lesquels – sont venus prêter main-forte aux Gardiens. L'un aurait crié à l'autre d'éviter les morsures. Le Gardien survivant l'a noté, car il a jugé étrange qu'un Cavalier craigne quoi que ce soit.

Arik se cala dans son siège, et croisa les chevilles.

—Les grands méchants Cavaliers immortels redouteraient les morsures de chien ?

—Voilà le truc… ce n'est pas la morsure en elle-même. (Kynan tourna la page.) Tu vois, deux siècles plus tard, un Gardien à la recherche d'une arme contre les Cavaliers tomba sur le récit de cette bataille et établit une théorie sur l'efficacité de la bave de chien des Enfers. Puis, en 1317, la grande famine régnait dans toute l'Europe, les gens mouraient de faim, mangeaient leurs bêtes de trait, abandonnaient leurs enfants, s'adonnaient au cannibalisme. La fin des temps semblait proche, et le responsable était tout trouvé : le troisième Cavalier de l'Apocalypse, Famine.

—Naturellement.

Des siècles plus tôt comme aujourd'hui, les humains imputaient toujours les catastrophes, naturelles ou provoquées par l'homme, à quelqu'un d'autre, que ce soit un Cavalier, le diable, ou Dieu.

—L'Aegis a accompli un rituel pour invoquer Famine, poursuivit Kynan. Quand elle est arrivée, ils l'ont transpercée avec une flèche enduite de bave de chien des Enfers, qui l'a paralysée sur-le-champ.

Arik arbora une mine stupéfaite.

—Que lui ont-ils fait ?

Kynan grimaça.

—Disons que la relation entre les Cavaliers et l'Aegis n'était plus au beau fixe depuis un moment déjà, et après ça… C'est un miracle qu'ils ne nous aient pas zigouillés jusqu'au dernier. (Arik perçut l'inquiétude dans la voix de Kynan.) L'un des paragraphes mentionne qu'ils lui ont pris quelque chose, sans préciser quoi.

—OK, donc la bave de ces clébards est notre arme fatale ? Ça m'étonnerait que l'Aegis en fasse l'élevage.

Kynan arqua un sourcil.

— Exact, mais environ trente secondes avant ta venue, une cellule d'York, en Angleterre, s'en est procuré un.

Arik hoqueta, surpris.

— Sans déc'? Comment?

— Les habitants d'une banlieue résidentielle se sont plaints d'aboiements, et quand les policiers sont entrés, ils ont trouvé un chien noir peu commun dans une cave, enfermé dans une cage. À la vue des glyphes de confinement gravés sur les barreaux et au sol, ils ont paniqué, et quand ils ont commencé à passer des coups de fil à ce sujet, l'Aegis en a eu vent, et a foncé récupérer le chiot.

— Un chiot?

— Ouais. Un coup de bol. J'ignore comment on aurait géré le transport d'un adulte.

Soudain, un éclair de lumière flamboya derrière Kynan. Arik bondit aussitôt sur ses pieds, prêt à dégainer, mais quand Kynan se contenta de soupirer, il se détendit.

Un peu.

— Reaver! Tu ne sais pas frapper?

— Les anges ne frappent pas.

— Et expliquent-ils pourquoi ils n'ont pas été disponibles pendant six mois? questionna Kynan. Je t'invoque depuis un bail, figure-toi!

Reaver haussa les épaules.

— C'est la vie. (Il scruta Arik du coin de l'œil.) Il paraît que tu as rallié l'Aegis. Bien joué. Tu leur seras utile.

Arik ne prit pas la peine de lui demander comment il était au courant. Et même s'il avait voulu, il n'aurait pas pu. Il se tenait dans la même pièce qu'un satané ange, et était bien incapable de parler.

— Les Cavaliers ont-ils accepté de nous rencontrer? s'enquit Kynan, et Reaver acquiesça.

— Ils sont d'accord pour voir trois Aegis, mais vous deux ferez l'affaire.

Arik retrouva l'usage de sa langue.

— Pourquoi moi? Il y a des membres plus anciens, et je ne suis pas vraiment un Gardien.

— Tu as prêté serment, répliqua Reaver. Et tu fais partie du X. L'armée doit être avertie de toutes les avancées. Et avec ta sœur louve-garou et tes beaux-frères démons, il sera plus facile de les convaincre que tu n'es pas un fanatique missionné pour les éliminer.

—C'est pour ça que tu fais aussi appel à moi ? demanda Kynan.

Les yeux saphir de Reaver s'assombrirent.

—Je te recrute parce que tu es protégé par un sort puissant. Si les Cavaliers décident que tuer les Aegis au lieu de travailler avec eux est préférable, tu devrais survivre.

Chapitre 11

La douche brûlante – dans une salle de bains en marbre dotée de six pommeaux et de bancs chauffants – n'aida pas Cara à se sentir normale. Elle ne doutait plus de la réalité de sa situation, mais se demandait encore quelle place occuper dans cet univers rempli de démons, de légendes, et de portails de lumière qui vous téléportaient n'importe où en un éclair.

Sans oublier le tournant que prenait sa relation avec Ares. Elle l'avait embrassé. Il lui avait rendu son baiser. Il ne pouvait pas nier son attirance pour elle avec une érection qui pressait contre son bas-ventre alors qu'il la tenait plaquée contre le mur.

Oui, l'attraction sexuelle électrique qu'ils éprouvaient l'un pour l'autre saturait l'atmosphère. Et pourtant, par moments, il semblait à Cara percevoir davantage en lui que le simple désir charnel. Ares pouvait se montrer dur, se comporter comme un crétin fini, mais parfois, il lui caressait la joue avec tendresse ou la laissait s'agripper à lui quand elle mourait de trouille. Par ailleurs, il lui avait sauvé la vie et lui avait offert un refuge. Certes, il avait tout intérêt à veiller sur sa sécurité, mais rien ne l'empêchait de faire de sa captivité un enfer.

Et puis, il lui avait annoncé de but en blanc que la violence l'excitait. Mue par un réflexe tordu, elle l'avait poussé à bout, sans trop savoir pourquoi. Peut-être parce que s'il avait raison, il ne lui restait plus longtemps à vivre, et elle refusait de partir sans se battre.

Bien qu'elle ne soit guère croyante, elle avait prié pour recouvrer la force qui l'animait avant son agression. Elle avait passé deux ans à espérer se débarrasser pour de bon de cette paranoïa permanente, de cette nervosité, de la terreur qui la saisissait à la gorge chaque fois qu'elle entendait un bruit suspect ou qu'on toquait à la porte.

Fais attention à ce que tu souhaites. En effet, elle avait fini par regagner vigueur et énergie, mais seulement parce qu'elle avait été attaquée, enlevée, marquée au fer et pourchassée. Le jeu en avait-il vraiment valu la chandelle ?

Non, sans aucun doute possible.

Dégoulinante, elle s'enveloppa dans une serviette et se dirigea vers la chambre à coucher. Elle se rappela soudain qu'il ne lui restait que son bas de pyjama. *Voilà ce qui arrive quand on ne prévoit pas mieux un enlèvement.*

N'ayant pas d'autre choix, elle fouilla dans la commode à la recherche d'un tee-shirt. Il lui coûtait de le reconnaître, mais Ares avait raison, elle devait retrouver Hal. À présent que leurs vies étaient liées, il était plus crucial que jamais de le localiser et de le mettre en lieu sûr. Pour autant, que son aide se résume à dormir la fichait en rogne, en toute honnêteté.

Elle ne faisait que ça depuis deux ans, se contentait du minimum pour survivre, et elle en avait assez. Elle voulait redevenir celle qu'elle était avant le cambriolage, une femme qui se fixait des buts et s'efforçait de les atteindre. Voilà pourquoi elle avait déménagé en Caroline du Sud et avait ouvert un cabinet vétérinaire axé sur les pratiques holistiques. Ce n'était pas parce qu'elle dissimulait son don qu'elle ne pouvait pas s'en servir pour ses soins naturels.

Frustrée, elle enfila un tee-shirt rouge et blanc d'un geste agacé. Il lui arrivait à mi-cuisses, et les manches lui couvraient les coudes. Perplexe, elle le souleva pour lire l'impression sur l'avant. « Detroit Red Wings ». Ares était donc fan de hockey. Un sport sympa, zen par excellence…

« *La violence m'excite.* »

Au souvenir de ses paroles, elle éprouva un frisson teinté d'anticipation fébrile. Elle était une pacifiste-née. Depuis toute petite, on lui avait inculqué que la plume était plus puissante que l'épée, qu'on n'utilisait la force physique qu'en ultime recours, et que même dans ce cas précis, il fallait suivre des règles, faire preuve d'impartialité et éviter de faire couler le sang. Pour son père, la guerre n'était pas acceptable, peu importe les circonstances.

« *Plutôt mourir que salir son âme en tuant autrui* », répétait-il souvent, et Cara se demandait ce qu'il aurait pensé de l'intrus qu'elle avait... Bref.

« *Seuls ceux qui n'ont pas l'intelligence de trouver un autre moyen emploient la violence.* » Un de ses dictons préférés, qui la faisait sourire parce que son père n'avait jamais rencontré Ares. Le Cavalier était loin d'être stupide. Arrogant, effronté et impétueux, certes, mais pas stupide.

D'un air absent, elle porta le doigt sur la marque qui avait vibré quand Ares l'avait touchée, et qui la picotait encore. Ce fourmillement, cependant, était différent, plus... impérieux. Il la brûlait. Qu'est-ce que... Elle souleva le col du tee-shirt pour y jeter un coup d'œil. La marque était plus brillante qu'auparavant, et les zébrures en relief battaient avec fureur.

Ouais... cela ne lui disait rien qui vaille. *Il y a même de quoi s'alarmer*, songea-t-elle, lorsqu'une odeur familière parvint à ses narines. Ça sentait comme dans son bureau le matin où elle l'avait trouvé sens dessus dessous.

Ça sentait comme Hal.

Un grognement étouffé lui donna la chair de poule. Assaillie par la terreur, elle se retourna doucement, d'un geste peu assuré.

Et se retrouva nez à nez avec un chien des Enfers de la taille d'un rhinocéros.

Échec et mat. Elle l'avait fait échec et mat ?

Ares tournait en rond dans le couloir, comme un lion en cage. Il bouillonnait intérieurement, et pas seulement parce que Cara l'avait battu.

Elle était dans la chambre fermée à clé, et il attendait, derrière la porte, qu'elle le laisse entrer. Il avait usé le carrelage à force de piétiner, et son lobe d'oreille ne s'était toujours pas remis. Cara ne lui avait pas fait mal, mais Ares avait ressenti la caresse de sa morsure jusque dans sa queue, qui désirait le même traitement.

« *La violence m'excite.* »

Pourquoi dire une connerie pareille ? Surtout que c'était la vérité. On ne parlait pas de furie sanguinaire sans raison. Par l'Enfer, c'était le deuxième prénom d'Ares !

Pour autant, les scènes de pur carnage ne l'émoustillaient pas. Mais se lancer dans la bataille, carburer à l'adrénaline et à la testostérone... il ne connaissait rien de meilleur.

À part se retrouver collé à Cara.

Bordel, il avait voulu la prendre sur-le-champ, mais un truc complètement tordu s'était produit. Il lui avait semblé être directement relié à l'agimortus gravé sur sa poitrine. Une sensation légèrement érotique jusqu'à ce que son cœur commence à puiser dans ses forces pour les transférer à Cara. Sous ses yeux, la peau de la jeune femme avait rosi, et même s'il pouvait l'expliquer en partie par la colère, et un soupçon de désir, Ares avait senti la puissance croître en elle. Elle s'était mise à irradier d'énergie, comme une centrale nucléaire, pendant que lui se faisait drainer.

Enfin, pas tout à fait, car cela n'avait pas été douloureux. Simplement... étrange. Il avait perdu sa capacité à flairer le conflit. Et pire, il n'avait plus eu qu'une seule idée en tête, à tel point qu'il n'aurait sans doute pas réussi à élaborer une stratégie pour sortir d'un centre commercial.

Il entendit des bruits de pas, et reconnut la démarche de Thanatos. Et vu comme son frère martelait le sol, Ares devina qu'il portait son armure.

— Je reviens du Temple de Lilith, aucune trace de Tristelle, et... Qu'est-ce que tu fabriques?

Ares lâcha une bordée de jurons furieux.

— Je suis un imbécile.

— Tu ne m'apprends rien, là. (Thanatos sourit de toutes ses dents, il se trouvait vraiment hilarant.) Mais pourrais-tu me dire ce que tu fais?

— Putain! C'est n'importe quoi!

Ares planta le poing dans le mur et poussa un sifflement de douleur. Il évitait ce genre de conneries, parce que s'il se faisait mal, il ne pourrait plus combattre. Certes, les os qu'il venait de se casser ne mettraient qu'une heure à se ressouder, mais n'empêche.

— Elle m'a battu.

— Et ça t'a plu?

— Ce n'est pas drôle. (La mâchoire d'Ares était si crispée qu'il comprenait à peine ce qu'il disait.) Elle a conscience de son importance, et elle me l'a bien fait remarquer.

Bon sang, elle l'avait estomaqué ! Cette femme si timide, aussi craintive qu'une souris, venait de montrer les crocs.

Sans doute parce que l'agimortus avait arraché les couilles d'Ares pour les lui transplanter.

Thanatos éclata de rire, et Ares réprima l'envie de lui défoncer la tête.

—Il était temps qu'on ait le dessus sur toi. Et on le doit à une femelle, humaine de surcroît.

—Va te faire foutre.

—Ça m'est interdit.

—Je ne plaisante pas, frangin. (Ares était tendu comme jamais.) Je la veux.

Thanatos arqua un sourcil fauve, son anneau en argent reflétant la lumière.

—Eh bien, prends-la.

—Ce n'est pas si simple. Elle me déteste. (Ares continua de marcher, l'estomac noué, le sexe enflammé.) En même temps, elle me regarde avec…

Concupiscence ? Trop fort. Intérêt ? Trop timoré. Merde, il flairait son désir, et la façon dont leurs corps s'emboîtaient…

Thanatos rit de nouveau, et Ares serra les poings.

—Il te suffit de claquer des doigts pour que toutes les femelles des Enfers se jettent à tes pieds, et toi, tu en pinces pour une humaine, mais tu ignores comment la séduire. C'est génial. (Il pencha la tête, et étudia son frère pendant une seconde.) Penses-tu que ton attirance provienne de là ?

Bonne question. Ares n'avait pas été avec une humaine depuis qu'il avait été maudit. Il assouvissait ses besoins charnels avec des démons à l'apparence humaine. Avec une prédilection pour les sang-mêlé : au moins, elles n'étaient qu'à moitié démons.

—Quelle importance ?

Thanatos fronça les sourcils, et retrouva son sérieux.

—Ce n'est pas qu'une affaire de cul, hein ? Tu es à cran.

—Ouais.

Entre l'excitation sexuelle, les ondes de violence à échelle mondiale qui le traversaient nuit et jour, la colère qu'il éprouvait contre son corps et son équipement, d'aucune utilité en présence de Cara… il était à deux doigts d'exploser. Et cela n'avait rien d'amusant.

—Merde.

—Ouais.

Thanatos appuya une épaule contre le mur, et arbora une posture faussement détendue.

—Il te faut une Walkyrie.

Ares se passa les mains dans les cheveux.

—Je sais.

Il avait besoin d'un exutoire… de se battre, de baiser, ou les deux. Plus il s'abstenait, plus il mettait les autres en danger. En ce moment même, les coups devaient fuser dans les villages grecs voisins balayés par une tornade d'agressivité. Si Ares continuait ainsi, la violence ne tarderait pas à se propager.

—Je peux rester ici le temps que tu fasses un tour aux *Quatre Cavaliers*.

Voilà une proposition sensée. Ares pourrait y trouver une démone branchée SM, parce qu'à cet instant précis, il n'y avait que ça pour le soulager.

—Bon sang! soupira-t-il. Je ne me suis pas senti aussi mal depuis qu'on a été maudits.

Pendant près de cinquante ans après qu'ils étaient devenus les Cavaliers, Ares avait été incapable de maîtriser sa part démoniaque, et s'était livré à des orgies de massacres et de sexe. Cette époque avait été sinistre pour tous les quatre, si tourmentée qu'ils en discutaient rarement. Thanatos n'en parlait jamais.

—Tu dois y aller, lui dit ce dernier. Retrouve Scie ou Fléau. Ou les deux.

Ares poussa un grognement. Scie et Fléau étaient des neethuls, deux sœurs nommées d'après des instruments de torture. Les neethuls étaient une race de marchands d'esclaves particulièrement cruelle, et bien qu'ils n'aient pas une apparence humaine, ils ne ressemblaient pas non plus à des démons. Ils étaient très beaux, avec des traits fins, comme des elfes, et Ares pouvait s'en contenter… mais il n'en avait pas envie.

Non, il avait envie de Cara.

—D'accord. J'avais prévu d'y aller de toute façon. Pour dégotter des infos sur Pestilence. (Il observa la porte de la chambre.) Laisse-moi juste vérifier comment elle va.

—Mauvaise idée.

Il n'avait pas le choix. Il devait se convaincre qu'il ne la désirait pas. Amener Cara à le détester. N'importe quoi tant qu'il étouffait cette folle ardeur. Il ne s'agissait pas seulement d'appétit charnel, Ares voulait s'assurer qu'il fonctionnait encore normalement. Un soldat distrait était un soldat mort… mais un commandant distrait se retrouvait en moins de deux à la tête d'une armée de cadavres. Il ne pouvait se le permettre, surtout quand le sort de l'humanité dépendait de lui.

—Ne t'en fais pas pour moi, insista-t-il.

—Ares…

—Dégage. (Ares passa devant son frère en lui frôlant l'épaule, et quand Thanatos tenta de le retenir, le sang d'Ares ne fit qu'un tour.) Retire ta main, putain !

Thanatos le poussa. Le propulsa contre le mur. Avec un grognement, Ares contre-attaqua, et planta le poing dans la mâchoire de son frère. Le sang jaillit de la bouche de Thanatos, et ses yeux ambre lancèrent des éclairs, mais il ne bougea pas.

—Bordel, Ares, j'essaie de t'aider ! Tu ne te rends même plus compte de ton imprudence. (Il s'essuya la bouche, et contempla les traînées rouges au dos de sa main.) Tu ne te rappelles peut-être pas la mort et la destruction que tu as semées dans ton sillage la dernière fois que tu as pété les plombs comme ça, mais moi, si. Je les ai suivies à la trace, comme un toxico en manque, et je n'ai aucune envie de recommencer !

Les paroles de Thanatos percèrent à peine le brouillard de désir qui enveloppait Ares. L'attrait que la mort exerçait sur lui ennuyait Thanatos, mais il n'y pouvait rien. Rien ne le stimulait autant qu'un carnage de grande envergure. Cela lui procurait l'orgasme qu'il ne pouvait atteindre autrement.

Ares ferma les yeux et prit une profonde inspiration, qui s'avéra aussi efficace que cracher sur un feu de forêt.

—Bien. Je me casse. Dis à Limos de…

La puanteur caractéristique du mal lui piqua soudain les yeux, et les deux Cavaliers se retournèrent aussitôt vers les doubles portes de la chambre à coucher. Ares les défonça, en arrachant une de ses gonds. Et il se figea, son cœur martelant sa poitrine.

Le chien des Enfers qui avait massacré sa famille se tenait à un mètre de Cara.

La mâchoire à quelques centimètres de sa gorge.

Chapitre 12

Ces créatures puent vraiment du bec.
Alors qu'elle observait les crocs aiguisés de la bête qui semblait prête à la dévorer, Cara se demanda pourquoi elle ne se préoccupait que de son haleine.

— Reculez vers moi, Cara, lui ordonna Ares dans son dos. Doucement.

D'un grognement sinistre, le chien des Enfers indiqua à Cara ce qu'il pensait de cette idée, et elle planta les pieds dans le sol avec fermeté, comme si elle y ancrait ses racines.

Du coin de l'œil, elle aperçut Ares et Thanatos se diriger vers des murs opposés pour le cerner. La bête grogna de nouveau, et d'un coup de patte, agrippa Cara à la taille, lacérant son tee-shirt. Elle hurla de surprise plus que de douleur, même si la créature avait enfoncé ses griffes acérées dans sa peau.

— Relâche-la !

La voix caverneuse d'Ares était voilée de rage.

Cara se vit soudain décapitée et éventrée, le chien se repaissant de son cadavre. Douée d'une empathie innée, elle était capable de ressentir les émotions d'un animal, mais cette fois, il ne s'agissait pas que de sentiments. Elle lisait dans ses pensées le traitement qu'il voulait lui infliger. Une nouvelle image surgit dans son esprit, Ares qui criait, le corps mutilé, les os brisés tandis qu'une meute s'en nourrissait. Autour de son cou, son sceau était rompu, et face à lui, dans la pénombre, Pestilence souriait.

Le chien des Enfers persistait à lui dévoiler le sort qu'il leur réservait. Cara réprima une montée de bile, s'efforçant de ne pas vomir.

La marque sur sa poitrine la brûla, et son don, d'ordinaire enfoui dans les profondeurs de son être, s'éveilla. Il lui dictait de tuer. Il était, semblait-il, lié à l'agimortus, et Cara percevait avec dégoût que son pouvoir, déjà puissant, était devenu explosif.

— Relâche-la, gronda Ares, ou je le jure, je t'écorcherai vif, et te ferai mourir à petit feu.

Ce n'était pas des paroles vaines. Il le ferait, et la sauvagerie qui saturait l'air étourdit Cara. Elle devait agir. Sa paume commença à la picoter lorsqu'elle y concentra son énergie.

« *Seuls ceux qui n'ont pas l'intelligence de trouver un autre moyen emploient la violence.* »

Exact. OK… Réfléchis. Elle passa en revue ses maigres connaissances sur ces créatures. Elle avait tout de même sauvé l'une d'entre elles. Pouvait-elle le dire à celle-ci ? Elle n'avait jamais communiqué avec un animal, du moins avec des mots, avant Hal. De plus, c'était dans un rêve. Cela pouvait-il fonctionner avec un chien des Enfers qui ne lui était pas lié ? D'un geste hésitant, elle caressa sa fourrure rêche.

— Salut, toi. Tout doux, d'accord ?

La voix d'Ares et les sinistres grognements canins bourdonnèrent à ses oreilles, mais elle n'y prêta pas attention et se concentra sur sa tâche, priant pour que la bête capte la fréquence qu'elle émettait. Presque aussitôt, elle se figea, et les souvenirs de l'animal défilèrent dans son esprit comme un film en avance rapide. Assailli par un énorme flux d'informations, son cerveau eut du mal à tout assimiler, et n'enregistra que les scènes comprenant Pestilence, Ares et Hal. Tellement de morts et de destruction…

Un effroyable hurlement lui perça les tympans, et elle se retrouva projetée à l'autre bout de la pièce, manquant de s'écraser au sol. Thanatos, agile comme un chat, la rattrapa avant qu'elle ne percute le carrelage. Malgré le sifflement assourdissant, elle entendit le fracas des meubles et des corps contre les murs.

Elle venait à peine de se redresser, grâce à l'aide de Thanatos, qu'elle fit volte-face et aperçut Ares par terre, son armure froissée, son épée brisée sous la patte gigantesque du chien. Thanatos se dressa devant Cara et se jeta sur le monstre, décrivant un arc de cercle avec sa lame.

Il l'aurait décapité si la créature ne s'était pas volatilisée.

Thanatos se rua hors de la pièce et appela Vulgrim, ordonnant qu'on fouille la propriété. Comme Ares mit du temps à se relever, Cara lui tendit la main.

—Vous allez bien ?

Sans lui prêter attention, il bondit sur ses pieds. Il lâcha une bordée de jurons dans une langue qu'elle ne connaissait pas et l'agrippa par les épaules pour l'attirer contre lui.

—Vous a-t-il blessée ?

Sa voix était dure, hachée, et Cara modula la sienne dans l'espoir de le calmer.

—Il comptait le faire au début, mais non.

—Comment m'a-t-il trouvé ? (Il la relâcha, et se passa plusieurs fois les doigts dans les cheveux.) Bordel, comment a-t-il…

—Votre frère, murmura-t-elle. Pestilence lui a dit où nous retrouver. Vous et moi.

—Comment le savez-vous ?

Sa question s'apparentait plus à un ordre, son regard glacial évoquait celui d'un inquisiteur.

—Il me l'a dit. Je ne saurais expliquer comment, mais il me l'a dit. Il… s'appelle Chaos. Il veut vous voir mort.

—Je suis au courant, aboya-t-il. C'est réciproque. Pourquoi vous a-t-il épargnée ?

—Parce que Hal est son fils.

Ses yeux lancèrent des éclairs.

—Quoi ?

—Ils pourchassaient Sestiel quand les Aegis ont blessé Hal. Voilà comment il a atterri chez moi. Je n'en sais pas plus que ça, mais je pense qu'il comptait me tuer… jusqu'à ce qu'il apprenne que j'étais liée à son chiot.

—Bordel de merde !

Ares ramassa son épée brisée et la jeta contre le mur. Quand il se retourna vers Cara, sa fureur transparaissait dans son attitude, de la façon dont ses sourcils s'abaissaient sur ses yeux brillants à ses poings serrés, en passant par ses pieds écartés en une posture défensive.

Pourtant, il flottait une sensualité électrique dans l'air, et plus ils restaient dans cette position, plus elle s'intensifiait, jusqu'à ce que l'atmosphère devienne oppressante, et qu'une fièvre soudaine s'empare de Cara.

Le regard d'Ares s'assombrit dangereusement, puis il la jaugea des pieds à la tête comme pour l'imprimer dans sa mémoire.

—Vous portez mon tee-shirt. Enlevez-le.

Sa voix était grave, rocailleuse, et retentit comme un coup de tonnerre.

Cara se raidit.

—J'aurais dû vous demander la permission, mais vous étiez parti et je n'avais rien d'autre à me mettre.

—Enlevez-le! (Ares gonfla les narines, et sa mâchoire tressaillit.) J'ai besoin que vous soyez nue.

Oh. La bouche pâteuse, elle fut incapable de parler. Mais la colère l'y aida.

—Cessez de me donner des ordres! Vous n'obtiendrez rien de moi ainsi.

Elle se rendit compte, trop tard, qu'elle venait de le défier, et il n'était pas homme à reculer. Piqué au vif, ses yeux s'illuminèrent et il s'avança vers elle, roulant des épaules au rythme de ses pas silencieux. Le cœur de Cara s'affola. Elle sentit un frisson d'excitation la parcourir, et le désir monta en elle, lui dictant de le laisser faire ce qu'il avait en tête.

« J'ai besoin que vous soyez nue. »

Minute. Besoin. Pas envie.

« *J'ai besoin que tu la fermes et que tu te déshabilles.* » C'est ce que lui avaient dit ses agresseurs. L'un d'eux, du moins. Elle n'avait jamais réussi à se rappeler lequel.

L'agimortus vibra, et même si l'agréable sensation qu'elle avait éprouvée la dernière fois qu'elle s'était trouvée si près d'Ares l'envahissait peu à peu, un spasme violent lui oppressa la poitrine. Et si son pouvoir faisait surface au mauvais moment? Ares affirmait être immortel, impossible à tuer, mais Cara savait ce dont elle était capable. La terreur la pétrifia.

—Ne vous approchez pas!

Sans réfléchir, elle s'empara d'une coupelle en argile posée sur la commode et la lui lança au visage. Ares, qui n'était plus qu'une image floue pour Cara, contra l'objet d'un revers de l'avant-bras et se jeta sur elle avec la grâce d'une panthère.

Un cri lui échappa tandis qu'elle reculait. Elle trébucha sur la serviette qu'elle avait laissée par terre, heurta une armoire en bois, et sentit ses jambes se dérober. Des bras l'enveloppèrent et la redressèrent avant qu'elle ne se cogne la tête contre les dalles en marbre.

—Ares !

Le rugissement de Thanatos fit vibrer l'air, et dans un grognement, Ares la pressa contre son torse et se tourna vers son frère. On aurait dit deux bêtes sauvages prêtes à s'entre-tuer.

Cara, dont les pieds flottaient à plusieurs centimètres du sol, avait l'impression d'être une poupée de chiffon. Son maillot de hockey, remonté de manière fort inconfortable sur ses fesses nues, lui permettait de sentir sans difficulté l'imposante bosse derrière la braguette d'Ares, et exposait des parties de son anatomie qu'elle aurait préféré ne pas dévoiler ainsi. Cela dit, les deux frangins étaient trop occupés à se dévisager pour la remarquer.

—Laisse-la partir, vieux, dit Thanatos d'une voix douce et apaisante. Il faut que tu ailles au pub. Ou sur un champ de bataille sanglant.

Les muscles d'Ares tressautèrent, et il desserra un peu sa prise.

—C'est ça, poursuivit Thanatos. Va régler tes problèmes. Limos cherche un sorcier pour poser des barrières autour de la maison. Aucun chien des Enfers ne pourra plus y entrer.

Ares hésita un instant avant de reculer.

—Désolé… Je n'aurais jamais… Merde !

Un fin voile de sueur faisait luire son visage et ses yeux lançaient des éclairs. Il évoquait à Cara un animal piégé, ou blessé, terrorisé, qui ne comprenait pas ce qui lui était arrivé. Elle n'aurait jamais imaginé Ares effrayé ou acculé, mais à l'évidence, il traversait une épreuve. Elle perçut en lui une vulnérabilité qu'il n'était sans doute pas en mesure de reconnaître, et cela l'émut.

—Ares, murmura-t-elle, de la voix douce qu'elle employait avec Hal, tout va bien.

Il braqua le regard sur elle, et peu à peu, la lueur bestiale qu'il contenait s'estompa, et ses iris retrouvèrent leur teinte ébène habituelle. Au même moment, l'agimortus bourdonna avec insistance, et Cara se sentit irrésistiblement attirée vers Ares. Sa peau la tiraillait, et une vague de plaisir mêlé de douleur l'assaillit tandis qu'elle s'approchait du Cavalier. Il recula brusquement comme si elle l'avait giflé.

—Il faut que j'y aille.

Il quitta la pièce sans se retourner, abandonnant Cara aux bons soins de Thanatos.

Elle voulut le rattraper, mais se contenta de prendre une profonde inspiration. Elle avait l'impression d'avoir échappé de justesse à un ouragan.

—Qu'est-ce que… qu'est-ce qu'il a ?

Thanatos ne laissa transparaître aucune émotion, mais il l'étudia avec intérêt, comme un prédateur, et Cara songea que si l'œil du cyclone s'était éloigné, ce dernier n'était peut-être pas encore passé.

—Sa moitié démon essaie de le dominer.

Sa moitié démon ? Elle préférait ne pas savoir.

—Pourquoi ?

Thanatos baissa ses yeux pâles sur les jambes nues de Cara qui résista à l'envie de tirer sur le maillot de hockey. Elle perçut dans ses pupilles une faim teintée de tourments qu'elle ne comprenait pas. Cependant, elle n'était pas sûre de souhaiter en apprendre davantage.

—Que vous a-t-il raconté sur nous ?

—Presque rien.

Les muscles de sa nuque se crispèrent, et ses tatouages dansèrent sur sa peau.

—Couvrez-vous.

Il se retourna.

—Avec joie. (Tandis qu'il contemplait le mur, elle enfila son bas de pyjama.) Dites-moi tout.

Il resta dos à elle.

—La version courte : notre mère était un démon succube, notre père, un ange. À l'exception de Limos, nous avons grandi sur Terre, comme des humains, jusqu'à ce qu'on nous révèle la vérité. On l'a plutôt mal prise, et nos actions ont engendré des dégâts considérables. Comme punition, nous avons été condamnés à garder les sceaux d'Armageddon. Et cet honneur n'allait pas sans effets secondaires, des indices, en quelque sorte, de la transformation qui s'opérera une fois nos sceaux brisés.

—Et pour Ares, c'est…

—L'agressivité. Les humains deviennent belliqueux en sa présence. Et lui est affecté par les turbulences qui secouent le royaume terrestre. Quand l'humanité est en guerre, ou que des conflits d'envergure mondiale éclatent, il est attiré sur les lieux. Le combat l'appelle. C'est une pulsion, un exutoire physique. Comme le sexe, son deuxième besoin vital, grâce à notre chère maman qui était une démone sexuelle. Et dans les moments les plus critiques, il a du mal à se maîtriser.

Plus que tout, Cara détestait et craignait la violence, et comme par hasard, le Cavalier avec lequel elle était coincée en était l'incarnation même.

— Où est-il allé ?

— Trouver une femelle ou se battre.

Oh. Penser à Ares en charmante compagnie lui provoqua un pincement au cœur qui ne manqua pas de l'agacer. Elle n'était pas jalouse... n'avait nul droit de l'être. Alors pourquoi l'imaginer nu étreignant une autre femme la blessait-il à ce point ?

Change de sujet. Vite.

— Et, euh... qui êtes-vous ? Comme Cavalier, je veux dire ?

Thanatos fit volte-face.

— Mort.

Cara déglutit. De manière audible.

— Comme... la Grande Faucheuse ?

Il ricana.

— Pff, ce frimeur ! Il guide les esprits maléfiques vers Sheoul-gra, une sorte de réservoir à démons. Ils y demeurent jusqu'à ce qu'ils puissent renaître. Moi, je n'escorterai rien nulle part. Je tuerai les vivants pour libérer leurs âmes.

Elle considéra ses propos. Elle constata aussi qu'elle n'avait pas cillé en apprenant que la Grande Faucheuse existait pour de vrai.

— Bien, Ares a donc tous ces problèmes à régler. Et vous, qu'avez-vous à gérer ?

Mis à part ses tatouages qui semblaient se mouvoir en trois dimensions.

— Cela ne vous regarde pas.

— Je vois.

Elle observa Thanatos, essayant de lire en lui, mais l'imposant guerrier était encore plus insondable qu'Ares. Son expression était moins cruelle, ses yeux moins calculateurs, ce qui le rendait sans doute plus séduisant. Cependant, il dégageait une certaine noirceur, bien ancrée en lui, à tel point qu'il devait être ardu de l'en débarrasser.

—Vous divulguez les secrets de votre frère sans remords, mais pas les vôtres.

Des nuages sinistres s'amoncelèrent dans ses iris jaunes, et tout autour de lui, des ombres que Cara voyait pour la première fois commencèrent à danser. La marque entre ses seins la brûla, et elle dut fournir un effort surhumain pour ne pas reculer.

—Je vous en ai parlé pour que ses réactions ne vous étonnent pas, car vous êtes coincée avec lui. Inutile de me comprendre, moi. (Il s'avança vers la porte, mais s'arrêta sur le seuil.) Ce que je vous ai révélé ce soir doit rester entre nous. Si vous le répétez à qui que ce soit, vous aurez des comptes à me rendre. À moi, Mort, et non Thanatos.

La peur lui serra le cœur, mais elle lutta pour le regarder dans les yeux, se refusant à flancher.

—Je ne dois pas mourir.

—C'est l'avantage d'avoir vécu aussi longtemps que moi et d'être attiré par la souffrance, répliqua-t-il d'une voix sépulcrale. Je n'ai pas besoin de tuer pour tourmenter. J'excelle dans l'art de torturer mes victimes jusqu'à ce qu'elles me supplient de les achever.

Ares était à bout de nerfs. Il monta Bataille, les membres raidis par la tension, le souffle saccadé, la gorge en feu. Que venait-il de se passer, bon sang ?

Avant de foncer dans la chambre pour y trouver Cara à deux doigts de se faire déchiqueter par le chien des Enfers, Ares débordait de désir sexuel. Puis, sa concupiscence avait cédé la place à la rage qui n'avait fait que s'intensifier quand, en la présence de Cara, il avait été impuissant face au chien. Son armure s'était ramollie, son épée brisée, et il n'avait plus été en mesure de prédire les mouvements de son adversaire.

Le chien avait eu le dessus, et sans Thanatos…

Putain de bordel !

Ares ne s'était pas senti aussi vulnérable depuis la malédiction qui avait signé la fin de son existence « humaine ». Certes, il avait été incapable de remuer le petit orteil quand les morsures des créatures l'avaient paralysé pendant des semaines, mais c'était différent. À l'époque, la survie d'une personne ne dépendait pas de lui. Mais cette fois… si Thanatos n'avait pas été là, Ares se serait fait mordre et Cara aurait pu être tuée. Elle avait affirmé que la bête ne l'avait pas attaquée parce qu'elle était liée à son chiot, mais les chiens des Enfers étaient perfides, indignes de confiance, et mieux valait se méfier des informations qu'on parvenait à leur soutirer.

Surtout quand l'animal en question travaillait pour Pestilence.

Tandis que Bataille traversait l'île au petit galop, dispersant le sable sur son passage, Ares songea à Cara et à l'enchaînement des événements qui avaient tant compliqué la situation. La pitié dans ses yeux quand elle lui avait demandé si tout allait bien l'avait exaspéré, ce qui, combiné à l'humiliation d'avoir été terrassé par le chien des Enfers, lui avait fait perdre son sang-froid. Sans oublier le besoin de sexe qui le poussait à bout. Alors, voir Cara dans son maillot de hockey avait annihilé sa maîtrise. Quelle silhouette ! Bonté divine, elle était sublime ! À peine sortie de la douche, sa peau encore humide l'avait fait saliver, ses cheveux mouillés lui avaient donné envie d'y glisser les doigts, et ses longues jambes fuselées l'avaient incité à les écarter pour se plonger entre ses cuisses.

Un sentiment purement primitif l'avait assailli devant le spectacle qu'offrait Cara ainsi vêtue, et son cerveau, aux réflexes néandertaliens, avait commencé à hurler « mienne ! » sans vouloir s'arrêter. Ares n'avait plus été en mesure de réfléchir, une seule idée l'obsédait : la posséder.

Heureusement que Thanatos les avait interrompus, même si, en vérité, les cris de Cara avaient transpercé le brouillard de désir d'Ares, et qu'il avait été sur le point de la relâcher quand son frère s'était précipité dans la pièce. Ce qui avait provoqué, à nouveau, une réaction tordue, un réflexe de défense… comme si Thanatos représentait autant une menace pour Cara que le chien des Enfers.

Putain.

Le danger qu'elle avait couru le hantait. Il revoyait les crocs de la bête prête à la déchiqueter. Ses griffes lui lacérant la taille. Elle avait été terrifiée, mais avait témoigné d'un courage incroyable. Ares avait été époustouflé par la façon dont elle avait caressé la fourrure de Chaos en lui parlant d'une voix douce et apaisante. L'effroi qui avait émané d'elle dépassait l'entendement, et pourtant, elle était passée outre pour les sauver tous.

Il n'avait rien vu de tel au cours de toutes ces années. La bravoure dont elle avait fait preuve était non seulement admirable, mais terriblement érotique. Elle l'ignorait ou n'avait peut-être pas envie de le voir, mais Cara était une guerrière dans l'âme. Elle se refusait encore à lâcher prise, entravée par les normes sociales, les mœurs, et sans doute son éducation. Malheureusement, le jour où l'amazone qui sommeillait en elle se déchaînerait, elle risquait de se révéler dangereuse, sanguinaire et incontrôlable. Ares en savait quelque chose.

Il mena Bataille le long du vignoble vers la pointe sud de l'île. L'étalon rejeta la tête en arrière, tirant si fort sur les rênes qu'il faillit les arracher à Ares. En parlant d'incontrôlable… Le cheval était agité, affecté par l'humeur de son maître.

Au loin, la Porte des Tourments se dressait entre deux antiques piliers en marbre. Bataille y bondit, et la capsule obscure s'élargit pour les accueillir. Tandis que le portail étincelant se solidifiait, deux cartes apparurent sur les murs en obsidienne, celle de la Terre et celle de Sheoul. Ares appuya sur Sheoul, et le planisphère se subdivisa aussitôt en douze sections. Il sélectionna le troisième niveau en partant du haut, entouré de lumière bleue, puis continua de pianoter pendant que les cartes tournaient, se précisant de plus en plus, jusqu'à ce qu'il localise enfin la Porte des Tourments qui s'ouvrait à quelques mètres de la taverne des *Quatre Cavaliers*.

Bataille en surgit, foulant le terrain spongieux. Ares octroya un peu de liberté à l'étalon, et ce dernier, qui savait exactement où ils allaient, se mit à cavaler comme un dératé. Voilà pourquoi Ares avait préféré utiliser une Porte des Tourments stationnaire au lieu d'en invoquer une. Le cheval, comme son maître, avait besoin de se dépenser.

Les sabots puissants de Bataille martelaient le sol, envoyant de violentes secousses dans ses membres inférieurs avant de remonter vers Ares. Il adorait la frénésie de l'assaut, et regretta de ne pas charger l'ennemi en pleine mêlée.

Bon Dieu! Cara l'avait mis dans tous ses états, son sang bouillonnait dans ses veines, l'excès d'adrénaline lui picotait les muscles, et sa vue s'aiguisait tandis qu'il fonçait vers son défi. Les femelles neethuls lui fourniraient la bataille qu'il convoitait tant, le sang serait versé et les chairs lacérées.

Ares frémit de désir. Cara lui donnerait-elle tout ça? Quand il serait à cran, serait-elle capable de lui offrir le conflit qui le mettait au supplice ? Il s'imagina la prendre contre un mur, sur les falaises rocheuses, dans les temples en ruine disséminés aux quatre coins de l'île. Dans certains de ses fantasmes, elle le griffait, l'égratignait, le mordait, alors même qu'elle hurlait de plaisir. Dans d'autres, elle lui caressait les épaules, massait ses muscles endoloris, le couvrait de baisers.

Et lui, qu'éprouverait-il ? Depuis la mort de sa femme, il n'y avait jamais eu de tendresse dans ses ébats. Et d'ailleurs, son union avec Nera n'avait pas été un mariage d'amour. Certes, leurs rapports avaient été passionnés, mais dénués d'émotions. Alors pourquoi diable nourrissait-il de tels sentiments envers Cara ?

Il poussa un grognement agacé, et amena Bataille à s'arrêter devant la taverne. Il ne prit pas la peine d'appeler l'étalon à lui. Ils étaient tous deux à bout de nerfs, et voir le tatouage se tortiller sur sa peau n'aurait servi qu'à le distraire et à l'enrager davantage. Il ouvrit la porte avec fracas... et tomba sur un attroupement de femelles comme il n'en avait jamais vu dans ce bar.

Il se retrouva aussitôt encerclé, peloté par plusieurs paires de mains, de pattes et de sabots. Il n'apprécia guère. Il faillit même tourner les talons et ficher le camp. Cependant, l'odeur du mal flottait dans l'air, et lui donna la chair de poule. Il se tramait quelque chose. Quelque chose de terrible.

Il attrapa la femelle la plus proche – un séduisant succube humanoïde – par le bras.

— Que se passe-t-il ?

— Pestilence est ici. (Les pupilles de la démone se dilatèrent et se contractèrent comme celles d'un chat.) Il est plus torride que jamais avec son aura maléfique.

Ares soupira entre ses dents.

— Où ?

La femelle se frotta contre lui, ronronnant presque.

— Derrière, avec Scie et Fléau.

Ares balaya la pièce du regard, se concentra sur la porte du fond et hurla :

— Laissez passer !

Tout le monde recula aussitôt, et tandis qu'il rejoignait l'arrière du bar à grands pas, ils se dispersèrent comme des poissons face à un requin. Arrivé devant la porte, il marqua une pause. La femelle sora, Cetya, était assise sur un banc, la tête penchée, les épaules affaissées, et sa peau d'ordinaire rouge vif était d'un marron délavé. Et sa queue… Oh, bordel ! On la lui avait nouée.

— Salut.

Il lui souleva le menton du doigt, et fut surpris par les larmes qui lui marbraient les joues.

— Que s'est-il passé ?

— Il n'est plus le même, murmura-t-elle.

Elle remua la queue, et grimaça de douleur.

— Reseph… Pestilence a fait ça ? s'enquit Ares d'une voix sévère, réprimant avec peine un accès de rage.

Cetya hocha la tête, et la fureur d'Ares lui fit battre les tempes. Reseph n'était pas sadique. Même lorsque sa part démoniaque avait pris le dessus, ce qui avait été rare, il ne s'était jamais défoulé sur les femmes.

— Va à l'Underworld General. On s'occupera de toi…

— Ma sœur travaillait là-bas, dit-elle d'un air hébété. Elle est morte.

— Je sais que Ciska te manque, mais tu dois y aller ou tu perdras ta queue. Et dorénavant, ne t'approche plus de mon frère.

Il quitta la taverne et pénétra dans une forêt noire, en partie cachée par une brume rougeâtre. Sans faire de bruit, Ares dégaina son épée et traversa feuillages et brouillard.

Il flaira l'odeur de l'hémoglobine bien avant d'arriver sur les lieux du crime, mais il fut tout de même frappé de stupeur lorsqu'il déboucha sur la clairière. Fléau gisait au sol, son cadavre dénudé méconnaissable, sa gorge mutilée. Reseph, la peau sillonnée de veines violacées, tenait Scie contre un muret, les crocs enfoncés dans son cou. Tous deux étaient couverts de sang, et s'il semblait appartenir en majorité aux démons, Reseph avait également subi son lot de blessures.

Les femelles s'étaient débattues.

— Espèce de détraqué, grogna Ares.

Reseph fit volte-face, les canines encore plantées dans la chair de Scie. Une lueur malfaisante animait ses yeux écarlates, et avec un sourire, il déchiqueta la trachée de la démone puis laissa retomber son corps inerte avant de s'avancer vers Ares. De ses doigts dégoulinants il effleura les symboles tatoués au niveau de ses clavicules, et son armure se mit en place. Conçue par des trolls, elle était pratiquement impénétrable, se réparait d'elle-même et avait besoin de sang pour fonctionner. De toute évidence, elle n'en avait guère manqué ces derniers temps.

— Guerre. Pourquoi cet air outré ? À croire que tu n'as jamais tué une femelle…

— Je n'ai jamais pris plaisir à le faire, gronda-t-il.

— Ça viendra. Une fois ta transformation achevée, on ira s'amuser. Mort pourra se repaître de nos restes. (Reseph se lécha les lèvres, essuyant le sang sur les commissures.) Ton pote t'a retrouvé ?

Une brise brûlante souffla sur les arbres épineux et porta l'odeur de la mort aux narines d'Ares.

— Si tu fais allusion au chien des Enfers, ouais. Tu lui as fourni de bonnes indications.

— Il a un nom, tu sais. Dévoreur du Chaos. Un truc dans le genre. Brave bête. Je me demande pourquoi vous vous faites la guerre depuis aussi longtemps. (Reseph arbora un sourire carnassier.) Ah, si ! Il a bouffé tes meilleurs amis, ton frère adoré et tes fils. La poisse.

— Comment oses-tu parler de ça ? répliqua Ares entre ses dents. Comment peux-tu t'allier avec lui ?

— Et en plus, j'ai adoré ça.

— Tu sais ce qui va me plaire, à moi ? (Ares brandit son épée.) T'éventrer du bas-ventre au menton.

Reseph s'arrêta deux mètres plus loin.

— Réfléchis bien, frérot. C'est toi qui vas te faire rétamer. Et quand j'aurai réduit tes organes et tes os en bouillie, je passerai à l'humaine, déclara-t-il sans se départir de son infâme rictus. J'espère qu'elle ne mourra pas trop vite.

Imaginer Cara soumise au même traitement que les deux neethuls lui rongea le cerveau comme de l'acide, lui brûlant les synapses et balayant toute pensée rationnelle. Il poussa un rugissement féroce et abaissa sa lame, atteignant son frère à l'épaule alors qu'il faisait volte-face. Reseph dégaina son arc, et lui décocha aussitôt une flèche. Elle se nicha dans la jointure de l'armure d'Ares, au niveau de la clavicule, et une vive douleur l'élança jusqu'au sommet du crâne.

— Viens !

Reseph tira un autre projectile tandis que Conquête se matérialisait à son côté.

Ares l'esquiva de justesse, mais la flèche changea de trajectoire et vint se planter dans son cou, juste à côté de la première. Le sol trembla. Des sabots le martelaient en cadence, le secouaient comme un séisme, puis Bataille surgit, prêt à contrer les coups de Conquête. Hors d'haleine, Ares retira les projectiles qui le mutilaient, et se figea au son de battements d'ailes. Des centaines. Voire des milliers.

Oh, merde.

Des chauves-souris-titans, des démons mangeurs d'hommes de la taille de vautours, fondirent sur lui comme une nuée de sauterelles. Elles piquèrent vers Ares et Bataille, leurs gueules béantes pavées de dents tranchantes comme des rasoirs, leurs griffes acérées comme des aiguilles, un os pointu à l'extrémité de chaque aile. En quelques secondes, Bataille se retrouva assailli, et se mit à hennir tandis qu'elles l'écharpaient. Conquête le frappait comme un forcené, lui arrachant des lambeaux de chair.

L'armure d'Ares le protégeait, mais les créatures lui lacéraient le visage et enfonçaient leurs piques entre les jointures du cuir. Bataille écrasa son lot de chauves-souris, mais il y en avait beaucoup trop.

— Abandonne l'humaine, et je les rappelle à moi, hurla Reseph.

— Va te faire foutre !

— Suggérerais-tu l'inceste, frangin ? (Il haussa les épaules.) Il est vrai que j'ai déjà tout essayé depuis que mon sceau s'est brisé…

Ares lança son épée, et toucha Reseph à la mâchoire. Le sang gicla dans l'air, mêlé de dents et de chair, et Ares profita de la confusion de son frère pour bondir sur Bataille. Les chauves-souris ne lui laissèrent aucun répit. Un coup de griffe dans l'œil avait failli l'aveugler, mais il parvint à ouvrir une Porte des Tourments, coupant en deux une dizaine de ces ignobles monstres ailés. Puis Bataille s'y élança et ils ressortirent à quelques mètres de l'entrée de la villa d'Ares.

Les gardes foncèrent vers eux, brandissant leurs armes pour exterminer les bêtes accrochées au Cavalier et à sa monture. Bataille marchait avec peine, et Ares en descendit pour le délester. Tandis que les ramreels se débarrassaient des chauves-souris-titans, Ares conduisit Bataille le long de la galerie voûtée jusqu'à la grand-salle.

Le cheval boitait, laissant une traînée de sang sur son chemin, et se cognant aux murs et au mobilier. Merde, il avait été éborgné.

Thanatos courut les rejoindre de la cuisine.

—Putain ! Que vous est-il arrivé ?

—Notre frère, grogna Ares.

Thanatos poussa un long sifflement.

—Reseph a fait ça ?

—Pas Reseph. Pestilence. Il est plus puissant que jamais, et si tu avais encore des doutes à son sujet, je peux t'assurer qu'il n'est plus notre frère.

Ares attendit que Thanatos, qui refusait toujours de voir la vérité en face, commence à polémiquer, et pendant une seconde, ce dernier arbora un air glacial, impénétrable. Puis, Bataille se mit à trembler, et s'effondra dans un fracas assourdissant.

—Merde ! (Ares essuya ses yeux en sang, et s'agenouilla avant d'appeler Vulgrim.) Apporte des serviettes, de l'eau, une aiguille et du fil !

Il évalua les larges plaies béantes à travers lesquelles saillaient muscles, tendons et os. On aurait dit que Bataille avait été attendri avec le maillet à viande géant d'un troll, et sa douleur vrillait les entrailles d'Ares bien plus que Pestilence n'y arriverait jamais. Il était plus robuste qu'un cheval normal, et le lien surnaturel qui l'unissait à Ares le dotait de pouvoirs régénérateurs similaires… mais il pouvait toujours succomber à ses blessures si elles étaient vraiment sévères. Limos avait perdu sa première monture au cours du siècle suivant leur malédiction. Un démon lui avait tranché la tête. On lui avait offert un autre cheval – un cadeau qu'elle n'avait pu refuser –, et à présent, elle était coincée avec un étalon des Enfers carnivore dont le comportement faisait passer Dévoreur du Chaos et sa meute pour de mignons animaux de compagnie.

Ares entendit des pas derrière lui, trop légers pour être ceux d'un démon, et au même instant, les vibrations incessantes qui lui signalaient les conflits mondiaux s'atténuèrent.

—Oh, mon Dieu !

Cara fonça vers eux.

—Than, sors-la d'ici.

Elle esquiva Thanatos, échappant à sa prise avec une agilité impressionnante.

—Que se passe-t-il ? (Elle s'agenouilla auprès d'Ares, l'inquiétude lisible sur sa mine abattue.) Seigneur !

Ares n'avait ni le temps ni la patience pour ce jeu-là. Elle allait sans doute fondre en larmes ou se mettre à pleurnicher ou à hurler. Et puis, il n'avait pas besoin que sa présence le vide de ses forces.

—Retournez dans votre chambre et restez-y.
—Je ne crois pas, non.
—Pardon ?

Il la dévisagea, interdit. Personne ne contestait ses ordres.

—Je vous ai déjà dit de ne pas me commander. (Dans une attitude de défi flagrante, Cara retroussa les manches du maillot de hockey.) Je peux vous aider. J'ai travaillé avec des animaux pendant des années.
—Dans ce cas, aidez-moi.

Il lâcha un juron, excédé, et passa le pouce sur sa gorge pour les débarrasser, Bataille et lui-même, de leurs armures, déjà ramollies. Puis il attrapa le poignet de Cara alors qu'elle s'apprêtait à examiner le flanc de Bataille.

—Mais ce n'est pas un animal comme les autres.
—Pourquoi ne suis-je pas surprise ?

Chapitre 13

Les paumes en sueur, Cara espéra ne pas regretter sa décision. Il était possible que son don surgisse… et tue au lieu de soigner. Et là, Ares la tuerait, elle.

Avec nonchalance, elle s'essuya les mains dans l'un des chiffons que les démons avaient apportés.

— Vous avez besoin d'autre chose ?

Thanatos effleura l'un des tatouages qui lui couvraient la gorge, et son armure disparut, remplacée par un jean, un tee-shirt et un manteau néoclassique noirs, boutonné et évasé jusqu'aux genoux pour ne pas entraver ses mouvements. À l'évidence, le noir n'était pas une couleur pour Thanatos, mais un style de vie.

— Je peux piller un cabinet médical.

Cara fut tentée de l'envoyer chez le docteur Happs pour lui piquer du matériel, mais elle se ravisa et s'empara de la pile de serviettes.

— Il faut stopper l'hémorragie.

— Sans déconner ? (Ares exerça une pression sur l'une des plaies les plus graves, une lacération profonde de laquelle suintait un liquide noirâtre.) Vous avez appris ça dans *La Médecine vétérinaire pour les nuls* ?

— Le sarcasme ne fera pas avancer les choses.

— C'est… mon cheval, répliqua Ares avec fermeté.

Cara comprenait, il souffrait pour l'animal, et la peur n'arrangeait pas son caractère lunatique. Elle accepta, pour cette fois, de lui pardonner son impolitesse. L'agimortus la picota, éveillant son pouvoir de guérison.

Oh, non. Hors de question. Elle se concentra pour le maintenir à distance… Elle s'y employa de toutes ses forces, à tel point que son pouls commença à bourdonner à ses oreilles et son souffle à lui brûler la gorge. Avant, elle était capable de le maîtriser, mais grâce à l'agimortus, son don semblait doté d'une volonté propre. Les doigts tremblants, elle examina l'étalon, à la recherche des blessures les plus graves. Le cheval grogna, se débattit, et soudain, du sang jaillit de sa cuisse.

—Merde !

Thanatos se précipita pour couvrir le geyser de la main, mais Cara fut plus rapide.

Un filet d'énergie lui échappa et circula le long de son bras avant d'atteindre Bataille. Aussitôt, l'afflux de sang ralentit, et sous ses yeux, les plaies les moins sévères se refermèrent. Thanatos recula brusquement, imité par Cara, aussi choquée que lui. C'était la première fois que ses facultés se manifestaient avec une telle intensité.

Lorsqu'il était question de guérison, du moins. Son talent meurtrier, en revanche… Elle refusait de se le rappeler.

—Je…

Elle avala une bouffée d'air, et se laissa une seconde pour organiser ses pensées.

Ares fronça les sourcils, ce qui devait être douloureux vu la balafre qu'il arborait du milieu du front jusqu'à la base de l'œil gauche.

—Voilà pourquoi le chien vous a offert le baiser de l'Enfer. Vous l'avez guéri. Vous n'avez pas simplement retiré la balle… vous possédez un don.

Thanatos braqua sur elle ses yeux jaunes perçants.

—Vous êtes une prêtresse des totems.

—Une quoi ?

—Une personne qui communique avec les animaux, répondit-il d'une voix empreinte de… révérence. J'ai grandi au sein d'une communauté druidique, les prêtres et prêtresses des totems y étaient vénérés. Aujourd'hui, les humains les appellent télépathes. Certains détiennent des talents de guérisseurs. Ça ne fonctionne qu'avec les animaux ?

Oh, non ! Ça fonctionne aussi très bien avec les humains.

Ces secrets inavouables enfouis depuis vingt-six ans allaient enfin être libérés. Elle avait nié ses aptitudes pendant si longtemps, alors même qu'elle y avait recours. Qu'il existe un terme pour ce qu'elle était l'ancrait dans la réalité et la subjectivité. La gorge serrée, elle bondit sur ses pieds et recula.

—Cara ?

Ares garda la main sur Bataille, mais se tourna vers elle, la suivant du regard.

—Je... je ne sais pas si je suis capable de maîtriser mon pouvoir. L'agimortus l'a rendu plus puissant et moins prévisible. (Elle déglutit avec peine.) Et, il possède une... facette maléfique que je ne comprends pas.

Ares lâcha un juron fleuri.

—Le diable en personne pourrait l'avoir chié que je m'en tape ! Bataille souffre, et il risque de mourir. Si vous pouvez l'aider, faites-le.

Bataille grogna, ce qui lui fendit le cœur. Comment pouvait-elle rester les bras croisés ? Ce n'était pas la première fois que ces questions la tracassaient. Quand, adolescente, elle travaillait au cabinet de son père, il l'avait suppliée de ne pas user de ses facultés, craignant que leur commune ultraconservatrice ne l'apprenne et ne l'accuse à tort. Et il avait eu raison.

Il les redoutait lui aussi. Cara le savait, car elle l'avait entendu le confier à sa belle-mère.

—J'ai tué avec mon don.

Seigneur ! Elle sentit son estomac se révulser à ces mots, des mots qu'elle n'avait encore jamais prononcés à voix haute.

—Un humain ?

Ares caressa l'épaule de Bataille.

—Oui.

—Ben ça ! (Thanatos changea de position, et elle put apercevoir le poignard qu'il cachait dans sa botte.) De mon temps, on ne parlait pas de ces choses-là. Ceux qui utilisaient leur pouvoir pour tuer étaient fuis comme la peste. En fait...

—Thanatos... (L'avertissement contenu dans l'intonation d'Ares l'empêcha de poursuivre.) Je n'en ai rien à faire de l'humain, reprit Ares en se tournant vers Cara. Décidez-vous. Aidez-le ou allez-vous-en. Il faudra que vous surmontiez votre traumatisme mental plus tard, Bataille est au plus mal.

Rude. Mais Ares avait raison, et Cara avait besoin d'être secouée. Elle acquiesça et se plaça à la tête de l'étalon. Ses globes oculaires enflés saignaient. Elle n'avait encore jamais soigné un animal en si piteux état.

— Salut, mon grand. Je vais t'aider. Tu es d'accord ?

Elle ignorait s'il comprenait ses paroles, mais les animaux percevaient les sentiments.

Elle ferma les yeux, et laissa les pensées de Bataille venir à elle. Elles affluèrent en masse, principalement de l'inquiétude pour Ares. Même à l'agonie, le cheval s'en faisait pour son maître.

Elle sentit qu'on l'observait pendant qu'elle canalisait son énergie. L'air frais produit par le ventilateur du plafond diffusa la chaleur qui émanait d'elle chaque fois qu'elle faisait appel à son don, et elle s'en réjouit tandis qu'elle imposait les mains sur le corps de Bataille. Des vagues de guérison ressoudèrent ses blessures, mais bientôt, sa douleur devint celle de Cara. Des gouttelettes de sueur perlèrent sur son front, et elle se mit à respirer par à-coups, le souffle ponctué de gémissements plaintifs.

Cela dura une éternité. Quelqu'un hurla son nom. Le cri lui parvint de loin, comme un écho dans son crâne.

Cara !

Sonnée, elle rouvrit les yeux. Elle était allongée par terre, Ares accroupi devant elle, les mains sur ses épaules, l'inquiétude visible sur son visage. Il portait toujours son pantalon en cuir et son tee-shirt. Bataille était campé à côté d'elle, et pressait son nez soyeux contre son cou.

— Que s'est-il passé ? s'enquit-elle, la voix éraillée.

— Vous êtes tombée dans les pommes. (Ares tapota l'échine de Bataille au niveau d'une large entaille qui zébrait sa robe brune maculée de sang.) Il va mieux, à l'évidence. Les cicatrices auront disparu d'ici demain. À présent, dites-moi… Pourquoi vous êtes-vous évanouie ? Est-ce normal ?

Comme elle resta muette, car elle essayait encore d'assimiler l'enchaînement des événements, il la secoua doucement.

— Répondez-moi.

Toujours aussi impatient. Cara commençait à reconnaître ce schéma qui se répétait inlassablement. Quand il était inquiet, frustré ou en colère, il se transformait en véritable tyran. Elle voulut se relever, mais vacilla. Ares la rattrapa, glissant un bras musclé derrière elle pour la redresser. Il s'attarda sur sa hanche avant de retirer la main.

— Ça ne m'était jamais arrivé, mais Bataille est énorme et ses blessures étaient très graves.

Elle frissonna, manqua de retomber lorsqu'une vague de nausée l'assaillit. Ares l'enlaça de nouveau, et cette fois, il ne la lâcha plus. Elle l'en remercia en silence, et se blottit contre lui. C'était étrange de s'appuyer ainsi contre quelqu'un, mais au lieu de se sentir vulnérable, elle en éprouva un sentiment de sécurité.

Thanatos s'accroupit devant elle, les avant-bras enroulés autour des genoux. Il avait enlevé sa veste, et Cara pouvait voir sa peau… Waouh! Des tatouages entremêlés s'étendaient de la pointe de ses doigts jusqu'à ses bras, disparaissaient sous les manches de son tee-shirt avant de remonter sur son cou et le long de sa mâchoire. Sans armure, il paraissait plus fin qu'Ares, mais sa silhouette élancée ne diminuait en rien sa puissance. Si Ares était un lion, Thanatos était un tigre.

Le scorpion sur sa gorge se tortilla lorsqu'il se mit à parler, on aurait dit que le dard s'enfonçait dans sa carotide.

— Vous absorbez la douleur de la victime quand vous la soignez, n'est-ce pas?

Elle acquiesça, et Thanatos s'avança pour poser la main en coupe sur sa joue.

— Et quand vous tuez, poursuivit-il, est-ce le contraire? Vous y prenez du plaisir?

— Non! s'écria-t-elle, outrée, avant de se reculer, le corps secoué de tremblements.

Seigneur, comment pouvait-il… Oh, ciel, il savait! Malgré l'horreur que le meurtre de cet homme lui avait inspirée, l'acte avait été empreint d'une excitation sous-jacente. Une vague de pouvoir si maléfique que son âme lui avait semblé souillée à jamais.

Elle ne se l'était jamais avoué. Pas vraiment. Jusqu'à aujourd'hui.

— Assez. (L'avertissement dans la voix d'Ares était clair.) Elle vient de sauver Bataille. Ce n'est pas le moment de la cuisiner.

Ares la plaqua contre son torse d'un geste protecteur.

— Ne la touche plus, Than.

— J'essayais juste de l'aider.

Thanatos se releva brusquement avant de s'éloigner, donnant l'impression à Cara qu'il avait été vexé.

— Je suis désolée. (Elle pressa le front contre le sternum d'Ares.) Je ne voulais pas créer des problèmes entre votre frère et vous.

—Ça ?

Ares lui effleura le dos avec douceur.

—Ce n'était rien, détendez-vous.

Elle se relaxa au rythme de ses caresses, et enfouit de nouveau la question de Thanatos et l'effroyable vérité dans le coffre fermé à clé qui les contenait depuis si longtemps.

—Vous avez faim ?

L'estomac de Cara gargouilla en guise de réponse, et Ares rit.

—Je prends ça pour un oui.

Eh ben ! Il suffisait de sauver le cheval d'un homme pour qu'il devienne une crème. Elle tâcherait de s'en souvenir la prochaine fois qu'elle croiserait la route d'un guerrier légendaire. À ce propos…

—Minute. (Elle se recula pour l'étudier un instant.) Puisque vous êtes immortel… avez-vous besoin de nourriture ?

—Oui. Et de sommeil. Je n'en mourrais pas si j'en manquais, mais Bataille et moi pouvons faiblir ou exploser de rage. (Il fronça les sourcils.) D'ailleurs…

Il souleva le maillot de hockey pour exposer l'abdomen de Cara.

—Hé ! (Elle lui agrippa le poignet avant qu'il ne puisse en révéler davantage.) Qu'est-ce que vous faites ?

—Je vérifie l'agimortus. Il s'estompe avec le temps, vous avez oublié ?

Exact. Un véritable sablier virtuel, ce truc. Elle sentit son estomac se creuser sous l'effet de la panique, et soudain, elle n'eut plus faim du tout.

—Je m'en charge.

En proie à de furieux tremblements, elle saisit le col du tee-shirt et le tira vers elle, mais ne put se résoudre à regarder la marque.

Ares le comprit, et avec une délicatesse infinie, il repoussa sa main. Dès qu'il la frôla de ses doigts rugueux, le cœur de Cara s'affola, et quand l'air frais lui caressa la poitrine, son pouls s'emballa, en proie à une appréhension mêlée d'excitation.

Pendant un long moment, il resta concentré sur le visage de Cara. Il l'observait avec une intensité à lui couper le souffle. Il entrouvrit les lèvres, légèrement, et elle se demanda comment il réagirait si elle l'embrassait.

Soudain, il baissa les yeux, et seule son inspiration brutale brisa le silence de la pièce. Même Bataille qui s'ébrouait derrière eux se tut. Les paupières d'Ares s'alourdirent, ses narines frémirent.

—Vous êtes sublime.

Son timbre était râpeux, rauque, et elle oublia aussitôt la marque et le compte à rebours qui annonçait sa mort.

Ares lissa le maillot sur son ventre, et la souleva avec précaution. Dans ses bras, elle se sentait minuscule, féminine et en sécurité. Oui, le devoir d'Ares était de la garder en vie, mais pendant tout ce temps, il avait été question de protéger l'agimortus, pas Cara. À présent, elle percevait que quelque chose avait changé, comme s'il voyait la personne et non l'objet gravé sur sa poitrine.

Bataille s'approcha et pressa le front contre celui de Cara.

—Vous lui avez fait une sacrée impression, déclara Ares, la voix toujours aussi rocailleuse. Bataille hait tout le monde. (Il éloigna le cheval d'un coup d'épaule.) Laisse-la tranquille, gros bêta.

—Où m'emmenez-vous ?

Ares ne lui jeta pas un regard en traversant la pièce.

—Au lit.

La façon dont Cara s'était crispée quand Ares lui avait annoncé son intention l'avait amusé et vexé à la fois. Il avait prévu de la mettre au lit, pas de coucher avec elle. Même s'il en brûlait d'envie. L'altercation avec Pestilence avait calmé ses ardeurs, mais le besoin de s'abîmer dans la chair féminine le consumait encore.

Et avec Cara dans les bras, il ne s'agissait pas de n'importe quelle femelle. Il la désirait plus que jamais. Après ce qu'elle avait fait pour Bataille, en dépit des conséquences et malgré tout ce qu'elle avait enduré ces derniers jours, elle avait gagné la gratitude et le respect d'Ares. Elle avait été introduite dans son monde avec fracas, mais après des débuts difficiles, elle supportait assez bien le choc.

Combien d'humains en auraient accepté autant en si peu de temps ? Par l'Enfer, Ares avait mis des décennies à affronter la réalité de l'univers paranormal.

À l'évidence, Cara n'était pas novice en la matière, même si elle le contestait. Elle avait connaissance de son pouvoir depuis un bon moment. Par conséquent, elle se doutait déjà, bien qu'elle refuse de l'admettre, que des choses invisibles pour la plupart des humains existaient bel et bien. À présent que son cheval était hors de danger, Ares voulait en savoir plus sur l'homme qu'elle avait tué.

Mais il ne pouvait pas encore la questionner à ce sujet. Soigner Bataille l'avait épuisée, et elle aurait assez à gérer lorsqu'elle découvrirait que l'agimortus s'était estompé. À peine, certes, mais quand la moindre dépigmentation vous rapprochait de la tombe, il y avait de quoi être bouleversé.

Il avait tempéré sa réaction, et s'était autorisé à admirer ses seins parfaits, sa peau immaculée, sa taille de guêpe, et en une fraction de seconde, il avait senti le renversement déchirant de ses émotions. Cela n'aurait pas dû se produire. Il avait tiré un trait sur la tendresse il y a bien longtemps. Pourtant, cette femme éveillait ses instincts refoulés, ce qu'il appréciait autant qu'il maudissait.

S'attacher à elle serait stupide. Si elle ne mourait pas sous peu, elle transférerait l'agimortus et finirait quand même par mourir. De plus, si Pestilence venait à apprendre qu'Ares se préoccupait un tant soit peu d'elle, il la tuerait pour le plaisir de causer du mal à son frère. Par ailleurs, si la seule proximité de Cara le vidait de ses forces et amenuisait ses réflexes, qu'en serait-il s'ils couchaient ensemble ?

—N'ayez crainte, répondit-il. Je ne ferai rien de plus que vous border. (Il remarqua les traces sur les mains, les bras et les jambes de la jeune femme, et se rembrunit.) Vous avez taché mon maillot.

Elle renifla.

—Avec le sang de votre cheval.

—Vous avez toute ma gratitude. Et le cœur de Bataille, je crois, ajouta-t-il non sans ironie.

Elle arbora un sourire timide, et Ares sentit son pouls s'emballer. Malgré sa pâleur et sa fatigue, elle était toujours aussi belle, et Ares aimait la serrer contre lui.

Il l'allongea sur le lit avec émerveillement et délicatesse. Il pouvait l'admirer sans se préoccuper d'elle, non ? Cependant, ce n'était pas le respect qui l'avait poussé à agresser Thanatos, lui ordonnant de ne plus la toucher. Ares n'avait pas supporté de voir sa main sur Cara, et lui, qui n'avait jamais été jaloux de toute sa vie, avait eu envie d'étriper son frère.

Oui, cette femme lui échauffait vraiment les sens.

—Vous souhaitiez peut-être vous nettoyer ? lui demanda-t-il, pressé de la border et de ficher le camp.

Elle faillit ronronner de joie.

— Je ne manquerais jamais une occasion d'utiliser cette salle de bains idyllique.

— Vous pouvez vous en servir quand vous voulez, répliqua Ares d'une voix rauque à présent qu'il visualisait Cara sous la douche.

Nue. Les traînées de mousse sur ses seins, son ventre, ses cuisses… le triangle secret de son intimité.

— Ne dites pas ça. Je serais tentée de m'y installer.

De nouveau, il se sentit fondre devant son sourire. Et durcir en même temps. La situation était grave.

— J'aime quand vous souriez, ajouta-t-elle. Cela ne vous arrive pas souvent, si ?

Qu'elle ait remarqué ce détail de son caractère ne lui plaisait guère, même s'il ne fallait pas être un génie pour s'en apercevoir.

— Je n'ai pas vraiment eu de quoi me réjouir depuis que j'ai découvert que je n'étais pas humain, se contenta-t-il de répondre.

Et même avant, il avait été d'un naturel ténébreux, à l'aise seulement avec ses frères et ses fils.

— Ça remonte à quand ?

— Cinq mille ans. À deux ou trois siècles près.

Elle écarquilla les yeux, stupéfaite, et il ne put s'empêcher de rire.

— Vous ne faites pas plus de vingt-neuf ans.

— Je le dois à mon mode de vie sain, déclara-t-il d'un air enjoué, car, aussi bizarre que cela puisse paraître, il n'avait pas eu de conversation aussi normale depuis une éternité.

D'ordinaire, les femelles n'attendaient qu'une chose de lui, et ce n'était pas discuter. Quand elles parlaient, c'était soit pour le porter au pinacle, soit pour lui demander de raconter ses exploits. Elles ne s'intéressaient guère à sa personne.

— Vous me confiez votre secret ? (Elle remua.) Il n'y a pas d'oreillers ?

— Le confort, ça ramollit.

— Hmm. Je dirais plutôt que ça rend heureux. Vous devriez essayer.

Elle le taquinait, et un sentiment d'euphorie des plus étrange le gagna. C'était agréable. Comme après avoir vidé une bouteille de whiskey, mais sans la perte de lucidité.

—Il ne me manque donc qu'un oreiller pour profiter des plaisirs de la vie ?

—Oh, non ! (Elle tapota le matelas.) Un lit plus moelleux ne serait pas du luxe non plus.

Avant qu'il ait pu émettre le moindre commentaire, même s'il ignorait quoi rétorquer à cette femelle qui avait décidé de réaménager sa chambre, elle lui désigna la commode.

—Je peux vous emprunter un autre tee-shirt ?

Oh, oui, il voulait qu'elle porte ses vêtements. Il y avait quelque chose d'incroyablement sexy à la voir enveloppée dedans. Cependant, elle ne pourrait pas se contenter bien longtemps de ses tee-shirts et bas de survêtement XL.

—Pendant que vous serez sous la douche, je ferai un saut chez vous pour récupérer quelques affaires.

—Merci. (Elle se leva, chancela, et retomba sur le matelas.) J'ai un peu le tournis.

Ares n'éprouvait pas souvent de culpabilité, mais à cet instant, elle l'assaillit et prit ses aises, tel un invité indésirable. Un peu comme le faisait Cara.

—Restez allongée. Je vais apporter de l'eau chaude et un gant de toilette.

—Et me donner le bain ? (Elle lui jeta un regard perplexe.) Je ne crois pas, non. Si j'ai le vertige, je m'assiérai, ce n'est pas la place qui manque.

Elle n'avait pas tort. Des bancs chauffés encastrés dans le marbre ornaient la moitié de la douche. Parfois, Ares mettait la vapeur et allumait la chaîne hi-fi pour s'y prélasser des heures durant. Cara n'était pas obligée de se laver debout. Et voilà qu'il visualisait de nouveau la scène…

Un film sublime. Un putain de chef-d'œuvre.

Il lui tendit la main.

—Je veux m'assurer que vous arriviez jusqu'à la salle de bains, insista-t-il tout en l'aidant à se redresser.

Cara leva les yeux au ciel, mais le laissa faire, et ne protesta pas quand il lui attrapa l'avant-bras pour la stabiliser. Il n'avait pas le tempérament d'un aide-soignant, mais pourvoir aux besoins de Cara lui procurait une certaine satisfaction. Il n'avait pas veillé au bien-être d'autrui depuis qu'il avait recueilli Vulgrim quelques siècles plus tôt, et même alors, il avait surtout joué les protecteurs, puis les précepteurs. Il n'avait pas eu l'intention de s'occuper d'une famille. Prendre soin de Vulgrim avait constitué une stratégie pour se faire un allié parmi la communauté démoniaque. Pourtant, le démon et son fils, Torrent, faisaient désormais partie de sa vie, et Ares se demandait parfois le prix qu'il aurait à payer pour ça.

Chassant de son esprit les réflexions vaines sur son passé, il ouvrit le robinet pour Cara.

—Si vous voulez de la musique ou de la vapeur, le panneau de contrôle est sur la droite.

—Vous n'auriez pas un frigo et un micro-ondes des fois?

—J'y ai songé, figurez-vous, mais je n'ai pas trouvé le moyen d'isoler l'électroménager, répliqua-t-il, taquin, ce qui ne lui ressemblait pas. (L'une des chauves-souris-titans lui avait peut-être causé des dommages au cerveau.) J'y vais!

Il lui fallut moins de dix minutes pour entrer et sortir de chez Cara avec un sac plein de vêtements, un oreiller et les produits de toilette alignés sur le comptoir de sa salle de bains.

Une pensée l'obnubilait tandis qu'il regagnait la Grèce: Cara portait des boxers.

Il imaginait sans problème ses courbes voluptueuses moulées dans la sensuelle pièce de tissu. Oui, les strings et les culottes en dentelle, c'était chouette, mais pour une raison qu'il ignorait, il préférait ce mélange masculin-féminin. Ça lui faisait un effet du tonnerre.

Il adorerait serrer Cara contre lui tout en laissant courir ses mains sur son shorty avant d'empoigner ses fesses rebondies... Bordel, voilà qu'il fantasmait sur des sous-vêtements!

Persuadé d'être le pire des ratés, il traversa sa villa et s'arrêta devant la chambre à coucher. Son cœur cogna d'une façon inhabituelle contre son sternum, comme agité par un spasme d'anticipation. Lui tardait-il de revoir Cara? Oui, à en juger par le sourire béat qu'il arborait malgré lui. Et, horreur suprême, il se rendit compte soudain qu'il avait le béguin pour elle.

Il avait besoin de tuer quelque chose. De se concentrer sur la bataille, de trouver une cible, et de passer à l'offensive, car il se comportait exactement comme les hommes qu'il avait fustigés à l'époque. Par l'Enfer, il avait envoyé des femmes séduire les généraux ennemis, dans l'attente que leurs queues prennent les commandes et les mènent vers la destruction.

Cara devait être l'envoyée du karma.

Par chance, l'eau coulait toujours, et Ares songea qu'il ne courait aucun risque à entrer dans la chambre. Il jeta l'oreiller et le sac sur le lit, puis se dirigea vers la porte avant de se figer au son d'un coup sourd et d'un cri.

—Cara ?

Il avait traversé la pièce avant même de prononcer son nom. Dans une montée d'adrénaline, ses instincts de guerrier s'éveillèrent, et il fonça dans la salle de bains, prêt à terrasser le danger.

Il se précipita sous la douche, et y trouva Cara qui essayait de se mettre à quatre pattes.

—Que s'est-il passé ? aboya-t-il, la voix grave sous l'effet de la peur, et il s'admonesta en silence.

Rien ne devrait le secouer à ce point.

Surprise, Cara hurla comme une banshee – et Ares les avait déjà entendues – et chercha à se couvrir. En vain. Cette image était à jamais gravée dans la mémoire d'Ares, et marquée comme favori.

L'eau chaude qui jaillissait des multiples pommeaux le trempa de la tête aux pieds, mais il s'en fichait royalement. Il s'accroupit pour l'aider.

—Cara ! (Sa voix claqua comme un fouet contre le carrelage.) Que s'est-il passé ?

—Rien de grave. (Elle colla les genoux contre le menton et y enroula les bras avant de s'adosser contre le mur.) J'ai glissé.

—Sur quoi ? Du savon ? (Elle était pâle comme un linge, avait de gros cernes noirs, et il n'était pas dupe.) Foutaises !

—Ne me parlez pas sur ce ton !

—Alors, dites-moi la vérité ! Vous vous êtes évanouie.

Elle roula des yeux, exaspérée.

—Je ne me suis pas évanouie. C'est juste que je me sens si… faible.

—C'est plus que les effets secondaires de la guérison de Bataille, n'est-ce pas ?

—Je n'en sais rien. Je n'avais encore jamais ressenti ça. C'est à cause de l'« agimorbidmuche » ?

—Agimortus, la corrigea-t-il.

Cela dit, comme elle ne s'était pas trompée auparavant, il la soupçonnait de mal prononcer ce mot dans le seul but de l'énerver. Dommage, car il trouvait cela attachant. Attachant ! Bonté divine !

— Possible. À moins que les Aegis ne soient en train de s'en prendre au chien des Enfers.

— Hal, rectifia-t-elle, et il perçut un regain d'ardeur dans ses yeux tourmentés. Il s'appelle Hal.

— Ouais, bref.

L'idée de nommer cet infâme clébard comme si c'était un caniche à sa mémère le hérissait au plus haut point. Il essuya l'eau dans ses yeux.

— Sortons d'ici.

— Je n'ai pas fini de me rincer.

Cara passa les doigts dans ses cheveux. Ce geste fit ressortir sa poitrine et mit en valeur le creux vertigineux entre ses seins, et malgré l'eau à profusion, Ares sentit sa bouche se dessécher.

— Pleins de shampoing, ajouta-t-elle.

— Je vais vous aider.

— Je peux me débrouiller.

Elle changea de position, lui offrant une vue alléchante sur l'intérieur de ses cuisses. Seigneur, il s'en serait bien passé ! Il aurait préféré, également, ne pas voir l'empreinte de l'agimortus, mais au moins cette vision-là lui permit de reprendre ses esprits.

— Ce n'est pas négociable. Je refuse que vous tombiez et vous rompiez la nuque. (Devant son expression horrifiée, il serra les mâchoires.) Cessez de vous comporter comme une enfant. J'ai déjà vu ça un millier de fois ! N'oubliez pas l'âge que j'ai.

— Et souvenez-vous du mien ! Je n'ai pas pour habitude de m'exhiber ainsi. Alors, cessez de vous comporter comme un connard.

Impossible femelle !

— Seriez-vous plus à l'aise si j'étais aussi dénudé que vous ?

Il ôta son tee-shirt trempé et commença à baisser sa braguette.

— Non ! (Elle lui agrippa le poignet.) Ce n'est pas nécessaire, vraiment.

Elle lui évoqua un animal pris au piège tandis qu'il l'aidait à se redresser. Seigneur, elle avait la peau si douce ! Soyeuse. Et son corps… Ouais, il n'était pas censé regarder, mais merde, elle ressemblait aux femmes de son époque… Voluptueuses, avec des courbes généreuses, preuve de leur fertilité, de leur capacité à répondre aux ardeurs d'un guerrier et à porter sa descendance.

Il sentit ses membres durcir, émoustillé par cette pensée. Au temps pour retrouver ses esprits !

—Je peux tenir debout toute seule... (Ses jambes se dérobèrent, il la rattrapa et la serra contre lui.) Ou pas.

Il passa un bras autour de sa taille, et la tint contre lui, son torse contre ses seins, et son érection contre son ventre.

À en juger par les joues de Cara qui venaient de s'enflammer, l'excitation d'Ares ne lui avait pas échappé. Et vu la façon dont ses pupilles s'étaient dilatées, cela lui avait plu.

Chapitre 14

Cara n'avait sans doute jamais vécu une situation aussi bizarre. Ce qui n'était pas peu dire puisqu'elle était liée à un chien des Enfers, avait été marquée par un symbole mystique qui faisait d'elle une cible, et qu'elle avait traversé l'Europe pour arriver en Grèce en quelques secondes.

À présent, elle se trouvait nue sous la douche, à se faire cajoler par une légende vivante en chair et en os. Et la légende en question avait une érection. Elle avait lu qu'un homme en bonne santé en avait jusqu'à vingt par jour. Et… Ares était en grande forme, à l'évidence.

— On peut se dépêcher ?

Elle se plaqua contre Ares avec fermeté. Plus elle se collait à lui, moins il pouvait la voir.

Non que cette position soit désagréable. Avec sa carrure athlétique et ses muscles saillants, Ares semblait taillé dans le roc, et Cara ne put s'empêcher de l'effleurer tandis qu'elle se cramponnait à lui. Seigneur, elle voulait lécher les fines gouttelettes qui ruisselaient sur ses épaules puissantes.

— Penchez la tête en arrière, ordonna-t-il sur un ton aussi bourru que d'habitude, mais ses gestes démentaient la sévérité de sa voix.

— Combien de fois dois-je vous le répéter ? soupira-t-elle. Je n'apprécie pas qu'on m'aboie dessus.

Il tendit la main et lui souleva le menton. Ses yeux étaient noirs, impénétrables. Elle crut qu'il allait dire quelque chose, au lieu de quoi, il lui passa la tête sous le jet d'eau. La paume d'Ares sur son front et son cuir chevelu lui fit l'effet d'une douce caresse. Il s'y employait avec une délicatesse et une prévenance infinies, comme s'il craignait que son toucher ne la blesse. Et en un sens, c'était le cas. Le cœur de Cara battait la chamade, c'en était presque douloureux. Personne ne l'avait jamais traitée avec autant d'égards.

Comment un homme capable de tuer de sang-froid, qui avait commis les actes ignobles que Chaos lui avait exposés, pouvait-il se montrer si tendre ?

De ses doigts, Ares continua de démêler les cheveux de Cara, sans se presser. Peu à peu, elle sentit ses paupières s'alourdir et ferma les yeux, s'affaissant contre lui, les muscles relâchés. Un sentiment d'apaisement la gagna tandis que son sang bourdonnait à ses oreilles et filait dans ses veines. La marque sur sa poitrine la picotait. Et un nectar brûlant s'écoulait entre ses cuisses.

Ares prit son temps pour lui rincer les cheveux.

— Il doit y avoir beaucoup de shampoing, murmura-t-elle.

— Ouais, répondit Ares, et Cara aurait juré que sa voix s'était brisée, à moins que son imagination ne lui joue des tours. Je suis très minutieux.

— Mmm.

Il essuya l'eau qui ruisselait sur sa joue.

— D'autres parties du corps que vous souhaitiez laver ?

Elle ouvrit les yeux d'un coup. Un « non » se forma sur ses lèvres, mais aucun son ne sortit de sa bouche. La façon dont il la regardait… À présent, son expression parlait d'elle-même. La faim le consumait. Il se plongea dans ses yeux, et un douloureux frisson d'excitation la parcourut.

Elle se lécha les lèvres, et Ares la contempla, se focalisant sur sa langue. Cara pria en silence pour qu'il ne l'embrasse pas, mais elle souleva la tête vers lui, et se hissa sur la pointe des pieds, surprise que ses jambes ne flageolent plus.

— C'est stupide, murmura-t-il alors même qu'il se penchait vers elle, lentement, jusqu'à ce que leurs bouches se frôlent presque.

Elle aurait pu reculer. Elle aurait dû. Mais pour la première fois depuis longtemps, elle se sentait enfin en sécurité. Elle devait être folle pour éprouver un tel sentiment dans les bras d'un homme qui pouvait la briser en deux d'un simple mouvement du poignet, un homme que le monde entier redoutait.

Oh, mais il avait les lèvres si douces ! Au début, il se contenta de l'effleurer. Un frisson exquis, créé par les points de friction entre leurs corps, l'électrisa tout entière. La fatigue qui l'accablait s'envola aussitôt. Elle aurait pu courir un marathon. Et à en juger par les battements frénétiques de son pouls, elle avait l'impression de l'avoir déjà fait.

Puis, les baisers d'Ares se firent plus intenses, alternant caresses délicates et plus appuyées. Il commença à la mordiller, à la titiller du bout de la langue jusqu'à ce qu'elle gémisse. Comme si cette plainte désespérée avait débloqué quelque chose en lui, il s'enflamma. Il se glissa entre ses lèvres, exigeant qu'elle le laisse entrer. Seigneur, personne ne l'avait jamais embrassée avec une telle maîtrise, et elle obéit sans hésiter. Leurs langues se frôlèrent, se mêlèrent, et Ares décida d'aller plus loin. Il l'agrippa par les cheveux tandis qu'il l'enlaçait avec fermeté pour la presser contre son corps. Elle s'accrocha à lui, enfonçant les doigts dans ses bras.

Avec élan, il la plaqua contre le mur et continua de l'embrasser à lui en faire perdre haleine. Bientôt, son souffle devint aussi saccadé que celui de Cara. Il lui attrapa la cuisse gauche, et lui posa le pied droit sur le banc. Quand son sexe dressé appuya contre l'intimité de Cara, tous deux grognèrent.

Dans cette position, l'eau lui coulait sur la nuque et le dos, retombant en cascade sur ses épaules avant de ruisseler le long des profonds sillons creusés par ses muscles. Il était sublime, parfait, et la façon dont il ondulait contre elle, dans la splendeur brute de sa virilité, lui arracha un râle de plaisir et d'appréciation purement féminin.

Il laissa sa main remonter un peu et la referma sur sa fesse. Elle savoura cet instant de délice tandis qu'il faisait glisser l'autre jusqu'à ses seins pour en titiller la pointe avec le pouce. Il continua de l'effleurer du bout de la langue, et alors qu'il lui mordillait délicatement la lèvre inférieure, elle se sentit défaillir.

Elle se frotta contre lui, et se perdit dans la vapeur de la douche, la chaleur de ses baisers, l'opulence de ses caresses. Elle qui n'avait jamais connu la volupté s'en délectait. Elle pencha la tête en arrière pour qu'Ares puisse l'embrasser dans le cou et jusqu'à la naissance de la gorge. Quand il délaissa sa poitrine pour se diriger plus bas, elle lui parcourut le dos du bout des doigts, s'imprégnant des différentes textures formées par ses muscles.

—Cara.

Son souffle chaud lui frôla le visage, et sa voix vibra dans l'air telle une onde érotique.

—Mmm ?

La main d'Ares se figea, cessant son exploration.

—Vous saignez ?

Le cerveau de Cara, embrumé par le désir, mit une seconde à assimiler ses paroles.

—Je ne me suis pas coupée…

—Pas une blessure. (Il effleura son sexe.) Un saignement féminin.

Cara piqua un fard, et la chaleur qui émana d'elle dépassa celle de la pièce embuée.

—Pourquoi ?

Son ex avait toujours fait preuve de pruderie sur ce sujet. Il l'avait traitée comme une pestiférée quand elle avait eu ses règles, et avait refusé tout contact intime pendant et même plusieurs jours après.

—Ça vous dégoûte ?

Il retroussa ses lèvres enflées par leurs baisers en un rictus perplexe.

—Le cycle de fertilité d'une femme n'a rien de dégoûtant, et le sang ne m'a jamais dérangé. Ça m'a interpellé parce qu'il y avait des tampons dans votre salle de bains. Dans le doute, je les ai apportés.

Un voile rose colora les joues d'Ares, et embarrassé, il détourna le regard. Cara ne put s'empêcher de le trouver adorable.

—Pourquoi me dites-vous ça maintenant ?

—Parce que j'ai envie de vous toucher. (Du bout des doigts, il lui effleura le sexe, avec douceur et hésitation.) Mais je ne veux pas que ces trucs de filles vous gênent. Ou vous fassent mal.

La gorge de Cara se serra, nouée par un mélange de désir, de timidité et d'amusement devant son inexpérience sur ce sujet. Elle ne dit rien, et se contenta de poser la main sur celle d'Ares. Elle prit une lente et profonde inspiration pour retrouver son équilibre et le guida entre ses cuisses.

Il déglutit avec peine pendant quelques instants, puis ferma les yeux et se mit à la caresser. De nouveau, Cara laissa la tête retomber en arrière et s'arc-bouta vers Ares pour lui offrir un meilleur accès.

Il commença par effleurer son sexe du bout des doigts avant de s'enhardir. Quand il glissa un doigt en elle, des étincelles électriques lui enflammèrent les sens. Il mêla son pouce à l'action, imprimant de légers mouvements circulaires sur son clitoris, et elle panthala, ondulant langoureusement des hanches, l'enjoignant de trouver le bon rythme, la pression parfaite.

De l'autre main, il remonta vers ses seins, et Cara frémit, s'abandonnant à ce double délice.

— C'est ça. (La voix d'Ares n'était plus qu'un râle rauque.) Dieu que vous êtes belle !

Oh, oui, ses mots auraient suffi à la faire jouir. Elle savait qu'il la dévorait des yeux, et n'osa pas ouvrir les siens par crainte de perdre cette sensation onirique. Pour l'heure, la réalité représentait une notion étrange, et l'espace de quelques instants volés, elle voulait se prélasser dans ce lieu si agréable.

Soudain, elle se rappela que c'était déjà le cas. Elle se trouvait sur une île grecque, bordée par des eaux turquoise, dans une salle de bains digne d'une reine, en compagnie d'un homme puissant, incarnation même de la virilité animale. Elle crut défaillir de plaisir, stimulée par ce scénario érotique autant que par les caresses d'Ares.

Elle sentit son sexe se gorger d'un liquide brûlant, et Ares poussa un grognement bestial tout en enfonçant deux doigts en elle. Il s'activa, doucement d'abord, puis plus fort, effleurant un point sensible niché dans les tréfonds de son intimité, et elle se mit à ondoyer des hanches avec ardeur, chevauchant presque sa main.

— Viens ! gémit-elle, n'y tenant plus.

— Supplie-moi.

Il lui titilla le clitoris du bout du pouce, exerçant une pression parfaitement calculée pour la maintenir au bord de la jouissance. Elle était prête à exploser, il suffisait qu'Ares touche le bon endroit… ce qu'il savait très bien. Il la torturait avec brio, l'excitait au-delà de toute limite.

— Rends-toi. Dis-le.

« *Les femelles finissent toujours par succomber.* »

Ses paroles arrogantes lui revinrent en mémoire, mais vu la situation, Cara supposa que son orgueil était justifié. Elle acceptait de le laisser gagner, pour cette fois, mais seulement parce qu'il l'avait bien mérité. Et parce que la promesse du meilleur orgasme de sa vie en dépendait.

—Je t'en prie ! hurla-t-elle malgré elle.

Elle se flagellerait plus tard.

Elle jouit fort, terrassée par une vague de plaisir si intense que le sol se déroba sous ses pieds tandis qu'elle savourait ce moment de pure extase et le corps ferme d'Ares qui absorbait ses spasmes. Il continua de l'accompagner par ses caresses, et quand son excitation commença à décroître, il suffit d'un geste délicieusement inavouable pour la faire redécoller.

—Oui, haleta-t-elle. Oh… Seigneur !

Son orgasme s'éternisa. Où avait-il appris à le faire durer ainsi ? Non, elle ne voulait pas le savoir…

La joue d'Ares la frôla lorsqu'il se pencha vers elle pour lui murmurer à l'oreille :

—Depuis quand un homme ne vous a-t-il pas prise ?

Étourdie, elle dut répéter la question plusieurs fois dans sa tête sans parvenir à en comprendre le sens.

—Prise ?

—Baisée.

Oh. Elle s'empourpra, et cligna des yeux.

—On ne m'a jamais baisée, comme vous le dites avec élégance.

Elle était encore hors d'haleine, et même si la vulgarité de ses paroles aurait dû la calmer, elles ne firent que décupler son essoufflement.

—J'ai fait l'amour. Et ça ne m'était pas arrivé depuis deux ans.

—Vous avez fait l'amour…

Sans cesser de la caresser avec délicatesse, Ares arqua un sourcil, amusé, et aussitôt, la douce béatitude post-orgasmique céda la place à l'irritation.

—Inutile de vous moquer parce que je ne suis pas comme vous.

Elle inspira plusieurs fois de suite, manquant soudain d'oxygène.

Il s'immobilisa, mettant fin au badinage de ses doigts.

—Comme moi ?

—Vous n'êtes pas humain. Votre mère est… une démone sexuelle. (Elle bafouilla sur les derniers mots, parce que, vraiment, elle n'aurait jamais cru les prononcer un jour.) La violence et le meurtre vous excitent.

Elle bredouilla là aussi, mais pour une tout autre raison. «*Et quand vous tuez? Vous y prenez du plaisir?*» Elle était bel et bien comme Ares. Un frisson de dégoût lui aurait fait perdre l'équilibre s'il ne l'avait pas maintenue avec fermeté.

Une lueur sinistre remplaça l'étincelle d'amusement dans ses yeux.

—Pardon d'avoir soumis votre chaste et pacifique personne à ma répugnante concupiscence. Je vous prie de m'excuser et vous remercie pour la piqûre de rappel.

Cara sursauta, choquée. Non par ses paroles, mais par la raison qui l'avait amené à les prononcer. Elle l'avait blessé. Elle ignorait pourquoi l'idée qu'Ares puisse être froissé ne l'avait pas effleurée plus tôt. Après tout, il était… Guerre. Certes, elle avait perçu sa vulnérabilité après le départ de Chaos, et quand Bataille avait failli mourir, mais cette fois, c'était différent.

Furieuse contre elle-même de s'être laissé duper par son armure, elle tendit la main vers lui.

—Je ne voulais pas émettre un jugement…

—Si, gronda-t-il, en reculant brusquement. Que je devine un peu… Votre position préférée c'est le missionnaire. Vous êtes douce et angélique. Humaine. (Il cracha presque ce dernier mot.) Mais moi? Je ne suis qu'un démon sans morale.

—Je n'ai jamais dit ça! Et je ne connais pas que le missionnaire, maugréa-t-elle, même si c'était le cas, la faute à ses anciens partenaires bien peu aventureux.

—Ah non?

—Non.

Mauvaise réponse, vu l'éclair de défi qui illumina son regard. Déterminé à lui prouver qu'elle avait tort, il colla la bouche contre son oreille, et Cara sentit la caresse de ses lèvres, de son souffle contre sa peau.

—Vous l'avez déjà fait à quatre pattes, montée par-derrière? Et sous la douche? Contre un mur glissant?

Il lui mordilla le lobe, et elle s'arc-bouta contre lui en gémissant.

—Ou assise sur un banc, poursuivit-il, les cuisses offertes pour que votre amant, à genoux, puisse vous lécher? Ou encore, vous au-dessus, en train de le sucer pendant qu'il vous fait jouir avec sa langue ? Vous avez déjà utilisé du miel, Cara ? De la cire chaude ? Une cravache ?

Les images érotiques s'emmêlèrent dans sa tête, la laissant pantoise, étourdie et muette.

— C'est bien ce que je pensais.

Ares coupa le robinet, et attrapa le drap de bain sur le sèche-serviettes. Sans lui laisser le temps de protester, il l'enroula autour de Cara et la porta jusqu'à la chambre. Elle l'arrêta à quelques pas du lit.

— Une seconde. Je ne comprends pas. Pourquoi m'avoir demandé tout ça si vous ne comptiez pas… enfin, vous voyez.

— Vous baiser ? (Son rire résonna dans sa poitrine.) C'est ce que vous voulez ?

Oui !

— Bien sûr que non !

Non, vraiment. Ils étaient déjà allés trop loin, et elle avait assez de problèmes comme ça. La dernière chose dont elle avait besoin, c'était de s'engager dans une relation, qui plus est avec un demi-démon immortel dont le frère voulait la tuer.

— Bien sûr que non, répéta-t-il d'une voix pleine d'amertume. Pas grave. Vous n'êtes pas assez forte pour supporter ce que j'ai à offrir de toute manière.

Et voilà qu'il remettait sa faiblesse sur le tapis !

— Vous ne me connaissez pas. Vous ignorez de quoi je suis capable.

— Mais je sais de quoi je suis capable, moi.

Il défit les draps et l'approcha du matelas.

— Vous aviez raison, Cara. Je suis un démon. Le combat a toujours été au cœur de mon existence. Je ne connais rien d'autre. La guerre, le sexe, c'est du pareil au même pour moi. Je baise comme je me bats, jusqu'à ce que mon adversaire implore ma pitié. Croyez-moi, vous ne voulez pas faire partie de ma vie. J'ai eu tort de penser le contraire. (Il posa les mains sur ses épaules et la poussa sur le lit.) Dormez. Localisez votre molosse.

Elle le fusilla du regard, blessée par son rejet sans même savoir pourquoi. Elle ne l'aimait pas. Tout ce qu'elle voulait, c'était retrouver sa vie d'avant.

Et tu y tiens… pourquoi, au juste ?

Parce que alors, elle avait beau être à deux doigts de finir à la rue, elle n'était pas en train de mourir. Démons et créatures légendaires terrifiantes ne la pourchassaient pas.

Des mâles torrides ne la caressaient pas jusqu'à l'orgasme sous la douche.

Frustrée par la direction que prenaient ses pensées, elle tira le drap vers elle, roula sur le côté, et laissa son visage s'enfoncer dans un coussin moelleux. Sa colère s'atténua, cédant la place à la confusion.

— Vous m'avez apporté un oreiller ?

Il haussa les épaules avec nonchalance, mais un voile rose lui colora les joues.

— Vous devez être à l'aise quand vous dormez. Pour trouver le chien, s'empressa-t-il d'ajouter.

Comme si le sol lui brûlait les pieds, il quitta la chambre en vitesse.

Faire preuve de gentillesse l'avait embarrassé.

Cara le regarda partir, l'esprit troublé. Ares était un homme dur, ce qu'elle attendait d'un guerrier millénaire. Pourtant, elle l'avait vu s'inquiéter pour son cheval, et le bébé bouc-démon. Elle avait senti la tendresse de son toucher, sa nature protectrice. Et il avait été assez prévenant pour lui apporter un oreiller.

Pourquoi tout cela l'embêtait-il alors qu'elle aurait dû se réjouir qu'il ne soit pas qu'une simple machine à tuer ?

Parce que tu n'as pas envie de t'attacher à lui. Tous ceux que tu aimes te maintiennent à distance. Si Ares était capable de se soucier d'elle, il la ferait souffrir, comme l'avait fait son ex. Et sa famille, même de manière involontaire, en la traitant comme une paria.

Comme pour souligner ce point, le picotement venant de la marque, qu'elle ressentait en présence d'Ares, s'estompa. D'un air absent, elle baissa les yeux et réprima un cri alarmé. D'écarlate vif, elle était passée à rose délavé.

Son premier réflexe fut de sauter du lit, de s'habiller et d'exiger l'accès à la bibliothèque et à l'ordinateur d'Ares. Son second instinct lui dicta de se rouler en boule et de pleurer. Ce second instinct ? Il était apparu après son agression deux ans plus tôt.

Rien à foutre. Elle repoussa les draps et posa les pieds au sol avant d'attraper le sac rempli de vêtements. Elle avait juré de ne plus jamais tuer, mais elle n'avait pas tiré un trait sur la vie pour autant. Elle allait vivre !

Quand Pestilence avait été Reseph, il avait évité le plus possible Sheoul. Il descendait dans le royaume démoniaque pour traîner aux *Quatre Cavaliers*, mais sinon, l'endroit le déprimait plus que tout. Reseph aimait les fêtes, les vacances, le surf. Tant qu'il pouvait carburer à l'adrénaline, que les femelles ronronnaient à ses pieds et que l'alcool coulait à flots, il était content.
Reseph était une grosse poule mouillée.
Pestilence passa la langue sur la pointe acérée d'un croc tandis qu'il franchissait le seuil de ses geôles sheouliennes... qui ne se trouvaient pas à Sheoul. Et d'ailleurs, ce n'était pas non plus des cachots. Quand son sceau s'était brisé, il avait développé un pouvoir carrément sensationnel... Il pouvait revendiquer certaines zones du monde au nom de l'Enfer et les annexer. À présent, dans le sous-sol du manoir autrichien qu'il avait réquisitionné, des démons, d'ordinaire incapables de quitter Sheoul, pouvaient prendre du bon temps sur Terre et profiter de plaisirs jusque-là inconnus, comme tourmenter les humains.
Ils avaient transformé le caveau en un parc d'attractions voué à la torture et au malheur.
Reseph aurait été mortifié. Pestilence était extatique.
Cris et gémissements de douleur se perdaient au milieu des rires et des grognements d'enthousiasme. L'odeur alléchante de sang et de stupre, mêlée à la puanteur de la mort, des boyaux, de la chair et des os calcinés, chatouillait les narines de Pestilence. Toutes sortes de créatures terrestres et démoniaques pendaient à des chaînes et à des crochets fixés aux murs et au plafond. Diverses espèces de démons arpentaient les lieux, certains jouaient, d'autres exécutaient les tâches que leur avait données Pestilence.
Déclencher l'Apocalypse requerrait bien plus de moyens qu'il ne l'avait supposé.
Un élégant démon à l'apparence elfique, muni d'un gourdin clouté traversa la pièce lorsqu'il aperçut Pestilence. Mordiin, un marchand d'esclaves neethul, était le bras droit du Cavalier ; sa cruauté et son inquiétante capacité à flairer les anges déchus le rendaient indispensable.

Mordiin avait localisé les deux Non-déchus enchaînés au sous-sol. Il les avait trouvés alors qu'ils erraient sur Terre, sans rien demander à personne, et Pestilence les avait capturés. Au lieu de les tuer, comme il s'y employait pour empêcher un nouveau transfert de l'agimortus d'Ares, il les avait entraînés ici.

Oh, ils allaient tout de même mourir, mais pas sans profiter du traitement spécial qu'il leur avait réservé.

— Mon Seigneur, gronda Mordiin. Nous avons détruit quatre chiens des Enfers de plus.

— Beau travail. Plus que… quoi ? Quelques milliers à éliminer ?

Il haïssait ces monstres ignobles. Ils étaient l'unique arme susceptible de le blesser, et il voulait les supprimer jusqu'au dernier. Même Chaos, que Pestilence avait convaincu de se rallier à sa cause. Dès que le molosse aurait paralysé Ares, il le pulvériserait. Après tout, la tricherie était la clé de voûte du mal.

— Massacrer les chiens a eu de lourdes conséquences sur nos effectifs, déclara Mordiin. Nous avons perdu plusieurs bons soldats, bien plus que pendant la capture des Non-déchus.

Pestilence ricana avec mépris. Des démons, il y en avait à la pelle.

— Continuez de tuer les chiens des Enfers, mais attrapez-en un vivant. J'espère que les autres tâches sont terminées.

Mordiin inclina la tête, et ses cheveux platine retombèrent en avant, laissant dépasser ses oreilles pointues.

— Votre message a été préparé. La structure est construite et prête à être livrée.

Excellent. Les deux Non-déchus constitueraient un cadeau mémorable pour Ares.

— Qu'en est-il de l'Aegi ?

Mordiin lui désigna un humain en sang attaché à une table.

— Comme les autres, il ne sait rien. Ce n'est qu'un sous-fifre, il n'est pas en mesure de nous fournir des informations utiles.

Pestilence pencha la tête de côté et étudia l'homme dont la bouche restait ouverte en un cri muet tandis que son tortionnaire maléfique le molestait avec un tisonnier.

— Pourquoi je n'entends pas ses hurlements d'agonie ?

Mordiin haussa les épaules.

— Il s'est pété les cordes vocales à force de brailler.

Intéressant.

— Dis à l'Aegi renégat qu'il sera le prochain s'il ne fournit pas des renseignements capitaux sous peu.

Il détesterait mutiler David, naguère membre haut placé de l'Aegis, qui jusque-là s'était révélé un indicateur précieux, mais Pestilence commençait à désespérer. Il devait récupérer Délivrance, et quelqu'un au sein de l'Aegis devait savoir où se trouvait la dague.

— Finissons-en avec les anges et l'Aegi. Il est temps de délivrer le message à Ares.

Quand Ares sortit dans le couloir, le visage en feu, le corps dégoulinant, prêt à exploser à cause de l'excès d'énergie sexuelle non dépensée, il croisa Limos, adossée au mur, une valise à ses pieds. Elle s'était changée, et portait à présent une robe hawaïenne chamarrée, et à en juger par son sourire coquin, elle attendait là depuis un bon moment.

— Waouh ! s'exclama-t-elle. Il ne t'a pas fallu longtemps pour conclure. Et moi qui prenais Reseph pour le séducteur de la famille.

Il passa à côté d'elle, ses bottes remplies d'eau.

— Ne commence pas.

Chaque pas l'éloignait de Cara et il recouvrait avec un bonheur non dissimulé ses sens de guerrier chevronné. C'était troublant d'être avec elle, de ressentir une sérénité d'esprit et de corps, comme si la Terre avait cessé de tourner. Le manque de distraction l'amenait à se concentrer sur elle, et sur son propre désir.

Inacceptable.

Cela dit, la vitesse à laquelle son diapason intérieur vibrait l'était tout autant. Depuis que le sceau de Reseph s'était brisé, le vrombissement des conflits mondiaux s'était intensifié, mais ce bourdonnement récent était différent. Il émettait une fréquence inédite, plus puissante, qui dominait toutes les autres, et augurait un événement des plus sinistre.

— Tu n'es pas drôle, lui cria Limos tandis qu'il s'éloignait. Oh, et tu ferais bien de te changer. Reaver a convaincu ces trous de balle d'Aegis de nous rencontrer. Ils seront chez Thanatos d'ici une heure. Tu ne voudras sans doute pas avoir l'air de t'être noyé.

Ares fit volte-face.

— Pourquoi Than ne m'a-t-il pas appelé ?

— Parce qu'il m'a appelée, moi. Je me suis dit que je te préviendrais de retour ici pour faire du baby-sitting. (Elle lui désigna la porte.) Tu comptes l'emmener ?

Et comment !

— Cara ne doit pas rester sans surveillance.

— Maître ?

Ares ne prit pas la peine de se retourner.

— Quoi, Vulgrim ?

— Votre frère a laissé un message.

— Je sais. Je me rends chez lui.

— Pas ce frère-là.

Ares se tourna vers le ramreel qui gonfla ses larges narines comme il le faisait quand il était nerveux. Même ses cornes recourbées semblèrent tomber un peu. Pas bon. Torrent, qui se tenait à côté de son père, paraissait encore plus dépité, sa fourrure grise parcourue de frissons.

— Dis-moi.

— Si vous voulez bien me suivre…

Les ramreels longèrent le couloir, leurs sabots martelant le sol.

— Bon sang ! (Ares s'adressa à Limos.) Va chercher Cara. Rejoignez-moi dans la grand-salle.

— Mais…

— Fais-le !

Limos lui tira la langue, mais se dirigea vers la chambre à coucher et Ares rattrapa les deux ramreels. Tandis qu'il sortait dans l'arrière-cour, il sentit ses entrailles tressaillir et son estomac se tordre. Si vos organes se mettent à la gymnastique, c'est que la situation craint un max.

Au beau milieu du patio, à côté de la fosse à barbecue, se dressait une gigantesque croix en bois. Deux corps sans tête y avaient été cloués. Leurs intestins, arrachés de leur cou en charpie, avaient été enroulés autour de leur buste comme des guirlandes de Noël. Leurs poumons avaient été disposés de sorte à former deux ailes, et chacun tenait dans la main un cœur sanguinolent.

Par terre, devant le spectacle offert par les deux créatures – a priori des anges déchus – gisait un humain. Un Gardien, à en juger par le symbole de l'Aegis gravé sur son ventre.

Vulgrim tendit une note à son maître. Le gribouillage de Reseph confirma les soupçons d'Ares.

« Je suis sûr que tu recherches des Non-déchus, alors j'ai pensé à t'en livrer. Profites-en bien ! »

Chapitre 15

— Quel enfoiré, cet ange !

Kynan éclata de rire et Arik se retint de le cogner. Il ne s'en serait d'ailleurs pas privé, s'il n'avait pas été en train de se geler les miches sur une étendue glacée, paumée au milieu de Dieu sait où. Reaver les avait téléportés sur la banquise monotone avant de disparaître sans un « Bonne chance ! » ni un « J'espère que les Cavaliers ne vous tueront pas. »

— Tu aurais dû voir Reaver quand c'était un déchu, déclara Kynan.

— Il était encore plus con ?

— Non. Juste plus grincheux.

— Je crois que je n'aime pas les anges, marmonna Arik.

Kynan lui jeta un regard oblique.

— Tu n'aimes personne.

— Pas faux.

Arik serra sa veste contre lui. L'ange lui avait épargné l'utilisation d'une Porte des Tourments en compagnie de Kynan, il aurait donc sans doute dû se montrer reconnaissant. Les humains ne pouvaient pas y voyager s'ils étaient conscients… car ils en ressortaient morts. Or Kynan, grâce à son sort d'invincibilité, pouvait les emprunter sans problème, et il devrait assommer Arik avant de quitter les lieux. L'idée n'était vraiment pas attirante.

Arik plissa les yeux, aveuglé par les rayons du soleil qui se réverbéraient sur la neige.

— Tu sais qu'on risque de se faire massacrer ?

Kynan haussa les épaules.

— Moi, je ne crains rien.

— C'est rassurant.

Une rafale glacée fit oublier à Arik les gloussements éhontés de Kynan, en partie parce qu'elle venait de lui engourdir les membres.

— L'Aegis et les Cavaliers ont collaboré pendant des siècles. Tu sais, avant qu'on ne les trahisse. On devrait trouver un terrain d'entente.

— « Devrait » ? Super.

Ils continuèrent de marcher péniblement dans la neige. Devant eux, une vaste contrée isolée s'étendait à perte de vue.

— Tu es sûr que nous sommes au bon endroit ?

— Ouais, humains, vous y êtes.

La voix caverneuse provenait de nulle part, et Arik et Kynan dégainèrent de concert. Kynan empoigna un stang et Arik brandit son pistolet.

— Montrez-vous ! cria Arik.

Soudain, un énorme étalon louvet se cabra, et Seigneur, Arik faillit se retrouver écrabouillé sous ses sabots. La bête rabaissa les pattes, et l'homme qui le montait, un géant aux cheveux blonds vêtu d'une armure de plates ivoirine, leva une main gantée en guise de salut.

— « Et voici qu'apparut à mes yeux un cheval pâle », murmura Arik. « Celui qui le montait se nommait Mort, et Hadès le suivait où qu'il aille. »

Il admira, bouche bée, le mâle colossal décrit dans l'Apocalypse de Jean.

— Vous êtes Mort.

Le type leva ses yeux jaunes au ciel.

— Thanatos. Je ne deviens Mort que si mon sceau se brise. (Il fit tourner son étalon et grommela dans sa barbe.) Foutus humains, toujours à flinguer les prophéties.

Quel naze ! Arik n'était plus du tout impressionné. Il jeta un coup d'œil à Kynan.

— Je suppose que nous sommes censés vous suivre sans discuter ?

Kynan haussa les épaules, mais Thanatos ricana.

— Restez de part et d'autre de mon cheval. Vous regretterez d'être derrière lui quand il lâchera des gaz.

Ouais, un gros naze. Ils marchèrent encore une cinquantaine de mètres – difficile à dire sans point de repère –, puis un imposant château apparut brusquement devant eux, surgi du paysage enneigé comme un iceberg des flots.

—Vous ne le voyez que parce que je vous y autorise. (Thanatos descendit de sa monture et lui tapota le cou avec affection.) À moi !

L'étalon s'évapora en une mince volute de fumée, tourbillonna quelques instants avant de se glisser sous le gant du Cavalier. Flippant.

Kynan dévisagea Thanatos, ses sourcils noirs froncés.

—En quoi est faite votre armure ?

—Écailles de créature de lave.

Seigneur ! Peu d'humains avaient vu ces gigantesques démons qui vivaient au cœur des volcans, et étaient censés se nourrir des souffrances et des carnages causés par les éruptions. D'après la légende, leur carapace était ininflammable et impénétrable par les armes conventionnelles, et chaque mort infligée par le porteur de l'armure en renforçait la solidité. Arik donnerait cher pour équiper un tank ou un char blindé de cette saloperie.

Ils suivirent le Cavalier le long de l'enceinte. Une porte voûtée haute comme un tyrannosaure s'ouvrit sur la forteresse et une salle plus grande qu'un gymnase de lycée. Contre le mur du fond, un feu brûlait dans l'âtre, entretenu par deux créatures qu'Arik soupçonnait d'être des vampires. Devant la cheminée trônait une table à tréteaux conçue pour accueillir au moins vingt convives, mais pour l'heure seules deux personnes y étaient assises : un homme brun en armure de cuir et une femme aux cheveux de jais vêtue... d'une tunique hawaïenne bigarrée. Concentrés sur une partie d'échecs, ils fusillèrent Arik et Kynan du regard lorsque les deux Gardiens entrèrent dans la pièce.

Bordel, ce n'est pas ce que j'appelle passer un bon moment ! Non. Arik n'était pas doué pour la négociation. Surtout s'il fallait faire montre de tact et de persuasion. Son idée de la diplomatie ? Puissance de tir et loi du plus fort.

Dans le cas présent, c'était l'adversaire qui avait la plus grosse, et Arik détestait ça.

Il examina les lieux avec attention, en étudia le plan, prit soin de localiser les sorties et les armes à disposition. Il remarqua avec surprise une femme pelotonnée dans un fauteuil inclinable, en tenue décontractée : un jean et un sweat-shirt de l'université du Missouri. Absorbée par un livre à l'apparence ancienne, elle porta le regard sur eux et les observa avec curiosité… en contraste total avec l'hostilité dont faisaient preuve les trois autres individus.

Les étrangers assis à table se levèrent tandis qu'Arik et Kynan approchaient.

Armure de Cuir les interpella d'un ton abrupt.

—Vos noms.

Irrité par la rudesse de cet ordre, Arik pointa Kynan du doigt.

—Lui, c'est Kynan. Un Gardien. Je m'appelle Arik. Du X.

Puisque les Cavaliers haïssaient l'Aegis et qu'Arik souhaitait garder sa tête, il décida qu'il était inutile de mentionner son appartenance à l'organisation.

—Je suis Ares.

« Alors surgit un autre cheval, rouge feu ; celui qui le montait détenait le pouvoir de bannir la paix hors de la Terre et de pousser les hommes à s'entr'égorger. » Arik dévisagea le Cavalier qui devait être Guerre.

Ares désigna la femme du pouce.

—Notre sœur, Limos.

« Et voici qu'apparut à mes yeux un cheval noir. Celui qui le montait tenait à la main une balance. »

Arik savait que Famine était une femme, mais il ne se doutait pas qu'elle était aussi belle.

Bon sang, tout cela était vrai, n'est-ce pas ? Arik était entouré par trois des quatre Cavaliers de l'Apocalypse.

—Impressionnant, hein ?

Surpris par la voix sépulcrale de Thanatos, Arik cligna des yeux.

—Quoi ?

—Tu les regardais bouche bée, comme un imbécile, dit Kynan, un peu plus fort que nécessaire.

—Connard, marmonna Arik dans sa barbe avant de désigner la femme assise d'un hochement de tête. Qui est-ce ?

—Pas vos affaires, répondit Ares sur un ton aussi glacial et menaçant que le paysage.

Thanatos posa la main sur l'épaule de son frère pour le calmer, et Arik se demanda s'il avait échappé de justesse à une bonne correction.

Limos s'approcha, ses tongs claquant sur le sol, sa tunique échancrée balayant ses fines chevilles.

— Vous devez en avoir une sacrée paire pour oser venir ici.

Kynan pointa Arik du doigt.

— Lui, oui. Moi, je suis invincible. Je ne crains rien. Et mes couilles non plus.

— Vraiment ?

Limos s'avança vers Kynan, essaya de le frapper, mais ce dernier ne cilla pas. Elle réitéra son geste avec fureur, chancela et faillit tomber.

— C'est quoi ce bordel ?

— Je vous l'ai dit. Personne ne peut m'atteindre.

Elle planta les poings sur les hanches.

— C'est fâcheux.

Limos ne ressemblait en rien à ce qu'Arik avait pu imaginer. Il s'était représenté une guerrière virile, une sorte d'amazone, mais elle était ultra-féminine, avec des seins qui transformaient sa robe en œuvre d'art, et elle semblait incapable de manier une arme quand bien même sa vie en aurait dépendu. Peut-être devenait-elle plus redoutable une fois son sceau brisé ?

— Alors, que faites-vous ici ? s'enquit Ares. Reaver nous a dit que vous vouliez nous aider, mais l'Aegis n'a pas été de notre côté depuis des siècles. Quant au X, je n'en ai jamais entendu parler.

Arik scruta le ténébreux Cavalier. Son visage, comme ses yeux ternes, ne révélait rien, mais Arik savait qu'il mentait au sujet du X.

Kynan se racla la gorge.

— Nous savons que Pestilence est perdu. Nous voulons discuter des moyens de l'arrêter.

— Si nous savions comment faire, nous ne vous aurions pas attendus.

— Vous ne voulez donc pas déclencher l'Apocalypse ? demanda Arik.

Tous trois lui lancèrent un regard meurtrier. Ares serra les poings comme s'il s'imaginait étrangler Arik.

— Nous voulons empêcher nos sceaux de se briser et mettre un terme aux carnages de Pestilence. Mais même si nous savions comment faire, nous garderions cette information pour nous.

— Parce qu'on pourrait s'en servir contre vous.

Limos ricana avec mépris.

—Dans le mille, Einstein !

Arik ne lui prêta pas attention. Elle était torride, certes, mais les Madame-je-sais-tout immortelles n'étaient pas son type.

—Nous pouvons quand même vous être utiles.

—Que savez-vous au juste de notre situation et des sceaux ?

Thanatos croisa les bras avec fermeté, un code pour dire « réfléchis bien avant de l'ouvrir ».

Kynan ne manqua pas non plus de remarquer cette posture de défi, et s'exprima avec calme, et même professionnalisme. Arik espérait que son partenaire savait à quoi s'en tenir.

—Franchement, pas grand-chose. Nous possédons une copie du *Daemonica*, et avons lu les prophéties, mais elles demeurent assez obscures et ne nous avancent pas beaucoup.

—Donc vous voulez des explications.

Ares étudia les deux Gardiens avec froideur pour s'assurer de leur sincérité. Et peut-être prendre les mesures pour leur cercueil.

—Pourquoi devrions-nous vous faire confiance ? Qu'est-ce qui nous dit que vous ne cherchez pas à nous détruire ?

—C'est simple, répliqua Kynan, les membres haut placés de l'Aegis connaissent nos antécédents communs, et si vous avez fait un tant soit peu attention à l'évolution de l'organisation ces dernières années, vous savez que nous sommes devenus plus modérés.

—On se passera de votre aide. (D'un geste arrogant, Limos leur indiqua qu'ils pouvaient disposer, et ses longs ongles vernis en rose et en jaune étincelèrent à la lumière.) Partez.

Arik ne réfléchit pas. Il agit.

—Imbéciles ! (Il agrippa Limos par le poignet pour l'empêcher de s'en aller.) Nous possédons des ressources, et…

En une fraction de seconde, Arik se retrouva au sol, Limos à califourchon sur lui, un poignard sous son œil gauche. Ares et Thanatos se tenaient de chaque côté, tous deux pointant leur épée sur sa gorge. L'énorme botte d'Ares lui écrasait le front.

—Ares. (La voix étouffée, choquée, provenait des alentours de la cheminée. La femme sans nom.) Je vous en prie. Ne le tuez pas.

—J'apprécierais également que vous le laissiez en vie.

Kynan s'efforçait de paraître désinvolte, mais son intonation inquiète n'avait pas échappé à Arik.

— Voilà le truc, claironna Limos avec un enthousiasme qui faisait froid dans le dos. Ne me touche pas.

Pour appuyer son propos, elle enfonça les genoux dans les côtes d'Arik, chassant tout l'oxygène de ses poumons. Une douleur cuisante lui élança le haut du corps tandis que sa cage thoracique craquait. Il serra les dents, refusant d'émettre le moindre son, mais il avait compris le message.

Les frères reculèrent aussi vite qu'ils avaient attaqué, rengainèrent leurs armes, et Limos bondit sur ses pieds. Puis, avec un sourire de pimbêche, elle lui tendit la main.

— C'est bon, souffla-t-il. Le sol est étonnamment confortable.

Kynan se racla à nouveau la gorge.

— Si vous en avez fini avec les démonstrations de force, pourriez-vous nous dire comment gagner votre confiance?

Une longue pause s'ensuivit, puis Ares répliqua :

— Donnez-nous le chien des Enfers.

Kynan se crispa.

— Qu'est-ce qui vous fait croire que nous en avons un?

C'était malin de sa part de ne pas nier que l'Aegis détenait la bête. Un mensonge leur ôterait toute crédibilité.

— Peu importe. (Ares tritura le pommeau de son épée, comme si sa soif de sang n'était pas apaisée.) Il nous le faut.

Arik se leva. Non sans difficulté puisqu'il souffrait encore, mais il avait réussi, lui semblait-il, à ne pas paraître trop pathétique.

— Pourquoi?

— Parce qu'ils sont si mignons et câlins, roucoula Limos, ses yeux violets étincelants de malice.

Cette nana était timbrée. Kynan se passa la main dans les cheveux.

— On ne peut pas vous donner le chien.

— Donnez-nous ce putain de clebs ou on le prendra nous-mêmes, déclara Ares d'une voix glaciale. Et faites-nous confiance pour le récupérer.

— Vous bluffez, dit Kynan. Vous ignorez où il est.

Des ombres noires tourbillonnèrent autour des pieds de Thanatos, et l'espace d'une seconde, Arik crut discerner des visages dans ces ténèbres troubles.

— On le saura bien assez tôt.

La tension, palpable, s'intensifiait à chaque seconde. Un silence de mort régnait dans la pièce. Arik se redressa, crispant les mâchoires pour ne pas grimacer. Ares étreignait à présent la poignée de son épée. Thanatos s'était dressé dans une posture de combat, et Limos, debout, entortillait ses cheveux autour de son doigt. Avec elle, ce geste inoffensif devenait menaçant. Comme si elle pouvait étrangler Arik avec cette simple mèche.

L'autre femme, cramponnée à son livre, se dévorait la lèvre inférieure.

Un profond malaise s'empara d'Arik. Cette histoire n'allait pas tarder à tourner au vinaigre.

—Connaître vos motivations nous permettrait de persuader l'Aegis.

Ares braqua le regard sur Arik, qui songea que le Cavalier n'avait pas écopé du boulot de Guerre sans raison. Ce corps imposant abritait un général, un homme qui savait se battre, mais surtout gagner quel qu'en soit le prix.

—Le chien des Enfers est à moi.

Tous reportèrent leur attention sur la femme discrète depuis le début.

—Je suis liée à lui.

—Qui êtes-vous ? s'enquit Kynan.

—La femme que vos Aegis comptaient torturer pour lui soutirer des informations sur le chien des Enfers qu'ils avaient blessé.

Ares s'avança vers Cara, et bien qu'il ne la touchât pas, tout dans sa posture dénotait le protecteur.

Kynan se renfrogna.

—J'ignore de quoi vous parlez… Une minute ! (Il observa l'inconnue avec une telle intensité qu'Ares montra les dents.) En Caroline du Sud ? Il y a trois jours ?

Quand elle acquiesça, Kynan poussa un long soupir.

—Un Gardien est mort cette nuit-là. Ils ont dit que vous étiez un démon…

—Cara n'est pas un démon, grogna Ares. Vos hommes sont des idiots.

—Hal… le chien des Enfers… a tué votre ami, expliqua Cara. Pour me protéger.

La protéger ? Un chien des Enfers ? Arik aurait vraiment tout entendu.

— Je ne vois pas le rapport avec le reste.

Ares se tourna vers Arik.

— Que savez-vous sur l'agimortus ?

— Que c'est un déclencheur, répondit Kynan. Nous savons que Sin portait celui de Pestilence, et quand elle a provoqué l'épidémie warg, elle a mis en branle une série d'événements qui ont conduit à la destruction du premier sceau. D'après nous, le vaisseau de votre agimortus est un ange déchu, ajouta-t-il à l'intention d'Ares.

Ce dernier observa son frère, puis sa sœur, et après quelques hochements de tête à peine perceptibles, il posa la main sur l'épaule de la jeune femme.

— Voici Cara. C'est elle l'hôte, et elle est humaine.

Cette fois, ce fut à Arik et Kynan d'échanger des regards.

— Sa mort entraînera la rupture de votre sceau, et Pestilence doit l'avoir en ligne de mire, déclara Arik.

— C'est pour ça qu'on la protège, gros malin.

Limos ne daigna même pas lui jeter un coup d'œil, trop occupée à étudier ses orteils, vernis de façon identique à ses doigts. De toute évidence, les Cavaliers pouvaient aussi souffrir de troubles de l'attention.

— Il y a un petit problème, reprit Ares. Les humains ne sont pas destinés à porter un agimortus. Cela les tue. Mais Cara s'est liée au chien des Enfers que vous avez capturé. Il lui prête son énergie vitale, ce qui nous permet de gagner du temps. Cependant, chaque blessure infligée au chien l'affaiblit aussi.

Kynan lâcha un juron fleuri.

— Je veillerai à ce qu'il soit relâché.

Arik reluqua les vampires près de la cheminée.

— Vous êtes sûrs, je suppose, que vos... euh... laquais ne sont pas une menace pour Cara.

— Notre personnel est loyal, lui rétorqua Ares sur un ton sec. Ils savent ce que leur coûtera la trahison. Mais tous les autres démons représentent un danger.

— Pas tous.

Les yeux bleus de Kynan devinrent perçants comme ceux d'un aigle. Un muscle tressauta sur la mâchoire d'Ares, comme s'il luttait pour ne pas aboyer.

— La majorité, dans ce cas, répliqua-t-il entre ses dents. Ils veulent sortir de Sheoul et brûlent de dominer les humains. Aucun n'est digne de confiance.

Ouais, Arik partageait cet avis. Même si sa sœur était une louve-garou unie à un démon, il n'arrivait pas à dépasser ses préjugés.

Tendu comme un arc, Kynan était à deux doigts d'exploser, et sans lui laisser l'occasion de défendre sa femme, sa belle-famille et son enfant à naître, Arik se dressa devant lui. Une douleur insupportable l'étreignit. Il devait avoir des côtes cassées.

— Que peut-on faire, à part vous livrer le chien ? (Arik prit deux brèves inspirations. Il souffrait toujours le martyre.) On pourrait garder un œil sur Cara ?

— Vos tueurs à proximité de nos démons, ce n'est pas l'idéal. Ce qui nous serait utile, c'est un ange déchu. Qui ne soit pas entré dans Sheoul.

— Ah. (Arik enroula le bras autour de son torse pour empêcher sa cage thoracique de s'ouvrir en deux, tant pis pour la démonstration de virilité.) C'est vrai qu'on en a plein à refourguer.

Limos tapa du pied avec irritation.

— Pestilence les massacre à tout-va. D'après mes estimations, il doit en rester six. Il est résolu à déclencher l'Apocalypse, au cas où ça vous aurait échappé.

— Ouais, répliqua Arik d'une voix dégoulinante de sarcasme, on avait encore des doutes. Merci pour l'info.

— On verra ce qu'on peut faire, s'empressa d'ajouter Kynan. Et pour ce qui est de vos sceaux ? Comment peut-on les garder intacts ?

Thanatos ricana.

— Ne vous en faites pas pour le mien. Il ne se brisera jamais.

— Pourquoi ?

— Parce que j'en ai la totale maîtrise.

Arik fronça les sourcils.

— À quoi est-il sensible ?

— Cela ne vous regarde pas. (Les ombres qui tournoyaient autour de lui semblèrent s'agiter davantage. Qu'étaient-elles donc ?) Laissez tomber.

Sujet délicat. Arik interpella Limos d'un geste du menton.

— Et vous, Briseuse de Carcasse ?

Limos arbora un sourire carnassier.

— Tu sens toujours la puissance de mes quadriceps, hein ? Continue de te payer ma tête, et je recommencerai. Mais cette fois, je ne m'arrêterai pas avant d'avoir réduit tes poumons en bouillie.

En voilà une image terrifiante qu'il emporterait dans la tombe.

— Vous comptez me répondre ou pas ?

Elle haussa ses épaules rondes et bronzées.

— Non.

Thanatos observa sa sœur d'un œil amusé avant de se tourner vers Arik et Kynan.

— L'agimortus de Limos est un objet, une coupelle en ivoire. Pour le rompre, il suffit que l'un de nous boive dedans.

— C'est bizarre, répliqua Kynan. Pourquoi ?

— Mystère, lui rétorqua Limos.

Son intonation traînante laissa un point d'interrogation dans l'esprit de Kynan. Elle affirmait l'ignorer, mais elle devait avoir une petite idée sur la question.

— Elle est bien gardée, je présume ? s'enquit Kynan.

Une vague d'embarras souffla dans la pièce.

— Quoi ? (Arik les dévisagea tour à tour, s'attardant quelques instants sur Limos. Quelle vue exceptionnelle !) Elle ne l'est pas ?

— On ne sait pas où elle est, avoua Thanatos.

Son regard noir les mettait au défi de broncher, mais Arik n'en eut cure.

— Oh, c'est super ! Vous l'avez égarée ? Qui vous dit que Pestilence n'est pas en train de trinquer avec pour célébrer sa victoire ?

Limos secoua la tête, faisant ondoyer ses longs cheveux noirs.

— On ne l'a pas perdue. Elle n'a jamais été trouvée.

Kynan se frotta le visage.

— Nous devons d'abord nous occuper du chien des Enfers. Vous avez un e-mail ? Vous pouvez nous envoyer toutes les informations sur cette coupe ?

— Et comment espérez-vous réussir là où nous avons échoué ?

— Il se peut que nous ayons accès à des ressources, des cartes, des récits qui vous manquent. Ça ne coûte rien. (Arik marqua une pause.) Alors… on bosse ensemble ou vous comptez rester sur vos positions et nous conduire à Armageddon ?

Un silence inconfortable s'ensuivit, puis Ares hocha la tête d'un air résolu.

—On collabore. Mais personne d'autre ne doit connaître l'emplacement de nos résidences.

—Marché conclu. (Kynan leur tendit sa carte de visite.) Malheureusement, je suis le seul au sein de l'Aegis capable d'emprunter les Portes des Tourments, par conséquent, nous ne pouvons pas vous livrer le chien, et je ne peux pas transporter une cage de cette taille tout seul. Contactez-moi dans une heure, et je vous donnerai les coordonnées de l'établissement où nous le détenons.

Ares acquiesça.

—Encore une chose.

Il questionna du regard Thanatos et Limos. Cette dernière hocha la tête sans enthousiasme, mais Thanatos se crispa. S'il serrait un peu plus les mâchoires, il risquait de se casser une dent.

—En plus de la coupe de Limos, Pestilence est à la recherche d'une dague. On l'appelle Délivrance. Elle ressemble à une épée miniature avec une tête de cheval en guise de pommeau. Un rubis compose son œil. Elle a été forgée dans un métal provenant d'une roche tombée du ciel et trempée dans du sang de chien des Enfers. Nous avons aidé l'Aegis à la façonner après qu'on nous a maudits, et l'avons confiée à leurs soins, mais elle a été perdue.

—Cela ne me dit rien, répondit Kynan, mais nos archives sont très fournies, j'ai dû en lire à peine le dixième. En quoi est-ce important ?

—Vous avez demandé ce qui pouvait nous arrêter. Délivrance est la seule arme au monde capable de nous anéantir, et ce, dans la main d'un Cavalier.

Arik comprit soudain où Ares voulait en venir et poussa un long sifflement.

—C'est pour ça que vous avez chargé l'Aegis de sa protection. Vous ne vouliez pas que l'un de vous bascule du côté du mal et la détruise avant qu'elle ait pu être utilisée.

—Oui. Délivrance devait nous être rendue si l'un de nos sceaux se brisait.

—Et Pestilence veut la récupérer pour vous empêcher de le tuer.

Ares acquiesça avec fermeté.

—Je pense que Pestilence torture des Gardiens pour la retrouver.

Kynan jura.

—Ça explique les récentes disparitions.

— Il m'a livré l'un des corps ce soir. Je demanderai à Reaver de vous l'apporter.

— Merci. (Kynan pencha la tête.) Si c'est tout, on va se mettre au travail.

Arik et Kynan quittèrent la forteresse. À peine la lourde porte en bois refermée, Arik étreignit ses côtes en grognant.

— Putain, elle est forte la garce !

Kynan arbora un rictus amusé.

— Tu as le chic pour les choisir. (Il lui donna une tape sur l'épaule.) Puisque je dois t'assommer pour te faire passer par la Porte des Tourments, je t'emmènerai à l'Underworld General. Eidolon te remettra d'aplomb.

L'idée de laisser un démon le soigner rendait Arik malade, mais il souffrait trop pour protester. Et puis, Shade, le frère d'Eidolon, l'avait déjà guéri par le passé. Il lui avait même sauvé la vie. Et le satané démon ne se lassait pas de le lui rappeler.

— Allons-y !

Chapitre 16

Après le départ de Kynan et Arik, Cara s'assit à table, et l'un des vampires – *la vache, des vampires!* – lui apporta un sandwich au jambon et du thé chaud, sans eau d'orc, lui assura-t-il après qu'elle lui eut demandé. Elle feuilletait toujours l'ouvrage relié de cuir qu'Ares lui avait donné avant de quitter la villa : *Visite guidée de Sheoul*. Bien que rédigé avec clarté par un démon a priori doué de raison, il lui collait une trouille bleue. Cela dit, elle y apprenait beaucoup, même si ce qu'elle y avait lu jusque-là ne lui avait pas permis d'en savoir plus sur les chiens des Enfers ou sur l'agimortus.

Tandis qu'elle picorait son sandwich, elle écoutait Ares, Thanatos et Limos discuter de l'Aegis, de chiens des Enfers, de dague, de Pestilence et d'anges déchus… Ils étaient tout autour d'elle, comme un sac de billes renversé sur du verre, et elle avait beau constituer la pièce maîtresse du puzzle, elle se sentait complètement étrangère à tout ça.

— N'hésitez pas à me demander mon avis surtout, leur lança-t-elle depuis sa chaise.

Ares s'avança vers Cara et poussa vers elle l'assiette à peine entamée.

— Nous ne sommes pas habitués à inclure l'opinion d'un tiers dans nos décisions.

Piètre excuse, mais venant d'Ares, c'était énorme.

Cara jeta un coup d'œil à Thanatos et Limos qui faisaient mine – sans y parvenir – de ne pas écouter.

—Bon, reprit-elle en baissant la voix, je suis désolée pour ce qui s'est passé plus tôt. Vous vous démenez pour me protéger, et moi, je vous insulte.

La lumière vacillante de l'âtre se refléta sur le visage d'Ares, nimbant d'ombre le creux de ses joues, et dans ses pupilles, Cara put discerner la danse des flammes.

—Vous détestez la violence et ceux qui y ont recours, n'est-ce pas ?

Cara sirota son thé pour gagner du temps. Comment lui expliquer qu'elle haïssait en réalité ce dont elle était capable ?

—Oui, se contenta-t-elle de répondre, car rien d'autre ne lui venait à l'esprit.

Il posa la main sur son fourreau et de ses doigts graciles, caressa amoureusement le pommeau de son épée. Le fourmillement de l'agimortus, déjà particulièrement perceptible, s'intensifia.

—Vous me méprisez.

—Pas vous !

Elle l'aimait trop pour ça. Elle sentait même sa peau réagir aux caresses d'Ares comme si elles lui étaient destinées.

—Je condamne le fait de tuer, ajouta-t-elle.

Le grincement de ses dents se mêla au crépitement du feu, puis il la cloua d'un regard si perçant qu'elle recula.

—Parlez-moi de la personne que vous avez tuée. C'était un accident ?

Eh ben ! La subtilité n'était décidément pas son fort.

—Oui, bredouilla-t-elle.

—Légitime défense ?

Le cœur de Cara s'affola.

—Oui.

—Dans ce cas, cessez de vous punir, vous et tous ceux qui font ce qu'ils doivent faire.

Facile à dire pour lui. Il avait eu des millénaires pour s'habituer à l'idée. Si tant est qu'il en ait eu besoin.

—À combien s'élève le nombre de vos victimes ?

—Des dizaines de milliers. Et ce n'était pas que de la légitime défense. (Son regard la retenait captive, sans quoi elle aurait vacillé en arrière.) Ça vous choque ? Je suis un guerrier, Cara. Allez-y, regardez-moi avec dédain tant que vous voudrez, mais vous remercierez le ciel de ma présence quand le loup-garou sonnera à la porte. Parce que je le tuerai, et n'éprouverai aucun remords. Jamais. Vous pourrez vous rasseoir et afficher une mine consternée, mais au moins vous serez en vie, les mains propres, et ce, grâce à moi.

Il s'éloigna, mais elle le rattrapa par le coude. Le cuir de son armure était d'une douceur inouïe, et elle se demanda comment elle était censée le protéger.

—Attendez.

Ares se figea.

—Je vis pour servir, déclara-t-il avec sarcasme, et elle eut comme une illumination.

Tout le monde l'avait toujours traité comme un guerrier, et c'était ce qu'il était. Point barre.

—Vous avez raison, reconnut-elle. Et j'apprécie tout ce que vous faites pour moi. Je ne voulais pas vous juger, mais je vois plus en vous qu'une machine à tuer.

—C'est gentil à vous, répliqua-t-il, mais vous vous trompez. Je ne peux me permettre d'être autre chose.

Son cœur saignait pour lui ; comment pouvait-il croire une chose pareille ?

—Si, vous pouvez.

Il éclata de rire, comme si elle avait fait la blague du siècle.

—Vous comptez me donner une leçon de vie ? Qu'est-ce qu'une pauvre humaine dotée de l'espérance de vie d'un moucheron peut bien savoir sur un démon plurimillénaire ?

—C'est quoi votre problème ? (Elle lui jeta un regard assassin.) Pourquoi les méprisez-vous à ce point ?

—Ils meurent, lui lança-t-il au visage, en insistant sur chaque syllabe. Vous les aimez, et ils meurent. C'est ce qui va vous arriver, Cara. Vous allez mourir, et moi, je vais…

—Quoi ? demanda-t-elle du bout des lèvres, car elle n'était pas sûre de ce qu'elle voulait entendre.

Il détourna les yeux.

—Je vais devenir mauvais.

Sa réponse l'irrita sans qu'elle puisse se l'expliquer. Qu'avait-elle souhaité qu'il dise ? « Je vais être triste » ? Pff, c'était ridicule ! Oui, bon, d'accord, elle avait espéré une déclaration. Elle voulait que quelqu'un la pleure. Sa colère fit bourdonner la marque sur sa poitrine. Ares fit de nouveau volte-face, mais – oh, non –, hors de question qu'il se défile! Elle n'en avait pas encore terminé avec lui.

Sans réfléchir, elle le poussa. De toutes ses forces. Contre le mur.

—Je ne vous autorise pas à me quitter comme ça. Une fois de plus. On parle de ma vie, là! Je ne suis ni une petite fleur délicate ni une enfant. Je suis une femme, sans famille, coincée dans un monde étrange, alors j'attends que vous vous souciiez de mon sort, même si vous devez faire semblant. Et si je veux coucher avec vous, ce n'est pas à vous de me dire que je ne le supporterai pas. Et…

—Cara.

—Comment osez-vous négliger mon expérience?

—Cara!

—Quoi?

Ares se contenta de la dévisager, en silence. Lentement, elle tourna la tête, et se sentit piquer un fard à la vue de Thanatos et de Limos qui l'observaient, bouche bée.

—Cara?

Elle poussa un grognement, et se planta de nouveau face à Ares, se remémorant sa tirade dans les moindres détails. D'un mouvement des yeux, il lui désigna ses pieds. Ils ne touchaient plus terre. Elle hoqueta, releva la tête, et bon sang! Elle le tenait contre le mur, à plusieurs centimètres du sol. Elle le relâcha, bondit en arrière, et Ares retomba sur ses pieds.

—Il faut croire que l'agimortus vous rend plus forte, reconnut-il sur un ton maussade.

—Je ne saisis pas. Vous aviez dit qu'il était en train de me tuer.

—C'est le cas. Mais vous continuez de puiser l'énergie vitale de Hal. (Un silence déplaisant s'ensuivit.) Et la mienne.

Elle se rembrunit.

—La vôtre?

Sa voix contenait un filet de résignation qu'elle ne comprenait pas.

—Quand je suis près de vous, je faiblis. Mon armure ramollit, mes sens et mes réflexes me font défaut. (Il rompit la distance qui les séparait et posa les mains sur ses épaules.) Et j'éprouve des émotions que je ne devrais pas éprouver.

Elle déglutit, la bouche sèche et pâteuse.

— Comme quoi ?

— La culpabilité de vous mettre dans une telle situation. Le besoin de vous protéger, et pas seulement à des fins égoïstes. Le désir qui me dicte de vous renverser par terre pour vous prendre jusqu'à l'épuisement. Et la colère, parce que je suis un pauvre abruti pour ressentir tout ça.

Elle voulut lui répondre, mais ne put émettre aucun son. Limos et Thanatos les dévisageaient toujours. Par chance, un homme blond apparut soudain et leur épargna à tous un moment de gêne indescriptible. Cara songea qu'elle commençait à s'habituer à toutes ces bizarreries, car elle ne cilla même pas. Non, elle lui fut simplement reconnaissante d'arriver à point nommé.

Limos couina de joie et se jeta dans les bras de l'étranger dont le sourire illumina la pièce. Et était-il… phosphorescent ?

— Qui est-ce ?

— Reaver. (Ares leva la main pour le saluer.) C'est un ange.

— Déchu ?

— Non. Un véritable ange du Ciel, en chair et en os.

Voilà quelque chose qu'on ne voyait pas tous les jours ! Cara ignorait à quoi étaient censées ressembler ces créatures célestes, mais elle se les était toujours imaginées vêtues de blanc. Pas comme Reaver. On aurait dit qu'il sortait tout droit d'un magazine de mode. Son pantalon noir et son tee-shirt gris n'auraient pu mieux tomber sur ses épaules carrées, sa taille fine et ses jambes fuselées. Il portait une montre en or qui, même de loin, semblait avoir coûté une fortune.

Limos lui décocha un sourire radieux, et Reaver lui rendit son expression d'affection.

— Limos l'accueille toujours comme ça ?

— Oui, grommela Ares. Il la laisse faire, allez savoir pourquoi.

— Ares. (Reaver se décolla de Limos.) Je suis passé chez toi. J'ai vu le travail de Pestilence. Ça m'a préoccupé.

— Oooh, Reavie-chou s'inquiète pour nous ! piailla Limos, et l'ange leva au ciel ses yeux saphir.

— J'ai rapporté la dépouille du Gardien à l'Aegis, annonça Reaver, et Cara remercia en silence Ares et Limos de lui avoir épargné ce spectacle effroyable. Votre entretien avec Arik et Kynan a-t-il été fructueux ?

Limos, fière de son geste, agita la tête avec excitation.
—J'ai cassé les côtes d'Arik !
Reaver poussa un profond soupir.
—Autre chose ?
—Ils vont rechercher la dague et la coupe de Limos, répondit Thanatos. Et s'assurer que le chien des Enfers soit relâché…
Sa phrase resta en suspens, son regard perdu dans le vide.
—Than ? (Limos lui agrippa le poignet.) Than ! Qu'y a-t-il ?
Thanatos chancela, un feu malsain rougeoyait dans ses yeux.
—La mort. Tellement… de… morts.
Il tendit le bras comme pour attraper quelque chose.
Un portail s'ouvrit, et le Cavalier se volatilisa, comme s'il avait été aspiré malgré lui par la lumière.
Affolée, Cara recula.
—Que s'est-il passé ?
Ares prit une inspiration sifflante.
—Thanatos est attiré par la mort à grande échelle. Si l'hécatombe est importante ou soudaine, il est emporté contre son gré.
—Une bataille ?
L'armure de Limos se mit en place, à la manière des Transformers. Comme Ares demeura silencieux, Limos se donna une tape sur le front.
—C'est vrai. Toi et tes réflexes atrophiés… Tu ne sens rien avec Cara dans les parages. Je m'en charge.
Elle ouvrit un portail et disparut.
—Comment peut-elle le pister ? demanda Cara.
—On peut débarquer à l'endroit où notre frère, ou notre sœur, s'est téléporté en dernier. Et non, cela ne fonctionne plus avec Pestilence. (Il fit signe à Cara de retourner s'asseoir.) Je dois appeler Vulgrim.
Il tira son téléphone de sa poche tandis que Reaver s'installait en face de Cara.
—Alors, comment vous portez-vous ?
—Euh… bien.
—Vous ne semblez pas surprise de parler à un ange.
—J'habite chez le deuxième Cavalier de l'Apocalypse.
Bon sang, elle avait même embrassé le Cavalier en question !
—Vous marquez un point. (Il la jaugea avec attention, et Cara eut l'impression qu'il sondait son âme.) Que vous ont-ils expliqué sur votre situation ?

— Sur le fait que ma mort déclenchera la fin des temps, et qu'il ne me reste sans doute que quelques jours à vivre si on ne trouve pas d'ange déchu ?

Reaver se passa la main dans les cheveux.

— Oui, voilà. Même si vous parvenez à transférer l'agimortus sur un ange déchu, vous serez toujours liée au chien des Enfers. Par conséquent, vous êtes coincée dans notre monde. Difficile de retourner parmi les humains quand son animal de compagnie fait la taille d'un hippopotame et risque de dévorer ses voisins.

— Il n'est pas obligé de séjourner chez moi, si ?

— Non, mais impossible de prédire quand il décidera de vous rendre visite. Le lien est puissant. Il ne voudra pas être loin de vous.

OK, elle n'avait pas réfléchi aussi loin. Elle n'en voyait pas l'intérêt alors qu'elle se demandait ce qui allait arriver dans une heure, sans même parler de la semaine ou du mois prochain. D'un air absent, Reaver tritura l'une des pièces de l'échiquier.

— Ares prendra soin de vous. N'oubliez jamais, cependant, qu'il est un Cavalier. Si son sceau se brise, il incarnera le mal absolu. Et même aujourd'hui, il est animé par le besoin inné de remporter un défi, aussi mineur soit-il, peu importe le prix.

Cara avait remarqué son esprit de compétition.

— Où voulez-vous en venir ?

— Il fera tout pour gagner. (Reaver remua les doigts et renversa toutes les pièces du jeu.) Il ne respecte aucune règle, car pour lui, la fin justifie les moyens.

Une sensation de malaise la parcourut.

— Pourquoi me dites-vous ça ?

— Parce que vous devez vous préparer à en faire de même. Pour survivre, il vous faudra consentir à des sacrifices et faire des choses dont vous n'avez pas l'habitude. Des choses qui vont à l'encontre de vos principes.

L'intonation de Reaver était sinistre, ténébreuse, d'autant plus effrayante de la part d'une créature qu'elle avait toujours imaginée imbue d'une douce… bonté. Comme s'il avait deviné l'objet de ses pensées, il lui prit la main.

— Les anges sont des guerriers, et certains d'entre nous, comme moi, appartiennent à ce qu'on pourrait qualifier de Forces spéciales.

Nous œuvrons pour le bien, mais ne vous y trompez pas, nous sommes des soldats, et nous ferons le nécessaire pour gagner.

—Comme... tuer?

—Lorsqu'il s'agit de combattre le mal, tous les coups sont permis. Ou presque.

Elle déglutit.

—Vous n'obéissez à aucune règle vous non plus?

Reaver éclata d'un rire tonitruant.

—Oh si! Nous sommes soumis à un tas de règles.

Ares approcha, et Reaver décocha un clin d'œil à Cara avant de se lever.

—Kynan m'a envoyé les coordonnées pour le chien. On pourra y aller dès que j'aurai des nouvelles de Li ou Than.

—Je suis convoqué de toute façon, déclara Reaver. On reste en contact.

Il donna une tape sur l'épaule d'Ares, et disparut aussitôt.

Cara cligna des yeux. Elle se sentait un peu bizarre, comme si elle venait de tomber d'un char de carnaval.

—Je dois l'avouer... Il ne ressemble pas à ce que j'avais imaginé.

Ares rit. Elle adorait l'entendre rire.

—À quoi vous étiez-vous attendue?

—Je pensais qu'il serait un peu plus... inflexible. Ou vertueux.

Ares ricana.

—Il ne ressemble pas aux autres anges. Ils ont tous un complexe de supériorité et un balai dans le cul. Reaver est différent. Sans doute parce qu'il a passé plus de temps comme ange déchu.

—Vraiment? Il a chu? Et il a pu remonter?

—Un ange peut déchoir, mais s'il ne pénètre pas dans Sheoul, il peut se racheter. Il suffit qu'il y entre pour devenir mauvais à jamais. Reaver a gagné son retour au Paradis en aidant à sauver le monde dernièrement.

Dernièrement? Elle ne comptait pas poser la question.

Un portail s'ouvrit derrière Ares, et un énorme étalon noir en surgit. Cara n'avait jamais vu un cheval pareil. Ses yeux rouges étincelaient, ses dents ressemblaient à des crocs, et ses sabots brûlaient le sol. Limos, son armure maculée de sang, le chevauchait, et le guidait de manière experte à la seule force de ses genoux. Envolée la vahiné ultra-féminine ! Cara découvrait enfin la guerrière qu'elle était.

— Emmène Cara loin d'ici, Thanatos arrive !

Ares attrapa la main de Cara et la serra contre lui.

— Que s'est-il passé ?

— Reseph. Cet enfoiré a déclenché une épidémie en Slovénie qui décime la population par milliers. C'est presque instantané. (Sous elle, l'étalon dansait, aussi agité que sa maîtresse.) Il se trame autre chose là-bas. J'ai flairé la privation et le désespoir, mais je n'ai pas réussi à les localiser.

— Je l'ai ressenti, déclara Ares d'une voix grave, et Cara se demanda si c'était la raison de sa tension.

Cela dit, il faisait partie de ces gens toujours sur le qui-vive, prêts à exploser.

— Pestilence était là ?

— Et Harvester. Elle se repaissait des morts. (Les yeux de Limos étincelèrent comme deux améthystes flamboyantes.) Reseph était...

Limos jeta un coup d'œil à Cara, puis reprit :

— Ce n'était pas beau à voir.

Cara les observa tour à tour.

— Qui est Harvester ?

— Notre second Observateur. L'homologue maléfique de Reaver. (Limos émit un son dégoûté.) C'est une grosse pétasse.

Une Porte des Tourments apparut, et Thanatos, sur son cheval louvet, s'engouffra dans la pièce. Seigneur, il semblait tout droit sorti d'un film d'horreur... toutes dents dehors, les narines gonflées, les veines saillantes sur sa gorge et ses tempes. Les ombres qui le cernaient parfois avaient pris forme, et tournoyaient autour de lui, la bouche grande ouverte. L'une quitta le cercle et fonça vers Cara en poussant un hurlement suraigu.

Ares la chassa de la main, ouvrit un portail et y entraîna Cara. Elle comprenait à présent pourquoi Thanatos était Mort.

Une lueur meurtrière avait animé son regard.

C'était un réflexe ; lorsqu'il devait fuir au plus vite, Ares se téléportait toujours sur son île. Plus exactement, sur la falaise où il avait emmené Cara la première fois qu'il l'avait enlevée.

—Vous m'expliquez ce qui vient de se passer ?

Cara s'éloigna, effrayée à la vue des rochers en contrebas.

Ares s'avança vers le rebord, et se campa entre l'escarpement et Cara.

—Quand Thanatos est exposé à des scènes de destruction massive, il… change.

—Comme vous, que la violence excite. (Elle hoqueta, confuse.) Désolée.

Merde. Conversation embarrassante.

—Ouais. C'est ça. Il a besoin de tuer.

—C'est quoi toutes ces ombres ?

Ares contempla la mer, et se concentra sur un bateau de pêche, au loin. Voilà la différence entre Cara et lui ; il restait proche du danger, mais regardait au-delà. Elle, le fuyait, mais sans le quitter des yeux.

—Des âmes.

—Vraiment ?

—Il les collecte. Chaque fois que Thanatos tue un démon, un humain ou un animal, son armure aspire leur âme.

Ares perçut l'horreur de Cara.

—Oh, mon Dieu ! Elles sont piégées avec lui ?

—Pour un temps. Quand il se met en colère, se bat, ou encore s'il les invoque, elles peuvent regagner leur liberté, à condition de tuer.

—L'âme de la victime remplace l'ombre libérée ?

—Non.

—Peut-il changer d'armure ?

Ares secoua la tête.

—Aucun de nous ne le peut. Elles font partie de nous, comme nos chevaux et nos malédictions.

—Quelle est celle de Limos ?

Ares se tourna vers Cara. La voir ainsi, dans la brise, les lèvres rosées, les cheveux au vent, lui coupa le souffle. Difficile de croire qu'elle l'avait soulevé de terre, lui, l'imposant Cavalier, surtout avec les cernes noirs qu'elle avait sous les yeux. Elle paraissait épuisée, et en même temps si pleine de vie qu'Ares dut se rappeler qu'elle était mourante, peu importe la force qui émanait d'elle.

« *Ils meurent. Vous les aimez, et ils meurent. C'est ce qui va vous arriver, Cara. Vous allez mourir, et moi, je vais…* » Bon sang !

Comment avait-il pu se lâcher de la sorte ? Il ne se dévoilait jamais, mais Cara avait démantelé ses défenses, et il se demandait si cela découlait de sa proximité avec l'agimortus ou simplement de… Cara.

Il dut se racler la gorge pour poursuivre.

— Limos devient un danger pour elle-même. Quand elle est attirée par la famine, qu'il s'agisse d'une privation de nourriture, de médicaments, ou d'eau, elle sombre dans une profonde dépression et tend à l'autodestruction.

Il avait toujours fallu que Reseph intervienne pour l'en sortir.

— Et Reseph ?

— Il ne résistait pas à l'appel de la maladie, des épidémies. Il… ne faisait plus qu'un avec elles. Afin de s'en débarrasser, il devait tuer en les inoculant. Sinon, il continuait de les semer sur son chemin. Maintenant qu'il est Pestilence, il peut provoquer les affections qu'il veut, plus graves et plus contagieuses que leurs équivalents naturels.

Le téléphone d'Ares vibra. Il consulta le message de Kynan et proféra un juron.

« Où êtes-vous ? Moi qui pensais que les Cavaliers étaient ponctuels. »

Incroyable ! Les Aegis étaient devenus encore plus agaçants au fil des siècles !

Ares arbora un sourire figé et prit la main de Cara.

— Vous êtes prête ?

— Oui.

Elle l'observa avec ses grands yeux… elle lui évoquait ce satané Chat Potté dans *Shrek*, adorable et irrésistible. Comme lorsqu'elle lui avait dit qu'elle voyait plus en lui qu'une machine à tuer. Comment était-ce possible ? Personne ne l'avait jamais traité autrement. Même ses propres fils admiraient l'auguste guerrier auquel ils voulaient ressembler plus tard.

Il poussa un grognement de dégoût. Il brûlait de la prendre dans ses bras, mais il ne pouvait pas. Ils étaient en guerre, et elle avait besoin de s'endurcir pour survivre. *Tu peux parler ! Tu ramollis comme le cuir de ton armure quand elle est dans les parages.*

— Ares ? l'interpella Cara alors qu'il s'apprêtait à appeler Bataille. Qui avez-vous perdu ?

— Pardon ?

— Vous avez dit que les humains mouraient. (Elle lui serra la main, elle aurait tout aussi bien pu lui comprimer les poumons.) Qui est mort ?

Bon sang ! Il ne voulait pas répondre, mais les mots sortirent tout seuls de sa bouche.

— Ma femme. Mon frère. Mes deux fils.

Quand ses yeux de Chat Potté s'emplirent de larmes, il décida d'y mettre un terme sur-le-champ.

— Ne me plaignez pas. Je vous l'interdis.

Elle releva le menton.

— Ne me dites pas quoi ressentir.

Il souhaitait certes qu'elle s'endurcisse, mais sa bravoure risquait de la conduire sur un chemin périlleux en compagnie de la mauvaise personne.

— Vous savez que je peux vous écraser ?

— Vous ne le ferez pas.

— Pourquoi ? Parce que je dois vous protéger ?

— Non. (Elle enfonça l'index dans son plastron.) Parce que vous m'avez apporté un oreiller.

Il cligna des yeux. La logique de cette femelle était tordue, comme aurait dit Reseph.

— Vous pariez votre vie sur un oreiller ?

— Vous ne reculerez devant rien pour sauver le monde, je n'en doute pas une seconde. Vous ferez des choix difficiles. Mais on n'apporte pas un oreiller à quelqu'un qu'on tuerait sans problème.

Elle lui attrapa le poignet et effleura du bout du doigt les contours du flanc de Bataille. Ares sentit la caresse sur ses hanches et ses fesses, et inspira avec peine.

— Vous le laissez sortir ou pas ?

Sur son bras, Bataille rua comme s'il l'avait entendue. Merde.

— Bataille, viens !

L'étalon apparut, et au lieu de pousser Ares du nez en guise de salut, il se colla contre Cara.

— Salut, mon beau, roucoula-t-elle, et il se frotta de plus belle.

Stupide bestiole.

— Allez, grommela Ares. Cara, je vais vous aider à…

Bataille s'agenouilla. *Putain, carrément !* Cara décocha à Ares un sourire taquin et se hissa sur la selle. L'étalon se redressa, et tandis que Cara se glissait vers l'avant, Ares crut voir Bataille sourire.

Maugréant des obscénités, il grimpa sur le cheval, enlaça la taille de Cara et ouvrit une Porte des Tourments.

— Je vais nous téléporter à quelques rues de l'emplacement exact.

Il inspira, huma le parfum frais et floral de Cara, et aussitôt, son corps réagit comme lorsqu'il fonçait au combat. Son cœur se mit à battre à toute allure, son taux d'adrénaline explosa, et il voulut la prendre sur-le-champ. « *Si je veux coucher avec vous, ce n'est pas à vous de me dire que je ne le supporterai pas.* » Il réprima un grognement de désespoir.

— Je ne veux pas tomber dans un piège. Et je veux que Bataille soit disponible en cas de problèmes, ajouta-t-il.

Surtout que la proximité de Cara annihilait l'efficacité de son armure et de ses armes. Ainsi que de son cerveau.

— Quels problèmes ?

C'était elle son principal problème !

— Je me méfie des Aegis. Je ne serais pas surpris que Pestilence rôde dans le coin.

— Vous avez une sacrée famille ! Et moi qui trouvais la mienne bizarre.

Bataille s'avança vers le portail, mais Ares tira sur sa bride. Cara avait dit être seule au monde, sans personne pour se soucier de son sort. Pourquoi ne l'avait-il jamais questionnée à ce sujet ? Peut-être parce qu'il était un salaud sans cœur qui avait oublié comment être humain.

— Je croyais que vous n'aviez plus de famille.

— Ma mère est morte d'un cancer quand j'étais jeune, et mon père est décédé il y a deux ans.

Cara se dévissa le cou pour le regarder, ses iris s'accordèrent à la couleur de la mer, donnant à Ares l'envie d'y plonger.

— Mon père s'était remarié, et j'ai une demi-sœur plus âgée, poursuivit-elle, mais on se disputait souvent, et je ne les ai pas revues depuis l'enterrement.

— Et vous n'avez pas non plus de petit ami ?

— Si j'en avais eu un, je ne vous aurais pas laissé me toucher sous la douche.

Ravi par cette idée sans comprendre pourquoi, il talonna Bataille vers la Porte des Tourments. Ils débouchèrent sur un début de soirée brumeux tout droit sorti du roman *Le Chien des Baskerville*. Bien vu, en l'occurrence, puisqu'ils allaient récupérer un chien des Enfers. Des feux de voitures foncèrent sur eux, et Cara hurla.

—On va se faire renverser !

—Nous sommes sur un autre plan. Nous ne sommes pas seulement imperceptibles aux humains, mais désincarnés.

—Je croyais que vous figiez le temps.

—Je peux le faire aussi. Ou je peux entrer dans ce monde et me mêler aux humains.

—Mais du coup, ils peuvent vous voir.

—Oui, et je vous ai dit que ma présence les poussait à se battre.

—Et je vous ai répondu que je comprenais très bien pourquoi.

Ares ne put s'empêcher de sourire, et sourit de plus belle quand elle s'adossa contre lui. Il pouvait sentir sa chaleur malgré son armure. Il voulait la sentir davantage. Moins. Bon sang ! Il ne savait pas ce qu'il voulait, et il n'était pas du genre indécis !

Il effaça son sourire d'adolescent mordu et incita Bataille à passer au petit galop. Ils chevauchèrent à travers un domaine invisible depuis la route. Un muret encerclait la propriété, et Ares était prêt à parier sa couille gauche que le périmètre était paré contre le mal ou les créatures surnaturelles. Les barrières magiques ne l'affectaient pas, mais certaines pouvaient le propulser hors du khote.

Non pas qu'il s'en inquiète. Son principal souci demeurait les pièges. Cela ne l'étonnerait guère que l'Aegis en vienne à les séquestrer afin « d'assurer leur sécurité ». L'organisation avait toujours eu tendance à surestimer son pouvoir et ses capacités, persuadée d'être la seule en mesure de prendre des décisions cruciales. Ces enfoirés imbus de leur personne suceraient leur propre bite s'ils le pouvaient.

Ares dirigea Bataille, et même si des pierres sur lesquelles on avait gravé des glyphes de protection étaient dissimulées çà et là, il ne distingua aucun piège. D'un geste, il libéra le khote.

—Je l'ai senti, murmura Cara. Nous sommes visibles maintenant, n'est-ce pas ?

— Ouais. Et je mettrais ma main à couper qu'on nous observe. (Tandis qu'ils approchaient du portail en fer forgé, ce dernier s'ouvrit en grinçant.) Qu'est-ce que je vous disais ?

Un hurlement inquiétant perça la brume, et Cara se redressa, plaquant les fesses contre le bas-ventre d'Ares, qui se mordit la langue. Juste ciel, elle le mettait au supplice.

— C'est Hal.

Se rappeler soudain qu'ils étaient venus secourir le chien des Enfers auquel elle était liée refroidit quelque peu les ardeurs d'Ares.

Au loin, un manoir couvert de lierre surgit du brouillard. Les dépendances étaient disséminées sur le terrain herbeux à l'arrière, et à l'avant, se tenaient une dizaine d'humains au garde-à-vous, parmi lesquels Kynan. Une cage avait été placée dans l'allée, au centre d'un pentagramme dessiné au gros sel.

Aussitôt, une haine viscérale embrasa les veines d'Ares comme si la lave en fusion avait remplacé son sang. Chaque muscle de son corps voulait écharper la bête et en envoyer les morceaux à Chaos… c'était ainsi qu'Ares avait retrouvé son frère et ses fils.

Bataille tapa des sabots et secoua la tête. Il détestait les chiens des Enfers autant qu'Ares, et les vibrations hostiles qu'émettaient les Gardiens n'aidaient pas à calmer l'étalon.

— Tout doux, mon grand, murmura-t-il. On ne va pas se battre aujourd'hui.

Dommage, d'ailleurs, parce que Ares débordait d'énergie, même si Cara était en partie responsable de son état d'agitation. Il fit s'arrêter Bataille à quelques mètres des Gardiens.

— Ares.

Kynan s'avança. Les membres de son équipe observaient le Cavalier avec révérence et méfiance, prêts à dégainer leurs armes dissimulées dans leurs étuis en cuir. Ils commettraient une grave erreur. Kynan désigna la rangée derrière lui.

— Nos Gardiens de la cellule du Yorkshire.

Ares descendit de sa monture.

— Ils ont l'air ravis de me rencontrer.

— Faites-moi confiance, répliqua Kynan avec un sourire narquois, ils en parleront pendant des mois.

Ares ricana.

— Plutôt des années.

Une femelle enceinte jusqu'aux yeux sortit de la maison, ses vêtements de style gothique en parfaite harmonie avec ses cheveux noirs mêlés de mèches bleues. Kynan tendit la main vers elle sans détacher le regard d'Ares.

—Je vous présente mon épouse, Gem. J'ai voulu qu'elle m'accompagne parce qu'elle pourrait accoucher d'une minute à l'autre.

La femme se caressa le ventre.

—Oui, et c'est maintenant.

Kynan hoqueta si fort qu'on l'entendit malgré les gémissements plaintifs de Hal.

—Tu es sûre? Il faut prévenir Eidolon. Et Shade. C'est lui qui gérera ta douleur, non? Et Tayla? Tu l'as appelée?

Ares avait toujours pensé que la panique paternelle était un mythe. Quand ses fils étaient nés, il en avait été informé par un messager des semaines plus tard. Mais s'il avait été présent, il aurait sans doute gardé son sang-froid. À son époque, les hommes ne s'intéressaient guère à la grossesse, à l'accouchement et aux bébés. Tant que tout le monde survivait à l'épreuve, c'était tout bon.

Le sourire de Gem se transforma en grimace.

—Je viens de l'avoir au bout de fil. Je lui ai dit que j'avais perdu les eaux, ils sont en route pour l'hôpital.

—Tu as perdu les eaux? (Kynan palpa ses poches, probablement à la recherche d'un téléphone ou de clés.) Il faut te conduire à l'UG.

L'UG? C'était une démone? L'un des dirigeants d'une organisation de chasseurs de démons était marié à une démone? L'Aegis avait peut-être changé, tout compte fait.

—On récupère le chien et on s'en va, déclara Ares qui manqua d'avoir une crise cardiaque quand il baissa les yeux vers la cage et aperçut Cara, agenouillée devant les barreaux, en train de caresser l'animal.

Peu importait que le canidé soit lié à elle, il pouvait toujours la tuer. Peut-être. Ares n'en était pas sûr. Merde, il devait maîtriser ses émotions! Penser comme un soldat! Ce qui n'était pas facile étant donné la proximité de Cara.

—Euh… Madame, vous ne devriez pas vous approcher autant, cria l'un des Gardiens.

Tous la regardaient, les yeux écarquillés et terrifiés. Même Gem, en plein travail, ne bougeait pas alors que Kynan s'efforçait de l'attirer contre lui.

Il finit par la soulever, et elle passa les bras autour de ses épaules et frotta le nez contre son oreille. Ares sentit quelque chose s'enflammer dans les tréfonds de ses entrailles. Désir ? Envie ? Sa femme n'avait pas été aussi affectueuse. Attentive, oui, mais ils n'avaient jamais partagé de moment intime comme celui-ci, et tandis que Kynan admirait le ventre gonflé de sa compagne, un mélange de joie, d'inquiétude et d'amour se lisait sur son visage.

Ares jeta un coup d'œil à Cara, et dut déglutir pour faire disparaître la boule qui s'était formée dans sa gorge.

« *Sors-toi la tête du cul !* » Il entendit son père aboyer, sentit même le revers de sa main contre sa joue. L'enfoiré gisait six pieds sous terre depuis des lustres, mais il possédait toujours le pouvoir de remettre Ares à sa place.

Pour la première fois, celui-ci lui sut gré de son intervention. Il ne devait pas se tracasser pour Cara. Il ne pouvait se le permettre. Elle allait mourir. Même si elle survivait à l'agimortus, elle décéderait bien avant Ares, malgré le lien avec le chien des Enfers. Pour un immortel, une espérance de vie de deux cents ans restait éphémère.

Et pourquoi ressassait-il ainsi divers scénarios ? L'amour n'avait jamais été une option pour lui. L'attachement était synonyme de faiblesse. Il amenait à prendre des décisions stupides. Ares avait vu au fil des siècles des hommes perdre leurs terres, la guerre, et même la vie pour l'amour d'une femme.

Les imbéciles !

— William, occupe-toi de ça. (Kynan tira les clés de sa poche avec maladresse.) Je garerai la voiture près de Woodacre.

Une Porte des Tourments s'y trouvait, mais c'était à une quinzaine de kilomètres.

— Kynan ! (Ares invoqua un portail devant l'entrée de la propriété.) Empruntez-la. Vous arriverez à l'Underworld General.

Gem se dévissa le cou pour admirer le travail d'Ares.

— Trop cool ! Je veux le même pouvoir.

Kynan jaugea la Porte des Tourments avec méfiance jusqu'à ce que Gem lui donne une tape sur l'épaule.

—Hé ho! Tu veux que j'accouche ici? Le bébé est protégé par un charme, je te rappelle. Tant qu'il est dans mon ventre, je ne risque rien.

Kynan jeta à Ares un regard d'avertissement, comme pour dire «Si on débarque dans une des fosses de Sheoul, je vous bute», avant de se diriger vers le portail d'un pas nonchalant. Il y entra après une brève seconde d'hésitation.

Ares voulut s'approcher de Cara, mais quand le satané molosse se mit à grogner et à aboyer comme un chien enragé, il renonça. Contrairement à Bataille qui fonça vers la bête, et avant qu'Ares ne puisse le retenir, se cabra, prêt à l'écraser.

Cara bondit sur ses pieds et se dressa entre l'étalon de neuf cents kilos et la cage en fer.

—Non!

Le cri d'Ares, un grondement rauque et horrifié, résonna dans l'air tandis que Bataille abaissait les sabots, prêt à fendre la terre.

Il s'était arrêté à quelques centimètres de Cara, l'esquivant de justesse. Elle ne bougea pas, pas ébranlée pour un sou, et prit la tête de Bataille entre les mains. L'étalon se calma aussitôt, mais Ares tremblait comme une feuille, et sa peur se mua en colère.

—Nom de Dieu! s'écria-t-il. À quoi pensiez-vous, bon sang? Il aurait pu vous tuer!

—Ne me parlez pas sur ce ton. (Elle le fusilla du regard sans cesser de caresser les joues de Bataille.) Vous voyez bien que je n'ai rien.

Les Gardiens reculèrent, leurs doigts nerveux posés sur leurs armes. Génial. À présent, ils devaient le prendre non seulement pour un gros incompétent, mais pour le dernier des connards. Il lâcha un grognement et tendit le bras.

—Bataille! À moi!

Le cheval poussa un hennissement furieux qui continua de résonner bien après qu'il eut retrouvé sa place sur la peau d'Ares.

—Ce n'était pas nécessaire, déclara Cara avec agacement.

—Si, rétorqua Ares entre ses dents, au contraire. Quand vous auriez relâché le clebs, il aurait pu y avoir des problèmes.

—J'aurais pu y remédier.

—Je m'en suis chargé! Maintenant, occupons-nous de lui. (Il se tourna vers les Gardiens.) Vous feriez mieux de nous observer de l'intérieur.

Les Aegis se retirèrent, et Ares fit signe à Cara de poursuivre.

— Le levier du dessus devrait ouvrir la cage.

D'un air décontracté, il posa la main sur la garde de son épée, même s'il ne pouvait pas blesser le chien des Enfers de peur d'affecter Cara.

Elle poussa le levier, et la porte s'ouvrit dans un bruit de ferraille. Hal se jeta sur Cara et la renversa au sol. Le cœur d'Ares bondit dans sa poitrine, mais lorsque la jeune femme poussa un couinement amusé et que le chien lui lécha affectueusement le visage, il parut évident que l'animal ne représentait pas un danger. Pour Cara, tout du moins.

Hal leva la tête quelques instants et montra les crocs, un avertissement silencieux à l'intention d'Ares qui le lui rendit aussitôt, espérant que son expression reflétait toute la haine qu'il vouait à cette vile engeance. Veiller sur cette créature n'allait pas être une sinécure.

— Cara, allons-y. Je n'aime pas vous savoir exposée à ce point.

Elle demanda à Hal de la laisser se relever, et il s'élança sur le gazon.

— Il a besoin de courir. On pourrait marcher jusqu'au portail cette fois ? Pour qu'il puisse se dégourdir les pattes.

— Cara...

— S'il vous plaît ?

C'était manquer de discernement, mais Cara avait traversé tant d'épreuves sans en maîtriser les tenants et les aboutissants qu'Ares n'eut pas le cœur à lui refuser ce plaisir.

Deux secondes plus tard, ses propres paroles, aboyées à ses soldats, résonnèrent à ses oreilles comme un glas.

« *Ne laissez jamais une femme vous déstabiliser. Jamais. Ou vous le regretterez, croyez-moi.* »

Chapitre 17

Cara et Ares foulèrent le sol en direction du portail, lui d'un pas déterminé, elle, paisible, le forçant à ralentir pour l'attendre. C'était la première fois qu'elle se sentait normale depuis des jours, et déambuler sur une grande étendue d'herbe tandis que Hal gambadait autour d'eux en chassant les oiseaux était agréable. Relaxant, même.

— Pourquoi vous n'aimez pas les chiens des Enfers ? s'enquit-elle.

Ares laissa échapper un grognement sourd.

— Ce n'est pas ça.

Malgré le poids de son attirail, il se mouvait tel un prédateur, ses yeux aiguisés à l'affût, ses narines gonflées pour flairer le danger.

— Je les hais de tout mon être, ajouta-t-il.

— C'est un peu sévère, non ?

Il se tourna vers elle, une vague de menace ondoyant sur son corps puissant, mais Cara savait d'instinct que la mauvaise humeur d'Ares ne lui était pas destinée.

— L'un d'eux a tué mon frère et mes fils.

— C'est affreux ! (Une boule se forma dans sa gorge, et elle dut déglutir plusieurs fois avant de poursuivre.) Qu'avez-vous fait ?

— J'ai pourchassé ce bâtard pendant des siècles, massacré les membres de sa meute, mais je n'ai pas réussi à l'abattre. Un jour, ces enculés m'ont chopé, m'ont paralysé et ont passé des jours à me dévorer.

Oh... Seigneur !

— Ils vous ont... mangé... vivant ?

—Oh, oui, et grâce à mes facultés régénératrices, je les ai bien nourris. J'ai senti chaque morsure. Et quand l'un d'eux m'a arraché la jambe, je n'ai pas pu m'évanouir de douleur. J'ai dû les regarder la mâchouiller, juste à côté de ma tête.

Une vague de nausée envahit Cara. Elle ne pouvait imaginer Hal, l'adorable chiot qui gambadait dans l'herbe, faire une chose pareille.

—Hal n'est pas différent, déclara Ares comme s'il avait deviné ses pensées. C'est encore un petit, mais quand il aura atteint sa taille adulte, il sera aussi gros qu'un buffle et doté d'un appétit pour la cruauté égal à sa stature.

—Comme celui qui vous a attaqué chez vous ? Le géniteur de Hal ?

—Celui-là même qui a tué mon frère et mes fils.

Oh, bon sang…

—Hal… ne ferait jamais… Enfin, regardez-le.

Le chiot bondit dans les airs et referma les mâchoires sur l'oiseau qu'il poursuivait avec ardeur. Le pauvre volatile disparut en un instant dans une explosion de plumes.

—Bien sûr, répliqua Ares non sans sarcasme. Regardez-le…

—Vilain chien !

Hal remua la queue et pencha la tête, oreilles baissées et filet de bave au coin de la gueule. Comment imaginer qu'il deviendrait la créature démoniaque que décrivait Ares ?

Le Cavalier poussa un grognement de mépris.

—Attendez seulement qu'il remplace les piafs par des humains.

—Est-ce que… (Elle déglutit, dégoûtée.) C'est ce qu'ils mangent ?

—D'ordinaire, non. Ils résident dans Sheoul. Ils évitent le royaume terrestre, à moins d'être invoqués ou d'y être invités.

—Hal peut donc voyager d'un endroit à l'autre ? Chasser uniquement dans Sheoul ?

Ares acquiesça d'un bref hochement de tête.

—Ils n'ont pas besoin de Porte des Tourments, et sur Terre, ils sont d'habitude invisibles aux humains. C'est sans doute le cas pour Hal en ce moment même. Si nous ne faisions pas partie du monde surnaturel, nous ne pourrions pas le voir non plus.

Par-dessus son sweat-shirt, Cara retraça du bout du doigt le contour du symbole désormais gravé sur sa poitrine.

— À cause de ça.
— Et du lien avec Hal.

Ares baissa le regard sur la zone qu'elle venait de frotter, et l'énergie qui émanait de lui passa de menaçante à érotique.

Quand ils étaient chez Thanatos, il lui avait avoué ses sentiments. Des sentiments qu'il n'aurait pas dû éprouver. Il avait reconnu qu'il s'évertuait à la garder en vie pour d'autres raisons que son seul intérêt. Et qu'il voulait la renverser par terre et la prendre jusqu'à l'épuisement.

Elle n'aurait rien dû désirer de tout ça. Bon, à la rigueur, juste le sexe. Cependant, elle ne pouvait pas ouvrir de nouveau son cœur et risquer de commettre une erreur monumentale. Pourtant, chaque fois qu'elle entrapercevait l'homme derrière l'épée et qu'il la serrait dans ses bras puissants, une part d'elle-même, celle qui souhaitait être cajolée et protégée, s'éveillait. Ares connaissait l'étendue de ses pouvoirs, il était au courant de ce qu'elle avait fait, mais il ne la traitait pas comme un monstre, et cela suffisait à lui faire gagner des points.

— Que se passe-t-il entre nous, Ares ?

Elle n'aurait sans doute pas dû le lui demander, mais la subtilité n'avait jamais été son fort, et vu l'incertitude qui caractérisait son existence désormais, elle voulait, au moins, être sûre d'une chose.

— Je n'arrive pas à décrypter vos signaux, et j'ignore qui vous êtes.

— Je suis un guerrier.

— Oui, j'entends ce que vous dites, mais je ne comprends pas pourquoi vous le répétez sans cesse. Êtes-vous un guerrier de naissance ? Par choix ? À cause des circonstances ?

— Les trois. (Il lui désigna la sortie de la tête.) Nous devrions y aller.

Elle l'agrippa par le poignet, et il se raidit, sans pour autant s'arracher à sa prise.

— Quand êtes-vous né ?

— Bon sang, Cara ! Nous n'avons pas le temps pour ça.

Ses paroles étaient empreintes de colère, mais lorsqu'il poussa un soupir las, elle sut qu'elle le tenait. Pour quelques secondes, du moins.

— Faites-moi plaisir. J'ai fait tout ce que vous m'avez demandé. Accordez-moi ça.

Il arqua un sourcil.

—Les orgasmes ne vous ont pas suffi ?

Un agréable courant électrique lui traversa le bas-ventre.

—Les femmes apprécient les discussions qui les accompagnent, et vous me les avez refusées.

—Oui, mais je vous ai apporté un oreiller. (Devant son regard morne, il roula des yeux.) Je suis né aux alentours du trente-deuxième siècle avant Jésus-Christ.

—Saviez-vous ce que vous étiez ?

Il observa le ciel gris.

—Pendant vingt-huit ans, je me suis cru humain. Ma démone de mère a arraché des nourrissons à leurs berceaux pour nous mettre à leur place. Grâce à un sortilège, elle s'est arrangée pour que nos parents nous donnent les noms qu'elle avait choisis.

—Qu'est-il arrivé aux bébés qu'elle a volés ?

Ares hésita.

—Il vaut mieux que vous ne le sachiez pas.

Il avait sans doute raison.

—Où avez-vous grandi ?

—En Égypte. (Il jeta un coup d'œil à Hal, derrière Cara, dont le regard étincelait d'une haine féroce.) On y va, maintenant.

Cara poursuivit, l'air de rien.

—Vous aviez des enfants. Étiez-vous marié ?

—Je me suis prêté à votre petit jeu assez longtemps… (Soudain, il fit volte-face et Cara poussa un cri de surprise.) Qui va là ? Montrez-vous !

Cara entendit le gravier crisser, puis aperçut l'homme qui rôdait autour du portail en fer forgé.

—Je… je m'appelle David. Je suis un Gardien.

Un grognement rauque provint de derrière Cara lorsque Hal, tapi au sol, s'avança vers eux. Elle lui caressa la tête pour le rassurer.

—Tout doux, Hal.

Il ne manquait plus que le chien écharpe l'un de ces chasseurs de démons.

Ares attrapa Cara par le bras pour la guider vers la route. Hal les suivit, les oreilles toujours baissées et les crocs saillants. Le Gardien eut la sagesse de reculer, les mains en l'air.

Dès qu'ils eurent posé le pied hors de la propriété, la forêt s'anima. Un cri s'étouffa dans la poitrine de Cara lorsque des créatures surgirent des bois, du sol et des airs.

Avec élan et grâce, Ares dégaina son épée et invoqua une Porte des Tourments.

— Cara ! Allez-y !

D'un bond, il tournoya sur lui-même, et décapita un démon tandis que Cara rampait vers le portail.

Quelque chose s'enroula autour de sa gorge et l'entraîna en arrière. Elle hoqueta, et s'accrocha à une liane, enfonçant les talons dans le sol tandis qu'un démon à la peau grise l'attirait contre lui. Elle entraperçut un éclair de fourrure noire, de crocs et de griffes, puis le démon qui l'avait capturée hurla sous les coups de Hal.

— Cara !

Une créature hideuse se rua sur Ares, et planta l'un des crochets qui lui servaient de mains dans son armure. Le Cavalier tituba, mais contre-attaqua avec sa dague sans parvenir pour autant à l'écorcher.

— Votre présence est… (Il s'interrompit pour abattre son poing sur le menton d'un autre démon.) Elle affecte ma capacité à me battre.

Cara courut vers le portail, mais à moins d'un mètre de l'entrée, un monstre vert couvert d'écailles lui fit un croche-pied. Elle s'écrasa avec fracas et le choc lui comprima les poumons. Elle lutta, la trachée en feu, puis la terreur lui glaça les os lorsqu'elle vit la lame crantée qui s'abaissait sur sa gorge en un arc de cercle.

Un grognement fendit l'air, et Ares se dressa devant elle avant d'envoyer un coup de pied à la tête de son assaillant. Le couteau lui tomba des griffes, et Cara roula sous le démon à présent en sang. Elle se saisit du poignard et le tint vers le haut tandis qu'une créature filiforme se jetait sur elle. Elle lui lacéra les entrailles. Le démon s'effondra dans un cri strident, mais un autre le remplaça aussitôt. De nouveau, Ares le décapita d'un coup sec. S'il se battait ainsi quand il était handicapé, Cara ne voulait même pas imaginer de quoi il était capable en temps normal.

Hal réduisit en lambeaux un énième démon qui s'élançait vers Cara, et un liquide bleu macula le sol. Des carreaux se mirent à pleuvoir, et Cara leva les yeux sur les Gardiens qui accouraient, certains munis d'arbalètes, d'autres d'armes blanches.

— Le portail ! hurla Ares alors que Cara s'escrimait déjà à le rejoindre.

Au milieu de ce bain de sang, elle continua de ramper jusqu'au voile de lumière scintillant et s'y engouffra.

Elle débarqua sur l'île grecque d'Ares, suivie de Hal qui atterrit sur elle. Il était couvert de sang, et elle posa aussitôt les mains sur lui pour rechercher ses blessures. Il n'avait que de petites lacérations, et sans qu'elle ait à l'invoquer, le pouvoir de Cara se manifesta et s'épandit sur le chien. Elle poussa un sifflement de surprise mêlée de douleur lorsqu'elle vit le personnel d'Ares affluer vers elle. Des démons se ruaient sur elle, et tout ce qu'elle ressentait était du soulagement. Dingue, non ?

—Cara ! (Limos se précipita vers elle, toujours en armure.) Où est Ares ?

Cara se releva.

—Nous avons été attaqués. Ares est en train de les affronter...

—D'accord, rentrons.

Elle tira Cara par le bras, et Hal poussa un grognement furieux. Limos fit un pas de côté et s'apprêta à brandir la dague fixée à sa cuisse.

—Non ! (Cara lui attrapa la main.) Ne le provoquez pas. Hal, tout va bien. Sois gentil. Ce sont des amis.

Une vague d'irritation émana de lui, mais il cessa de grogner.

—*Où sommes-nous ?*

—En lieu sûr, répondit-elle avant de cligner des yeux. (Elle le comprenait. Exactement comme dans ses rêves.) Cette île appartient à Ares.

—*J'en fais le tour. Je veille sur toi.*

Il s'éloigna, frôlant les ramreels, et disparut dans les fourrés.

Limos conduisit Cara à l'intérieur.

—Ares s'en sortira ? Il y avait beaucoup de démons. Vous devriez peut-être l'aider.

Limos ricana.

—Il ne risque rien, faites-moi confiance.

—Mais il y avait tellement d'Aegis. Ares craignait de tomber dans un piège.

—Écoutez, humaine. (Limos effleura sa gorge, et son armure s'évapora, laissant la place à la tunique hawaïenne.) Il est immortel. Tant qu'il n'y a pas de chiens des Enfers...

—Il y en avait, mentit-elle.

Limos se figea.

—Quoi ? Vous en êtes sûre ?

—Oui. (Cara déglutit, mal à l'aise d'avoir menti, mais la sécurité d'Ares était en jeu.) Je vous en prie ! Aidez-le !

— Putain ! (Limos invoqua un portail, mais avant d'y entrer, elle pointa Cara du doigt.) Restez ici, et ne quittez la maison sous aucun prétexte.

— Cara t'a dit quoi ? s'écria Ares, furieux, tandis qu'il clouait le dernier démon au sol avec son épée comme s'il s'agissait d'un insecte dans une vitrine.

Tout autour d'eux, des Gardiens s'activaient pour dénombrer pertes et dégâts. Tous avaient été blessés, deux grièvement, et l'un d'eux était mort. Comme la flopée de démons, en train de se désintégrer.

Les autres avaient fui quand Cara s'était échappée par la Porte des Tourments. À l'évidence, une fois leur cible disparue, ils n'avaient guère éprouvé l'envie de traîner dans les parages pour se faire massacrer par Ares et ses alliés aegis.

Limos essuya sa lame sur l'herbe.

— Elle m'a menti. Je vais la buter.

— Pas si j'arrive le premier. (Par son mensonge, Cara s'était mise en danger, sans la protection d'un Cavalier. Ares tira l'épée plantée dans le cadavre du démon.) Than s'est calmé ?

— Ouais. Il est parti en Nouvelle-Zélande, suivre la piste d'un ange déchu.

— Aide-le. Il nous en faut un. Tout de suite.

Limos exécuta un salut militaire.

— À vos ordres, chef ! lança-t-elle tandis qu'elle sautait dans une Porte des Tourments, son sourire taquin atténuant son intonation sarcastique.

Ares en fit de même et débarqua dans la grand-salle, où il ne trouva nulle trace de l'humaine.

— Cara ! gronda-t-il.

Torrent surgit de la cuisine, une assiette fumante remplie d'agneau rôti et de légumes à la main, Rath entre ses pattes.

— Elle était là il y a une minute, dit-il.

— Merde !

Ares arpenta la maison, la peur attisant sa colère. Elle n'était pas dans la suite principale, ni dans aucune autre chambre. Dévoré par l'anxiété, il les revérifia une par une, mais elles étaient toutes vides.

Puis, une intuition soudaine le mit sur la voie.

Il n'avait pas regardé partout.

Il passa outre à l'effroi qui lui glaçait les veines, et traversa le couloir. Juste après le débarras, une porte donnait sur l'escalier. Elle était entrouverte, ce qui confirma ses soupçons. Il descendit les marches en marbre quatre à quatre. L'étroite galerie non achevée était plongée dans l'obscurité, mais on apercevait de la lumière dans la pièce du bas.

Il avait ordonné qu'elle reste allumée. Vingt-quatre heures sur vingt-quatre. Sept jours sur sept.

Arrivé en bas, Ares s'arrêta brusquement. Cara se tenait devant l'ancienne bibliothèque, de profil, de sorte qu'il pouvait voir une partie de son visage. Elle avait ouvert la petite boîte qu'il conservait là, et avait à la main les objets qu'elle renfermait. Une colère irrationnelle s'empara de lui, avivée par l'adrénaline qui saturait son organisme et la peur d'avoir exposé Cara au danger. Il explosa.

—Ne touchez pas à ça!

Cara sursauta, fit volte-face, et faillit lâcher le cheval et le chien en argile. Mince! Si les jouets s'étaient cassés, Ares aurait… juste… Seigneur!

—Je suis désolée, j'étais…
—En train de fouiller dans mes affaires.

Avec une infinie précaution, elle remit les animaux dans la boîte, à côté du hochet en bois. Elle ne put s'empêcher d'effleurer l'anneau en bronze serti d'une émeraude vert pâle.

—C'est magnifique, murmura-t-elle.

La gorge d'Ares se serra.

—Elle appartenait à ma femme.

Cara rangea la bague.

—Et les autres objets?
—C'était à mes fils. Maintenant, sortez d'ici.
—La lumière était…
—Sortez!
—Je voulais en savoir un peu plus sur vous.
—Je vous ai dit que ma famille avait été tuée. Que voulez-vous de plus?

Il la rejoignit à l'intérieur, et les murs semblèrent s'affaisser sur lui. Il n'y était pas entré depuis des lustres. Vulgrim y faisait le ménage et laissait la pièce allumée, mais Ares n'avait pas eu le cran d'y retourner. Prendre conscience de sa lâcheté décupla son irritation.

—Sortez.

Elle leva sur lui des yeux empreints de pitié. C'était la cerise sur le gâteau de merde.

— Je suis navrée pour votre famille.

Elle referma la boîte si doucement qu'il entendit à peine le minuscule loquet se remettre en place. Cara balaya du regard la pièce qui contenait toutes les possessions humaines d'Ares, enfin, celles qu'il avait réussi à récupérer.

— Pourquoi était-ce allumé ?

Combien de fois devait-il lui ordonner de sortir pour qu'elle obéisse et cesse de poser des questions ? Il devrait utiliser la force, mais il craignait trop de la toucher. Sa colère, comme son désir pour elle, culminait à des sommets.

— Je n'éteins jamais. Mon benjamin avait peur du noir.

Cela lui avait paru stupide à l'époque : il n'avait pas compris ces angoisses enfantines, car lui n'avait rien redouté étant enfant.

Ares sentait pointer la crise de claustrophobie. Il ne prit plus la peine de demander à Cara de sortir. Il prit les devants. Parfois, la meilleure stratégie consistait à battre en retraite pour rassembler ses troupes.

Cara le héla, mais il continua d'avancer, et ne s'arrêta qu'une fois arrivé dans le patio attenant à sa chambre à coucher. Il voulait être seul une minute, mais...

— Ares.

Merde. Il ne se retourna pas. Au lieu de quoi, il resta les yeux rivés sur l'horizon tandis que les derniers rayons du soleil nimbaient la mer d'un voile chatoyant. C'était son moment préféré, quand les adorateurs de l'astre du jour se retiraient pour laisser la place aux communautés nocturnes qui s'éveillaient doucement. Pendant ce bref instant, le silence régnait. Les militaires l'appelaient l'heure des « ombres paisibles », car peu importe la bataille sanglante qui avait précédé, le calme revenait pendant quelques minutes, pendant que chaque camp réajustait ses tactiques.

— Que s'est-il passé ? s'enquit-elle tout bas. Pourquoi tout a dégénéré ?

Dans le lointain, la côte grecque commençait à s'illuminer, et la fumée des cuisines et des feux de plage serpentait en lourdes volutes vers le ciel parsemé de rares nuages. Ares songea qu'un paysage apocalyptique – vents violents, pluies diluviennes et cyclones – conviendrait mieux à cette discussion.

— J'avais vingt-huit ans. Je vivais avec mon frère, ma femme et mes fils. À l'époque, je croyais être humain, et je ne me doutais pas que les guerriers qui avaient envahi la ville étaient des créatures infernales à l'apparence humaine. J'ai confié mes fils à mon frère, et ils ont réussi à fuir, mais nos assaillants nous ont capturés, mon épouse et moi. Ils m'ont obligé à les regarder la torturer et la tuer. Après, ils m'ont relâché. Plus tard, j'ai appris que c'était un message de l'Enfer. L'heure était venue pour mes frères et moi de rentrer au bercail.

— Qu'avez-vous fait ?

La voix de Cara était douce comme la brise, dénuée de menace, et c'est pourquoi il poursuivit.

— J'ai rejoint Ekkad et mes fils, et nous avons rassemblé mon armée tandis que les démons surgissaient de l'Enfer sous leur véritable forme. Limos s'est échappée de Sheoul pendant le soulèvement, et après nous avoir retrouvés, elle nous a révélé la vérité sur notre existence. Que nous étions censés rallier les forces du mal et utiliser nos connaissances sur les humains pour les détruire. Elle m'a prévenu qu'ils tenteraient l'impossible pour nous faire basculer de leur côté. Que si je refusais, mes fils mourraient. Je ne l'ai pas écoutée. J'ai pensé pouvoir protéger ma famille.

Il poussa un ricanement de mépris et secoua la tête.

— Quelle stupidité ! Pendant deux ans, mes frères, ma sœur et moi avons combattu les démons. Ekkad était mon bras droit, mon stratège, et j'ai enseigné l'art de la guerre à mes enfants. Ils étaient comme moi, malgré leur jeune âge, robustes, rapides, et guérissaient vite. Un jour, la bataille fut pire que d'habitude. Nous étions en sous-nombre et je leur ai ordonné de rejoindre Ekkad sous la tente de commandement. À mon retour, je les ai trouvés. (Il ferma les yeux, mais l'obscurité n'effaça pas ses souvenirs.) Le chien des Enfers avait…

— C'est bon. Vous n'avez pas à m'en dire plus.

— Si, au contraire. (Il poussa un soupir saccadé.) Mon frère et mes fils sont morts par ma faute. Parce que les démons savaient exactement où frapper. Et ce jour-là, je suis devenu aussi mauvais qu'il était possible de l'être sans briser mon sceau. J'étais enragé. J'ai rassemblé davantage d'humains pour mon armée… Je les ai corrompus, les ai contraints, forcés. Hommes, femmes, enfants. Peu importait. Tout ce que je voulais, c'était buter ces monstres. Les humains étaient jetables. J'ai rejeté les stratégies plus longues mais moins coûteuses en terme de vies au profit de victoires rapides. En somme, je les ai sacrifiés à mes propres fins, avec l'aide de mes frères et de ma sœur. Nous avons continué sur cette voie jusqu'à ce que les anges nous arrêtent et nous maudissent.

Il pouvait presque sentir la répulsion de Cara. Il la perçut sans peine dans le ton rauque de sa voix.

— Pourquoi n'est-ce mentionné nulle part ?

— Parce que les anges ont veillé à tout. Ils ont effacé les mémoires, créé des scénarios parallèles, et détruit toutes les preuves écrites. Tout a recommencé de zéro à partir de ce jour.

Le murmure des vagues qui se brisaient sur les rochers en contrebas atténuait le lourd silence.

— Si des démons ont tué votre famille…

— Pourquoi les employer ? J'ai recueilli Vulgrim quand il était petit, poursuivit-il sans attendre la réponse de Cara. Son troupeau avait été décimé par une épidémie. Ceux qui n'y avaient pas encore succombé étaient mourants. Tous, excepté Vulgrim. Limos pense que son père appartenait à un autre troupeau, immunisé contre la maladie. Il n'était pas en mesure de se débrouiller seul. J'ignore pourquoi je ne l'ai pas abandonné à son sort. Je n'avais jamais ressenti d'affection particulière pour les ramreels, mais je l'ai pris sous mon aile. Je l'ai ramené à la maison, l'ai nourri au lait de chèvre et ai veillé sur lui jusqu'à ce qu'il recouvre la santé.

— C'était gentil à vous.

Ares haussa les épaules sans détacher le regard de la mer qui s'était assombrie, même si sous l'eau, des algues qui captaient la lumière étincelaient, telles de petites bandes nacrées sur la houle.

— C'était un bon gamin. Un adolescent grincheux. Mais un adulte compétent et loyal. Il me considère comme un père.

— Et aujourd'hui, il est votre… serviteur ?

Ares rit.

— Il aime jouer les esclaves, mais ne vous y trompez pas. Je l'ai toujours traité comme mon égal, je lui ai proposé de s'installer seul, là où il voulait. Il préfère rester. Il habite avec sa compagne à l'autre bout de l'île, et il gère tout le personnel. Les ramreels d'ici font tous partie de son troupeau, et son fils, Torrent, est son commandant en second.

— Vous l'aimez beaucoup.

Plus qu'il ne le reconnaîtrait jamais à haute voix. Il avait essayé de lui enseigner l'équitation. Ce souvenir était gravé dans sa tête.

Au bout de douze tentatives, il avait fini par se rendre compte que la physiologie des ramreels ne leur permettait pas de monter à cheval. Vulgrim adorait raconter cette histoire chaque fois qu'Ares avait besoin d'être remis à sa place, et ce dernier faisait mine de se vexer, mais en vérité, il appréciait ces taquineries que peu de gens osaient.

—C'est drôle, reprit-il. Je me demande parfois s'il se serait bien entendu avec mes fils.

S'ils n'avaient pas été… Ouais.

—Vous aimiez votre femme ? demanda Cara après un long silence.

Ares sourit, mais Cara ne pouvait pas le voir.

—Il n'a jamais été question d'amour entre nous. Notre mariage avait été arrangé. Ma femme savait ce que j'attendais d'elle, et s'est montrée à la hauteur.

—À la hauteur ? Ça donne envie !

—Elle a eu une belle vie. (Si on oubliait sa mort atroce.) Inutile de vous offusquer pour elle. Je ne la battais pas, je lui permettais de dépenser de l'argent pour des fioritures de luxe, et je n'ai jamais eu de maîtresse.

—Quelle prévenance !

Il se tourna vers Cara, et repoussa avec délicatesse la mèche de cheveux qui lui caressait le visage.

—Cela n'a rien à voir avec la prévenance. En vérité, j'étais un salaud. Je ne m'intéressais pas aux femmes. Seulement à la guerre. (Il remua les sourcils.) Le dieu grec, Arès, est inspiré de moi.

Elle roula des yeux.

—Voilà qui a dû flatter votre ego.

—L'époque de l'Antiquité grecque me manque. C'était super d'être un dieu. (Il soupira.) L'avènement du monothéisme a tout gâché.

—Mince alors ! Je suis désolée pour vous ! répliqua-t-elle avec sarcasme.

Il rit.

—Ça doit faciliter la vie des humains, je suppose, mais s'ils savaient comme ils se trompent ! Les gens ignorent à quel point les faits ont été manipulés au fil des siècles. Comment peut-on passer des mois à rechercher sa future voiture, et adopter une religion, à laquelle on confie son âme, les yeux fermés ? Ça me dépasse ! S'ils se montraient aussi pointilleux avec leur foi, ils découvriraient des trucs qui les feraient tomber des nues.

Cara arqua un sourcil.

—J'en connais un qui est amer de ne plus être un dieu grec. (Elle arbora une moue amusée et croisa les bras, ce qui fit ressortir sa jolie poitrine.) Mais ça devait être génial de vivre l'histoire alors qu'elle était en train de s'écrire.

—Par moments, reconnut-il. (Il se tourna à nouveau vers la mer, et se concentra sur les phares d'un bateau qui tanguait au loin.) Mais la plupart du temps, nous observions le déroulement des événements en nous demandant si c'était des présages annonçant la rupture de nos sceaux. Malheureusement, nous aurions mieux fait de mettre tout en œuvre pour localiser ou protéger nos agimorti au lieu de faire la fête.

—Je suis navrée, déclara Cara tout bas. J'ai été un peu égoïste.

Il la sentit lui caresser le dos, mais la stupeur l'empêcha de bouger.

—Égoïste ? Vous avez tout perdu. Pourquoi dites-vous une chose pareille ?

—Les épreuves terribles que vous avez dû traverser ne m'avaient jamais effleuré l'esprit. Votre frère vous a trahi, et vous en ferez peut-être de même sous peu.

Seigneur ! Elle était sérieuse. Elle se souciait réellement de ses sentiments. Il ne savait pas si cela lui plaisait ou non, mais il était sûr d'une chose : il ne voulait pas en parler.

—Pourquoi avoir menti à Limos ?

Elle glissa sa main sur la nuque d'Ares, et de ses doigts puissants et souples, massa ses muscles noués. Après qu'il lui avait avoué toutes les atrocités qu'il avait commises, elle avait toujours envie de le toucher. De le rassurer. Il ne le méritait pas, mais il ne chercha pas à l'arrêter.

—Cara ? Pourquoi ?

—Parce que j'étais inquiète.

D'un côté, cet aveu le ravit. Cependant, sur un plan plus élevé, plus ténébreux, il l'énerva au plus haut point. L'estimait-elle incapable de se débrouiller seul ? Ne se souciait-elle pas de sa propre vie ? Il ne put réprimer sa colère.

—C'était stupide, Cara. Vous vous êtes mise en danger. Vous aimez être attaquée, c'est ça ?

—N… non.

Elle recula, et une lueur de désespoir trembla dans son regard, une ombre hantée qu'il avait vue bien trop souvent au cours de son existence.

Merde. Il tendit la main vers Cara, mais un grognement féroce l'empêcha de poursuivre, et le souffle fétide, brûlant, contre son oreille fit battre son cœur à une allure que même Bataille aurait enviée. Inutile de baisser les yeux pour savoir que Hal était accroupi contre le mur, les crocs à quelques centimètres de sa gorge.

— Hal.

Cara l'interpella d'une voix si calme que personne n'aurait soupçonné qu'à peine un instant plus tôt elle semblait à deux doigts de craquer. Bon sang… Tout ce temps, il avait voulu qu'elle s'endurcisse, mais elle était déjà forte. Elle retrouva intégralement ses esprits, sans difficulté, et de manière très impressionnante.

— Il ne me fera pas de mal.

La bête continua de grogner, faisant peu de cas des paroles de Cara. Elle se jeta sur Ares, et referma les mâchoires sur la carotide du Cavalier. Il ne lui perça pas la peau, mais Ares ne pouvait bouger sans risquer une morsure ou une égratignure.

— Cara, s'exclama-t-il entre ses dents, qu'est-ce qui lui prend, bordel ?

Elle se lécha les lèvres.

— Votre colère l'effraie. Il pense que vous essayez de me piéger.

— Convainquez-le du contraire.

Et après, il engagerait un chaman, un enchanteur, ou un sorcier, bref une personne capable de briser le lien avec un chien des Enfers, parce que ce sale molosse devait mourir, et son géniteur avec lui.

Lentement, Cara s'approcha. Elle posa une main sur la nuque de Hal, et l'autre sur celle d'Ares. Ses seins lui effleurèrent le torse, puis elle se dressa sur la pointe des pieds et pressa les lèvres contre celles du Cavalier. Et alors, les grognements du chien diminuèrent.

— Tu vois, Hal, murmura-t-elle contre la bouche d'Ares, je ne risque rien. (Elle lui serra le cou, et le contact de ses ongles dans sa peau le fit frémir. De plaisir.) N'est-ce pas ?

— Je ne vous ferai aucun mal, répliqua-t-il sans rompre leur baiser. Jamais.

Mais il était un guerrier, et à choisir entre blesser Cara et sauver le monde, il savait ce qu'il déciderait. Pour la première fois, cette idée l'ennuya réellement, et pour la première fois, il se sentit comme Guerre.

Chapitre 18

Cara ignorait ce qui était passé par la tête de Hal, mais il avait surgi de nulle part, et quoi qu'elle lui dise, il était persuadé qu'Ares comptait lui faire du mal.
— *Il pourrait te tuer.*
— Il n'en fera rien.
— *Il pourrait. Il est mauvais. Il a massacré ma meute. Il veut tuer père.*
— Je sais, murmura-t-elle.

Les souffrances qu'Ares et Chaos s'étaient infligées étaient impressionnantes.
— *Je vais le mordre.*
— Non ! (Elle caressa le chien dans l'espoir de le calmer.) J'ai besoin de lui pour me protéger, comme j'ai besoin de toi. Il y a beaucoup de vilaines personnes qui souhaitent ma mort. Tu le sais, non ?

Hal grogna.
— *Je les tuerai.*

Cette discussion la mettait mal à l'aise. S'habituerait-elle un jour à cet univers, à ces créatures ? Bon sang, elle n'en avait aucune envie. Personne ne devrait s'accommoder de la mort.
— Hal, tu dois blesser ceux qui nous veulent du mal, c'est tout.
— *Comme Guerre.*
— Guerre est notre allié.

La conversation devait paraître étrange à Ares qui n'entendait que les réponses de Cara, ce qui ne l'aidait pas à se détendre. À chaque tressaillement de ses muscles, Hal enfonçait un peu plus ses énormes griffes dans le mur de pierre. Ses pattes carbonisaient le sol, zébrant le marbre de rainures noires. C'était terrifiant, et Cara se demanda quelles autres surprises lui réservait le chien des Enfers. Doucement, elle laissa sa main remonter vers les cheveux soyeux d'Ares, et s'assura que Hal la voie frotter son nez contre sa joue.

— Tu vois ? Ares m'aime bien.

Un grognement sceptique s'éleva dans l'air. Cara posa de nouveau les lèvres sur celles du Cavalier.

— Embrassez-moi, murmura-t-elle, même si elle savait qu'Ares pouvait à peine bouger.

Il baissa un peu la tête pour accentuer la pression contre sa bouche, et aussi dingue que cela puisse paraître, Cara sentit sa peau grésiller à son contact.

Ils restèrent dans cette position, et au fur et à mesure, Hal cessa de grogner. Dès qu'il libéra Ares, toute tension quitta le corps de ce dernier. Il eut néanmoins la sagesse de ne pas reculer. Au contraire, il enlaça Cara, et la pressa contre lui avec fermeté.

— Tu peux y aller, Hal. Fais le tour de l'île pour assurer ma sécurité. Chasse les rats.

— *Goûteux.* (Hal dénuda ses crocs et décocha à Ares un regard d'avertissement.) *Il est dangereux.*

Certes, mais Cara ne dit rien, et se contenta de se cramponner à Ares tandis que le chien disparaissait derrière le mur. Elle s'attendit qu'Ares la relâche, mais il l'embrassa de nouveau.

— Je déteste ce cabot, grommela-t-il contre ses lèvres. J'ai envie de l'empailler et de l'accrocher au-dessus de la cheminée. Mais j'en ai assez de lutter, contre lui, vous et moi-même.

Lui-même ?

— Comment ça ?

De ses longs doigts graciles, il effleura la minuscule cicatrice en forme de croissant qu'il avait à la gorge, et son armure s'évapora, laissant Cara blottie contre son torse. À l'aide de sa cuisse, il écarta celles de Cara, qui gémit presque au contact de ses muscles puissants contre son intimité.

— Parfois, pour gagner la guerre, il faut changer de tactique. (Il sourit contre sa bouche.) Vous voyez comme je suis flexible ?

Il la souleva dans ses bras, et avant qu'elle ait pu protester – ou l'encourager – il l'allongea sur le canapé du patio. Les coussins s'affaissèrent sous leur poids. Il glissa sa paume calleuse sous le sweat-shirt de Cara qui frissonna lorsqu'il atteignit sa poitrine.

— Pas de soutien-gorge ? Merci ! Je déteste ces trucs. L'invention humaine la plus stupide au monde.

Elle lui attrapa la main, l'incitant à poursuivre, savourant ce mélange de douceur et de brutalité. Il la couvrait de caresses langoureuses tout en lui titillant la pointe des seins. Elle les sentit gonfler, avides et impatients, et comme s'il l'avait deviné, il lui arracha son haut, le jeta par terre, et les prit dans sa bouche. Il les suça avec ardeur, lécha ses tétons sensibles, la laissant pantoise, hébétée, et mouillée.

— Oui...

Son râle de plaisir flotta dans le crépuscule, se fondant dans le bruit des vagues et les cris lointains des mouettes. Elle n'avait jamais vécu un moment aussi beau, et elle s'en souviendrait jusqu'à la fin de ses jours.

Qui risquait d'arriver sous peu.

Elle chassa cette pensée déprimante, enfonça les ongles dans les épaules d'Ares, et s'arc-bouta contre lui, mue par le besoin de le sentir tout entier contre elle. Il lui écarta les jambes, et pressa son sexe à l'endroit où elle le souhaitait. Tandis qu'elle se tortillait et qu'il ondulait des hanches, un liquide brûlant coula entre ses cuisses, l'enivrant de désir.

Il ne tarda pas à lui défaire la braguette, tandis qu'elle s'affairait sur son pantalon avec une ardeur similaire pour libérer son membre massif. Elle l'empoigna aussitôt, lui arrachant un râle viril et désespéré qui la ravit.

De ses yeux étincelants d'avidité, il captura le regard de Cara. Hors d'haleine, il lui entrouvrit les lèvres, et prit appui sur un bras avant de glisser la main dans sa culotte. Il l'effleura du bout des doigts, et elle gémit.

— Tu es si mouillée. (Il enfonça son index, et elle faillit jouir.) Si étroite.

— Je croyais être trop faible pour toi.

Elle accentua la pression sur son pénis, et lorsqu'elle étala délicatement la goutte qui y perlait, il poussa un sifflement de plaisir.

— J'avais tort, répondit-il d'une voix rauque. Je t'ai vue manier Bataille, Hal... et moi. Putain, j'avais tort !

Il sauta du canapé, et lui arracha son jean avant de se déshabiller. Nu, il se dressa devant elle : un chef-d'œuvre de virilité. Et pour le plus grand bonheur de Cara, il était aussi lisse et glabre entre les jambes qu'au niveau du torse. Le cœur de la jeune femme bondit dans sa poitrine quand il empoigna son sexe turgescent.

— Je ne fais jamais ça.

Il commença à se caresser, et elle le contempla, hypnotisée, tandis qu'il faisait aller et venir sa main de la base de son érection jusqu'à la pointe de son gland tout en exerçant un mouvement circulaire.

— Euh… tu… ne te masturbes jamais ?

Les yeux d'Ares étaient réduits à deux fentes, ses paupières étaient lourdes, mais son regard toujours aussi intense.

— Je ne ralentis jamais comme ça. Mes ébats sont passionnés et brutaux. (Il s'agenouilla entre ses cuisses sans cesser de se caresser.) L'important, c'est la libération. Et prouver qui baise le plus fort.

Des images d'Ares en charmante compagnie – des femelles, comme il les appelait – lui traversèrent l'esprit et elle éprouva un désagréable pincement de jalousie, mais il lui suffit de s'insérer dans ce tableau pour s'enflammer. Toute cette puissance sexuelle indomptée qui fonçait vers elle telle une force de la nature… *Oh, Seigneur!*

— C'est ce que je veux.

Un frisson parcourut Ares, et il accéléra le rythme de ses caresses, excité par cette idée.

— Pas… tout de suite.

Il pensait toujours qu'elle était trop faible. Mais si elle s'éteignait réellement à petit feu, elle n'était pas près de s'endurcir.

— Ares…

— Non. Tu n'es pas comme toutes les autres. Je veux que ce soit différent.

Il recula, et plongea la tête entre ses cuisses. Puis, sans la prévenir, il glissa sa langue brûlante et humide entre les plis de son sexe.

Elle s'arc-bouta vers le ciel, et aurait carrément décollé des coussins s'il ne lui avait pas empoigné les hanches pour la plaquer contre sa bouche. Il la caressa doucement, tout en exerçant de délicates pressions sur son clitoris, et de temps en temps, il s'enfonçait dans les profondeurs de son intimité.

— Tu as le goût de l'océan. Bordel…

Dans un grognement, il lui souleva une jambe et la coinça derrière son épaule pour l'ouvrir davantage. De ses pouces, il lui écarta les lèvres, les exposant à la brise vespérale et à son souffle sensuel. Elle ondula du bassin pour l'encourager, même si c'était inutile. Il continua de la lécher avec délectation, la maintenant au bord de l'orgasme pendant d'interminables minutes de pure volupté. Traversée par un courant érotique, elle se sentit défaillir, et sans même en prendre conscience, elle emmêla les doigts dans la crinière soyeuse d'Ares et guida sa langue magique là où elle en avait le plus envie.

Il ne la titilla pas, et poursuivit le but qu'il s'était fixé. Quand elle commença à se cambrer, hors d'haleine, il grogna contre son sexe et se laissa aller, suçotant son clitoris tout en la pénétrant de sa langue dans un rythme dévastateur. Un tourbillon d'extase l'emporta, et avant que l'excitation retombe, Ares la monta, appuyant les poings de part et d'autre de son visage, la pointe de son gland pressant contre l'entrée de son vagin.

— J'aime quand tu jouis, lui susurra-t-il à l'oreille. Tu fais du bruit, comme l'apprécient les mâles.

À ses paroles, elle se sentit suffoquer, puis il se frotta contre elle, d'avant en arrière, et elle ne pensa à rien si ce n'était à le sentir s'enfoncer en elle.

— Attends ! (Elle posa la paume sur son torse.) Une protection ?

Il leva la tête, l'air troublé.

— Mes gardes sont postés tout près… Ah, pour le sexe, tu veux dire ?

Elle acquiesça, et espéra de tout son cœur que les gardes en question n'avaient rien entendu.

— Je ne peux pas contracter ou transmettre de maladies, ajouta-t-il, et je prends de l'herbossum tous les deux mois pour rendre ma semence inféconde.

Étrange explication, certes, mais qu'importe ! Cara était à l'agonie, encore secouée par ces violents spasmes orgasmiques, et elle en avait assez d'attendre. Elle cessa de réfléchir, tendit le bras pour l'attraper et le guida en elle.

— Maintenant, dit-elle, la voix rauque.

— Maintenant, lui concéda-t-il, et d'un mouvement du bassin, il s'enfonça en elle.

Tous deux gémirent. Tout le corps d'Ares ondoya, ses muscles se crispaient, se détendaient, et lorsqu'il rejeta la tête en arrière, les tendons de son cou saillirent. Ils bougeaient en rythme, les jambes de Cara passées autour de sa taille, les chevilles croisées contre ses fesses.

—C'est trop bon, pantela-t-il. Tu es… si étroite.

La brise marine enveloppa Cara, se mêlant à l'odeur corsée d'Ares, à celle du sexe, et au parfum sucré des fleurs qui ornaient les murs du patio. Soudain, il se cambra, et lui empoigna les cuisses pour observer leurs ébats, image follement excitante qui n'était pas pour déplaire à Cara. Elle prit appui sur les pieds et souleva le bassin afin de suivre la cadence de ses coups de reins effrénés.

Voir le regard d'Ares sur elle, les pupilles dilatées par le plaisir, l'amena au bord de l'orgasme. Sa cage thoracique se bombait à chaque respiration saccadée, des flammes brûlaient dans ses yeux, et pourtant, elle sentait qu'il se retenait. Il la prenait avec une ardeur qu'elle n'avait jamais perçue chez ses autres amants – son copain de lycée avec qui elle avait perdu sa virginité, puis Jackson – mais le pouvoir incommensurable d'Ares était contenu.

Elle n'était pas faible, bon sang !

Un instinct féminin primitif venu de la nuit des temps s'éveilla en elle. Elle grogna, puis se redressa et planta les ongles dans son torse. Il poussa un cri rauque, montrant les dents, de surprise et de douleur. Elle ne le ménagea pas. Impitoyable, elle le griffa des pectoraux à l'aine, sans négliger ses abdominaux saillants. Il rugit de plaisir, et dans un élan de passion, il la souleva et passa un bras derrière elle avant de la plaquer contre le mur. Elle avait les jambes écartées sur les coussins, et Ares, à genoux, continuait son déhanchement endiablé.

Il rejeta la tête en arrière, et lui mordit le creux de l'épaule. Bon sang, elle n'en pouvait plus ! Il menait le jeu, à une cadence rapide et assurée, et elle savoura cet accouplement animal. Il la marquait avec ses dents, son corps, et les meurtrissures qu'il lui infligeait témoigneraient de la fièvre sauvage qui l'avait possédé.

Une vague ardente l'assaillit, et cette exquise brûlure, comme celle du soleil grec, la consuma de l'intérieur. Elle se crispa tout entière, secouée par des spasmes délicieux jusqu'à ce qu'Ares hurle un juron guttural, et se tende comme un arc avant de se libérer en elle, lui offrant un second orgasme.

Il s'effondra sur elle, le visage enfoui contre sa nuque, sans pour autant cesser de remuer.

— Tu vas bien?

Sa voix, un merveilleux râle caverneux, caressa la peau en feu de Cara.

— Je ne me suis jamais sentie mieux, pantela-t-elle.

D'un geste tremblant, il l'éloigna du mur et roula avec elle sur les coussins de sorte à s'allonger sur le dos, Cara étendue sur le flanc, une jambe et un bras enroulés autour de lui. Son sexe massif, luisant, reposait contre son ventre, et sa cage thoracique s'élevait et s'abaissait au rythme de sa respiration qui se calmait peu à peu.

— On ne peut pas recommencer, Cara.

Il fit glisser les doigts d'un air absent sur sa cuisse.

— Mais ça m'a plu.

J'ai adoré.

— Tu n'aurais pas dû me provoquer, répliqua-t-il avec brutalité. Et je n'aurais pas dû te laisser faire. (Il modéra sa voix pour retrouver une intonation normale.) Tu ne peux pas te permettre de dépenser ton énergie ou de te blesser, et moi, je ne peux pas…

— Quoi?

— Je dois garder mes distances. Même si tu te débarrasses de l'agimortus, tu resteras une cible pour tous ceux qui cherchent à m'attaquer ou à m'atteindre. Mes fils ont payé de leur sang l'amour que je leur portais. Cela ne se reproduira plus.

— Ce n'est que du sexe, Ares.

Ses yeux lancèrent des éclairs.

— C'est bien plus, et tu le sais.

— Non, je n'en sais rien. Je ne veux pas non plus m'attacher à toi. Mais tout ce qui nous arrive est tellement dingue qu'une petite pause ne nous ferait pas de mal. Pourquoi s'en priver? Tu m'as demandé si on m'avait déjà baisée, et je t'ai répondu non. Eh bien, maintenant, c'est fait. Et j'ai aimé ça. Alors, arrête de jouer les prudes et baise-moi encore.

Spéléologie. Sans doute le vocable le plus débile jamais inventé. D'après Limos, ce que Thanatos et elle faisaient dans les tunnels de lave souterrains de l'Oregon central ne pouvait être qualifié ainsi puisqu'ils n'escaladaient ni n'exploraient rien, mais Thanatos prenait, semblait-il, un immense plaisir à répéter ce mot dans le seul but de l'agacer. Il possédait vraiment un sens de l'humour particulier.

Ils parcouraient les entrailles de la chaîne des Cascades, mais Limos ignorait à quelle profondeur ils s'étaient enfoncés. Ils pourchassaient l'ange déchu depuis deux bonnes heures, et elle commençait à se lasser. De plus, elle détestait les grottes. Trop confinées, trop sombres et bien trop similaires à la région de Sheoul où elle avait grandi.

—Pourquoi Zhreziel a-t-il choisi de se terrer ici ? maugréa-t-elle tandis qu'elle franchissait un empilement de rochers instables.

Thanatos lui jeta un coup d'œil par-dessus l'épaule.

—C'est une question rhétorique ? Tu ne t'attends pas à ce que je réponde, au moins ?

Elle soupira.

—J'espère que tes esprits arriveront à le retenir.

Limos et Thanatos avaient trouvé Zhreziel en Nouvelle-Zélande. Ils s'étaient affrontés, puis ils l'avaient suivi au Japon, en Turquie, en Corée, et enfin, ici. Thanatos avait fini par libérer deux âmes de son armure pour les envoyer à la poursuite de l'ange. Elles ne pouvaient pas le tuer, mais leurs attaques l'empêcheraient de se téléporter ailleurs.

—On approche. (Thanatos ouvrit une Porte des Tourments pour franchir une large fissure.) Je les sens.

Ils entrèrent dans le portail et ressortirent de l'autre côté de l'étendue sans fond.

—Tu crois vraiment qu'on pourra réparer le sceau de Reseph ?

Habitué aux brusques changements de sujets de sa sœur, Thanatos ne broncha pas.

—Oui.

Cela ne faisait aucun doute pour lui, même s'il avait pour unique indice une formule gravée par l'Aegis sur la garde de Délivrance : « De la mort naîtra la vie », ce qui pouvait signifier n'importe quoi.

Limos avait toujours trouvé ennuyeuses les positions catégoriques de son frère, mais dans le cas présent, elle était contente de le savoir si sûr de lui. Elle détestait ce qu'était devenu Reseph, mais avant sa transformation, elle l'avait aimé de tout son cœur. Elle espérait plus que tout qu'ils parviendraient à reconstituer son sceau avant que Délivrance ne soit déterrée.

Salopards d'Aegis ! Ils possédaient la dague, elle le savait parce qu'ils la lui avaient subtilisée. Ses frères croyaient peut-être que les Templiers l'avaient perdue, mais c'était elle qui l'avait volée. Elle n'en était pas fière, mais elle avait été… différente à l'époque. En vérité, elle avait été soulagée quand ils l'avaient dérobée à leur tour, après qu'ils avaient immobilisé Limos au cours de la grande famine.

—À ton avis, on reverra ces deux Gardiens ?

—Ouais.

—Le type du X, Arik, était plutôt torride, non ?

—Comme la braise, répliqua-t-il sur un ton monocorde qui dissimulait bien le sarcasme. Il hante mes nuits tellement il est sexy.

—Ne t'épanche pas trop non plus. Je ne veux rien savoir de tes éjaculations nocturnes.

Une plainte d'agonie s'éleva des entrailles du tunnel, les sommant de se presser. Zhreziel était en train de se prendre une dérouillée. Limos aurait éprouvé de la compassion pour lui s'il ne l'avait pas cognée au visage et fait saigner du nez en Corée. L'enfoiré !

—Ne fantasme pas trop sur le soldat. Tu dois fuir les mecs dans son genre.

Dans son genre ? Elle devait les éviter tous, sans exception. Quand il s'agissait de sexe, Thanatos et elle devaient tous deux se montrer prudents, mais pour des raisons très distinctes. Si Thanatos ne pouvait pas avoir de rapports, rien ne l'empêchait de se délecter du corps d'autrui s'il le désirait. Limos, elle, devait se contenter de regarder.

—Pff, qu'est-ce que tu crois ?

Thanatos avait tendance à la surprotéger. Elle s'amusa de constater les différences entre ses frères. Reseph la traitait comme un pote, une camarade de débauche. Il restait en retrait et rigolait quand elle s'attirait des ennuis, non pour se moquer, mais parce qu'il savait qu'elle se débrouillerait et adorait la voir à l'œuvre.

Thanatos était celui qui la couvait le plus, toujours prêt à fracasser le crâne de ceux qui lui cherchaient des noises. Il ne lui laissait jamais l'occasion de se défendre, trop heureux de s'en charger lui-même.

Ares se situait entre les deux. Il ne se mêlait pas de ses problèmes, mais si elle l'appelait à l'aide – ce qui était rare – il accourait et agissait vite, bien et de manière décisive.

Tous les trois étaient adorables.

Elle voulait retrouver Reseph, bon Dieu !

Ils se faufilèrent dans une galerie si étroite que Thanatos faillit rester coincé, et ressortirent dans une cavité où l'ange déchu, cloué au sol, se débattait tant bien que mal contre les esprits.

Zhreziel grogna lorsqu'il aperçut Limos – pour une raison qui lui échappait, il semblait apprécier Thanatos davantage – et l'abreuva d'une flopée d'injures.

—Tss… tss…, le réprimanda-t-elle, tu vas énerver mon grand frère.

Elle eut à peine le temps de finir sa phrase que Thanatos, comme elle l'avait prédit, péta un câble et se mit à tabasser l'ange déchu. Il aurait pu s'en passer, mais Zhreziel était un vrai connard. Comment pouvait-on dédaigner l'honneur de porter l'agimortus d'Ares quand on souhaitait regagner ses ailes ?

Ce type n'était qu'un sale égoïste.

Thanatos lia les mains et les pieds de Zhreziel, et ouvrit une Porte des Tourments.

—Il est l'heure d'accomplir ton devoir et de sauver une vie humaine.

Zhreziel le fusilla du regard. Il ne semblait maîtriser que deux expressions : la colère et la rage.

Limos arbora un sourire radieux.

—Haut les cœurs, vieux ! Tu vas adorer Cara. Mais dans le cas contraire… (elle s'approcha pour lui susurrer à l'oreille) garde-le pour toi. Parce que Ares en pince pour elle, et à ta place, j'éviterais de m'attirer ses foudres, surtout en ce moment.

Bon. Elle l'avait demandé, n'est-ce pas ?

Et ils avaient recommencé. Ares avait essayé d'y aller en douceur, sans se presser, mais Cara n'avait pas été de cet avis. Comme la première fois, elle s'était transformée en tigresse exigeante et sûre de ses désirs. Ares ne pouvait plus reculer, et tandis qu'elle le marquait de ses ongles et le dévorait du regard, le mettant au défi de l'arrêter, il n'avait plus eu qu'une idée en tête : la posséder de la façon la plus basique possible. S'assurer qu'elle éprouve le guerrier dans sa chair pendant des jours.

Persuadé d'avoir atteint ce but, ce qui n'avait pas manqué de flatter son orgueil viril, Ares s'allongea à côté de Cara, et l'écouta reprendre son souffle après son huitième orgasme. Il avait joui avec elle, mais il pouvait continuer si elle le souhaitait. Les orgasmes multiples faisaient partie des rares avantages hérités de sa mère succube.

Cara se blottit contre lui, et entrecroisa leurs jambes avant de poser la paume sur son torse.

— Merci.

— Le sexe avec toi n'est pas un acte de charité.

Elle rit, et ce son mélodieux lui alla droit au cœur.

— Je l'espère bien ! Mais je ne faisais pas allusion à ça. Je parlais de tout le reste.

— Tout le reste ?

— Ouais, tu sais, m'avoir amenée ici, et montré ton univers.

Il observa le ciel étoilé pour lui dissimuler son expression inquiète.

— Pourquoi me remercier d'être ici ? Tu es en danger. Tu es mou…

Il s'interrompit et lâcha un juron.

— Mourante, oui. (Elle imprima un baiser sur ses pectoraux et reposa la tête sur son épaule.) Au début, comme tu le sais, cette situation ne m'enchantait guère. Puis, Reaver m'a fait remarquer que j'étais coincée ici, même si on transférait l'« agitruc-machin-chouette ». Il a raison. Et ce n'est pas seulement à cause de Hal. J'en connais trop aujourd'hui pour réintégrer ma vie d'avant comme si de rien n'était. Ce qui m'amène au point suivant.

Elle dessinait des figures anodines sur son torse tandis qu'elle parlait. Cette caresse banale mais intime lui réchauffa le cœur.

— Je n'avais pas de vie. Il n'y a rien qui m'attend chez moi. Même si mes jours sont comptés, j'ai retrouvé ici quelque chose que j'avais perdu.

— Je ne comprends pas.

— Tu as dit que j'étais faible…

Il lui attrapa la main.

— Seigneur, Cara ! Je suis désolé.

Ses lèvres ourlées et sensuelles s'entrouvrirent sur un sourire.

— Il ne faut pas. Tu avais raison. Mais j'ai regagné ma force.

Elle porta la main d'Ares à ses lèvres et lui embrassa la paume. La tendresse de ce geste le désarma et l'entraîna dans un tourbillon d'émotions dont il doutait de pouvoir s'extirper.

—Quand tu m'as rencontrée, j'étais dans un état catastrophique. J'avais vécu des années difficiles. J'étais sur le point de perdre ma maison, je n'avais plus aucune confiance en moi, et mon copain m'avait quittée.

Ares dut réprimer un grognement à la mention de l'autre mâle.

—Que s'est-il passé avec lui ? (Un long silence s'installa, à tel point qu'il crut qu'elle s'était endormie.) Cara ?

Elle se blottit davantage contre lui.

—Jackson est parti. Il n'a pas réussi à surmonter l'attaque.

—L'attaque ?

L'intonation de Cara l'alarma. Elle avait paniqué plus tôt quand il lui avait demandé si… Oh, putain ! Il lui avait demandé si elle aimait se faire attaquer ! Quel imbécile ! Il se serait volontiers botté le train.

—Tu ne veux pas connaître les détails sordides, j'en suis sûre. (Elle changea de position pour admirer le ciel étoilé.) J'adore cet endroit. Je passerais tout mon temps dehors.

—C'est pour ça que je vis ici. (Il lui effleura l'épaule, et apprécia la peau veloutée de Cara sous ses doigts rugueux.) Et je tiens à connaître tous les détails sordides.

Un frisson la parcourut et il la serra plus fort.

—Jackson était mon agent immobilier quand j'ai débarqué en Caroline du Sud. J'essayais de me remettre de la mort de mon père, et il a été là pour moi. On a commencé à sortir ensemble. C'est allé très vite. Il a emménagé chez moi quelques mois plus tard, et quand le marché de l'immobilier a ralenti, il m'a aidée à monter mon cabinet de médecine vétérinaire holistique.

—Et ?

—Un soir je suis rentrée après une journée passée à m'occuper d'un cheval malade. Je suis tombée sur trois individus en train de cambrioler ma maison. (Elle déglutit avec peine.) J'ai voulu fuir, mais ils m'ont rattrapée et m'ont traînée à l'intérieur. Ils m'ont ligotée…

—Que t'ont-ils fait ?

Un millier de scénarios horribles traversèrent l'esprit d'Ares.

—Au début, rien. Ils m'ont surtout effrayée. Puis, Jackson est rentré. (Elle frémit, et Ares saisit le plaid sur le dossier du canapé pour la couvrir.) Ils l'ont battu, et ils l'ont forcé à regarder pendant que…

Ares sentit sa poitrine se serrer.

— Quoi ?

Elle se mordilla la lèvre, songeuse, comme si elle cherchait ses mots. Un honnête homme ne l'aurait pas pressée. Mais Ares n'était pas un honnête homme. Il voulait savoir ce qui s'était passé afin de connaître l'identité des salopards qu'il devait tuer.

— Cara, ils ont fait quoi ? (Silence. Il sentit ses entrailles se révulser.) Ils t'ont violée ?

— Non, répondit-elle d'une petite voix, mais l'expérience d'Ares lui indiquait que le traumatisme était sévère. Je crois qu'ils en avaient l'intention. D'abord, ils m'ont menacée. Comme si ma terreur les excitait. Ils ont pointé une arme sur ma tempe et déclaré qu'ils allaient me faire sauter la cervelle. J'ai reculé la tête, effrayée, et ils ont explosé de rire. Ils m'ont molestée un peu. Ce genre de choses. Et Jackson n'avait d'autre choix que de les regarder faire.

Ares se força à respirer. Le souvenir des menottes qui lui lacéraient les poignets tandis que détresse et horreur lui tordaient les boyaux lui revint brusquement en mémoire. Il flairait même l'odeur du sang dans l'air humide des geôles où il avait été enchaîné et contraint d'assister au meurtre de sa femme.

— Et après quoi ?

Il était sacrément fier d'avoir réussi à garder une intonation neutre malgré l'intensité de ses émotions.

— Mon don… celui dont je me sers pour guérir…

« *J'ai tué avec.* » Oh, Seigneur !

— L'un d'eux m'a ordonné de me déshabiller. Quand j'ai refusé, il m'a frappée. M'a fracturé la pommette, je l'ai appris à l'hôpital. Les autres ont ri.

Elle se couvrit les oreilles comme si elle les entendait encore, et Ares ne put le supporter.

— Cara, ça suffit. Tu n'as pas à m'en dire plus.

Mais elle était lancée, comme si elle tenait à vider son sac avant qu'il ne soit trop tard.

— Il a descendu sa braguette, et je… je… Il est mort.

— Comment est-il mort ? demanda-t-il tout bas.

— Ses acolytes ont pris la fuite. (Elle n'avait pas répondu à la question, mais Ares ne l'interrompit pas.) Ils étaient partis, et Jackson a appelé la police.

Sa respiration était devenue haletante, et il lui caressa le bras dans le vain espoir de la calmer.

—Le reste est très flou.

—Comment est mort cet homme ? répéta-t-il, et elle déglutit.

—Le rapport officiel mentionne une crise cardiaque.

—Et la raison officieuse ?

Cara trembla comme une feuille.

—J'ai senti mon don faire surface, mais ce n'était pas comme d'habitude. Il m'a laissé une sensation… huileuse. Quand il m'a attrapée, j'ai tenté de le repousser, et c'est juste… arrivé. Comme s'il avait touché un câble électrique.

Elle ferma les yeux, mais Ares savait d'expérience que cela ne suffisait pas à faire disparaître les images insoutenables.

—Je l'ai tué, conclut-elle.

—Tu n'avais pas le choix, Cara. Quand ta vie est en jeu, tu n'as pas droit à l'erreur. C'est lui ou toi, et mieux vaut que ce soit lui. (Elle resta muette, et il perçut le conflit intérieur qui la tourmentait.) Ce n'est pas tout, je me trompe ?

—Non. (Elle se racla la gorge plusieurs fois.) Ton frère a sous-entendu que j'y prenais mon pied.

Ares grogna.

—Mon frère est un connard pour avoir dit ça.

—Non. (Elle enfonça les ongles dans son torse, et il se demanda si elle s'en était rendu compte.) Tu vas penser que je suis horrible.

—Jamais. (Il lui redressa le menton pour qu'elle voie dans ses yeux qu'il disait la vérité.) Il n'y a rien que tu puisses faire pour me donner une mauvaise opinion de toi. Compris ?

Elle hocha la tête d'un air incertain, et il regretta de ne pouvoir faire plus pour apaiser sa crainte.

—Thanatos avait raison. C'était atroce, mais une partie de moi a aimé ça. Je ne pourrais jamais recommencer.

La culpabilité qu'elle traînait depuis toutes ces années la rongeait littéralement.

—Cara, écoute-moi. Ce que tu as ressenti était une simple montée d'adrénaline mêlée au soulagement d'avoir buté le monstre.

—Mais ça m'a plu, murmura-t-elle, accablée.

—Tu m'étonnes ! C'est bon de savoir ce salopard mort, hors d'état de nuire. C'est normal de ressentir ça.

Il doutait de parvenir à la convaincre, pas en cinq minutes tout du moins, mais il lui laisserait le temps d'assimiler tout ça.

— Que s'est-il passé ensuite ? s'enquit-il.

La tension quitta son corps. Elle était, à l'évidence, ravie de changer de sujet.

— Les deux autres hommes se sont enfuis. Jackson et moi avons appelé la police avant d'aller à l'hôpital, mais notre relation n'a plus été la même. Il refusait de parler de ce qu'il m'avait vue faire, et il n'arrivait pas à supporter le fait d'avoir été sans défense et incapable de me sauver.

Ares comprenait. Tout comme il comprenait la thérapie par la vengeance. Une lame aiguisée agissait bien plus vite que plusieurs séances de psychothérapie.

— Il a retrouvé ces salopards pour les buter ?

Dans ses bras, Cara tressaillit.

— Bien sûr que non. La police les a attrapés.

Jackson n'était qu'un gros dégonflé. Ares aurait pourchassé ces enfoirés pour leur montrer comment on exerçait la justice à son époque. Voilà pourquoi il avait juré sur son âme qu'il veillerait à tuer Chaos en personne.

— Ils sont en prison ?

— Ils ont purgé leur peine, répondit-elle tout bas, mais Ares discerna une pointe d'amertume dans sa voix.

Il nota dans un coin de sa tête de faire des recherches sur ces types et le crime qu'ils avaient commis. Peut-être Hal voudrait-il être de la partie, lui aussi. Excellent moyen de tisser des liens ! Bonté divine, il songeait à faire ami-ami avec la créature qu'il haïssait le plus au monde !

« *Laisse approcher une femme, et pendant qu'elle te sucera, elle aspirera ton cerveau et ta virilité.* » Un ennemi lui avait dit ça à l'époque où il se croyait encore humain. Ils avaient conclu une trêve, avaient partagé du vin tout en négociant les conditions de la bataille. En vérité, Ares avait bien aimé ce type, et s'ils n'avaient pas été en guerre, il l'aurait volontiers qualifié de camarade.

Une semaine plus tard, en plein combat, Ares lui avait transpercé le crâne avec un poignard.

— Pour résumer, reprit-il, cet enfoiré de Jackson t'a abandonnée, et les mecs qui t'ont torturée ont passé quelques mois en prison.

—En gros.

Bon sang, elle avait encaissé pas mal de coups en très peu de temps.

—Combien de temps la lavette, euh, Jackson a-t-il attendu avant de partir ?

—Il a tenu deux mois. Il n'arrivait pas à me regarder en face ni à accepter celle que j'étais.

Et si Ares poursuivait Jackson après avoir retrouvé les voyous qui avaient traumatisé Cara ?

Ils restèrent assis sans rien dire pendant quelques minutes. Néanmoins, ce silence n'était pas gênant, une première pour Ares en compagnie d'une femme. C'était agréable.

Jusqu'à ce que Cara revienne sur le seul sujet dont il n'avait aucune envie de discuter.

—Ares… tu te sens vraiment coupable pour ta famille, n'est-ce pas ? (Elle se redressa sur un coude pour l'observer.) Coupable de ne pas avoir avoué tes sentiments avant qu'ils meurent.

Il se crispa.

—J'aimais mes enfants.

—Je n'en doute pas.

Sa voix apaisante le calma un peu, puis Cara fit courir un doigt sur son sternum, et il se rasséréna. Comment s'y prenait-elle ? Il l'avait vue transformer un satané chien des Enfers en docile boule de poils, elle avait charmé Bataille sous ses yeux, et avait même réussi à le faire s'agenouiller.

—Mais tu crains qu'ils l'ignoraient. Du coup, tu leur as bâti un sanctuaire, mais tu refuses d'y mettre les pieds.

Il lui saisit la main, l'immobilisant sur-le-champ.

—Arrête avec ta psychologie à deux balles. Depuis quand es-tu experte en sanctuaire ?

La brise lui souffla dans les cheveux, et quelques mèches vinrent caresser la peau d'Ares. Douce sensation. Bien trop plaisante.

—Après le décès de ma mère, j'ai conservé plein d'affaires à elle… des trucs bizarres, comme des barrettes. Sa brosse à dents. Je les ai rangés dans un coin, mais je n'y ai plus jamais jeté un coup d'œil.

Il se renfrogna.

—Parce que tu te reprochais sa mort ?

—Parce que je ne me rappelais pas lui avoir dit que je l'aimais. J'étais petite, donc j'avais dû lui dire, mais je ne m'en souviens pas. Je ne voulais sans doute pas que ses affaires me le renvoient sans cesse à la figure, tu comprends ?

Il ne comprenait que trop bien, mais il n'appréciait pas que Cara lise en lui comme dans un livre.

—Ares !

Ares se redressa brusquement et se contorsionna pour cacher Cara de Limos qui venait de surgir par la porte ouverte entre le patio et la chambre à coucher.

—Ares, on a… (Elle s'interrompit, et un voile rouge colora ses joues bronzées.) Oh, hum, salut, Cara.

—J'espère que c'est important, répliqua-t-il.

—Ben, à ton avis ? lui rétorqua Limos avant d'arborer un large sourire. On a chopé un ange déchu.

Le cœur d'Ares s'emballa.

—Où ?

—Dans la grand-salle. Thanatos lui a mis le DVD d'*Armageddon*, histoire de planter le décor.

—On arrive tout de suite.

Limos décocha un clin d'œil à Cara et s'éclipsa en toute hâte.

—Ça veut bien dire ce que je crois que ça veut dire ? s'enquit la jeune femme, et Ares sourit à son tour.

Il n'avait pas osé espérer, pour de nombreuses raisons. Certes, il s'était soucié en priorité de la fin du monde, et c'était toujours le cas. Transférer l'agimortus à l'ange déchu ne changeait rien au fait qu'Ares et sa fratrie devraient passer à l'offensive pour assurer la défense du type. Mais de cette façon, au moins, Cara vivrait.

Et lui ne faiblirait plus en sa présence. Son armure le protégerait des émotions, et c'était pile ce qu'il lui fallait. Sauf que cela ne lui serait plus utile, n'est-ce pas ? Si Cara n'était plus l'hôte de son agimortus, il devait se débarrasser d'elle, ou elle serait une cible pour Pestilence.

Cette pensée lui fit l'effet d'un coup de massue sur le plexus solaire, lui bloquant la respiration. C'étaient de bonnes nouvelles, pourtant. Alors pourquoi avait-il l'impression que quelqu'un était mort ?

Bon sang, il devait retrouver ses esprits, et tout de suite ! Son objectif était d'abord d'empêcher le déclenchement prématuré d'Armageddon, puis de détruire le chien des Enfers qu'il pourchassait depuis des siècles. Le premier problème risquait d'être difficile, mais le deuxième... Pour la première fois depuis longtemps, il y avait de l'espoir. Grâce à Cara, il parviendrait enfin à accrocher la tête de Chaos au mur.

—Ares ?

Il cligna des yeux, s'arrachant à ce maelström d'émotions contradictoires.

—Ouais, répondit-il d'une voix râpeuse. Ça veut bien dire ce que tu crois. Ta vie est sauve.

Chapitre 19

— Un dernier effort !

Eidolon, beau-frère de Kynan et médecin chef de l'Underworld General, s'exprimait d'une voix apaisante qui se mêlait aux halètements de Gem en salle de travail. Sa tête était en partie dissimulée par le drap disposé sur les jambes de Gem, mais quand il la leva, ses yeux noirs brillaient d'assurance et de joie. Il n'était pas obstétricien, mais Gem refusait de se laisser toucher par un autre docteur. Kynan était du même avis. Il voulait le meilleur pour sa femme et leur enfant.

— Je vous hais ! gémit Gem, et Kynan sourit… puis grimaça quand elle lui broya les phalanges.

Shade jeta un coup d'œil par-dessus le ventre gonflé de Gem. Il lui tenait le poignet, et les glyphes sur son bras étincelèrent lorsqu'il canalisa son pouvoir de guérison de seminus pour l'en abreuver.

— E pourra te soigner, lança-t-il à Kynan d'un air amusé.

Runa, la compagne de Shade – et la sœur d'Arik – avait donné naissance à des triplés, alors Shade ne savait que trop ce qu'endurait Kynan.

Devant les genoux de Gem, Tayla semblait prête à tourner de l'œil. La guerrière aegie était enceinte de six mois, et on ne pouvait pas dire que regarder sa jumelle accoucher lui donnait du courage. Étonnant qu'un événement aussi naturel que l'enfantement la terrorise à ce point alors qu'elle était capable de terrasser un démon sanguinaire.

Kynan ne l'en blâmait pas. Il préférait mille fois recevoir une balle dans le ventre plutôt qu'expulser une boule de bowling de son cul. Les femmes étaient admirables.

Gem se redressa complètement tandis qu'elle poussait. Un cri strident jaillit de sa gorge avant que les pleurs d'un nouveau-né, le son le plus merveilleux au monde, n'emplissent la salle.

—C'est une fille, pantela Tayla. Gem, tu as une petite fille !

Gem retomba en arrière, les cheveux collés au visage, mais ses yeux émeraude étincelaient.

—Chérie, tu as réussi !

Kynan embrassa sa femme, et les dix minutes suivantes défilèrent à toute vitesse. Il coupa le cordon ombilical et regarda Shade nettoyer le bébé tandis qu'Eidolon usait de son don sur Gem pour guérir une déchirure qui aurait nécessité des points de suture en temps normal.

Shade ramena enfin le poupon gesticulant, emmailloté dans une couverture verte, et le déposa dans les bras de Gem.

—Elle est magnifique, murmura-t-elle.

—Comme sa mère, chuchota-t-il en retour, des trémolos humiliants dans la voix. Tellement spéciale.

—Archispéciale, ajouta Tayla, et c'était vrai.

Cette petite était la première personne à naître avec le statut de Sentinelle, un humain béni des cieux afin que personne, excepté un ange, ne puisse le blesser. Kynan avait bénéficié de cet enchantement un an plus tôt pour assurer la protection de Heofon, le pendentif qu'il portait autour du cou, et on lui avait garanti que sa progéniture viendrait au monde dotée de la même immunité.

Plutôt cool.

—Alors, vous avez trouvé un prénom ? s'enquit Eidolon.

Kynan secoua la tête.

—On voulait d'abord la voir.

Tayla se pencha en avant, ses cheveux lie de vin lui masquant le visage tandis qu'elle déposait un baiser sur le front de sa sœur.

—On va vous laisser seuls quelques minutes. Après, tu vas avoir de la visite ! Wraith, Serena, Runa, Sin, Conall, Luc, Kar et les enfants sont là.

—Tu as prévenu toute la clique ?

Tayla arbora un large sourire.

—Je veux ! C'est tellement plus drôle d'obliger les gens à poireauter en salle d'attente pendant l'accouchement ! Armez-vous de patience, mes cocos. (Elle grimaça et se frotta le ventre.) Avec moi, ça risque de durer des heures. Je pressens d'ores et déjà que ce gamin a hérité des gènes entêtés d'Eidolon.

— Oui, répliqua ce dernier d'une voix monocorde, c'est moi le têtu dans le couple.

Tayla battit des cils avec innocence.

— Moi, je suis une crème.

Shade toussa dans sa main.

— Foutaises.

Ils continuèrent de se chamailler tandis qu'ils quittaient la pièce, laissant Kynan seul avec Gem et le bébé.

— Alors, quel prénom lui irait bien ? questionna-t-elle.

Kynan caressa la joue du bébé du revers des doigts. Elle avait ses cheveux noirs et ses yeux, le nez retroussé et les lèvres ourlées de Gem.

— Pas de nom de démon, hein.

Gem ne tenait pas à honorer sa part démoniaque, et Kynan ne pouvait pas lui en vouloir. L'avenir leur dirait ce qu'être un quart déchiqueteuse d'âme signifierait pour leur fille.

La petite sourit… Du moins Kynan était-il disposé à prendre cette grimace pour un sourire, et soudain, toute la pièce s'illumina. Tout comme Kynan. Une douce chaleur l'envahit, ce qui lui parut impossible, parce qu'il était heureux et comblé depuis si longtemps qu'il se demandait comment sa vie pouvait encore s'améliorer. Et pourtant, cela venait d'arriver.

— Tu es mon ange, murmura-t-il. Ta mère est mon crépuscule, et toi, mon aurore.

Gem posa la tête sur son épaule.

— J'oublie toujours à quel point tu es merveilleux. Enfin, quand tu ne te conduis pas comme un crétin. (Il gloussa, elle sourit, et rouvrit soudain les yeux.) Aurore. Voilà ! C'est parfait.

— Aurore. (Il observa sa petite crevette, sereine, rayonnante, et en effet, c'était parfait.) Va pour Aurore.

Son portable sonna, et même s'il ne voulait pas répondre tout de suite… merde. Il ne décrocherait pas. Non.

— Réponds.

— Je ne peux pas.

— Ky, il est question de la fin du monde. Si tu dois accepter ce coup de fil pour assurer la sécurité de notre fille, fais-le.

—Bon sang, je t'aime, murmura-t-il.

—Je sais.

Il arbora un sourire radieux. Ils en avaient traversé des épreuves pour être ensemble, et se remémorer leur voyage le déroutait encore parfois.

Une douleur presque physique l'assaillit lorsqu'il quitta Gem pour sortir dans le couloir. Il ferait vite. Le numéro de Regan s'afficha dans le menu des appels en absence, et il le composa. Elle décrocha dès la première sonnerie.

—Ky. On l'a trouvée.

Il retint son souffle.

—La dague ?

—Ouais. Le truc bizarre, c'est qu'elle n'était pas dans nos bureaux.

—On le savait déjà, ça. Chaque article conservé au QG a été numéroté et catalogué, et il n'y avait aucun « destructeur magique » de Cavalier.

Elle soupira.

—J'ai pensé qu'on devait quand même l'avoir quelque part, peut-être mal étiquetée ou mal décrite exprès.

Regan était une maniaque obsédée par un besoin de tout maîtriser qui frisait le trouble compulsif clinique. Kynan la soupçonnait d'ailleurs d'avoir passé au peigne fin tous les objets répertoriés par l'Aegis. Plusieurs fois de suite.

—Très bien, où est-elle ?

—Dans un monastère en Espagne. Tu dois y aller.

Il se frotta le visage.

—Pourquoi moi ?

—Parce que nos sournois collègues l'ont cachée dans une boîte que seule une personne avec du sang angélique peut ouvrir.

Et Kynan avait un ange perché sur son arbre généalogique.

—Ça n'a aucun sens, Regan. Pourquoi l'Aegis rendrait-il la dague inaccessible à la plupart de ses membres ?

—Aucune idée. Je m'estime chanceuse d'avoir retrouvé l'artefact, alors les explications…

Merde.

—D'accord, mais ça devra attendre. Gem vient d'accoucher.

—Garçon ou fille ?

— Fille. Elle s'appelle Aurore.

— Très joli. Plus vite tu auras récupéré l'arme, plus vite tu pourras retourner auprès d'elle.

Ouais, Regan était une sentimentale.

— Je m'en charge. Autre chose ?

— Nous avons intercepté des bribes de conversations qu'Arik a déjà traduites. C'est mauvais. Ils parlent de l'humaine qui est en train de mourir, mais en même temps ils mentionnent la fiancée de Satan.

— Tu penses qu'il s'agit de Cara ?

— Peut-être. Si elle meurt, le sceau de Guerre se brisera, mais je me demande si la livrer à Satan ne produirait pas le même effet.

— Bon sang ! Je n'en sais rien. Accorde-moi un peu de temps pour rester avec ma famille, et je me mettrai en route.

— OK. Mais Kynan, ne lambine pas trop. Nous n'avons pas des semaines, ni même des jours pour éviter la catastrophe. Vu l'agitation qui règne aux Enfers, il se pourrait qu'on n'ait que quelques heures.

Cara et Ares se douchèrent en vitesse. Cela aurait pu être plus rapide si Ares n'avait pas insisté pour la laver, ce qui leur offrit deux orgasmes supplémentaires chacun. Leurs ébats avaient été intenses, passionnés, comme si Ares avait été affamé et cherchait à combler ce vide.

Ou comme s'il se gavait parce qu'il ignorait s'ils recommenceraient un jour.

Ennuyée par cette idée, Cara enfila le jean et le chemisier qu'Ares lui avait rapportés. Ce transfert ne pouvait qu'être positif, non ? Elle ne serait plus mourante, Ares et elle pourraient… quoi ? Il n'aurait plus besoin de la protéger, et tous deux avaient admis qu'ils ne voulaient pas s'attacher, alors pourquoi resterait-elle chez lui ?

Malgré ces pensées déprimantes, elle le regarda s'habiller, admira son corps, ses muscles qui roulaient sous sa peau ferme et bronzée. Elle aussi souffrait de courbatures, mais ce tiraillement était agréable, il lui rappelait à chaque pas qu'elle avait eu la plus belle aventure de sa vie.

Il se tourna vers elle, son tee-shirt noir moulant ses épaules si larges qu'avec son armure, il avait du mal à passer les portes. Il avança vers elle, d'une démarche assurée mais tranquille, et elle se détendit aussitôt, comme si elle anticipait ses caresses. La sensualité émanait de lui sans qu'il n'ait rien à faire, il était l'incarnation même du sexe.

Il arbora un sourire crispé lorsqu'il tendit le bras vers elle pour boutonner sa blouse.

— Je vais t'aider.

— Je pense pouvoir me débrouiller, répliqua-t-elle tout en le laissant faire.

Il s'affaira, l'effleurant de ses doigts agiles – de façon intentionnelle, elle en était sûre –, et même s'ils venaient de faire l'amour, la flamme du désir lui embrasa les veines. Ares s'arrêta à mi-chemin pour redessiner le contour de l'agimortus, qui s'était encore un peu estompé. Ils s'en étaient rendu compte sous la douche, et bien que Cara ne se sentît guère changée, le miroir lui renvoyait une image toute différente.

Elle avait d'énormes cernes sous les yeux, ses joues étaient émaciées, sa peau livide. Ses côtes ressortaient, comme si elle mourait d'inanition.

— Il n'en restera plus rien d'ici quelques minutes, murmura Ares.

— Il me tarde. Je sais que ça ne fait que quelques jours, mais j'ai l'impression de m'éteindre à petit feu depuis un an.

Elle n'avait avoué à personne, et encore moins à elle-même, qu'elle était terrifiée à l'idée de ne jamais se débarrasser du symbole, mais elle sentait à présent la pression se dissiper, un peu comme lorsqu'on perce une ampoule.

— C'est bizarre, n'empêche. Je ne prends conscience que maintenant de la peur que j'éprouvais.

— Tu étais animée par l'instinct de survie, déclara Ares, retrouvant son expression sérieuse. Je suis désolé, Cara. Tu n'aurais jamais dû être embarquée là-dedans. (Il termina de boutonner son chemisier.) Mais c'est bientôt fini. Si on parvient à garder l'ange déchu dans un lieu contrôlé et sécurisé, on empêchera mon sceau de se briser. Et puis, tu es liée à un chien des Enfers désormais, il te restera plusieurs siècles à vivre.

Un voile rouge lui colora le visage et le cou.

— Je veillerai à ce qu'on te protège et te maintienne hors de portée de Pestilence, ajouta-t-il.

— Une seconde. (Elle effleura l'agimortus, qui bourdonnait sous l'étoffe de son chemisier.) Si je ne porte plus cette marque, pourquoi Pestilence voudrait-il m'éliminer ?

Et qu'entendait-il par « je veillerai à ce qu'on te protège » ?

— Il pourrait essayer de m'atteindre en s'attaquant à toi.

— Oh, génial ! Je suis toujours en danger, en fin de compte.

Il l'attira contre lui dans un élan passionné, lui comprimant la cage thoracique.

— Tu n'auras plus rien à craindre, Cara. Même si je dois te cacher à l'autre bout du monde, tu seras en sécurité, je te le jure.

Il scella sa promesse par un baiser brûlant. Sans lui laisser le temps de reprendre son souffle, il l'attrapa par la main pour la conduire hors de la chambre.

Ils entrèrent dans la grand-salle, et le spectacle qui les y attendait ne tarda pas à doucher l'optimisme de Cara. L'ange déchu était assis par terre, les épaules voûtées, en sang, sa peau parfaite meurtrie. Des cheveux noirs, emmêlés, lui barraient le visage. On aurait dit un chien battu. À une exception près : une lueur de pure défiance animait ses yeux cuivrés.

La télévision était allumée, et le tumulte des explosions secouait la pièce. Chaque fois que quelqu'un hurlait, l'ange déchu sursautait et sortait les crocs.

Thanatos s'accroupit à son côté.

— Dis bonjour à la gentille demoiselle, Zhreziel.

— Va te faire foutre, Mort.

Thanatos lui décocha un sourire lugubre.

— Ça risquerait fort de se produire si je deviens mauvais, alors accepte l'agimortus comme un fidèle serviteur des cieux.

Cara posa la main sur son ventre, mais cela n'empêcha pas ses intestins de se tordre.

— Pourquoi n'en veut-il pas ?

Zhreziel poussa un grognement teinté de mépris.

— Vous en voulez, vous ?

— Non, mais…

— Mais quoi ? Vous êtes débile ?

En un éclair, Ares empoigna Zhreziel par le cou et commença à l'étrangler.

— Ne lui parle pas sur ce ton ! (La haine brûlait dans les yeux de Zhreziel, mais il acquiesça à contrecœur, et Ares le relâcha.) Cara, viens ici.

— Non ! (Zhreziel recula à quatre pattes, mais Thanatos le rattrapa. L'ange blêmit et se mit à panteler.) Je n'en veux pas ! Je… n'en veux… pas.

Ares le jaugea avec dégoût.

— Tu n'as pas pénétré dans Sheoul, par conséquent tu peux encore te racheter. En acceptant l'agimortus, tu rendras service à l'humanité. Ne penses-tu pas que c'est une bonne chose ?

— Une bonne chose ? Pestilence et ses démons seront à mes trousses.

— Nous te protégerons.

— Comme vous avez protégé Batarel et Sestiel ? Pardonnez-moi de douter de la qualité de votre « protection » !

— Crétin d'ange ! (Limos, qui léchait une sucette bleue, l'agita dans sa direction.) Ces deux-là ont voulu se la jouer solo. Cela ne se produira pas avec toi. Tu seras bien au chaud et à l'abri. Et occupé. Ares possède une impressionnante collection de films. Oh, et un bar d'enfer.

— Qu'est-ce qui n'est pas clair pour vous, bon sang ? Je ne veux pas de ce satané symbole ! Si je l'ai et que Pestilence me tue, mon âme appartiendra à Satan. Si je reste en vie, mais qu'un autre de vos sceaux se brise, je deviendrai mauvais parce que je porterai l'agimortus. Je suis perdant à tous les coups. (Il désigna Cara du menton.) Elle est humaine. Elle n'est pas censée porter l'agimortus, et ne risque pas de sombrer dans les ténèbres.

— Pauvre merde égoïste, tempêta Ares qui contenait avec peine sa colère. Elle va mourir si elle ne le transfère pas. Tu veux que l'ultime bataille commence ?

— Bien sûr que non ! lui rétorqua Zhreziel avec irritation. Mais si je ne suis pas hôte de votre agimortus, je pourrai combattre aux côtés du bien et recouvrer mon âme et mes ailes.

Oh, Seigneur ! Il combattait pour le salut de son âme. Cara sentit la nausée monter, telle une déferlante qui menaçait de jaillir de son estomac.

— Répète après moi, murmura Thanatos à l'oreille de l'ange, d'une voix glacée comme l'hiver. Apocalypse. Armageddon. Il n'y en a plus que pour quelques heures si Cara conserve l'agimortus, parce que c'est en train de la tuer.

— Et si je m'en saisis, répliqua Zhreziel du tac au tac, on aura seulement gagné du temps. Ton sceau ou celui de Limos finira par se briser, et vous deviendrez tous mauvais. Ça va arriver, bande d'abrutis. Il n'y a rien à faire. Et je préfère encore vous affronter plutôt que me battre pour vous.

Un bruit sonore résonna dans la pièce quand Limos retira la sucette de sa bouche.

—Tu te rends bien compte qu'on n'a pas besoin de ta permission ? Tu ferais mieux de la boucler, maintenant. On doit te garder en vie, mais rien ne nous oblige à nous montrer gentils. (Elle lui indiqua les étagères remplies de DVD.) Ares possède toutes les saisons de *Deux flics à Miami*. On peut te torturer jusqu'à ce que tu supplies Pestilence de t'achever.

—Relâchez-moi ! (Zhreziel repoussa les cheveux qui lui barraient la vue, mais ils retombèrent, lui couvrant un œil alors qu'il se tournait vers Cara.) Je vous en prie ! Ne faites pas ça !

—La ferme ! (Limos posa brusquement sa sucette sur le comptoir, et l'agrippa par la nuque pour le forcer à détourner les yeux.) Ares a aussi *Starsky et Hutch*.

Cara, qui ne s'était pas du tout préparée à ça, déglutit avec peine.

—On peut attendre un peu ? Trouver un autre ange déchu qui soit d'accord ?

—Même si une telle créature existait, répondit Limos, nous sommes à court de spécimens, volontaires ou contraints.

Incapable de soutenir le regard de Zhreziel une seconde de plus, Cara se tourna vers Ares.

—Quelles sont les options possibles ?

—Il n'y en a aucune. Fais-le.

Gagne du temps.

—Comment ?

—Touche-le avec l'intention de lui transférer l'agimortus. Ça devrait être automatique.

Elle frissonna, soudain glacée jusqu'aux os.

—Je ne peux pas.

—Si. (Ares posa les mains sur ses épaules, et baissa la tête pour la regarder dans les yeux.) Il le faut.

—Je refuse de lui infliger ce qui m'a été imposé. (Elle inspira profondément, s'apprêtant à prendre une décision terrible.) Je ne peux pas faire ça contre son gré.

Thanatos ouvrit la bouche pour répliquer – et à en juger par son expression noire, Cara devinait sans peine le contenu de son propos – mais Ares leva la main pour interrompre son frère.

—Laissez-nous une minute.

Cara autorisa Ares à la conduire dans un coin calme.

—Écoute-moi, Cara, dit-il en articulant avec soin comme s'il s'adressait à une enfant. Tu agonises.

—J'en suis parfaitement consciente.

—Si tu le lui donnes, tu vivras. Je ne peux pas…

Il s'arrêta pour proférer un juron.

—Tu ne peux pas, quoi ?

Il resta muet. Elle lui attrapa le menton et le força à croiser son regard. Ses yeux étaient empreints de colère et de tristesse.

—Je ne peux pas te perdre, lâcha-t-il. Je ne peux pas être avec toi, pas tant que Pestilence sera dans les parages, mais je ne renoncerai jamais à toi.

Elle ne savait pas quoi dire, mais Ares, si.

—S'il te plaît.

Elle savait à quel point il lui coûtait de la supplier.

—J'aimerais que ce soit possible, répondit-elle tout bas, et il recula comme si elle l'avait giflé.

—Bon sang, Cara !

Il se passa les doigts dans les cheveux et arpenta la pièce avant de revenir vers elle.

—Nous sommes engagés dans une guerre qui n'obéit à aucune règle ! Il n'y a pas de place pour la pitié ou la bonté. Le perdant y laisse non seulement sa vie, mais celle de toute la planète. Procède au transfert ! Sur-le-champ !

—Il y a toujours de la place pour la bonté, répliqua-t-elle. Obliger Zhreziel constituerait une énorme violation. J'en sais quelque chose. Ce ne serait pas mieux que de le tuer. Si j'accepte, je me sentirai salie, Ares. Souillée.

Ares frappa du poing contre le mur.

—Fais-le, bon Dieu !

—Non.

Ares l'observa, les paupières mi-closes. Il était encore plus effrayant calme qu'en rage.

—Bien. Meurs. Déclenche la fin du monde. Pourquoi je me tracasse ? Je serai mauvais et n'en aurai plus rien à foutre.

—Il doit y avoir un autre moyen.

—Il n'y en a pas !

Elle planta l'index sur son torse.

— Me hurler dessus n'y changera rien, si ce n'est m'inciter à camper sur mes positions. N'as-tu rien appris sur les femmes au cours de tes cinq mille ans d'existence ?

Derrière eux, Limos ricana et Ares la cloua d'un regard assassin. Cara claqua des doigts pour attirer son attention. L'expression abasourdie d'Ares, outré par son geste, aurait pu la faire rire si la situation n'était pas aussi désespérée.

— Tu affirmes être un grand général, et un stratège-né. Débrouille-toi pour trouver une solution. Parce que je ne transférerai pas l'agimortus à cet ange déchu.

Chapitre 20

Ares avait besoin d'une minute. Rester dans cette pièce, et regarder Cara dans les yeux une seconde de plus était au-dessus de ses forces. Un tourbillon d'émotions s'était abattu sur lui, colère, peur, peine. Tout cela était si nouveau, intense et brutal qu'il ne parvenait plus à réfléchir. Son cerveau en ébullition cherchait un moyen de la forcer à transférer l'agimortus, des méthodes plaisantes comme l'enjôler par le sexe, à des idées plus douteuses, sinistres, comme le chantage ou la torture. Il ne la molesterait jamais, mais il pouvait amener l'ange déchu à la supplier de réaliser l'échange.

Cara le détesterait à jamais pour ça. Mais au moins, elle serait en vie. Et le monde, entier.

Il sortit, inspira une goulée d'air marin et y perçut l'effluve caractéristique des chiens des Enfers. Hal rôdait dans les parages. Son géniteur viendrait peut-être, offrant à Ares la satisfaction de lui arracher le cœur.

—Ares. (Limos l'attrapa par le coude alors qu'il s'apprêtait à cogner contre le mur de la bâtisse.) Cara n'est pas une guerrière.

Il serra les dents à s'en broyer les molaires.

—Que suis-je censé comprendre ?

—Qu'elle ne possède pas ta mentalité du « gagner à n'importe quel prix ».

La fleur blanche dans ses cheveux glissa, et Limos s'en saisit pour la jeter par terre dans un élan d'irritation qui ne lui ressemblait pas.

—Elle tient à se comporter en humaine, poursuivit Limos, elle ne réfléchit pas plus loin.

—Elle devrait. Elle risque de provoquer la fin du monde, bordel !

—La situation ne me réjouit pas non plus, mais nous devons lui donner un peu de temps.

Une vague de frustration mêlée de rage l'assaillit, déferlant le long de sa colonne vertébrale avant de s'épandre de ses organes à la pointe de ses orteils.

—Nous ne pouvons nous permettre ce luxe.

—D'accord, mais on ne peut pas la forcer non plus.

—Je vais me gêner, grommela-t-il.

—Tu es tellement buté. (Limos piétina la fleur, et l'ensevelit dans le sable.) Laisse-moi lui parler.

Le sifflement dans son crâne se mua en bourdonnement tandis qu'une spirale d'énergie malfaisante tournoyait en lui. Sur son bras, Bataille commença à s'agiter assez fort pour qu'Ares ressente un pincement. Étrange. Il jeta un coup d'œil à Limos, et bon sang, Os s'activait de la même manière sur la peau de sa sœur !

—Qu'est-ce que…

Il s'interrompit lorsqu'une onde de choc l'ébranla comme une déflagration nucléaire. Il vacilla vers l'arrière, déséquilibré.

—Limos…

—Je le sens aussi, pantela-t-elle. Oh, merde, qu'a bien pu faire Pestilence ?

L'appel était irrésistible, comme si un million de cordes avaient été attachées à ses organes et tiraient de plus en plus fort jusqu'à lui donner envie d'exploser.

—La guerre, haleta Ares. Une guerre vient d'éclater.

Les lourds pas de Thanatos résonnèrent avec férocité sur le sol lorsqu'il surgit du couloir.

—Je…

Des ombres tournoyèrent autour de lui, et il gémit. Une Porte des Tourments apparut et il s'y engouffra.

—Non !

Limos grimaça avant de disparaître à son tour dans un portail similaire.

Cara. C'était un tour de Pestilence, Ares le savait. Le tiraillement s'intensifiait à mesure qu'il se rapprochait du portail. Ses pieds étaient lestés de plomb même s'il brûlait d'exulter sur un champ de bataille, de s'engager dans le conflit, peu importe lequel.

Tandis qu'il franchissait l'embrasure de la porte, il sentit des griffes l'agripper, lui ouvrir la cage thoracique, et une douleur intenable lui embruma les sens. Il entendit un éclat de rire, le grognement d'un chien des Enfers, puis Ares fut aspiré par le vortex qui l'emmènerait au cœur de l'action et dont il ne pourrait s'échapper qu'après une effusion de sang en bonne et due forme.

Le hurlement de Hal retentit aux oreilles de Cara avant de vibrer dans tout son corps. Une soudaine baisse d'énergie l'obligea à prendre appui contre le mur. Elle attendait dans la grand-salle le retour de Limos et d'Ares, tout en essayant d'éviter le regard désapprobateur de Thanatos. Quand celui-ci s'évapora brusquement, elle ne s'en inquiéta pas plus que ça… jusqu'à ce que l'appel d'Ares et le jappement de Hal lui parviennent.

Les jambes tremblantes, elle fonça dehors et fut aussitôt cernée par les gardes d'Ares. Ils se ressemblaient tous, mais Cara reconnut Vulgrim à l'anneau en argent qui perçait sa corne gauche, et Torrent à la bande blanche sur son large museau.

Torrent la força à reculer vers l'entrée tandis que Vulgrim aboyait des ordres aux ramreels qui se mettaient en position.

—Vous devez rentrer, hurla Vulgrim. Tout de suite !

—Mais Hal…

Torrent la saisit par le bras et la traîna vers le patio.

—Si votre molosse ne s'est pas dématérialisé à Sheoul, nos hommes le retrouveront. Vous devez…

Du sang jaillit de sa bouche, éclaboussant le cou et la poitrine de Cara. Horrifiée, elle chancela en arrière, le regard fixé sur la pointe qui saillait de son sternum. Seigneur, l'arme avait transpercé deux couches de cotte de mailles et son épaisse fourrure.

—Allez-y… maintenant…

Il tomba à genoux.

—Torr !

Le bêlement de douleur de Vulgrim transforma l'étouffant air nocturne en un linceul glacé. Il fit volte-face et rattrapa son fils avant qu'il ne s'effondre, mais malgré l'obscurité, Cara vit l'ombre de la mort voiler les yeux de Torr.

Les ramreels chargèrent dans la direction d'où provenait la flèche, fonçant tête baissée sur un cheval-démon pâle aux yeux d'un rouge rutilant, monté par son cavalier impie. Une autre flèche vola dans le noir et se nicha au milieu du front d'un autre ramreel. D'étranges démons surgirent alors des ténèbres. Des humains, du moins en apparence, couraient avec eux, des armes redoutables, maculées de sang, à la main.

L'agimortus lui brûla la poitrine, comme si on la marquait au fer rouge. La sensation huileuse, glissante, l'assaillit de nouveau, abreuvant sa terreur, tandis qu'une hideuse créature squelettique l'agrippait par les cheveux pour la tirer en arrière. Elle se débattit comme une forcenée, mais manqua son agresseur. Elle se remémora ses cours d'autodéfense, et ralentit pour se concentrer. Puis, elle attaqua à nouveau, et planta le poing dans le ventre creux du démon.

Vulgrim apparut à ses côtés, tête baissée, et défonça le monstre à coups de cornes. Le craquement des os et un cri de douleur strident résonnèrent dans les airs, et la violence des collisions assomma Cara. Une lame argentée étincela à la lumière des lampes du patio, puis la tête du démon roula par terre.

— Rentrez. (Vulgrim l'aida à se relever.) Mon *tesmon* ne peut pas vous perdre.

— *Tesmon* ?

— Le père du troupeau. (Il la traîna vers la porte.) Ares.

D'un geste protecteur, il enroula un bras autour de Cara, et ils regagnèrent tant bien que mal le perron. Une lame surgie de nulle part menaça d'entailler Vulgrim. Il la contra avec sa corne, qui fut tranchée comme une carotte sous un couperet. Le mâle blond qui l'avait lancée se rua sur lui et le renversa. Un autre apparut soudain, muni d'une hache, et dans une lenteur insoutenable, Cara le vit l'abaisser en un arc de cercle sur le cou de Vulgrim.

Un million d'images défilèrent dans son esprit, et dans l'expression des créatures qui attaquaient le ramreel, elle revit le visage de l'homme qu'elle avait tué.

« *Pour survivre, il vous faudra consentir à des sacrifices et faire des choses dont vous n'avez pas l'habitude. Des choses qui vont à l'encontre de vos principes.* » Les paroles prophétiques de Reaver rythmaient l'action comme une bande-son, et sans aucune hésitation, Cara autorisa son pouvoir à se manifester, sans rien retenir.

Elle poussa un cri de guerre, et se jeta sur les deux démons, attrapant l'un par l'épaule et l'autre par la taille. L'énergie grésilla le long de son bras et jusqu'à la pointe de ses doigts. L'effet sur les deux créatures fut instantané ; du sang jaillit de tous leurs orifices. Leur corps enfla comme des ballons de baudruche, et quand ils s'écroulèrent, ils explosèrent en un immonde tas fumant.

Aucun regret. Non. Pas le moindre. Ares avait raison. C'était agréable de supprimer les monstres, et il n'était pas question qu'elle se gâche la vie à se morfondre à cause de ça.

Vulgrim, dont les yeux avaient toujours semblé minuscules par rapport à sa tête massive, la dévisagea, les yeux ronds comme des soucoupes.

—Alors ça, gronda-t-il, c'est un pouvoir super flippant. J'aime ! (Il bondit sur ses pieds.) Rentrez maintenant. Cachez-vous !

Cara s'éloigna du jambage de la porte et des murs et se précipita vers Zhreziel. Il avait réussi à rouler sous la table basse, et se frottait les poignets contre le pied du meuble dans l'espoir de rompre ses liens. Il la vit arriver, et feula comme un lion.

—Derrière vous !

Guidée par son instinct, Cara plongea sur le côté, et évita de justesse une énorme main griffue. La créature poussa un grognement furieux. Un souffle chaud lui caressa l'arrière du crâne, et les vapeurs nauséabondes faillirent la faire vomir. La chambre à coucher se trouvait juste derrière…

—Pas touche ! Elle est à moi. (La voix lui glaça les os. Pestilence.) Et que quelqu'un traîne cet ange à Sheoul !

La bête à écailles qui la pourchassait ne prêta pas attention au frère d'Ares, et alors que Cara se dirigeait avec peine vers la porte, elle se retourna et vit le monstre disparaître sous les sabots de l'étalon maléfique de Pestilence. Elle claqua la porte et la ferma à clé, mais deux secondes plus tard, le guerrier et sa monture titanesque la défoncèrent. Quelque part dans la maison, Zhreziel hurla. Dans sa tête, Cara hurla, elle aussi. Elle aurait dû transférer l'agimortus parce que l'ange déchu allait de toute façon atterrir à Sheoul où son âme ne lui serait plus d'aucune utilité.

La peur qu'elle avait éprouvée aux mains des voyous qui l'avaient cambriolée, puis des Gardiens qui l'avaient prise pour un démon, n'était rien comparée à la terreur glacée qui la pétrifiait à cet instant. Lorsque Pestilence descendit de son cheval, elle frémit, horrifiée par le cliquètement de son armure d'où suintait une infâme substance noirâtre, ainsi que du sang de ramreel frais.

—Il paraît que tu es liée à un chien des Enfers, déclara Pestilence d'une voix sépulcrale qui résonna dans les oreilles de Cara. Par conséquent, je ne pourrai pas me contenter de te transpercer avec une épée ou de trancher ta gorge délicate.

—Dommage pour vous, répliqua-t-elle, surprise par son intonation neutre alors qu'elle était tétanisée.

—Je l'ai, tu sais. Ton chien des Enfers. Il nous a combattus, mes hommes et moi, mais à l'instant où je te parle, mes laquais le transportent dans mon repaire.

Au comble de la rage, Cara se mit à trembler de la tête aux pieds.

—Laissez-le partir, infâme bâtard !

Pestilence la gifla d'un revers de main.

—Tu embrasses Ares avec cette bouche ? (Il sourit.) D'ailleurs, comment prend-il le fait que tu sois liée à ce vil cabot ?

—Hal me maintient en vie.

—Pauvre conne ! Tu dépéris à vue d'œil. Je n'ai qu'à t'enchaîner et attendre. Mais c'est tellement moins satisfaisant que la torture. Vois-tu, le truc pénible avec ce lien, c'est que vous décapiter, l'un ou l'autre, ne suffit pas. J'ignore pourquoi, mais tu bénéficies de la même protection que nous autres, Cavaliers. Aucune arme ne peut percer ta moelle épinière. Bizarre. (Il fronça les sourcils.) J'ai quand même essayé de trancher la tête de ta bestiole. Ce n'est pas fatal, mais la douleur est atroce.

—Espèce d'enfoiré dégénéré !

—Économise ta salive.

Il tendit le bras vers elle, et de ses doigts gantés, lui serra la gorge. Son pouvoir, encore en éveil, avait beau produire assez d'électricité pour éclairer la ville de New York, Pestilence ne cilla pas quand il la souleva du sol. La trachée en feu, elle lui saisit les poignets pour tenter de l'électrocuter. Rien. Le salaud était immunisé.

—Allons chez moi. (Il la jaugea de la tête aux pieds, les crocs étincelants.) Et alors, petite humaine, j'aurai tout le temps de te savourer.

Chapitre 21

Ares, Limos et Thanatos étaient tombés dans un piège. Destiné non pas à les capturer, mais à les occuper.

Ares l'avait su dès l'instant où il s'était matérialisé dans la zone de combats ravagée par l'épidémie qui avait attiré Thanatos quelques secondes plus tôt. Pestilence et ses sbires avaient manipulé les gouvernements de Croatie et de Slovénie pour les inciter à la guerre. Ils avaient convaincu les dirigeants slovènes que l'armée croate avait élaboré et répandu la maladie qui avait décimé une bonne partie de leur population.

Ces démons, des ter'taceo haut placés, avaient envenimé la situation en rassemblant des milliers de Croates et de Slovènes dans des camps au fin fond de la Hongrie avant de les priver de vêtements, de nourriture et d'eau, créant ainsi une famine généralisée. Leurs actions visaient non seulement à déclencher un conflit international, mais aussi à distraire Limos.

Le plan avait fonctionné. Malheureusement, les tragédies de cette envergure excitaient la part maléfique d'Ares et de sa fratrie. Tant qu'ils restaient sur le site, l'ivresse les secouait comme un orgasme après une prise de cocaïne, et personne ne pouvait – ni ne voulait – en décrocher.

Or, Ares le devait. Ce qui signifiait éliminer les chefs de chaque faction.

Le lendemain de son arrivée sur ce champ de bataille sanglant, Ares surplombait le cadavre du général croate qu'il venait de tuer, en se demandant combien de temps s'écoulerait avant qu'il ne doive achever son remplaçant. Il avait déjà supprimé les commandants de l'armée slovène ; tous deux des démons grimés en humains. Ce qui soulevait une question importante : combien de militaires haut gradés étaient en fait des laquais de Pestilence ?

On replia le rabat de la tente, et en parlant de connards…

Pestilence s'avança d'un pas nonchalant, arborant un rictus malveillant et des crocs sanguinolents, Harvester sur ses talons.

— Je parie que tu pensais à moi.

— Le mal ne te sied pas, mon frère.

— Oh, bien au contraire ! Et sais-tu qui d'autre me sied à merveille ? Cara. (Il passa la langue sur la pointe d'une canine.) Tu vois ça ? Délicieux.

Ares se jeta sur Pestilence, prêt à lui déchiqueter la gorge. Le coup ne lui serait pas fatal, mais lui ferait un mal de chien. Il enfonça le poing dans sa nuque, et son frère recula sans tomber à terre.

— Si tu la blesses…

— Oh, rassure-toi, je ne vais pas m'en priver.

Pestilence contre-attaqua avec une puissance inouïe et toucha Ares à la tempe, l'étourdissant pour quelques secondes.

Aucun doute, Pestilence tirait son énergie du mal. Il était plus fort que jamais. Ares, malgré la tête qui lui tournait, attrapa une chaise, fit volte-face et l'abaissa sur le crâne de Pestilence. Le meuble se ratatina comme une canette de soda. Sans perdre un instant, Ares en arracha un pied tordu, et le planta dans la gorge de son frère, lui déchiquetant la chair. Le sang jaillit du tuyau en métal, éclaboussant l'intérieur de la tente, et Ares crut voir Harvester sourire.

Un voile écarlate enveloppa les yeux de Pestilence qui, d'un mouvement de balancier, porta le bras sur l'épaule d'Ares et le propulsa à l'autre bout de la tente. Sans lui laisser l'occasion de se redresser, Pestilence s'agenouilla devant lui et appuya les doigts contre sa trachée. La violente pression lui obstrua les voies respiratoires.

— Tu viens avec moi, mon frère, déclara Pestilence avec férocité. Tu me regarderas briser ton sceau, mais d'abord, je vais te faire regretter d'avoir osé me défier.

Une douleur aiguë lui vrilla le crâne, puis tout devint noir.

Bon sang, Reseph adorait les fêtes réussies.

Jimmy Buffett chantait les louanges de la toute-puissante margarita, le soleil brillait, l'océan était d'un bleu limpide, un cochon rôtissait dans une fosse, et des filles en bikini ondulaient des hanches dans une danse suggestive qui aurait rendu la vue à un aveugle.

Limos s'activait derrière le bar portatif dont elle se servait lorsqu'elle recevait dans sa villa hawaïenne. Elle y invitait toujours les habitants locaux qui la prenaient pour une sorte de Paris Hilton, une riche héritière qui dilapidait la fortune de ses parents, ce qui expliquait pourquoi elle y séjournait rarement. Limos affirmait posséder une dizaine de maisons disséminées aux quatre coins du monde, qu'elle occupait selon son humeur.

Reseph s'adossa au palmier, termina son verre cul sec, et se demanda s'il devait conduire la blonde torride qui perdait son haut de maillot dans l'eau pour une séance de galipettes sous les vagues. Emmalee aimait le faire comme lui… c'est-à-dire dans toutes les positions. Cependant, le risque de se faire surprendre ou l'assurance d'être épiée avaient tendance à l'exciter un peu plus.

— Je t'ai resservi.

Il leva les yeux vers Limos qui remplissait son verre de margarita.

— Merci, sœurette.

Il mit ses lunettes de soleil et balaya du regard la foule, une cinquantaine de personnes, des humains en majorité. Il y avait quelques démons, mais en tant que ter'taceo ils passaient inaperçus aux yeux de la plupart de leurs congénères.

— Si seulement Ares et Thanatos étaient là…

Limos soupira, s'affaissa à côté de Reseph, et but une grosse gorgée à même le pichet.

— Than a dit qu'il viendrait, mais Ares…

Elle haussa les épaules. Ares prenait rarement part à ces retrouvailles. Quand il y participait, il devait rester sur le perron et profiter des festivités de loin. Qu'il s'approche un peu trop, et les bagarres éclataient.

— Tu l'as invité ?

— Non.

De toute façon, Ares devait être au courant, mais Limos lui épargnait ainsi la torture de refuser.

— Vous comptez jouer au beach-volley bientôt ?

Limos lui décocha un regard perplexe.

— Tu ressens le besoin de frapper une balle ?

Il remua les sourcils.

— Je veux voir des paires de loches ballotter.

Limos lui donna un coup sur l'épaule.

— Tu n'as pas changé. Toujours le tombeur pervers que tu étais humain !

Elle avait raison. « Fils » d'une puissante prêtresse akkadienne qui jurait l'avoir conçu vierge grâce à l'intervention d'un dieu, Reseph avait bénéficié d'une éducation laxiste qui avait fait de lui un don Juan irresponsable qui se croyait tout permis. Quand Limos l'avait retrouvé à l'âge de vingt-huit ans, il aurait pu avoir cinquante rejetons de cinquante femmes différentes. Par chance, sa « mère » en connaissait un rayon sur la médecine mystique… à tel point que Reseph la soupçonnait de posséder quelques gènes démoniaques.

Grâce à l'herbossum, une plante qui provoquait fausse couche chez les femelles et stérilité temporaire chez les mâles, il n'avait jamais eu à gérer la perte d'un enfant, contrairement à Ares. Et il n'était pas près de commencer.

Il pouvait faire la fête autant qu'il voulait.

Une brune pulpeuse se pencha sur lui et se dénuda la poitrine. Il ne s'en lasserait jamais !

Limos se contenta de secouer la tête.

— Tu es impossible.

— Hé ! (Il s'efforça de paraître outré.) Je n'y peux rien, moi, si je plais aux dames.

— Mouais. (Limos roula des yeux, se redressa et épousseta le sable sur sa robe de plage avant de lui désigner la fosse à cochon.) C'est l'heure de la découpe. Rends-toi utile.

Il sourit tandis qu'elle s'éloignait d'un pas lourd, dispersant le sable sur son passage. Bon sang, il adorait sa vie ! Vraiment. Si seulement ses frères et sa sœur pouvaient se la couler aussi douce ! Ils étaient isolés, à cause des circonstances ou par choix, et même si Reseph faisait de son mieux pour leur tenir compagnie, ce n'était pas pareil que de pouvoir se lâcher avec quelqu'un qui n'était pas de votre famille.

Regrettant de ne pouvoir en faire plus pour eux, il se leva, tourna les talons et faillit rentrer dans une sublime rousse aux yeux verts, la promesse d'un bon moment en perspective. Elle lui décocha un sourire coquin, lui prit la main et lui indiqua la forêt luxuriante. Après tout, le cochon rôti devait refroidir, n'est-ce pas ? Il lui rendit son sourire, et la conduisit dans une crique privée avant de l'emmener au septième ciel, un goût de paradis pour Reseph qui n'y mettrait sans doute jamais les pieds.

Pestilence se redressa en sifflant. Putain ! Il détestait dormir. L'imbécile sentimental qu'il avait été en profitait pour s'incruster dans ses rêves avec des souvenirs du bon vieux temps, et il avait horreur de ça. Rien à foutre ! Il s'amusait bien plus aujourd'hui. Il sentit son entrejambe l'élancer et grimaça. Il palpa sa queue en érection, et se rappela l'humaine enchaînée, un juteux petit morceau déjà attendri et disponible, si ce n'était volontaire, qui ferait parfaitement l'affaire.
—Mon Seigneur.
Pestilence grogna lorsqu'il entendit la voix traînante de son lieutenant neethul et balança les pieds par-dessus le bloc de pierre qui lui faisait office de couche. Il avait tiré un trait sur les lits depuis belle lurette. Le sang avait tendance à les rendre inutilisables, et il n'était pas du genre à poser des alèses en caoutchouc. C'était plus simple de pioncer sur un rocher, et en vérité, le confort lui importait peu, surtout qu'une heure de sommeil quotidien lui suffisait.
—Quoi ?
—Votre frère se réveille.
—Bien. Et Cara ?
—L'humaine est telle que vous l'avez laissée.
C'est-à-dire nue et recroquevillée dans une cage. Excellent. Il était temps de la prendre et de montrer à Ares pourquoi il valait mieux être de ce côté-ci du sceau.

Ares revint à lui, l'esprit brumeux, les muscles crispés et les articulations douloureuses. Il voulut lever la tête, mais essuya un échec cuisant. Autant essayer de soulever une boule de bowling avec un élastique. Il recommença et cette fois, réussit, même s'il devait déployer des efforts considérables pour la garder bien droite. Au moins, ses yeux fonctionnaient, assez en tout cas pour lui permettre de voir qu'il se trouvait dans une petite pièce, à l'évidence la cellule décrépite d'une prison souterraine. Il allongea la nuque pour observer ses poignets entravés. La corde qui les liait avait été passée dans un anneau de fer accroché au plafond.

Ares fronça les sourcils. Ce dispositif ne pouvait le retenir, alors pourquoi son frère s'était-il donné cette peine ? Il sourit et tira sur les liens.

Rien. Ils avaient été enchantés à l'aide d'un sort démoniaque, mais Ares n'aurait pas dû en être affecté.

À moins que Cara ne soit dans les parages.

La peur au ventre, il sentit ses forces le quitter peu à peu, comme si on les lui aspirait. Cara devait être tout près, et tant qu'elle ne s'éloignerait pas, Ares serait lourdement handicapé. Pour compliquer davantage la situation, un bracelet en cuivre cernait son tatouage, empêchant Bataille d'être libéré.

Soudain, un cri strident lui glaça les sangs, et il dut se forcer à respirer.

La porte s'ouvrit à la volée, et Pestilence entra, poussant Cara, nue et meurtrie, à l'intérieur. Elle trébucha et tomba sur la terre battue jonchée de paille avant de se recroqueviller dans un coin. Une fureur noire, meurtrière, l'écorcha vif.

— Bâtard ! rugit Ares avant de réussir à se calmer.

Respire. Le moment était mal choisi pour ruer dans les brancards. Il devait garder son flegme s'il voulait trouver les fissures dans l'armure de son frère.

— Nous sommes tous des bâtards.

Pestilence ôta son débardeur, ce qui le laissa en simple pantalon de cuir. Quand il était encore Reseph, il passait plus de temps dévêtu qu'un fervent nudiste, et à l'évidence cette excentricité ne l'avait pas quitté lorsqu'il avait basculé du côté obscur.

— T'ai-je dit que je côtoyais notre génitrice ? Elle est hilarante. Tu aurais dû voir ce qu'on a infligé à Tristelle il y a quelques heures devant le Temple de Lilith. Un vrai moment de complicité mère-fils.

Bordel. Cette idiote d'ange déchu. Ares l'avait pourtant prévenue.

— Les récits sur notre mère étaient exacts. (Pestilence effleura la lame brisée d'un poignard accroché au mur.) C'est une vraie pute. Elle a même essayé de me séduire. Tu veux savoir si j'ai cédé ?

Ares sentit son estomac se révulser.

— Je me fiche de Lilith.

— Plus pour longtemps. Elle veut te rencontrer quand ton sceau sera rompu, ce qui devrait arriver d'une minute à l'autre.

Ares entendit les secondes s'égrener au rythme des battements de son cœur lorsque Pestilence rejoignit Cara qui s'escrimait à fusionner avec le mur.

— D'abord, je vais m'amuser avec elle. Tu te rappelles Fléau et Scie ? Ouais, voilà. Sauf que les humains saignent beaucoup plus.

— Je t'interdis de la toucher !

Pestilence jeta à Ares un regard dégoulinant d'innocence feinte.

— Oh, pardon ! Elle est à toi ? Tu ne veux pas me la prêter ? Après tout ce que nous avons traversé ensemble ?

Le cerveau d'Ares carburait à plein régime pour trouver une solution, en vain. Pestilence tenait le volant, et Ares était l'abruti enfermé dans le coffre.

Quand Pestilence descendit sa braguette et s'avança vers Cara, l'impassibilité d'Ares s'évapora aussitôt. Consumé par la rage, il commença à se débattre comme un diable. Soit le plafond s'effondrerait sur lui, soit il se décrocherait les bras, mais d'une façon ou d'une autre, il rejoindrait Cara.

— Humaine. (Les crocs de Pestilence saillirent brusquement.) Ares t'a-t-il raconté comment on l'avait contraint à assister à l'agonie de son épouse ?

Il l'attrapa par la gorge et la souleva de terre. Elle se démena avec violence, lui griffant les mains.

— Violée, torturée, tuée. Sous ses yeux.

— La ferme ! coassa Cara.

Elle planta le genou dans la cuisse de Pestilence, mais il ne cilla pas, ce qui n'empêcha pas Ares d'éprouver une immense fierté.

— On protège Ares à ce que je vois, murmura Pestilence.

Pendant une fraction de seconde, peut-être moins, Ares crut déceler de l'envie dans l'expression de son frère. Puis, le salaud lui érafla la joue du bout de l'ongle, et Ares comprit qu'il s'était trompé. Il avait laissé ses émotions et le lien fraternel teinter son jugement.

On ne l'y prendrait plus.

— Si tu fais ça, je me débrouillerai pour t'infliger une torture éternelle.

Pestilence haussa les épaules.

— Une fois ton sceau rompu, tu n'en auras plus rien à faire. Je tâcherai de préserver son cadavre afin que tu puisses le baiser une dernière fois avant qu'on ne retrouve Limos et Thanatos. Il nous suffira de les forcer à boire notre sang pour briser leurs sceaux, et alors, nous chevaucherons de nouveau tous les quatre.

Un profond sentiment d'impuissance assaillit Ares, à tel point qu'il serait tombé à genoux s'il avait été debout. Un plan. Il lui fallait un putain de plan. Impossible de faire appel à Reseph… il n'existait plus. Il croisa le regard terrifié de Cara, et s'évertua à lui transmettre un message.

Combats-le !

Pestilence la plaqua contre le mur, et lui serra le menton avec brutalité.

— Cette bouche est-elle douée, Ares ?

Enfin l'opportunité qu'il attendait tant ! Il espérait que Cara joue le jeu.

— Très. Tu ne trouveras pas de langue plus alerte.

Pestilence tourna la tête vers lui, ses yeux réduits à deux fentes.

— Pourquoi me dis-tu ça ? Tu veux qu'elle me suce ?

Sûrement pas ! La rage lui brouilla la vue lorsque cette image précise s'imprima dans son cerveau. Malgré la peur croissante de lutter contre un adversaire qu'il ne pourrait terrasser, Ares s'efforça de se détendre, mais ne parvint pas à éviter de parler d'un ton rauque.

— J'affronterais Satan en personne pour l'en empêcher, reconnut Ares, car son frère n'aurait jamais cru le contraire. Mais je suis sans défense ici. Tu la tueras quoi qu'il advienne. Si elle te satisfait, tu lui infligeras peut-être une mort plus clémente.

— J'y songerai. (Il força Cara à s'agenouiller devant lui.) Active-toi. Et si tu fais un truc stupide, je couperai la bite d'Ares et te la ferai bouffer, compris ?

Elle blêmit, et le contraste fit ressortir les bleus et égratignures qui lui marbraient le corps. Les mains tremblantes, elle tendit le bras vers la braguette de Pestilence. Le fils de pute bandait déjà. Ares, lui, suait à grosses gouttes.

Allez, chérie, sers-toi de tes facultés. Arrache-lui les couilles.

Elle lui empoigna la queue et commença à imprimer un mouvement de va-et-vient. Il lui donna une tape sur la tête.

— Ta bouche, salope. Utilise ta bouche.

Ares respirait avec peine, son cœur battait à tout rompre, et bon sang, il ne survivrait pas à cette épreuve. Cara entrouvrit les lèvres, et Ares songea que son frère pouvait sentir son souffle chaud sur lui. Le démon en lui se déchaînait.

Résiste…

Cara fit glisser ses paumes sur les cuisses musclées de Pestilence et descendit son pantalon. Pestilence la regarda faire, ses yeux bleus pétillant d'impatience et de concupiscence lorsqu'elle s'empara de ses testicules. Elle sortit la langue, et Ares se retint de rugir. Même s'il devenait maléfique, il veillerait à préserver la part de lui qui avait craqué pour Cara, et il la vengerait.

Il détruirait Pestilence.

De manière presque imperceptible, Cara changea de position, et une seconde avant de prendre Pestilence en bouche, elle imprima un brusque mouvement de torsion, si fort qu'Ares entendit la chair se déchirer. Rapide comme l'éclair, elle bondit vers Ares tandis que Pestilence essayait de la rattraper, l'entrejambe en sang et une plainte stridente lui écorchant la gorge.

— Le bracelet! cria Ares. Libère Bataille!

Cara se redressa avec peine et courut vers Ares, évitant de justesse la nouvelle attaque de Pestilence. Elle sauta, mais ne parvint qu'à effleurer l'anneau en cuivre.

— Je… n'arrive… pas… à… l'atteindre!

— Monte sur moi! Vite! (Il tendit une jambe pour qu'elle y grimpe et elle retira le bracelet.) Bataille! Viens!

Pestilence la tira par les cheveux et la fit tomber par terre tandis que Bataille se matérialisait derrière lui. Cara hurla, se débattit, le roua de coups de pied. Pestilence lui décocha une droite en pleine mâchoire, mais il se retrouva propulsé contre le sol par les puissants sabots de l'étalon, qui continua de le frapper.

— Mon pouvoir… ne fonctionne pas sur ton frère.

Cara se remit debout tant bien que mal. Sa voix tremblait, son visage était en sang, mais son expression restait déterminée. Comment avait-il pu l'accuser d'être faible?

— C'est bon, dit-il. Bataille se charge de lui. J'ai besoin que tu cherches un levier.

Elle le contourna en boitant, et malgré la bruyante dérouillée que se prenait Pestilence, Ares entendit des cris derrière la porte. Ses laquais arrivaient en renfort.

— Dépêche-toi, Cara!

—Ça y est !

Il y eut un cliquetis métallique, puis Ares retomba sur ses pieds, les mains toujours attachées par la corde. Cara fonça vers lui, et s'empressa de défaire ses liens. La porte s'ouvrit à la volée, et des démons s'engouffrèrent dans la cellule. Ares invoqua une Porte des Tourments, et s'en servit comme d'une arme pour les couper en deux.

—Bataille !

L'étalon fit volte-face, et resta immobile tandis qu'Ares installait Cara sur la selle avant d'y grimper.

Le corps de Pestilence était ravagé, son visage démoli, sa gorge en charpie, mais il se redressa malgré tout et leur lança un gourdin clouté qui heurta Ares dans le dos. La douleur fut vite oubliée quand Bataille chargea la horde de démons, qui s'écroulèrent comme des quilles, avant de bondir dans le portail.

Dès que les sabots du cheval frôlèrent le sable de l'île, Ares ôta son tee-shirt et le fit enfiler à Cara pour cacher sa nudité, tandis que son personnel accourait à leur rencontre.

—Je suis désolée.

Sa voix tremblait, tout comme ses membres, épuisés par le pic d'adrénaline qui avait permis leur fuite.

—C'est moi qui devrais l'être, Cara.

Il pressa des baisers contre ses cheveux, et l'enveloppa de ses bras, mû par le besoin impérieux de sentir sa chaleur, sa vitalité, tout ce qu'elle aurait pu perdre dans les griffes de son frère.

—Il n'aurait jamais dû s'approcher de toi.

—Pas pour ça. (Elle observa les ramreels qui arrivaient vers eux.) Je suis vraiment navrée, Ares.

Le chagrin et la détresse qui émanaient d'elle alarmèrent Ares.

Les démons formèrent un cercle autour d'eux, tous arboraient des blessures. Vulgrim était là, il boitait, une corne tranchée. Dans ses bras, il berçait le petit Rath qui gigotait. Torrent était absent.

—Mon Seigneur.

Vulgrim exécuta une révérence. Et quand il se redressa de toute sa hauteur – près de deux mètres trente –, Ares croisa ses yeux rouges emplis de larmes et sentit ses entrailles se tordre.

—Ne dis rien, grogna-t-il. Je te l'interdis.

—Nous l'avons perdu, *tesmon*. Mon fils nous a quittés.

Chapitre 22

Après les nouvelles au sujet de Torrent, Ares descendit de selle, attira Cara contre son cœur et la porta jusqu'à la chambre à coucher. Il ne dit pas un mot, elle non plus. Il fit couler la douche pour elle, mais quand il commença à se déshabiller, elle lui demanda de la laisser seule quelques minutes. Il avait besoin de passer du temps avec Vulgrim. Il eut beau protester, il finit par accepter, et réquisitionna Limos pour monter la garde derrière la porte.

Cara se lava avec soin, ralentie par ses meurtrissures. Pestilence l'avait torturée pendant des heures avant de capturer Ares, et il n'y était pas allé de main morte. Le dernier coup qu'il lui avait asséné, à la mâchoire, lui avait fait un mal de chien. Heureusement qu'elle lui avait broyé les couilles. Il méritait d'en chier, l'enfoiré !

Ares revint alors qu'elle sortait de la salle de bains, et s'arrêta dans le couloir. À sa vue, le cœur de Cara avait tressauté, une sensation proche de la douleur. L'intensité du regard injecté de sang d'Ares l'avait figée.

— Tu as sauvé la vie de Vulgrim, déclara-t-il, un filet de tension dans la voix. Tu as tué pour lui. (Il rompit la distance qui les séparait en trois enjambées et l'attira contre lui.) Je suis désolé que tu aies eu à faire ça.

— Ares, murmura-t-elle, je n'ai pas eu le choix. Je ne regrette rien, et je recommencerai sans hésiter.

Un soupir saccadé lui échappa, puis il la souleva de terre et la porta jusqu'au lit. Alors qu'il l'y allongeait, il remarqua les éraflures et contusions qui marbraient son corps, et une profonde colère se mêla à son chagrin.

—Il te faut un médecin. (Il déglutit.) Et l'agimortus…

—Je sais.

Il était rose pâle à présent, il s'était encore éclairci depuis que Pestilence l'avait capturée. Cara tapota le matelas.

—Viens t'étendre à côté de moi.

—Je dois d'abord me doucher.

Lorsqu'il la rejoignit, il découvrit la petite surprise qu'elle lui avait réservée. Il la regarda, bouche bée.

—Un oreiller ? (Il effleura la taie en soie, et Cara crut voir ses doigts trembler.) Quand ? Comment ?

Elle prit appui sur un coude et l'observa. Elle ne s'en lasserait jamais. Elle adorait admirer sa peau bronzée, ses traits burinés, ses muscles d'acier qui roulaient à chacun de ses mouvements.

—Après avoir secouru Hal. Quand tu combattais des démons avec les Gardiens. J'ai demandé à Vulgrim de t'apporter un oreiller. (Elle posa les mains sur les siennes.) Ce n'est pas grand-chose, mais je voulais faire un geste gentil pour toi. Tu mérites de dormir dans un lit confortable.

Il l'agrippa et la pressa contre son torse à une telle vitesse qu'elle ne vit rien arriver. Il ne dit rien, se contenta de la tenir dans ses bras, et Cara comprit qu'il n'avait besoin de rien d'autre à cet instant.

Elle sombra dans la torpeur ; la fatigue et le sursaut d'adrénaline valaient tous les somnifères du monde. Et si elle parvenait à communiquer avec Hal…

Elle se réveilla une heure plus tard. Elle n'avait pas rêvé de Hal, et Ares n'était plus là.

Elle bondit aussitôt hors du lit, mais ses jambes se dérobèrent sous elle. Elle s'appuya sur le fauteuil, s'évitant une mauvaise chute. Bon sang, elle faiblissait d'heure en heure. Son corps entier l'élançait, sa boîte crânienne tournait comme un presse-agrumes géant et transformait son cerveau en douloureuse bouillie liquide.

Aussi vite que possible, c'est-à-dire à l'allure d'un escargot, elle enfila un corsaire kaki, devenu trop large pour elle, et une chemise bleue. Une tenue complètement dépareillée, mais la mode était le cadet de ses soucis pour le moment.

Pieds nus, elle rejoignit la grand-salle où Ares était campé devant la cheminée, une main sur le manteau, la nuque penchée, le menton contre le torse.

—Ares? Tout va bien?

Il ne bougea pas, mais laissa échapper un rire amer.

—C'est moi qui devrais te demander ça.

—Je vais bien.

Il posa le regard sur elle, et Cara hoqueta de stupeur à la vue de ses yeux rouges et de ses traits tirés.

—Tu as été séquestrée, battue, forcée de tuer, presque contrainte de… (Il secoua la tête, incapable de terminer sa phrase.) Tu ne vas pas bien.

Non, les heures passées avec Pestilence n'avaient pas été plaisantes, mais elle y avait survécu. Elle l'avait même combattu sans flancher, ni hurler, ni brailler.

—Je crois, reprit-elle tout bas, que c'est à moi d'en décider. (Elle s'avança vers Ares, mais il recula.) Que t'arrive-t-il?

Il leva les yeux au plafond et examina le ventilateur qui tournait à toute allure.

—J'ai échoué, je vous ai déçus, Torrent et toi.

—Tu n'aurais rien pu faire pour lui. Et tu ne t'en souviens peut-être pas, mais tu m'as arrachée à Pestilence.

—Foutaises! (La fureur dans la voix d'Ares pétrifia Cara.) C'est toi qui nous as fait sortir de la cellule. J'étais suspendu à un croc de boucher comme un morceau de bœuf!

—Je n'aurais jamais pu m'enfuir sans toi.

L'agimortus se mit à vrombir sur sa poitrine, se mêlant au bourdonnement de son cerveau, comme s'il voulait prendre part à la discussion.

—Nous avons réussi ensemble, ajouta-t-elle. Et rien de tout ça ne serait arrivé si j'avais transféré l'agimortus dès le début.

Elle aurait dû écouter Ares, et elle regretterait sa décision jusqu'à la fin de sa vie… aussi proche soit celle-ci.

—Arrête de me cirer les pompes!

—Pourquoi réagis-tu comme ça?

Elle voulut lui prendre la main, mais il lui tourna le dos et commença à se triturer les cheveux en faisant les cent pas dans la pièce.

— Que t'a-t-il fait ? (Il avait la voix écorchée, les cordes vocales à vif.) Avant de t'amener dans la cellule.

— Oublie ça, Ares. (Son rugissement féroce la fit sursauter.) Oh… Tu crois qu'il m'a violée.

— C'est le cas ?

— C'est important ?

— Oui, répondit-il, cette fois, d'une voix éteinte.

Elle frissonna. Même si les voyous qui s'étaient introduits chez elle n'avaient pas eu le temps de la violer, Jackson était resté hanté par ce qui aurait pu se passer. Il ne l'avait jamais avoué, pas de façon directe, du moins, mais il avait considéré Cara comme une denrée gâtée. Souillée. Impropre. Quand elle le touchait, il la repoussait, prétextait n'importe quelle excuse pour éviter tout contact intime. Ils n'avaient pas fait l'amour une seule fois après cette nuit-là.

— Alors… s'il m'avait violée, tu ne me verrais plus de la même manière ?

Ares se retourna vers elle comme si elle venait de le gifler.

— Bien sûr que si ! (Il l'étudia, ses épais sourcils noirs froncés, son regard d'acier.) Cela m'importe parce que Pestilence t'a tourmentée alors que j'étais pieds et poings liés. Incapable de te défendre. Il savait où frapper, puisqu'il connaissait mon passé. Si, de surcroît, il t'avait violée, je n'aurais pas pu le supporter.

— Il ne m'a pas violée, Ares. (Seigneur, son cœur saignait pour lui, et elle ignorait comment l'aider si ce n'était en le rassurant.) Je te le jure. Il était trop obnubilé par ta capture, il voulait te forcer à assister à la scène.

Ares ferma les yeux, et lâcha un profond soupir de soulagement. Mais il ne put s'empêcher de reculer quand elle voulut s'approcher de lui.

— Ares, ne fais pas ça, je t'en prie. Ne me repousse pas.

Ça recommençait comme avec Jackson, mais cette fois, c'était pire. Redoutant la réaction de Jackson au sujet de ses facultés, Cara ne s'était jamais dévoilée entièrement. Or elle avait tout partagé avec Ares, elle s'était livrée à lui corps et âme. Il l'avait rendue plus forte alors que Jackson n'avait fait que l'entraîner dans un abîme.

Ares ne dit rien, et quitta la pièce sans un regard.

— Tu n'es qu'un minable égoïste.

Ares s'arrêta brusquement dans le jardin clos.

— Pardon ?

Limos le contourna et vint se planter devant lui.

— Cara a été torturée par notre frère…

— Tu crois que je l'ignore ?

La scène défilait dans sa tête, seconde par seconde, et seul le souvenir de Torrent lui offrait quelque répit.

Après Vulgrim et sa compagne, Sireth, Ares avait été le premier à bercer le petit ramreel à sa naissance. Ares l'avait vu faire ses premiers pas, il l'avait regardé, la peur au ventre, escalader les falaises escarpées, il lui avait appris à se battre.

Ares partageait la peine de Vulgrim, et pour quelqu'un qui avait juré de se fermer à toute émotion, il avait plutôt l'impression de s'y noyer.

— Ouais, et tu en fais une affaire personnelle. C'est elle que Pestilence a molestée, pas toi. (Limos planta les poings sur les hanches.) Tu te sens désarmé, impuissant, parce que tu as échoué à protéger ta femelle. Alors pour te punir de ta culpabilité, de ta vulnérabilité ou que sais-je, tu la rejettes. Pestilence l'a torturée, mais ce que tu lui infliges n'est guère mieux. Comme lui, tu la tourmentes.

Il voulait hurler à Limos d'aller au diable, mais elle avait raison. Il avait accusé Jackson de lâcheté pour avoir traité Cara comme une pestiférée, et voilà qu'il lui faisait revivre l'un des plus pénibles moments de son existence.

Il se mit à suivre le chemin pavé qui sinuait entre les jardins. Parviendrait-il à dépasser le connard qui habitait en lui ? Peu de chance.

Limos fit claquer son pied nu derrière lui.

— Hé, je suis désolée pour Torrent ! (Elle lui attrapa la main et l'obligea à s'arrêter.) Je sais qu'il comptait beaucoup pour toi. Je peux t'aider ?

— Ouais, répondit-il d'une voix rauque. Veille sur Vulgrim et Rath. Pestilence sait comment me blesser. (Dans le ciel, un faucon plana sur un courant d'air chaud à la recherche d'une proie.) Notre frère est plus fort que jamais. Il m'a pris au dépourvu, et m'a battu après que je me suis libéré de son piège. Comment as-tu réussi à fuir les zones de famine ?

— J'ai alerté les médias. Il a suffi qu'ils en aient vent pour démanteler les camps. L'ère moderne et moi, c'est une histoire d'attraction-répulsion, mais aujourd'hui, je les adore.

— Où est Thanatos ?

— Il rassemble des informations sur Pestilence et le lieu où il pourrait lever son armée. Quand tu as éliminé les chefs et ordonné un cessez-le-feu, Thanatos a pu filer. Il emploie son temps à bon escient avant que les épidémies déclenchées par Pestilence ne s'aggravent. Les humains commencent à paniquer.

Pas étonnant. Ares y avait déjà assisté de nombreuses fois par le passé… Les humains tenaient beaucoup des moutons ; ils s'affolaient au moindre signe de tumulte, stockaient des vivres, déménageaient dans des régions isolées, construisaient des abris antiatomiques, barricadaient les fenêtres. Ils étaient persuadés que l'Apocalypse était imminente.

Pour une fois, ils avaient raison.

Bon sang, il allait devoir réciter une flopée de « Je vous salue, Marie ».

— Reste avec Cara.

— Où tu vas ?

Il ouvrit une Porte des Tourments.

— Voir notre mère.

— Quoi ? (Limos le rattrapa par le bras.) Pour quoi faire ? Tu as perdu la tête ?

Possible. Lilith était l'une des rares créatures plus puissantes que lui. Elle avait séquestré Limos, et si elle mettait la main sur Ares, elle était capable de le retenir jusqu'à ce que Pestilence brise son sceau.

— Lilith et Pestilence ont torturé Tristelle pour savoir où se cachaient les Non-déchus. Je donnerai à Lilith ce qu'elle veut pourvu qu'elle me dise où en trouver un.

Il devait sauver Cara. Le désespoir ruisselait dans ses veines comme un flux de lave.

— Il n'en reste plus aucun.

Limos et Ares se tournèrent vers Reaver qui se tenait hors du chemin, à côté d'un bassin à poissons, le visage déformé par la colère. C'était la première fois qu'Ares le voyait dans cet état.

— Comment ça, il n'en reste plus ? répéta Ares entre ses dents.

Des nuages d'orage obscurcirent les yeux bleus de Reaver et des éclairs traversèrent ses pupilles.

— Comme je viens de vous le dire. Pestilence a massacré tous ceux qui n'avaient pas pénétré dans Sheoul. Mes frères sont morts, et nous n'avons plus le temps.

Toutes les émotions qu'Ares ne devrait pas éprouver – panique, terreur, frustration – se muèrent en une fureur aveugle, et il perdit toute maîtrise. Il agit sans réfléchir, et attrapa Reaver par les pans de sa veste de luxe pour le plaquer contre un olivier.

— Tu mens !

— Tu as échoué !

Animé par une rage destructrice, l'ange frappa Ares avec la force d'un train de marchandises et le propulsa contre un pilier dix mètres plus loin. Une pluie de pierres s'abattit sur lui. Certain de pisser le sang sous peu, il bondit sur ses pieds en rugissant.

— Ares, non !

Limos se jeta devant son frère au moment où Harvester apparaissait, et son rictus satisfait suffit à le déchaîner.

— Le mal est en train de gagner, claironna-t-elle d'une voix moqueuse.

Reaver, un ouragan céleste de catégorie 5, détacha son regard d'Ares pour le braquer sur Harvester. La démone grogna, et ils se heurtèrent dans un bang supersonique. Un éclair jaillit, puis ils disparurent.

Non. Cela ne pouvait pas se produire. Bordel ! C'était impossible ! Ares essuya le sang qui ruisselait sur sa tempe, et jura dans douze langues différentes, mais cela ne changeait rien au fait qu'ils s'étaient bien fait baiser. Il en avait carrément mal au cul, mais il venait de percuter un pilier de marbre.

Il épousseta les débris de roche tombés sur ses cheveux et rejoignit Limos.

— Contacte Kynan. Il nous faut ce satané poignard. C'est l'unique espoir de Cara. Et je veux que la Porte des Tourments de l'île soit fermée. Les démons de Pestilence ne pourront plus l'emprunter.

Limos poussa un sifflement.

— Ça ne sera pas facile.

— Je m'en fiche ! Je paierai le prix…

— Mon Seigneur ! Ares ! (Vulgrim courait vers eux en leur désignant l'arrière de la bâtisse.) Le chien des Enfers…

Ares n'attendit pas la fin de sa phrase. Il revêtit sa panoplie de guerrier, traversa le jardin, fonça dans la maison, et trouva Cara dans le patio de la chambre à coucher. D'une main, elle caressait la nuque de Chaos, et de l'autre, elle lui grattait le dessous du menton. C'était impossible. L'animal n'aurait pas pu franchir les barrières de protection magiques… à moins que Cara ne l'ait invité… Limos s'approcha, derrière Ares, et son armure grinça quand elle dégaina ses armes.

Le chien des Enfers tourna vers eux sa tête gigantesque, et Ares aurait juré qu'il souriait. Il lisait ses pensées comme un livre ouvert. « *Ta femelle m'aime bien.* »

— Ares, s'empressa d'intervenir Cara. Avant que tu ne dises quoi que ce soit…

— Éloigne-toi de lui.

Elle passa outre à son ordre.

— Écoute-moi. Rien qu'une minute.

Il n'était vraiment pas d'humeur.

— Je veux voir ce monstre mort.

Chaos grogna, un flot de bave coula de sa gueule et éclaboussa les pavés.

— Vous devez faire une trêve, déclara Cara, et Limos manqua de s'étrangler.

— Tu n'es pas sérieuse, répliqua Ares d'une voix rocailleuse. Jamais ! Maintenant, recule avant qu'il ne te blesse.

Cara enroula le bras autour du chien, et malgré le voile rouge qui lui barrait les yeux, il remarqua qu'elle chancelait et avait besoin d'un support.

— S'il s'en prend à moi, il affaiblira son fils. Il le sait. Nous devons collaborer pour retrouver Hal, et pour notre bien à tous.

— Jamais. On se passera de son aide.

Ares s'avança, et le chien en fit de même, posant une énorme patte devant Cara pour la maintenir en place. Si Ares ne connaissait pas mieux ces infâmes créatures, il aurait juré que Chaos cherchait à la protéger.

Ce qui était ridicule.

— Je t'ai raconté ce qu'il m'a fait, Cara. Je ne peux pas oublier ça. Je refuse de l'oublier.

Une vive souffrance se refléta dans le regard de Cara.

—Ares, si tu le tues, tu combattras Hal jusqu'à la fin de ses jours.

La réalité froide et crue atténua quelque peu sa rage. Affronter Hal ne devrait pas constituer un problème. Il mourrait bientôt si Ares échouait à planter Délivrance dans le cœur de Pestilence. Et si, par miracle, il parvenait à détruire son frère, comment Cara pourrait-elle vivre entre Ares et Hal qui brûlaient de s'entre-tuer ?

Bon sang… Comment pouvait-il balayer d'un trait quatre mille cinq cents ans de haine ?

Pour autant, pouvait-il rejeter la requête de Cara après tout ce qu'il lui avait fait endurer, et tout ce qu'elle avait sacrifié pour lui ?

Rien ne lui avait jamais autant coûté, mais il baissa son épée, sans pour autant détacher le regard de la vile créature.

Cara ferma les yeux et poussa un soupir de soulagement.

—Il promet de respecter la trêve tant que Hal vivra.

Encore fallait-il que les chiens des Enfers aient un honneur, ce dont Ares doutait.

—Une dernière chose, ajouta ce dernier d'une voix gutturale. Je veux savoir pourquoi il a tué mes fils et mon frère de cette manière.

La sauvagerie avec laquelle Chaos les avait massacrés témoignait d'une réelle haine.

Cara prit la gueule de la bête entre ses mains. Au bout d'une minute, peut-être deux, voire dix… difficile à dire… Cara pencha la tête.

—Toute cette souffrance entre vous…

Elle leva les yeux.

—Je peux voir ses pensées, reprit-elle. Te rappelles-tu une bataille dans des montagnes ? Il y a un genre d'engin de siège hideux avec une tête de sanglier gravée dessus, et… (elle frémit) des crânes humains cloués sur les poutres.

—Ouais, je m'en souviens.

Après le meurtre de sa femme, Ares, ses fils, son frère et son armée avaient pourchassé des hordes de démons dans le Hoggar, et après les y avoir piégés, ils les avaient exterminés.

—Chaos ne participait pas au conflit entre démons et humains. Sa compagne et lui avaient sorti leurs petits de Sheoul pour leur apprendre à chasser les rats qui grouillaient sur le site. Ils étaient jeunes, et c'était leur première portée. Tu les as tués.

Ares déglutit. Il avait tellement tué au cours de son existence que le sang versé s'écoulait comme mille fleuves avant de se déverser dans un immense océan. Mais il se rappelait ses premiers chiens des Enfers. Dévoré par la rage après la mort de son épouse, il avait pris plaisir à massacrer la femelle et ses chiots. Aux yeux d'Ares, ils n'étaient rien que des bêtes ignobles qui se repaissaient des cadavres de ses soldats.

Le sol trembla sous ses pieds. Ils chassaient des rats ! Ils ne mangeaient pas ses hommes. Ils ne combattaient pas les humains.

Ares n'était retourné à la tente de commandement que quelques jours plus tard. C'est là qu'il avait trouvé un chien des Enfers énorme dressé sur les dépouilles de ses fils et de son frère.

Oh, Seigneur ! Chaos n'était pas l'instigateur de ce conflit millénaire. Ares en était l'unique responsable. Pendant des siècles, il avait été persuadé que son amour pour Ekkad et ses fils leur avait coûté la vie, que des démons les avaient pris pour cible afin de l'ébranler. Or, ils étaient morts parce que Ares avait anéanti une famille.

— Pendant tout ce temps, je voulais me venger de lui, et lui cherchait la même chose.

Il se frotta le visage. Il haïssait toujours la vile créature, mais à présent, il la comprenait.

— Je respecterai la trêve, ajouta-t-il.

Ils échangèrent un regard et scellèrent leur accord mutuel. Ils n'étaient pas près de se faire un câlin, mais ils acceptaient le statu quo.

Le chien se dématérialisa, et sans support, Cara s'effondra.

— Cara !

Ares tomba à genoux à côté d'elle et la serra dans ses bras. Elle avait perdu connaissance.

Limos s'agenouilla à son tour.

— Est-ce qu'elle est…

— Non, répondit-il, la gorge nouée, mais son pouls est faible. (Il se releva, Cara pressée contre son torse, et ouvrit un portail.) Je l'emmène à l'Underworld General.

Pour Thanatos, il n'existait pas de son plus érotique que le ronflement d'une machine à tatouer. À l'exception des bruits du sexe qu'il fuyait comme la peste. Thanatos appréciait le bourdonnement et la piqûre de l'aiguille dont les vibrations se propageaient le long de ses muscles tandis qu'elle parcourait la surface de ses lombaires. Il s'efforça de ne pas bouger pour ne pas accorder à son érection davantage de confort. Sa bite méritait de souffrir.

— Presque fini.

Orelia, une démone silas pâle et sans yeux essuya la peau à vif du Cavalier avec une serviette avant de se remettre à l'ouvrage.

Elle n'avait pas utilisé de pochoir pour réaliser le dessin. Comme d'habitude. Elle puisait son inspiration dans les pensées de ses clients, puis les transformait en œuvres d'art. Dans le cas de Thanatos, elle lui transférait sur la peau, là où elles l'affectaient moins, les scènes de carnage qui peuplaient son esprit. Thanatos se rappelait toute la mort et la destruction dont il avait été témoin – et auxquelles il avait participé – mais une fois gravées sur le canevas de son corps, elles ne le hantaient plus.

En bonus, il prenait son pied pendant l'opération. Il adorait ce mélange de douleur et de plaisir. Tatouages et piercings comptaient parmi les rares voluptés qu'il s'accordait.

— Tu vas bientôt manquer de place, déclara Orelia, comme s'il l'ignorait.

Par chance, son talent unique ne consistait pas seulement à animer les pensées. Elle était capable de superposer les images sans qu'elles s'écrasent. Elles se fondaient avec harmonie, distinctes, tout en formant une toile unie.

— Contente-toi de terminer.

De ses longs doigts effilés, elle effleura la reproduction de sa récente visite sur les terres ravagées par l'épidémie slovène de Pestilence.

— Celle-ci a été particulièrement sinistre. Ton frère n'a pas chômé.

— Qu'as-tu entendu ?

C'était principalement pour questionner Orelia que Thanatos était venu. Le tatouage ne pressait pas, mais il avait besoin d'informations, et cette femelle qui entrait dans la tête de ses clients palpait littéralement le pouls des Enfers.

—Tu sais bien que je ne peux pas parler de choses que je ne suis pas censée savoir.

Réponse classique, foutaises habituelles. Thanatos n'avait pas le temps pour ça.

—Mon frère est en train de lever une armée. Je veux savoir où.

—Comment le saurais-je ?

Thanatos balança le bras en arrière pour attraper le poignet gracile d'Orelia et éloigner le pistolet. Il se retourna en un clin d'œil sur la table, puis attira la démone contre lui. Comme la plupart des silas, elle avait la peau si pâle que ses veines ressortaient, sa bouche était une simple entaille qui laissait apparaître des dents noires, pointues, et son nez, à peine plus qu'une bosse avec deux trous béants. Ses yeux tatoués la différenciaient de ses congénères.

Thanatos fit saillir ses crocs ; puisqu'elle pouvait lui arracher des images mentales, elle faisait partie des rares personnes à savoir qui il était et qui il avait épargné pour cette raison. Pas même ses frères et sa sœur n'étaient au courant. Voilà un secret qu'il avait bien gardé.

—Inutile de te rappeler ce dont je suis capable. Les dessins que tu as gravés sur ma peau pendant des siècles parlent d'eux-mêmes.

—Si je te révèle ce que je sais, je courrai un grand danger.

—Je t'assure que je suis bien plus à craindre que n'importe lequel de tes clients.

Les muscles de son larynx tressaillirent lorsqu'elle déglutit plusieurs fois de suite.

—Mais je ne veux pas arrêter l'Apocalypse. Je veux sortir de Sheoul. Les tableaux que je pourrais reproduire sur les humains…

Un sourire macabre fendit son visage ovale. Elle avait affirmé, un jour, que sur les humains son talent s'avérait prophétique. Elle leur réservait des outils spéciaux, particulièrement douloureux, et une fois qu'elle imprimait sur leur peau une scène dont ils étaient le sujet, elle se réalisait. Et Orelia brillait par sa créativité. Et sa cruauté.

—Imagines-tu mourir entre mes mains ? Une fois la souffrance terminée, ton âme deviendra une partie de moi. Tu seras piégée dans les ténèbres de mon armure avec d'autres âmes, tourmentée par leur agonie et leur malheur. Si l'Apocalypse se produit, tu seras la première que je viendrai trouver, et tu n'auras pas le loisir de t'amuser avec les humains. (Il resserra sa prise jusqu'à lui arracher un gémissement de peur.) Dis-moi ce que je veux savoir.

—D'après la rumeur, les miens se rassembleraient dans la région Horun. Mais certains de mes clients parlent de l'agitation galopante qui régnerait à Sithbludd.
—Quoi d'autre ?
—Pestilence a lancé un appel à tous les démons… Quiconque lui offrira la tête d'un Aegi profitera d'une place à ses côtés après notre victoire. Il a également commencé à rétribuer en silence ceux qui lui rapportent des oreilles de chiens des Enfers. Je ne sais rien de plus. Je le jure.

Thanatos la relâcha et se retourna à plat ventre.
—Bien. Maintenant, termine.
Il devait partir en reconnaissance.

Chapitre 23

Ares sortit de la Porte des Tourments pour déboucher sur le service des urgences de l'UG, une institution gérée par des démons, pour des démons. Ares avait toujours trouvé cela insensé, mais à présent, il était bien content qu'elle existe.

Ses bottes martelèrent le sol en obsidienne tandis qu'il se dirigeait vers le poste de triage, où une démone trillah élancée et à l'allure féline feuilletait des piles de papiers. Elle huma l'air et fronça les sourcils à son approche.

— Humaine ?

— Oui. Elle a besoin d'aide. J'exige de voir Eidolon.

— Il est occupé…

— Appelez-moi le docteur ! Si cette humaine meurt, je deviendrai votre pire cauchemar.

Elle feula.

— Cet hôpital est protégé par un sort antiviolence, vos tentatives d'intimidation sont vaines…

— Vous croyez que ça suffit à me contenir ? rugit-il. Allez me chercher Eidolon !

— Agresser mes employés ne vous mènera nulle part.

La voix sereine lui parvint de derrière, et il fit volte-face pour tomber nez à nez avec le médecin.

— Il ne s'agissait pas d'une menace. Si Cara meurt, mon sceau se brise. Vous voyez où je veux en venir ?

Eidolon braqua sur Ares un regard perçant et scrutateur. Rares étaient ceux qui l'osaient, et le Cavalier ne put s'empêcher d'éprouver du respect pour ce type. Il se trouvait sur le terrain d'Eidolon, et ce dernier ferait le nécessaire pour assurer la sécurité des lieux. Pour l'instant, cela signifiait sauver la vie de Cara, et il le savait. Le docteur, qui semblait aussi humain qu'Ares, fit signe à une infirmière, et aussitôt deux personnes – des métamorphes d'espèce inconnue – s'empressèrent de conduire Ares dans un box.

Avec délicatesse, il déposa Cara sur la table d'examen.

— Que s'est-il passé ?

Eidolon enfila une paire de gants, et le tatouage tribal qui partait de la pulpe de ses doigts et remontait le long de son cou se mit à étinceler. Les démons seminus, une race rare d'incubes, possédaient des facultés liées aux glyphes qui ornaient leur bras. Ares espérait que le don d'Eidolon, quel qu'il fût, suffirait à maintenir Cara en vie.

— Elle est en train de mourir.

Eidolon hocha la tête et continua de vérifier l'état de son appareil respiratoire et de son souffle. Pendant ce temps, l'un des métamorphes, une blonde qui d'après son badge répondait au prénom de Vladlena, prit le pouls de Cara tandis que l'autre écoutait son cœur.

— Cara porte mon agimortus, c'est ce qui la tue. Sa mort brisera mon sceau.

Eidolon se rembrunit et leva les yeux vers lui.

— Vous aviez dit que la mort de Sin aurait permis de garder celui de Pestilence intact.

— Son agimortus était différent. (Ares saisit la main de Cara.) Ah, petit détail : elle est liée à un chien des Enfers.

Eidolon marqua une pause et alla chercher une paire de cisailles.

— Intéressant. Où est-il ?

— Aucune idée.

— Il pourrait donc être blessé ?

Eidolon découpa le chemisier de Cara en deux, et une fureur jalouse dévora Ares. Tout le monde se figea. Il avait dû émettre un son infernal, car l'assemblée l'observait comme s'il venait de mordre les cornes d'une croix-vipère.

— Euh... désolé.

Il serra les poings, espérant que cela suffirait à les retenir. C'était étrange, tout de même. C'était la première fois qu'il se montrait aussi possessif envers une femelle.

— D'habitude, je ne suis pas… C'est juste…

Seigneur ! Ce n'était pas non plus son genre de balbutier comme un débile !

— Ce n'est rien, lui assura Eidolon non sans ironie. On parle couramment le « pas touche à ma compagne ou je te bute » par ici.

— Cara n'est pas ma compagne.

Certes, il la considérait comme sienne, mais ce terme impliquait la permanence, ce que Cara et lui n'auraient jamais.

— Bien sûr…, acquiesça Eidolon avec sagesse, mais Ares devina sans peine que le démon se payait sa fiole. Vous menacez souvent les docteurs de leur arracher la tête pour les exposer sur votre cheminée ?

Il avait dit ça ? Seigneur ! Il devait se vider l'esprit, et vite.

— Faites ce que vous avez à faire.

Avec une lenteur infinie, Eidolon ouvrit le chemisier de Cara, et Ares commença à paniquer. Peu importe que ce type soit médecin, un professionnel. Il reluquait sa femelle. Sa compagne. Putain !

Ares se concentra sur Cara et continua de lui caresser la main avec le pouce. Il s'efforça de réprimer le fou furieux qui trépignait en lui. Mais quand Eidolon découpa le pantalon de Cara, Ares crut qu'il allait exploser.

— Elle a de nombreuses éraflures et meurtrissures, déclara Eidolon tandis qu'il lui palpait le ventre.

— Ouais, répondit Ares d'une voix éraillée, accablée. Elle était… elle a été battue.

Oh, bordel, l'agimortus avait encore pâli, on aurait dit à présent la marque d'une cicatrice en train de guérir.

Eidolon effleura l'une des contusions de Cara, et son tatouage s'illumina. Le bleu se résorba et s'éclaircit, mais Eidolon jura.

— Il aurait dû disparaître complètement.

Eidolon ôta ses gants.

— Ses blessures n'ont pas l'air graves, mais je préfère appeler mon frère. Shade peut vérifier l'état de ses fonctions vitales. (Il recouvrit Cara avec un drap.) Je reviens.

Les autres employés sortirent avec lui, laissant Ares seul avec Cara. Il ne lui relâcha pas la main. Il en était incapable.

— Cara ? Chérie ? Réveille-toi.

Elle battit des paupières.

— Que s'est-il passé ? s'enquit-elle d'une voix faible, presque inaudible, et Ares voulut à la fois hurler sa joie qu'elle soit en vie, et sa frustration, car elle faisait peine à entendre.

— Tu t'es évanouie. Nous sommes à l'hôpital. Cara, écoute-moi. Je suis désolé pour ce que je t'ai dit. Je n'aurais jamais dû te repousser comme ça. J'ai été égoïste, et tu ne le méritais pas.

Elle ouvrit les yeux, et Ares pria pour que ses années d'entraînement et de conditionnement militaires l'aident à dissimuler son émotion. Cara avait une mine affreuse. Ses yeux étaient enfoncés, injectés de sang, et leur magnifique teinte turquoise, désormais trouble, rappelait davantage les marais que la mer.

— Pas grave, chuchota-t-elle. J'ai vu Hal. Il était dans une fosse. Il y avait du sang. Beaucoup. Et… des combats.

— Chut. (Ares lui serra la main.) On le retrouvera. Tu dois te reposer. Préserver ton énergie.

Elle s'apprêtait à discuter, il le savait, mais Eidolon revint accompagné d'un démon vêtu d'un uniforme d'ambulancier noir. Il ressemblait tellement au docteur qu'Ares devina tout de suite qu'ils étaient frères.

— Voici Shade, dit Eidolon qui salua Cara d'un hochement de tête. L'autorisez-vous à vous examiner ?

Cara jeta un coup d'œil à Ares, à l'évidence perplexe. Comment lui en vouloir ? Les hôpitaux humains étaient déjà assez déplaisants, mais celui-ci, avec ses sols noirs, ses murs gris couverts d'incantations inscrites avec du sang, et ses chaînes suspendues au plafond, était carrément inquiétant. Sans mentionner, bien sûr, le personnel composé de démons, de vampires et de métamorphes.

— Tout va bien, Cara. Ils sont de notre côté.

Ares put lire sur son visage toute la confiance qu'elle lui témoignait, ce qui lui fit l'effet d'un poignard dans le ventre.

— D'accord. (Elle offrit à Shade un sourire tremblant.) Allez-y.

Shade repoussa en arrière ses cheveux bruns mi-longs et lui saisit le poignet avec délicatesse. Les symboles sur son bras droit s'illuminèrent, et il fronça les sourcils tandis qu'il se concentrait. En quelques secondes, Cara retrouva des couleurs, ses joues rosirent, ses lèvres se repulpèrent, et même ses yeux redevinrent normaux. Quand Shade la relâcha, elle semblait aussi en forme que la première fois qu'Ares l'avait vue.

— Qu'avez-vous fait ? s'enquit Cara d'une voix emplie d'émerveillement tandis qu'elle inspectait ses mains et ses bras.

— Je suis capable d'optimiser les fonctions vitales. (Il croisa le regard d'Ares.) Si vous ne l'aviez pas conduite ici, elle serait morte dans l'heure.

Ares déglutit. Avec peine.

— Et maintenant ?

— On devrait peut-être discuter dehors.

— Non. (Cara les observa tour à tour.) C'est ma vie, et j'ai le droit de savoir ce qu'il se passe.

Shade haussa les épaules.

— Très bien. Vos organes sont en train de vous lâcher. Votre plomberie interne ressemble à celle d'un humain de cent cinquante ans. Elle fonctionne à nouveau normalement, pour l'instant, mais je n'ai pas réussi à arrêter la fuite. En gros, je viens de remplir l'évier, mais la bonde est cassée, et l'eau continue de s'écouler.

— Combien de temps me reste-t-il ? demanda Cara, et Dieu merci, elle avait osé, parce que Ares n'en avait pas la force.

— Environ six heures. (Shade enfonça les mains dans ses poches.) Je pourrais sans doute rallonger votre existence d'une heure si je réitère le même traitement, mais après…

Après, Cara allait mourir, et Ares deviendrait le pire cauchemar de l'univers.

— Nous n'abandonnerons pas, déclara Eidolon. Notre équipe et nos chercheurs sont les meilleurs des alentours. Nous finirons par trouver une solution. Appuyez sur la sonnette si vous avez besoin de nous.

Shade et lui quittèrent la pièce au moment où Limos et Thanatos arrivaient.

Limos attendit que les deux démons s'éloignent avant de parler.

— J'ai reçu un message de Kynan. Pas de détails, mais il est en route. Et Than a peut-être une piste sur l'endroit où Pestilence amasse son armée. Si on le retrouve, on pourra récupérer le chien des Enfers.

Cara lutta pour se redresser.

— Nous devons l'aider.

— La bonne nouvelle, répliqua Ares comme s'il y en avait une malgré tout ce merdier, c'est que Hal profitera aussi du traitement coup de fouet de Shade. Tu lui as offert du temps.

Près du bureau de triage, la Porte des Tourments scintilla, et Kynan en sortit. Dans une main, il portait un sac rose à volants avec des dessins d'ours en peluche, et dans l'autre, un paquet enveloppé dans du cuir. Il marcha vers Ares et le lui remit.

—La dague.

Ares poussa un soupir de soulagement, mais refréna son excitation. Ils devaient toujours retrouver Pestilence, et il ne leur restait que six heures.

—Merci.

Kynan se racla la gorge.

—Comment va Cara ?

Elle est en train de mourir.

—On s'occupe d'elle.

Ares ne pouvait lui fournir que cette réponse générique.

Quand Kynan remua, son sac produisit un cliquètement métallique, un bruit déplacé vu les circonstances. Une vie nouvelle contre une mort imminente.

—Nous avons intercepté des conversations infernales inquiétantes. Les démons qui recherchent Cara mentionnent la fiancée de Satan. Est-ce le fragment d'une prophétie que nous ignorons ?

Cara s'agrippa au bras d'Ares.

—C'est vrai ? Tu ne m'as pas tout dit ?

Ares lui avait caché bien des choses, mais cela n'en faisait pas partie.

—Tu n'es pas la fiancée de Satan.

—Comment le savez-vous ? s'enquit Kynan.

—Parce que c'est moi. (Limos ajusta la fleur orange qu'elle portait dans les cheveux.) Enfin, ce n'est pas pour tout de suite. On n'a pas encore acheté les costards ni les robes, ni réservé l'église.

Kynan fit de nouveau bouger le hochet. Ce son rappelait à Ares la famille, et sa bouche devint aussi sèche que le désert.

—Comment ?

—Ce ne sont pas vos affaires, répliqua-t-elle avec une légèreté trompeuse, car Limos n'était jamais aussi fatale que lorsqu'elle feignait la nonchalance. Je m'efforce d'empêcher que ça arrive, c'est tout ce que vous devez savoir.

Kynan pencha la tête.

— Ça me va. (Il jeta un coup d'œil à Cara avant de reporter le regard sur Ares et baissa la voix.) Je dois vraiment vous parler en privé.

Ares lut l'urgence dans l'expression de Kynan, et décida de l'écouter. Ils quittèrent la pièce, Thanatos et Limos leur emboîtèrent le pas. Autour d'eux, docteurs et infirmières couraient dans tous les sens pour gérer l'afflux de patients qui saturait le service. Et une dizaine de mètres plus loin, les yeux braqués sur Ares, se tenait Harvester. Bleus et brûlures marbraient son visage ; à l'évidence, le combat avec Reaver avait été féroce. Elle resta concentrée, mais silencieuse, apparemment satisfaite de jouer son rôle d'Observateur. Comme Reaver ne pouvait pas entrer dans l'hôpital des démons, elle devait lui rapporter toute information apprise à l'UG avant de pouvoir en faire usage.

— Fais vite, dit Ares.

— Il y avait un manuscrit avec la dague. (Kynan lui tendit le parchemin, que Limos s'empressa d'intercepter.) Délivrance a été volée aux Templiers…

— Par qui ? l'interrompit Thanatos tandis que Limos triturait le rouleau.

— Ce n'est pas clair. Mais quand les Aegis l'ont retrouvée, ils y ont apporté quelques modifications. Elle est toujours en mesure de tuer un Cavalier, mais elle peut aussi désamorcer vos agimorti.

D'effroi, le cœur d'Ares se mit à cogner contre sa poitrine.

— Qu'entends-tu par là ?

— Si vous plongez Délivrance dans le cœur de l'hôte, vous neutraliserez l'agimortus, expliqua Kynan. Vous supprimerez le porteur sans briser votre sceau.

Ares se sentit suffoquer. Il existait à présent un moyen de sauver le monde – temporairement, du moins – mais il n'était pas acceptable. Du tout.

— Un conseil, Aegi, lança Than. Pestilence a mis la tête des Gardiens à prix. Surveille tes arrières.

— Votre frère est vraiment un enculé. (Kynan reporta le regard sur Ares.) On reste en contact. Ne nous oubliez pas.

Kynan s'éloigna, et Ares, l'estomac en vrac, jeta un coup d'œil à Harvester, mais l'ange déchu était parti.

Engourdi, il regagna la chambre, muni du poignard, les mains tremblantes, ce qu'il ne supporta pas. Bon sang, l'objet pesait plus que dans son souvenir. À croire que Kynan lui avait confié une enclume. Limos et Thanatos s'approchèrent, les yeux rivés sur l'artefact comme sur une bombe.

— On ne s'en servira pas sur Reseph, déclara Thanatos, et Ares se retourna si brusquement vers son frère qu'il manqua de faire tomber l'arme.

— Par l'Enfer, Thanatos ! C'est ma décision. Il s'en est pris à ma femme, et je ne faillirai pas à mes obligations.

Eidolon ne s'était pas trompé quant aux sentiments d'Ares, qui venait de perdre toute crédibilité. Il n'avait eu de cesse de lutter contre ses émotions, mais tout général digne de ce nom savait reconnaître l'heure de la reddition. Et le moment était venu.

Thanatos arborait une expression grave, son intonation lugubre démentait son apparente sérénité.

— Cela inclut-il de tuer l'humaine ?

— Limos, répliqua Ares d'une voix aussi glacée que les contrées où vivait Thanatos, sors-le d'ici avant que… Fais-le sortir !

Thanatos lui lança un regard empreint d'excuses, puis Limos le traîna hors de la pièce. Malgré la colère, Ares comprenait les motivations de Thanatos. Reseph était leur frère depuis cinq mille ans. Ils ne connaissaient Cara que depuis quelques jours. L'équation était facile, ils devaient avant tout tenter de sauver leur famille.

À sa place, Ares penserait sans doute comme lui. Et même si son cerveau de stratège fonctionnait au ralenti en la présence de Cara, il savait qu'essayer d'éliminer Pestilence comportait des risques. Alors que tuer Cara… aucun.

Sauf pour lui-même.

— Ares. (Il prit une profonde inspiration et se tourna vers Cara. Ses yeux sublimes étaient ceux d'une guerrière, qui en savait déjà trop.) Qu'entendait Thanatos par « tuer l'humaine » ?

Ares n'avait jamais eu autant envie de cogner son frère qu'à cet instant. Une vive douleur lui élança la paume. Il avait serré la dague si fort que la lame avait transpercé le tissu, puis sa peau.

— Ares. Dis-moi la vérité.

Dans le silence, la tension se fit palpable.

— Il existe un moyen, commença-t-il en entrecroisant leurs doigts. Il existe un moyen de conserver mon sceau, du moins jusqu'à ce qu'un des autres se brise. Si je te tue avec ce poignard, mon sceau restera intact, et Pestilence devra renoncer à me transformer.

—Jusqu'à ce qu'un autre sceau se brise. (Cara n'hésita pas une seconde.) Tue-moi.

Ares recula.

—Non, murmura-t-il, désespéré. Je ne peux pas.

—Tu n'as pas le choix. (Une larme roula sur sa joue.) Tu le sais. Ares, je suis mourante. Je n'en ai plus que pour quelques heures. Tu as l'occasion d'arrêter l'Apocalypse, ou en tout cas de la repousser le temps de découvrir comment stopper ton frère.

—Cara…

—Mais pas ici. Ramène-moi à la maison. Et fais-moi l'amour une dernière fois.

—D'accord, répondit-il, la voix cassée. D'accord.

Pestilence était fou de rage. Pourtant à l'époque, Reseph ne s'emportait presque jamais. Certes, personne ne voulait se trouver dans les parages quand il pétait les plombs, mais cela n'arrivait pas souvent. Reseph était vraiment un… tout adjectif connotant la couardise aurait convenu, mais Pestilence était trop en colère pour trouver une insulte intelligente ou même cruelle.

Il jaugea les cadavres à ses pieds, trois de ses laquais qui avaient laissé Ares et sa putain humaine s'enfuir. L'un d'eux avait osé adresser des reproches à Pestilence… il lui manquait à présent quelques organes, contrairement aux autres qui avaient simplement eu la nuque brisée.

—Les meilleurs dirigeants ne terrorisent pas leurs subalternes.

Harvester repoussa l'un des corps du bout du pied tandis qu'elle braquait sur Pestilence un regard lourd de sens.

—Ares a toujours bénéficié du respect de son armée. Ainsi que de sa loyauté.

Les railleries de Harvester ne firent qu'attiser sa fureur. Cet imbécile d'ange déchu! Cet enfoiré d'Ares! Oh, il désirait tellement les voir souffrir! Mais pour l'heure, il devait se montrer patient. Avec nonchalance, il prit encore plus appui contre le poteau auquel il était adossé, et contempla la bataille sanglante qui se déroulait dans la fosse en contrebas. Hal déchiquetait un *khnive*, une créature de taille identique, mais qui ressemblait à un opossum écorché. Elle enfonça ses griffes dans le flanc du chiot, et creusa une profonde entaille dans sa chair. Un coup désespéré, et le *khnive* poussa un dernier soupir saccadé tandis qu'il se vidait de son sang à cause d'une plaie béante à la gorge.

— Le chien ne doit pas avoir le temps de cicatriser ! Balancez autre chose là-dedans ! Quelque chose d'imposant.

À son côté, David, son espion-larbin aegi, acquiesça.

— Oui, maître.

Pestilence fit rouler la fiole de bave extraite du chien des Enfers entre ses paumes.

— Où en est la livraison du venin ?

David tira de sa poche une petite bille de métal.

— Le sorcier m'a assuré qu'une fois remplie de bave, elle sera une arme puissante contre votre frère.

Première bonne nouvelle depuis des semaines !

— Des ragots de l'Aegis ?

— Délivrance a été retrouvée.

Pestilence fit volte-face, sidéré.

— Tu en es certain ?

— J'ai entendu mon père en parler.

— C'est la vérité, déclara Harvester. Et elle a été modifiée par l'Aegis. Si Ares s'en sert pour tuer Cara, tout espoir de briser son sceau sera perdu.

Une goutte de sueur ruissela sur la tempe de Pestilence.

— Depuis quand es-tu au courant de ce changement ?

— Des siècles. Mais il m'était interdit de te mettre au jus avant que ce ne soit découvert.

Bien sûr. Les Observateurs et leurs satanées règles ! Et à présent, si Ares tuait Cara avec cette saleté de dague, il se passerait des mois, voire des années, avant que Pestilence ne parvienne à rompre les sceaux de Limos ou Thanatos. En effet, il cherchait toujours celui de Limos, et Thanatos semblait déterminé à protéger le sien.

Pestilence devait retrouver le poignard coûte que coûte.

Tandis qu'il triturait la fiole, il considéra les choix qui s'offraient à lui, et un plan commença à prendre forme dans son esprit.

— David, quand je t'ai recueilli, tu étais pathétique. Tu espérais que l'Aegis te pardonne, que ton père t'aime à nouveau.

Tu sais que cela n'arrivera pas. Ta place est ici, avec moi, et à mes côtés tu recevras des récompenses dont tu n'aurais jamais pu rêver.

—Oui, maître.

Pestilence se demandait si David lui était vraiment dévoué ou si sa docilité découlait du fait que le Cavalier avait absorbé l'âme de l'humain qui n'était plus qu'une coquille, un récipient rechargeable.

Il en avait rallié beaucoup à sa cause par ce procédé, et les deux parties gagnaient au change. Pour décupler son pouvoir, Pestilence aspirait leur âme, et le mal comblait le vide ainsi laissé, leur procurant plus de force et d'endurance que jamais. Ils pouvaient également utiliser les Portes des Tourments, c'est-à-dire voyager n'importe où, n'importe quand.

Pratique, non ?

—David, j'ai une mission pour toi.

Il passa le bras autour des épaules du Gardien, et marcha avec lui vers la Porte des Tourments, laissant Harvester observer le combat dans la fosse.

—Je ne peux te garantir que ce sera indolore, poursuivit Pestilence, mais ta récompense n'en sera que plus grande.

À condition que David ne meure pas, bien entendu. Il espérait de tout cœur que non. C'était le seul Aegi qu'il avait réussi à pervertir jusqu'à aujourd'hui, et il le trouvait bien commode.

—Dites-moi ce que je dois faire.

Pestilence sourit.

—Tout d'abord, il nous faut un plan.

Ares ne laissa pas les pieds de Cara toucher le sol. Il la porta du box de l'étrange hôpital pour démons jusqu'à sa chambre à coucher. Limos et Thanatos avaient tenté de leur emboîter le pas, mais Ares avait grommelé quelque juron dans une langue inconnue, ce qui avait suffi à les dissuader. Même si l'atmosphère avait été tendue lors de leur discussion, Cara avait perçu la tristesse et le chagrin dans leurs yeux tandis qu'Ares la menait jusqu'au portail.

L'amour que Limos et Thanatos nourrissaient pour Ares était flagrant, et Cara savait qu'ils les rejoindraient à la villa bientôt. Ils n'entreraient peut-être pas, mais ils attendraient Ares dehors.

Ils seraient présents pour lui une fois Cara morte.

Elle se cramponna au cou d'Ares, se délectant du sentiment de sécurité offert par ses bras puissants, mais ne put cependant s'empêcher de protester, pour la forme.

—Je peux marcher, tu sais.

Quoi qu'il lui ait fait, le deuxième démon, avec son tatouage étincelant, lui avait donné un sursaut d'énergie incroyable, presque effrayant.

—Mais si tu marches, je ne pourrai pas te porter.

Une vague de chaleur et de tristesse la submergea, et elle s'accrocha plus fort à lui tandis qu'il franchissait le seuil de la chambre.

—Mon Seigneur…

La voix hésitante leur parvint de derrière, et Ares jeta un coup d'œil par-dessus son épaule.

—Qu'y a-t-il, Vulgrim ?

—Puis-je vous apporter quelque chose ?

—Non, répondit-il tout bas. Mais assure-toi que je ne sois pas dérangé. Sous aucun prétexte. Pas même la fin du monde.

Le démon exécuta une révérence.

—Bien, Seigneur.

—Vulgrim ? Ne t'incline plus jamais devant moi. Tu fais partie de la famille, tu n'es pas mon laquais.

Le démon décocha à Ares et Cara un regard surpris avant d'esquisser un timide sourire.

—Oui, monsieur.

Il s'éloigna d'un pas léger, Cara aurait même juré qu'il sautillait un peu.

—Torrent lui ressemblait beaucoup, murmura-t-elle.

À peine deux jours plus tôt, elle trouvait tous les ramreels identiques, mais aujourd'hui elle décelait leurs particularités, de subtiles différences ; de leur large nez aux aspérités et aux rayures de leurs cornes, sans oublier les nuances variables de leur fourrure.

—Je sais.

Il la porta jusqu'au lit, et, avec lenteur et révérence, il lui ôta la tenue d'hôpital dont les démons l'avaient revêtue pour rentrer, puis elle le regarda se déshabiller à son tour. Alors qu'il s'apprêtait à s'allonger, elle l'arrêta d'une main sur le torse.

—Laisse-moi t'admirer une seconde.

Il ouvrit puis referma la bouche, un léger voile rose lui colorant les joues. Il acquiesça et se redressa, la surplombant de son imposante hauteur. Cara saliva, littéralement, devant ce spectacle. Ses muscles, taillés dans le marbre, étaient trop parfaits pour être vrais, et tandis qu'elle plaquait les paumes contre ses pectoraux, elle songea qu'elle ne se serait jamais lassée de les toucher, pas même s'ils avaient passé l'éternité ensemble.

Elle poussa un gémissement d'appréciation, et fit glisser ses mains sur ses abdominaux. Elle les sentit saillir sous ses caresses, et sourit. Le sexe d'Ares commença à durcir, mais Cara ne se laissa pas distraire. Pas encore.

— Tourne-toi, murmura-t-elle, surprise par le ton rauque de sa voix.

— Cara, tu devrais rester allongée…

— Stop. Ne me traite pas comme une handicapée.

Elle voulait lui laisser le souvenir d'une femme forte, et non d'une chose malade, vulnérable, attendant de mourir après une ultime partie de jambes en l'air. Cette fois, elle comptait bien lui rendre la pareille.

— Ne retiens rien. Jure-le-moi.

La gorge d'Ares se serra, les muscles de son cou se crispèrent.

— Ouais. C'est promis.

Dans un mouvement fluide et gracieux, il s'exécuta, et Cara sentit ses neurones faire des étincelles.

Joli cul. Amusée par les contractions involontaires de ses doigts, elle se mit à genoux et se colla contre lui avant de planter les mains sur ses larges épaules pour continuer à le caresser à l'envi. Le murmure de sa respiration se mêlait à celui, distant, des vagues. Elle aurait tant aimé laisser ces flots tumultueux rafraîchir leurs corps brûlants.

Tout ce temps perdu, songea-t-elle en posant les lèvres sur la nuque d'Ares. Il avait le goût du sel, du mâle, et exhalait le cuir et les épices. Il grogna lorsqu'elle mordilla l'une de ses cicatrices apparentes avant de lécher la zone qu'elle venait de titiller.

— Pourquoi ces marques? s'enquit-elle tandis qu'elle en redessinait le contour du bout des doigts. Je croyais que tu guérissais complètement.

— Séquelles d'avant la malédiction.

Elle en embrassa une. Puis une autre.

— Caresse-toi, murmura-t-elle contre sa peau, et il grogna à nouveau, laissant retomber la tête en arrière, puis les mouvements de son biceps droit indiquèrent à Cara qu'il avait obéi.

Elle l'imagina refermer ses doigts puissants sur sa queue, et se demanda s'il préférait des caresses langoureuses, sur toute la longueur de son sexe, ou plus rapides, concentrées autour de son gland. Elle le saurait dans une minute. D'abord, d'autres tâches l'attendaient.

Le cœur de Cara cognait si fort qu'elle soupçonnait Ares d'en sentir les battements contre son dos. Il dégageait une chaleur intense qui l'écorchait et l'embrasait jusqu'aux tréfonds de son être. Elle lui effleura les bras, et en apprécia la contraction tandis qu'il se masturbait. Le lit grinça quand elle recula de quelques centimètres afin de glisser les mains vers ses lombaires, et de nouveau, elle admira avec ravissement l'ondoiement de ses muscles saillants.

Quand elle plaqua les paumes contre ses fesses, il laissa échapper un grognement érotique et un liquide brûlant ruissela entre les cuisses de Cara.

— Tu es prête pour moi.

Sa voix gutturale, lascive, l'excita davantage.

Elle lécha la peau entre ses omoplates.

— Comment le sais-tu ?

— Ma mère était une démone sexuelle. Je flaire le désir.

Pourquoi n'avait-il pas mentionné ce détail plus tôt ? Quels tours sensuels avait-il encore dans son sac grâce à cet héritage si particulier ? Il n'en fallut guère plus à son imagination pour s'emballer.

Elle remua et fit courir sa langue de la nuque d'Ares jusqu'à son sacrum, savourant tout du long les modifications de sa respiration, de plus en plus superficielle à mesure qu'elle descendait et caressait avec ardeur son fessier et ses quadriceps incroyablement musclés. Quand Cara approcha les lèvres de la pointe de ses reins, il se crispa. Et lorsqu'elle déposa un baiser, la bouche ouverte, sur sa fesse droite, il se figea tout net.

— Femme, que fais-tu ?

— Je te mords.

Elle enfonça les dents dans sa chair, et le son qu'elle lui arracha ainsi, à mi-chemin entre le ronronnement et le grognement, ponctué par un hoquet pantois, la fit frissonner de plaisir.

— Quoi ? On ne t'a jamais mordu les fesses ?
— J'avoue que c'est une première.
— Retourne-toi.

Il s'exécuta, et comme elle était encore à quatre pattes, elle tomba face à son énorme érection. Une goutte cristalline perlait sur son sexe, et sans réfléchir, elle la lécha.

Le corps d'Ares ondoya tout entier, ses muscles saillants formant un arc spectaculaire. Elle croisa son regard ivre de désir lorsqu'elle le prit dans sa bouche, puis elle ferma les yeux et savoura son essence corsée et boisée. Il emmêla les doigts dans ses cheveux, et lui massa le cuir chevelu tandis qu'elle le suçait avec délectation, trouvant bientôt le rythme parfait qui amena Ares à remuer les hanches. Plus… elle en voulait plus. Il lui en fallait plus. Elle remonta et lui titilla la pointe de la verge, puis, du bout de la langue, dessina de petits cercles du pourtour du gland jusqu'à la fente au milieu.

— Seigneur, Cara ! haleta-t-il sans parvenir à maîtriser les contractions de ses abdominaux et de ses cuisses.

Avec un sourire, elle s'empara de ses testicules et les effleura du bout des doigts. Elle les sépara, les caressa, puis quand elle fit courir la langue le long de son pénis avant de les prendre en bouche, il poussa un cri, empoigna sa queue et serra fort.

— Pas… encore, pantela-t-il. C'est humiliant.
— Je suis flattée.

Elle leva la tête, et remarqua que son expression avait changé. La langueur suave avait cédé la place à un désir vorace, et elle hoqueta à son tour quand il la renversa brusquement sur le dos.

— Tu me rends fou, Cara.

Il grimpa sur elle, se glissa entre ses cuisses et frotta son gland contre son sexe satiné. Puis, il pressa sur ses lèvres un baiser d'une tendresse infinie, en dépit de la férocité contenue dans son regard.

— Si seulement on avait plus de temps…
— Chut.

Elle prit le visage d'Ares entre ses mains pour l'immobiliser et l'observa avec toute l'intensité qui la consumait à cet instant.

— Il n'y aura rien que de la passion dans ce lit.
— Et je jure sur le nom de mon père et son esprit sain qu'il ne connaîtra nulle autre femme, déclara-t-il entre ses dents.

Lorsque des larmes montèrent aux yeux de Cara, Ares se pencha et referma la bouche sur son sein.

Aussitôt, le feu se ranima, les enflammant tous les deux. Elle cria et planta les ongles dans son dos. Seigneur, c'était bon ! Elle souleva les hanches, impatiente qu'il se glisse en elle, et apaise l'exquise douleur dont il était responsable, mais il recula, lui refusant ce plaisir.

Elle voulut hurler, mais il plaqua la paume contre son sexe, et enfonça un doigt en elle, effleurant avec délicatesse ses lèvres sensibles, tout en déposant des baisers le long de son ventre. Lorsqu'il se redressa pour l'admirer dans toute sa nudité, elle faillit se couvrir, mais l'heure n'était pas à la pruderie. Non, c'était le moment rêvé pour lui prouver à quel point elle était puissante. Belle. Séduisante.

Alors, elle ouvrit les cuisses le plus possible, et en guise de récompense, il lui offrit un regard empreint d'une profonde révérence.

—Sublime, murmura-t-il.

Puis, il plongea entre ses jambes. Il lui souleva les fesses, lui écarta les lèvres et commença à l'embrasser. Une vague de plaisir la submergea jusqu'à ce que sa peau se tende sous l'effet de la pression. Ares maîtrisait cet art à la perfection. De sa langue chaude et glissante, il explorait les replis de son intimité, s'attardant parfois sur une zone bien précise pour l'amener au bord de l'orgasme.

—Tu as… un goût… exquis.

Quand il lui lécha le clitoris, un voluptueux frisson la parcourut.

—Seigneur, Cara !

Puis, il enfonça la langue, et elle suffoqua presque en essayant de se retenir. Elle serra les poings et s'accrocha aux draps, mais ce mouvement la poussa à s'arc-bouter contre la bouche d'Ares, l'attirant davantage en elle, et quand il se mit à décrire de petits cercles…

Le corps de Cara entra en ébullition. Un spasme violent, incontrôlable, la secoua soudain, puis un orgasme aveuglant, fracassant, la ravit. Otage de ce moment d'extase, elle sentit Ares la sucer, elle l'entendit gémir quand il avala son précieux nectar, et alors qu'elle retrouvait doucement ses esprits, il la pénétra. Elle accueillit avec enthousiasme son sexe massif, et jouit à nouveau, enroulant les jambes autour de sa taille.

—C'est ça, murmura-t-il contre sa gorge. Chevauche-moi, chérie. Chevauche-moi fort.

Comme si elle avait une autre option. Ivre de désir et d'amour, elle se laissa happer par ce maelström de sensations primaires, et pour la première fois de sa vie, elles s'unirent à la perfection, lui procurant un sentiment de plénitude. Elle se sentait enfin sereine, heureuse d'être celle qu'elle était et d'avoir trouvé l'homme qui la complétait si bien.

Ils poursuivirent leur va-et-vient endiablé. Leurs corps s'entrechoquaient à chaque coup de reins effréné, et elle se cambrait pour les accueillir. La sueur perlait sur la peau d'Ares, créant davantage de contraste dans les courbes et sillons formés par ses muscles. Puis, il rejeta la tête en arrière, dents et tendons saillants, et cette vue pulvérisa l'ultime éclair de lucidité de Cara. Une explosion d'extase comme elle n'en avait jamais connu l'envahit, si fort qu'elle se souleva du matelas. Ares l'enlaça aussitôt et l'amena contre lui de sorte à l'asseoir sur ses cuisses tandis qu'elle hurlait, la moindre de ses terminaisons nerveuses saturée par un plaisir infini.

Ares se joignit à elle dans un rugissement bestial et se libéra en une puissante secousse. Il déversa en elle sa semence brûlante, et l'orgasme qui ébranlait Cara se mua en jouissance pure, impitoyable, à l'orée de la douleur. Sous elle, Ares tressauta, les muscles crispés, le souffle court. Il continua d'onduler du bassin, mais ses mouvements étaient plus faibles, mécaniques, et après quelques secondes, il bascula en avant avec Cara, et glissa sur le côté au dernier moment pour ne pas l'écraser.

Ils restèrent dans cette position, pantois, en sueur, et secoués de tremblements pendant de longues minutes. Normalement, ils auraient dû s'endormir, lovés l'un contre l'autre, ou se faire des confidences sur l'oreiller, au lieu de quoi, une tension terrible s'installa entre eux.

L'heure était venue, et il ne servait à rien de repousser l'échéance. Surtout que Cara sentait la dose d'énergie procurée par Shade s'épuiser peu à peu, à présent que sa faim charnelle avait été apaisée.

—Ares?

Il la serra si fort qu'elle étouffa presque.

—Non.

Cela la fit sourire, sans qu'elle sache vraiment pourquoi. Puis elle tendit le bras vers la table de chevet pour attraper la dague. La chaleur de l'objet la surprit. Étrange. N'aurait-il pas dû être froid ?

Avec précaution, elle s'appuya contre Ares qui se retira, lui laissant une sensation de vide. Il se redressa sur un coude et la regarda, son sublime visage voilé par la détresse.

— Il y a tant à dire. (Sa voix était haletante, brisée. Comme le cœur de Cara.) Et pourtant…

— Et pourtant, les mots manquent.

— Ouais.

Pauvre Hal. Au moins, elle abrégeait ses souffrances et lui évitait de mourir déchiqueté dans une fosse.

Elle pressa la pointe du poignard contre son sternum, prit la main d'Ares et la plaça autour du manche. Puis, elle referma les doigts sur les siens. Ils tremblèrent tous deux quand elle fit glisser la lame vers la gauche, sous le renflement de ses seins. À l'évidence, elle savait exactement où l'enfoncer pour en finir de manière rapide et efficace.

— Maintenant, dit-elle.

Il hocha la tête, et serra Délivrance avec fermeté.

— Maintenant.

Chapitre 24

Maintenant ne signifiait pas forcément tout de suite.

Ares ne pouvait se résoudre à passer à l'acte. Si Hal était encore en assez bonne santé, il continuerait de transmettre à Cara son énergie, obligeant son cœur à battre malgré la présence du poignard acéré. Par conséquent, elle risquait de souffrir le martyre un bon moment avant de partir.

Ares sentit son cœur se serrer.

—Je ne peux pas, haleta-t-il. Et si Kynan avait tort ?

—Tu n'as pas le choix.

Elle raffermit sa prise, stabilisant celle d'Ares. Ironie du sort, c'était sa main à lui, le guerrier chevronné, mi-démon, mi-ange impitoyable, qui tremblait alors que celle de Cara, simple humaine, était solide comme un roc.

Non, rien chez elle n'était «simple».

Ils s'étaient trouvés trop tard. Bien trop tard.

—On pourrait attendre. Un tout petit peu.

Le sourire triste de Cara lui fit monter les larmes aux yeux.

—Tu sais bien que c'est impossible. Je sens mes forces me quitter. Hal faiblit lui aussi. Je peux m'éteindre d'une minute à l'autre, et alors, qu'adviendra-t-il de toi ?

Il deviendrait mauvais. Voilà. Et peu après, son frère et sa sœur basculeraient à leur tour dans les ténèbres, et la fin des temps menacerait le royaume des humains. Il le savait, et pourtant il voulait profiter de chaque seconde supplémentaire avec Cara.

—Je t'emmène à l'hôpital, Shade pourra te maintenir en vie encore un peu.

—Je ne veux pas vivre comme ça. Scotchée à un matelas, tributaire d'un démon que je ne connais pas. Ce n'est pas une vie, tu le sais. (Elle appuya la pointe du poignard contre sa peau, et une goutte de sang coula sur son ventre.) Vas-y.

Ares était expert en la matière. S'il s'était agi de quelqu'un d'autre, il aurait enfoncé la lame sans hésiter, et la victime serait morte sur le coup.

Mais pas Cara. Elle savait ce qui l'attendait. Et Ares serait obligé de la regarder souffrir, conscient qu'il en était responsable. Et qu'il n'était pas en mesure de l'empêcher.

Il se redressa et lâcha la dague.

—Pas encore. Je ne peux pas. Impossible. J'ai besoin... d'une minute.

—Ares !

En état de panique, il quitta tant bien que mal le lit, ouvrit la porte, et traversa le couloir en courant. Peu importe qu'il soit nu ; il n'avait aucun complexe, et son personnel l'avait vu en tenue d'Adam plus d'une fois. Des bruits sourds mêlés à celui du tissu froissé lui parvinrent de la chambre. Cara comptait le suivre. Bon sang ! Il entra dans la grand-salle, maudissant le retour de ses sens qui lui signalaient un conflit mondial, et se tourna vers la cheminée. Elle était éteinte, froide et vide, comme sa cage thoracique.

Cette sensation de vacuité n'était pas nouvelle, il la connaissait depuis toujours. Par l'Enfer, même quand il avait eu une famille, qu'il s'était cru humain, quelque chose lui avait manqué. Puis, Cara avait fait irruption dans sa vie et comblé ce néant. Quoi de plus naturel, alors, que ce sentiment soit encore plus prononcé aujourd'hui ? Avant, cette douleur faisait partie de lui, elle était normale. Mais à présent, Ares refusait d'abandonner le bonheur auquel il venait tout juste de goûter.

—Ares.

Elle était derrière lui. À mesure qu'elle s'approchait, les vibrations des batailles s'estompèrent, et au lieu de s'en sentir diminué, il se sentit... serein. Cette prise de conscience l'ébranla. Quand il était avec elle, il ne perdait pas ses facultés... il trouvait la paix.

Seigneur, comment allait-il survivre sans elle ?

Il ne bougea pas tandis qu'elle avançait vers lui pour l'enlacer. Elle lui avait apporté une serviette, qu'elle lui enroula autour de la taille. Ares aurait souri de sa prévenance s'il n'avait pas été sur le point de craquer.

Cara posa la joue contre son omoplate, et son souffle brûlant lui caressa la peau.

Elle était faite pour lui, c'était évident. Et terrible. Et bientôt, elle ne serait plus.

— Mon Seigneur ?

— Quoi, Vulgrim ? s'enquit-il sur un ton plus sévère qu'il ne l'avait voulu, mais il ne lui restait que quelques minutes avec Cara, et il tenait à en profiter jusqu'au bout.

— Un Aegi est ici. Il affirme détenir un remède pour Cara.

Il craignait d'espérer, mais son cœur s'était mis à galoper, et il rajusta la serviette. Il s'efforça de garder son calme, et se retourna, ramenant Cara derrière lui. Vulgrim fit un pas de côté pour révéler un homme escorté par deux de ses ramreels.

— C'est très inhabituel, déclara Ares. Qui êtes-vous ? Une seconde… Je vous ai vu au QG d'York, dans les jardins.

L'individu acquiesça.

— Je m'appelle David. Kynan et Arik étaient occupés, alors on m'a envoyé.

— Envoyé ? Qui ça ? (Il plissa les yeux.) Comment êtes-vous arrivé ici ?

— Reaver.

David ouvrit le poing, et les gardes s'apprêtèrent à dégainer. Il déglutit, et lentement, leur présenta la paume.

— Nous avons trouvé ceci dans nos archives. C'était dans une boîte ornée du symbole de l'agimortus. Nous pensons que ce dernier peut être transféré sur cet artefact, et ainsi, contenu.

Ares se renfrogna, mais son cœur ne pouvait s'empêcher de bondir dans sa poitrine.

— Je n'ai jamais entendu parler d'une chose pareille.

— Nous non plus. Nous ne possédons aucune information à ce sujet. Nous espérions que vous sauriez quoi en faire. De toute façon, il est mieux entre vos mains qu'entre les nôtres.

Ares hocha la tête à l'intention de Vulgrim, qui s'empara de l'objet et le lui apporta. Il le plaça dans la paume du Cavalier. On aurait dit une balle de golf métallique. Ares ne reconnut pas les gravures… Une sorte de langue démoniaque, songea-t-il.

Or, pourquoi tracer des glyphes démoniaques sur une boîte censée contenir un agimortus ?

Merde !

Il voulut jeter la boule par terre, mais elle s'ouvrit d'un coup, et de minuscules aiguilles lui transpercèrent la peau. La brûlure familière produite par la morsure des chiens des Enfers gagna son bras, puis tous ses membres. Ses muscles et jointures se verrouillèrent, mais son esprit carburait à toute allure. Il essaya de prévenir Cara, de lui dire de courir, mais le poison avait déjà atteint sa bouche et sa langue.

—Ares !

Le cri alarmé de Cara résonna dans la pièce, bientôt couvert par des bruits de bataille.

Les deux ramreels frappèrent l'humain, le renversant à terre tandis que Vulgrim se dressait devant Ares et Cara pour faire office de bouclier.

—Emmenez-le au cachot ! grogna Vulgrim. Découvrez ce qui se passe dehors !

Ares le savait déjà. Pestilence était là, et il ne lui restait qu'à prier pour que Limos et Thanatos soient arrivés.

Cara referma les doigts sur les siens, le réconfortant avec sa chaleur.

Il aurait dû la tuer quand il en avait l'occasion. Que Dieu lui vienne en aide, il aurait dû ! À présent, elle allait souffrir aux mains de Pestilence, tout ça parce qu'il n'avait pas eu le cran de laisser partir la femme qu'il aimait. Toute sa vie il avait pensé que l'amour rendait faible, et il avait eu raison.

Limos et Thanatos foncèrent vers la villa. Les cris de Vulgrim leur parvinrent à peine sortis de leurs portails respectifs.

—On arrive trop tard, aboya Thanatos.

Merde ! Limos avait voulu offrir un moment d'intimité à Ares et Cara, alors ils avaient suivi l'une des pistes de Thanatos pour tenter de localiser Pestilence. En vain. Néanmoins, ils avaient capturé l'un de ses sbires qui s'était montré plus qu'enthousiaste au sujet d'un stratagème élaboré par leur frère pour subtiliser Délivrance à Ares.

Thanatos et elle avaient aussitôt couru chez Ares, mais à en juger par le tumulte ambiant, ils n'avaient pas été assez rapides.

Ils franchirent la porte principale et se précipitèrent dans la grand-salle. Ils y trouvèrent Ares, figé devant la cheminée, Vulgrim dressé devant lui en posture de défense, et Cara, une lueur féroce dans les yeux, malgré son teint livide et son visage émacié. Elle était, à l'évidence, sur le point de s'effondrer.

— Il a été empoisonné par du venin de chien des Enfers, grommela Vulgrim. Mes gars ont emmené le responsable dans les geôles.

— J'ai entendu un cheval, ajouta Cara. Mais j'ignore d'où ça venait. De dehors sans doute. (Limos se retourna soudain vers le couloir, alertée par le vacarme des vitres brisées.) La dague !

Cara s'élança derrière elle, mais Thanatos la rattrapa.

Limos courut jusqu'à la chambre à coucher, et s'arrêta brusquement à la vue de Pestilence, en armure, Délivrance à la main.

— Ah, Limos. Quel plaisir ! (Il fronça les sourcils.) Enfin, je me comprends. J'avais prévu de tuer Cara, et ta présence contrarie mes plans, mais bon… elle a déjà un pied dans la tombe, alors…

Une vague de dégoût l'envahit, balayant d'un trait les souvenirs joyeux et l'amour fraternel auxquels elle s'était raccrochée. Comme Thanatos, elle voulait croire que Reseph habitait encore l'infâme créature qui se campait devant elle, mais contrairement à lui, elle savait qu'il valait mieux ne pas y compter.

— Pour ta gouverne, je suis à fond pour enfoncer ce poignard dans ton cœur noirci.

— Vraiment ? (Pestilence soupesa la dague dans sa main.) J'ai vu le Seigneur des Ténèbres l'autre jour. Il a demandé de tes nouvelles.

Limos ricana.

— Tu lui as dit d'aller se faire mettre ?

— Je lui ai assuré qu'il te tardait d'écarter les cuisses pour lui.

— Jamais.

— Tu ne peux pas le vaincre, sœurette. Et une fois que ton sceau sera brisé, tu n'en auras plus envie. D'une manière ou d'une autre, il te prendra. Il s'impatiente. Il veut des enfants.

Elle frémit, incapable de s'imaginer porter ses vils rejetons.

— Tu avais juré de m'éviter ce destin. Un pauvre sceau rompu, et te voilà transformé du tout au tout.

L'éclat de rire de Pestilence irrita la moindre de ses terminaisons nerveuses.

—Aucun rapport. Je t'aurais abandonnée à ton sort quoi qu'il arrive si j'avais su quelle garce manipulatrice tu étais.

Elle se raidit lorsqu'il se pencha vers elle, et lui effleura l'oreille du bout des lèvres.

—Je connais ton secret.
—Tu as toujours su que l'Aegis n'avait pas perdu Délivrance. Tu m'as aidée à tout dissimuler.

Après qu'il eut arraché Limos aux griffes de l'Aegis, elle lui avait tout avoué. Alors, il l'avait aidée à réarranger la mémoire des Gardiens et lui avait promis de garder son secret.

Le problème, c'était qu'elle avait menti à Reseph. Il ignorait pourquoi elle avait réellement dérobé la dague.

—Oui, mais aujourd'hui, je sais pourquoi tu l'as volée, répliqua-t-il, et Limos sentit ses entrailles se nouer. Mais ce n'est pas à cette cachotterie-là que je fais allusion. Je te parle de l'autre secret. Le gros.

Limos suffoqua, ses muscles s'affaissèrent et son sang gela dans ses veines. Quand Pestilence disparut dans sa Porte des Tourments, elle crut qu'elle allait s'effondrer et ne jamais se relever.

Il savait. Seigneur, il savait !

Et s'il révélait son secret à Thanatos et Ares, elle perdrait tout.

Chapitre 25

Cara sentit ses jambes se dérober sous elle. Elle avait lutté de toutes ses forces pour ne pas tomber tandis que la bataille faisait rage autour d'eux, mais alors que les convulsions agitaient le corps d'Ares, comme si ses muscles dégelaient peu à peu, ceux de Cara fondaient. Elle s'écroula brutalement sur le sol, et aussitôt Vulgrim la souleva dans ses bras.

— Cara, murmura Ares, la voix rauque.

Vulgrim l'approcha d'Ares et elle posa la main en coupe sur sa joue. Il se tut, mais ses pupilles étincelaient de douleur.

Thanatos, resté dans la grand-salle pour les défendre, jura quand Limos revint, l'air grave.

— Reseph a la dague.

— Bordel ! gronda Thanatos. Ares, tu étais censé...

Il s'interrompit lorsqu'il aperçut Cara, qui termina la phrase pour lui.

— Me tuer. Nous en sommes tous les deux conscients. Et c'est assez difficile comme ça, alors je te serais reconnaissante de fermer ton clapet, pour changer.

Limos écarquilla ses yeux violets, et se glissa l'air de rien vers Thanatos, comme si elle pensait devoir le maîtriser. Plusieurs secondes lourdes de tension s'écoulèrent. Un grognement monta de la poitrine d'Ares, et des ombres noires traversèrent le visage de Thanatos. Enfin, il arbora un rictus amusé.

— Tu es soit courageuse, soit stupide.

—Ni l'un ni l'autre. Je vais mourir de toute façon, alors je peux affirmer que tu te comportes comme un gros naze. Je n'ai plus rien à perdre.

—Dieu merci, soupira Limos. Une volontaire de plus pour dire à Thanatos quand la boucler. Tu es précieuse, Cara. (Le silence s'abattit à nouveau dans la pièce après ce commentaire et Limos devint écarlate.) Euh… je… euh…

—Ça va. (Cara se tortilla tant bien que mal dans les bras de Vulgrim.) Ares ?

La tête de celui-ci pencha en avant. Sa main s'ouvrit, et la bille tomba par terre.

Thanatos s'accroupit et la repoussa avec le dos de son gantelet.

—Bordel de merde ! Un petit objet bien commode pour délivrer de la bave de chien des Enfers. Reseph a toujours été très ingénieux.

—Son laquais est enfermé au sous-sol, déclara Vulgrim. Il pourrait nous fournir des renseignements.

—Oh, il va nous en fournir ! répliqua Thanatos qui s'éloignait à grands pas. Donnez-moi cinq minutes.

Vulgrim étendit Cara sur le canapé, puis il y traîna Ares, qu'il installa à son côté. La paralysie se dissipait peu à peu, et dès qu'Ares recouvra l'usage de ses membres, il s'empressa de la prendre dans ses bras.

—Je suis désolé, murmura-t-il. Si tu savais à quel point !

Elle rit presque.

—Désolé de quoi ? De ne pas m'avoir tuée ?

—J'ai hésité. Et à cause de ça…

—Tu pourrais devenir un monstre. L'univers pourrait disparaître. J'ai compris.

Il posa la main sur son visage, et le tourna face à lui.

—Non. J'ai échoué à t'offrir une fin rapide. Douloureuse, je te le concède, mais au moins tu n'aurais pas souffert dans l'au-delà, consciente que ta mort aura déclenché l'Apocalypse et annihilé le monde.

Cara sentit ses yeux lui picoter. Tout allait bientôt sombrer dans le néant, et Ares s'inquiétait pour son âme.

—Tu es exceptionnel, tu le sais ?

—Je suis un imbécile. Pour de nombreuses raisons.

Des bruits de pas en provenance de l'escalier attirèrent leur attention. Ils se retournèrent d'un coup, et aperçurent Thanatos, sortant des geôles, qui essuyait ses mains maculées de sang dans un chiffon.

—Ce Gardien est foutu.

—Il est mort ?

—Pas encore. Je l'ai défoncé, mais ce que je voulais dire, c'est qu'il n'est plus humain. Pestilence lui a fait quelque chose. J'ignore quoi, mais il n'est pas… dans son état normal.

—Qu'as-tu réussi à lui soutirer ? s'enquit Ares.

—À l'évidence, il a menti. Ce n'est pas Reaver qui l'a amené. Il m'a avoué où ils séquestraient Hal.

Ares plissa les yeux.

—Tu crois qu'il dit la vérité ?

—Même si je n'étais pas sûr de mes méthodes, ses propos concordent avec ceux d'Orelia. On doit se rendre à Sithbludd.

Cara retrouva un semblant d'énergie.

—On peut le sauver avant qu'ils le tuent. (Les autres échangèrent un regard.) Quoi ? Qu'y a-t-il ?

—C'est sans doute un piège, répondit Ares. Si Pestilence sait qu'on a son larbin, il se doute qu'on le fera parler. Par conséquent, il s'attend qu'on se lance à la poursuite du chien pour gagner quelques heures. Il sait qu'on doit te maintenir en vie le temps de récupérer la dague.

—On va chercher Hal ! s'écria Cara. La question ne se pose même pas !

—Toi, tu restes ici.

—N'y compte pas. Ares, je suis mourante. Que je meure ici ou là-bas importe peu. Alors, si je peux vous aider de quelque manière que ce soit…

—Comment le pourrais-tu ? l'interrompit Thanatos avec douceur. (Il ne voulait pas se montrer grossier, et Cara ne s'offusqua pas.) Tu es affaiblie, tu tiens à peine debout. Si on doit s'inquiéter pour toi, ça ne fera que nous ralentir.

—Than…

Le grognement menaçant d'Ares emplit la pièce. Cara lui serra la main.

—Il a raison. (Elle jeta un coup d'œil à Thanatos, le sourcil arqué.) Mais pas tout à fait. Si j'en crois mon rêve, Hal est fou furieux.

Il ne laissera aucun de vous l'approcher. Moi, si. Je pourrai le libérer afin qu'il se téléporte ou appelle sa meute en renfort. Si vous n'arrivez pas à récupérer Délivrance, secourir Hal nous permettra de grappiller quelques heures. S'il n'est pas en train de se faire déchiqueter dans la fosse. Et si vous retrouvez la dague, je serai là.

Dans ce cas, sauver Hal n'aurait plus aucun intérêt, puisqu'il mourrait de toute manière.

— Nous n'avons pas une seconde à perdre, ajouta-t-elle. Tu sais que j'ai raison.

Oui, ils le savaient tous. Elle le voyait dans leurs yeux.

— Si je la récupère, reprit Ares, je m'en sers sur Pestilence.

La tension satura la pièce, puis Thanatos acquiesça lentement, et la maisonnée entière poussa un profond soupir de soulagement.

Néanmoins, Cara ne se raccrochait à aucun espoir. Dans un cas comme dans l'autre, Pestilence n'attendrait pas les bras ballants que son frère lui enfonce une lame dans la poitrine. Non, Cara savait que Délivrance lui était destinée. Cette mission constituait un aller simple pour elle.

Ares se releva, l'allure martiale, et la stature d'un grand général.

— Than, rassemble autant de vampires que possible. Je dépêche mes ramreels. Limos, contacte tous tes alliés infernaux…

— Non. (Elle croisa les bras.) Je n'enverrai personne à ma place. Je viens avec vous.

— Li, tu ne peux pas, protesta Ares.

Cara les dévisagea tour à tour, perplexe.

— Pourquoi ?

— Tant qu'elle séjourne sur Terre, elle est à l'abri de Satan. Il ne peut pénétrer dans le royaume terrestre pour l'enlever, et grâce à un accord que notre mère a conclu il y a longtemps, il ne peut lancer ses légions à ses trousses à moins qu'elle ne s'amourache d'un mâle…

— Hé !

Limos planta les poings sur les hanches.

— Et ma vie privée, ducon ? Oui, je suis membre du club des pucelles, et j'en suis fière ! Et après ? (Elle se tourna vers Cara.) Ce qu'il essaie d'expliquer, avec son tact légendaire, c'est que je suis en sécurité ici. Mais si j'entre dans Sheoul, tous les coups sont permis. Certaines régions sont plus sûres que d'autres pour moi, c'est pourquoi je peux aller aux *Quatre Cavaliers* de temps à autre, sans pour autant m'y attarder.

Ares se renfrogna.

— Et ce, si nous t'accompagnons tous les trois. (Il jura.) Tous les deux. Peu importe. Tu ne viens pas, Limos.

— Il le faut. Vous avez besoin de toute l'aide possible, riposta-t-elle. Et de toute façon, si on perd, je finirai en Enfer, alors…

Un flot de jurons effroyables se déversa de la bouche d'Ares et de Thanatos, et Cara rougit comme jamais. Limos se contenta de croiser les bras avec fermeté, tapa du pied et attendit qu'ils terminent leur diatribe.

— Aucun plan de bataille ne nous permettra d'avoir le dessus cette fois. (Une lueur lugubre voilait le regard d'ambre de Thanatos, et les ombres qui semblaient le suivre en permanence s'étaient immobilisées.) Reseph connaît tous tes tours, toutes tes combines. Il sait comment tu fonctionnes.

— On ne peut pas non plus tabler sur les aléas du sort pour le battre, lui rétorqua Ares.

— Mais c'est ainsi qu'opère Pestilence, ajouta Limos tout bas. Ce sera un combat équitable.

— À peine. Il est en terrain conquis, et possède une armée colossale.

— Eh bien, claironna Reaver de sa voix grave depuis la porte d'entrée, nous apporterons l'effet de surprise.

Chapitre 26

Ares ne voulait pas faire ça. Oh, son corps avide de combats bouillonnait d'excitation, et il lui tardait de sentir sous sa lame la lacération des chairs et le craquement des os, mais son cœur et son esprit n'y étaient pas, car quoi qu'il advienne, il savait que Cara ne survivrait pas à leur expédition dans Sheoul.

Reaver, à qui Ares devait des excuses et qui était aussi amoché que Harvester, avait promis de les aider de son mieux. Même s'il ne pouvait pas mettre les pieds dans la région où ils se rendaient, il avait dépêché Kynan l'intouchable et un seminus blond, mi-vampire, mi-démon, nommé Wraith, frère d'Eidolon et Shade, apparemment tout aussi invulnérable. Sin, leur sœur, et son compagnon vampire, Conall, étaient venus leur prêter main-forte, car cette dernière avait provoqué les événements qui avaient amené le sceau de Pestilence à se briser.

Shade les avait rejoints pour requinquer Cara. Il avait réussi à lui redonner des couleurs et à ôter le voile terne qui lui couvrait les yeux, mais elle respirait avec difficulté, et d'un mouvement de tête discret, Shade avait signalé à Ares qu'elle n'en avait plus pour très longtemps.

Merde.

Ils sortirent de la Porte des Tourments dans laquelle s'étaient amassés une foule de personnes et trois chevaux de guerre. Un silence de mort les accueillit. On n'entendait que les sabots des étalons qui martelaient le dur sol terreux de Sithbludd.

Ares enlaça Cara avec fermeté tandis qu'elle s'asseyait devant lui.
— C'est la première fois que je viens dans cette région.
Thanatos sonda les alentours.
— Moi aussi.
— Sans doute parce que cet endroit craint, ajouta Wraith qui triturait son couteau de lancer. Je croyais qu'on allait se foutre sur la gueule. C'est tout moisi ici. Vous me décevez, Cavaliers, vraiment.
— Kynan? roucoula Limos. Tu n'aurais pas pu trouver plus agaçant que lui?
— Désolé. (Kynan tira un stang de l'étui qu'il portait sous son blouson de cuir.) Il n'existe pas plus horripilant que Wraith.
— Seule la première place compte, marmonna l'intéressé tout en se dirigeant vers une zone ombreuse. Autant se donner à fond.
La lueur brumeuse qui nimbait les lieux ne semblait guère percer ces ténèbres opaques.
— Que se passe-t-il? s'enquit Cara tout bas, et Ares se demanda si c'était dû à l'épuisement ou à la peur. Où est Hal?
— Ça te rappelle quelque chose? Par rapport à ton rêve?
— Pas vraiment. J'ai vu un endroit bondé de démons. Enfumé. Il y avait des falaises escarpées et du lierre. Il n'y a rien ici. On dirait un désert gris.
— L'Aegi nous a menés en bateau, grommela Thanatos.
Kynan leva les yeux vers les épaisses volutes rougeâtres qui flottaient plus haut, renforçant la sensation de profondeur.
— Merci d'avoir laissé Reaver remettre David à l'Aegis. Il ne risque plus de quitter sa cellule.
Limos ricana, dubitative, tandis que Cara humait l'air.
— C'est bizarre. Ça sent pareil. Et je perçois la présence de Hal. Une seconde…
Elle s'adossa contre Ares, et reposa la tête contre son armure ramollie. Il la serra dans ses bras protecteurs tandis qu'elle abaissait les paupières sur des yeux beaucoup trop vitreux.
Désespoir, tristesse et colère fusionnèrent pour former un cocktail émotionnel qui menaçait d'anéantir Ares. Il n'avait jamais ressenti cela pour personne, et son cœur se trouvait en terre inconnue. Il voulait hurler devant l'injustice de la situation, mais il devait tenir le coup, s'accrocher, car aujourd'hui, il devait se montrer plus fort que jamais.

—Je l'entends. (Cara garda les yeux fermés, mais leur désigna du doigt un point droit devant.) Par là ! Il grogne. Il dit… il dit qu'ils sont là.

Elle fronça les sourcils.

—Je ne comprends pas, reprit-elle. Il parle d'un spectre. Et d'un voile… Un… voile des soupirs ?

—Merde ! (Ares fit faire demi-tour à Bataille.) Ouvrez le portail ! Ouvrez ce putain de portail !

Sin et Conall foncèrent vers la Porte des Tourments, mais une explosion assourdissante ébranla la zone, et tous, y compris les chevaux, vacillèrent. Le voile des soupirs, un sort de dissimulation, se leva révélant enfin la réalité. Un essaim de démons armés jusqu'aux dents les cernait, et devant la Porte des Tourments, un monstre muni de chicots de requin et de griffes de deux mètres de long surgit de la terre, entouré de volutes vaporeuses.

—Saloperie de spectre de vapeur !

Conall attrapa Sin et l'attira vers lui, l'arrachant de justesse aux mâchoires acérées de la bête.

Ares haïssait ces créatures. Elles pouvaient être liées aux Portes des Tourments, et même si une seule de ces monstruosités ne suffisait pas à déstabiliser les Cavaliers, les trois autres qui se matérialisèrent, chacune un peu plus imposante que la première qui mesurait déjà près de quatre mètres de haut, risquaient de les amocher s'ils tentaient de franchir le portail.

Ares ne s'aventura même pas à en invoquer un, car il se doutait que Pestilence avait prévu de quoi contrer cette possibilité.

Des nuées de démons affluèrent de tous côtés, y compris d'en haut.

—Attention aux flèches ! hurla Thanatos tandis qu'il en arrêtait une au vol avec son épée.

À tous les coups, les pointes étaient imbibées de bave de chien des Enfers.

—Emmène-moi près de Hal…

Cara ne put terminer sa phrase, car un horroraptor, une créature sans yeux, de taille humaine, munie d'ailes de chauve-souris, venait de les frôler. Ares rattrapa Cara avant qu'elle ne tombe de selle et essaya de la tirer vers lui, mais Bataille reçut une hache en plein poitrail. Il hennit, se cabra, et Cara bascula au sol.

— Cara !
— Va ! haleta-t-elle. Je trouverai Hal.
Puis, remarquant ce qui se dressait derrière lui, elle s'écria :
— Attention !
Il fit volte-face, évitant de justesse de se faire embrocher par une lame deux fois plus grande que la sienne, brandie par un troll. Et pourtant, alors que la bataille faisait rage, le temps se suspendit soudain, et Ares croisa le regard de Cara.
— Va ! articula-t-elle en silence. Je t'aime.
— Retrouve Hal ! hurla-t-il en retour, incapable de prononcer autre chose.
La vie de Cara comptait plus que l'expression de ses sentiments.

« Retrouve Hal », avait crié Ares, mais il aurait pu s'en passer. Cara cherchait désespérément à rejoindre le chien dont les jappements couvraient les rugissements infernaux de centaines, voire de milliers, de démons.

D'après Ares, Hal était contenu dans les fosses par des symboles identiques à ceux de la cage dans laquelle l'avait enfermé Sestiel. Cara n'avait qu'à effacer ces inscriptions pour libérer le chien.

À quatre pattes, elle évita de se faire couper en deux par une hache gigantesque. La créature se prépara pour une nouvelle attaque, mais Kynan lui trancha la tête à l'aide d'une arme similaire à un grand Frisbee. Le sang éclaboussa Cara, une ignoble pluie rouge-noir qui lui aspergea la bouche et manqua de la faire vomir.

N'y pense pas. N'y pense pas…

Ses forces déclinaient, mais une poussée d'adrénaline bienvenue lui permit de ramper derrière un monstre ailé hideux, puis de rouler entre les jambes d'un autre. Ares et Thanatos combattaient à ses côtés, empêchant la horde de s'en prendre à elle. Devant elle, Wraith dégageait le passage. Comme Kynan, rien ne le touchait. Si elle n'avait pas été si occupée à survivre, elle aurait été fascinée par la manière dont les deux hommes esquivaient les coups. Les lames s'abattaient sur eux, mais au dernier moment l'ennemi trébuchait, tombait, ou se faisait assommer de façon tout à fait incongrue.

Lorsqu'elle atteignit la fosse, son cœur se figea. D'immenses piques en ivoire cernaient le trou de six mètres de profondeur, dirigées vers l'intérieur afin de bloquer toute issue. Du sang, frais et séché, maculait les parois et inondait le sol boueux. Seigneur, quelle barbarie ! Elle adorerait y balancer les salopards responsables de ce carnage pour voir s'ils apprécieraient de se faire écharper vifs.

Malheureusement, Hal n'était pas en état de se battre.

Il gisait contre le mur, le souffle court, pénible, une écume rosée aux lèvres. Il remua la queue, une fois ; s'efforcer de survivre lui pompait toute son énergie.

— Oh, Seigneur, murmura Cara. Faites-moi descendre. (Elle s'agrippa au pantalon de Wraith.) Faites-moi descendre !

Ce dernier la souleva, et d'un bond agile et gracieux, il franchit les obstacles pour atterrir, comme une plume, à côté de Hal. Le chien grogna, tentative éprouvante, et son gémissement plaintif brisa le cœur de Cara.

Toujours dans les bras de Wraith, elle lui désigna les inscriptions bizarres sur les murs.

— Nous devons les effacer.

— Ce ne sont pas des glyphes de confinement.

Wraith tournoya sur lui-même si vite qu'elle hurla. Il jeta une masse d'armes sur un démon ailé qui piquait vers la fosse. La créature dégringola dans les airs et s'écroula aux pieds de Wraith.

— Bâtard !

— Je hais cet endroit, marmonna Cara.

— Et moi donc ! (Wraith se tourna vers Hal.) Son collier. Les symboles sont gravés dessus.

— Reposez-moi. Surveillez mes arrières.

Wraith s'exécuta avec douceur. Au premier pas, elle chancela. Au second, ses jambes se dérobèrent sous elle, mais Wraith la rattrapa avant qu'elle ne tombe à terre, et avec délicatesse, il l'installa à côté de Hal.

— Salut, mon grand, murmura-t-elle.

Hal lui lécha la main sans lever la tête.

Dans le tumulte de la bataille qui faisait rage six mètres plus haut – et même tout autour d'elle avec les démons qui sautaient dans la fosse, mais se faisaient dégommer au vol par Wraith – elle s'activa sur le collier. Les larmes lui brouillaient la vue, et ses doigts tremblaient, ce qui ne lui facilita pas la tâche, mais elle continua de triturer le mécanisme de protection qui le maintenait en place. Hal devait souffrir le martyre pendant qu'elle s'escrimait à le lui ôter, mais il encaissa sans broncher. Dès qu'elle réussit à dégager la dernière épingle de fixation, le collier tomba par terre.

Hal ne bougea pas. Sa cage thoracique s'élevait et s'abaissait de façon irrégulière, et Cara se rendit compte que sa propre respiration était devenue superficielle et rauque. Prise de vertiges, elle se blottit contre Hal et céda à l'épuisement qui la submergea.

Elle allait donc mourir dans une fosse de l'Enfer. Quelle… poisse !

—Wraith !

Elle avait la bouche aussi sèche que l'air chaud ambiant, et elle dut s'interrompre pour déglutir avant de poursuivre.

—Aidez les autres. Besoin de la dague.

—Pas sans vous deux.

Il extirpa l'os d'un cadavre pour gratter les inscriptions gravées sur les murs. Une fois celles-ci disparues, les piques se rétractèrent.

—Remontons avant que ces enfoirés ne nous assaillent.

La peur lui tenaillait le ventre. Wraith les menait droit au désastre. Il avait beau être intouchable, il était seul contre des milliers. Il suffisait qu'un démon lui échappe pour que Hal et Cara soient foutus.

Wraith les souleva tous les deux, grognant sous leur poids. Puis il bondit et atterrit avec grâce en position accroupie. Même si l'énergie et les facultés de réflexion de Cara décroissaient, elle évalua la situation en un clin d'œil.

À l'exception de Kynan, tous ceux qui bataillaient à son côté étaient en sang, le leur en majorité. Leurs vêtements étaient en lambeaux, leurs armures défoncées ou brisées.

Le combat faisait rage, mais dès que Wraith les reposa au sol, Ares fonça vers eux, et les autres serrèrent les rangs, formant un bouclier autour d'eux sans cesser de se battre. Le nombre de démons, en dépit des cadavres ensanglantés et démembrés qui jonchaient le sol, ne semblait guère avoir diminué.

—Rompez !

Les démons se figèrent tous tandis que Pestilence chevauchait entre ses hordes, fracassant ceux qui tardaient à dégager la voie.

—Je demande une trêve de cinq minutes. (Il se pencha vers Ares.) Ne t'avise pas de dire que je n'ai jamais rien fait pour toi.

Il désigna d'un geste la Porte des Tourments.

— Salutations, Cavaliers !

Cara replia les jambes sous les fesses, et coinça la tête de Hal contre ses genoux tandis qu'elle cherchait à discerner la silhouette dans la pénombre enfumée. Un homme gigantesque coiffé d'une crête iroquoise noir-bleu s'avança au milieu de l'océan de créatures. Il aurait pu être séduisant, sans les veines violacées qui sillonnaient sa peau. De son dos nu, saillaient deux ailes noires tannées qui s'étendaient jusqu'à ses mollets. Elle ignorait quel type de pantalon il portait, mais il était argenté, moulant, et semblait se réajuster à ses mouvements en permanence.

Les démons se prosternèrent à ses pieds, et ceux qui se trouvaient devant lui redoublèrent d'efforts pour le laisser passer, quitte à tomber les uns sur les autres. À en juger par son sourire, l'imposant étranger y prenait un malin plaisir.

Thanatos arbora un grand sourire.

— Hadès. Il était temps, putain !

Hadès ? Celui de la mythologie ?

— Je t'emmerde. (Hadès frotta son torse glabre.) Demande un peu à Azagoth de stopper le flux d'âmes vers Sheoul-gra pour que tu puisses faire une pause, et on verra le temps que ça te prend.

Wraith se pencha vers Cara et lui souffla à l'oreille :

— Azagoth alias la Grande Faucheuse. Un membre éloigné de la famille. Cool, hein ?

Kynan rangea son stang dans un étui.

— Il faut toujours que tu te fasses mousser.

Du revers de la main, Ares essuya le sang de ses yeux.

— Que fais-tu ici ? Tu ne bosses pas avec Pestilence, j'espère ?

— C'est comme ça que vous me remerciez ? (Il fit volte-face.) Si ma présence n'est pas désirée…

— Hadès, cesse tes enfantillages.

Limos lança un regard grave à Ares, et même Bataille s'immobilisa, bien que ses muscles continuent de tressaillir.

— Tu nous as demandé de contacter nos alliés. Hadès est venu nous accorder une faveur. Pour Cara.

Une convulsion secoua Ares de la tête aux pieds.

— Par l'Enfer ! Je n'avais… je n'avais pas pensé à ça.

— À quoi ?

Cara se dévissa le cou pour le regarder.

Hadès se retourna, étendant et repliant ses ailes dans un léger bruissement.

—Vous êtes humaine. Si vous mourez à Sheoul, votre âme y sera piégée pour l'éternité. Je suis venu l'escorter là-haut.

Oh, Seigneur!

—Merci, souffla-t-elle.

Il haussa les épaules.

—C'est ma B.A. du millénaire. Et puis, Limos a promis de m'envoyer des glaces.

—Les cinq minutes sont écoulées, cria Pestilence. Au fait, est-ce que je vous ai parlé de mon arme secrète? Non? Ah, là, là, quel étourdi je fais!

Fidèle à sa gestuelle grandiloquente, il déploya le bras et une trentaine d'individus ailés fondirent du ciel pour se poser devant le cheval de Pestilence.

—Putain! haleta Wraith. Des anges déchus!

—Tu voulais te battre, non? lui rétorqua Kynan, l'air sinistre.

—Je ne comprends pas, murmura Cara avant de détacher le regard de l'une des créatures – Zhreziel qui, à en juger par son expression, voulait en découdre et savait précisément sur qui passer ses nerfs.

—Seuls les anges, toutes catégories confondues, peuvent nous blesser, expliqua Kynan.

—Et en plus, ils sont increvables, sauf par la main d'un ange. Ou d'un Cavalier. Pour couronner le tout, Pestilence doit être au courant de notre statut particulier. Merci David! (Wraith sortit les crocs.) Mon vieux, si j'y reste, Serena va lui défoncer la gueule, peu importe qu'ils soient frère et sœur, ajouta-t-il sans pouvoir réprimer un sourire. Ma compagne peut être une vraie teigne parfois. C'est super sexy.

—Bon, les garçons! (La voix grinçante de Pestilence résonna dans l'air.) Tuez l'humaine et le chien, et que l'Apocalypse commence!

Thanatos libéra ses âmes qui fondirent sur la horde maléfique en poussant des cris stridents. Comme revivifiés par cette brève interruption, les démons affluèrent en masse, plus féroces que jamais. Un véritable cauchemar de crocs, de griffes et d'armes. L'impuissance fit voler en éclats le courage que Cara gardait en réserve, et Ares le perçut. Il lui lança un poignard, à la fois solution de dernier recours et moyen de défense si un démon parvenait à franchir la barrière érigée par ses gardes du corps.

En partant du principe qu'elle avait encore la force de l'utiliser.

Tous, y compris Hadès, qui faisait exploser les démons d'un simple toucher, combattirent sans relâche, mais, un à un, les chevaux s'effondrèrent, et une vague de monstres déferla sur les Cavaliers. Le désespoir et la terreur saturaient l'air, empêchant Cara de crier quand une pluie de flèches s'abattit sur Hal et elle. Wraith et Kynan bondirent sur eux pour les protéger, mais les armes réussirent à percer le bouclier qu'ils formaient.

Une douleur cuisante l'élança, aiguë comme les lames qui lui transperçaient la chair et les organes. Dans les tréfonds de son être, elle ressentit un étrange tiraillement, et il lui sembla qu'on la pelait comme une banane. Quand elle comprit ce qu'il se passait, elle hurla.

Cette sensation désagréable, c'était son âme qui essayait de se libérer.

Des grognements fusèrent dans l'air. Des cris. Du sang chaud lui éclaboussa le visage. Un poids la quitta lorsque Kynan et Wraith reculèrent. *Ares. Où était Ares ?*

— Bordel de merde, jura Kynan. Putain !

Cara ne pouvait pas bouger, elle arrivait à peine à respirer, allongée sur le flanc en position fœtale, blottie contre Hal. Elle savait qu'elle n'allait pas tarder à rendre son dernier souffle, mais que Dieu lui vienne en aide, elle se battrait jusqu'au bout. Avec difficulté, elle ouvrit son œil encore valide, mais il lui sembla que sa paupière était lestée de plomb. À travers ce brouillard écarlate, elle discerna de grosses pattes noires. Des crocs. Des pupilles rouges étincelantes.

Des chiens des Enfers.

— Il y en a des milliers, s'écria Wraith.

Les paires de jambes noires s'écartèrent pour laisser passer une créature colossale, et avant même que Cara ait pu cligner des yeux, un énorme chien des Enfers à trois têtes se dressa devant elle, deux fois plus grand que le plus imposant du groupe.

— Salut, Cerbère, dit Hadès.

— Cerbère ? hoqueta Kynan.

— Ouais. (Hadès tritura sa crête iroquoise.) Ça n'augure rien de bon.

—Et pourquoi ça?

—Il me hait pour l'avoir confiné à Sheoul-gra. Il ne peut s'en échapper que quand j'en sors. Il est sûrement venu me réduire en lambeaux. Encore.

La bête se posta à côté d'Hadès, et Cara aperçut enfin Ares. Son armure était lacérée, sa main gauche écrasée, et ses jambes cassées, mais il se servait de son bras valide pour se traîner jusqu'à elle. Cara aurait voulu pleurer, mais la sensation de tiraillement l'avait submergée, et les larmes, semblait-il, restaient avec le corps et non avec l'âme.

Ares se pressa contre Cara tandis que les autres s'empressaient de barrer la route à Cerbère qui se dirigeait droit sur Hal et elle.

Les trois gueules du monstre grognèrent de concert.

—C'est bon.

La voix de Cara était frêle comme un roseau, à peine audible, mais apparemment cela suffit, car tous reculèrent pour laisser passer Cerbère.

L'énorme chien la renifla, puis l'une de ses têtes lécha Hal, qui ouvrit les yeux, et un mot flotta jusqu'à Cara.

—*Grand-père.*

Il ne s'était pas adressé à elle, mais elle avait réussi à intercepter la transmission.

Cerbère tourna l'une de ses têtes vers Cara, et braqua sur elle un regard écarlate étincelant.

—*Tu es* reoush, *guérisseuse des bêtes. Rare. Tu ne mourras pas.*

Cela ne lui semblait guère envisageable. Elle inspira, incapable de réprimer un grondement guttural... Puis, les ténèbres l'enveloppèrent tandis qu'elle sentait la chaude caresse d'une langue sur ses lèvres.

Chapitre 27

Cara n'était pas certaine de ce qui lui était arrivé, si ce n'était qu'elle s'était réveillée lovée contre Ares. Hal bondissait au milieu des cadavres de démons, et jetait en l'air une jambe par-ci, un bras par-là, tandis qu'au loin, d'autres chiens des Enfers… Elle plissa les yeux, et le regretta aussitôt. Ares ne plaisantait pas quand il affirmait que ces bêtes aimaient un peu trop leurs proies. Elle déglutit, écœurée, et détacha le regard de leur terrain de jeux pour se concentrer sur les équipes médicales qui rafistolaient les blessés.

Eidolon et Shade soignaient Sin avec leur pouvoir lumineux pendant que Conall, lui-même salement amoché, lui tenait la main. Cara se demanda comment il tenait debout sans aide. Kynan s'occupait de Wraith, qui n'arrêtait pas de hurler des obscénités, et un type aux cheveux noirs que Conall avait appelé Luc essayait, sans grand succès, de panser Ares.

Ce dernier, qui le repoussait sans cesse, s'adressa à Cara avec douceur.

— Tu es réveillée. Dieu merci, tu es réveillée !
— Où…

Elle s'éclaircit la voix, éraillée comme si elle ne s'en était pas servie depuis des lustres.

— Où sont les démons ? Pestilence ? (Elle fronça les sourcils.) Cerbère ? À moins que j'aie rêvé ?

Alors même qu'elle prononçait ces mots, elle sut que tout était vrai.

—Les chiens des Enfers ont terrassé l'armée de Pestilence. Il a dû battre en retraite. Cerbère et la plupart des chiens se sont lancés à sa poursuite. Shade est allé chercher de l'aide à l'Underworld General.

—Je suis en vie... Comment est-ce possible ?

Et elle se sentait en pleine forme, par-dessus le marché ! À croire qu'on l'avait branchée à une batterie de la taille du mont Everest.

—Il semblerait, répondit Ares, que tu aies reçu le baiser de l'Enfer de la part du roi des chiens des Enfers.

OK... voilà qui était... non négligeable, a priori. Hal courut vers elle en frétillant de la queue.

—*À nous tous ! Tu nous appartiens à tous maintenant ! Nous sommes tous liés à toi. Sauf ceux qui sont déjà liés à d'autres. Tu es reoush. Notre guérisseuse.*

—Oh, souffla-t-elle. Oh, waouh !

Ares braqua les yeux sur elle.

—Qu'y a-t-il ?

—C'est, euh... Je suis désormais liée aux chiens des Enfers. Ils m'ont adoptée en tant que médecin attitré, je crois.

Luc, qui fouillait dans la trousse médicale à côté de lui, se figea.

—Tous les chiens des Enfers ?

—Tu veux dire, tous ceux de la Création ? questionna Ares à son tour.

—C'est ce qu'affirme Hal.

—Bordel de merde ! s'exclama Limos derrière eux, mais Cara ne put se contorsionner pour la regarder. Cela te rend...

—Immortelle. (Ares poussa un long soupir.) Tu es immortelle !

—Bien plus que ça.

Hadès avança vers eux d'un pas nonchalant, ramassa la jambe d'une créature et la lança à Hal.

—Va chercher ! (Hal fila comme une flèche, et Hadès se tourna vers Cara.) La moindre plaie sera équitablement répartie entre toute la population de chiens des Enfers, donc vous cicatriserez instantanément. Seuls Cerbère... et Dieu... peuvent vous tuer désormais.

Il fronça les sourcils.

— Je n'arrive pas à croire que cet enfoiré ait fait ça, reprit-il. Ce n'est pas son genre. Je lui ai demandé d'en faire profiter ma fiancée, un jour, et il a refusé. Il m'a arraché le bras. (Il poussa un grognement de mépris.) Bien sûr, elle me l'a fait payer par la suite. La salope.

Tout cela était si étrange et normal à la fois.

— Une minute. Pourquoi leur faut-il une guérisseuse si je suis liée à eux ? Il suffirait à un chien blessé de drainer mon énergie, non ?

Hadès secoua la tête.

— Le lien de Cerbère ne fonctionne pas comme ça. Modifier une espèce entière va à l'encontre des lois naturelles. Ils vous prêtent leur force, et en contrepartie vous les soignez.

Cet échange ne semblait guère équitable à Cara, mais elle n'allait tout de même pas se plaindre.

— Ares, ça va ? Tes jambes…

— Elles vont bien. Eidolon m'a requinqué vite fait dès qu'il est arrivé, et je me régénère, donc je me passerais vraiment d'assistance médicale.

Cette dernière phrase était destinée à Luc, qui lui répondit par un doigt d'honneur.

Cara dissimula son sourire et tendit la main vers Ares avant de remarquer que Bataille n'était pas sur son bras. Elle s'affola aussitôt.

— Les chevaux ! Comment vont les chevaux ?

— Ils auraient grand besoin de ton aide, avoua Ares tout bas.

— Il fallait me le dire plus tôt !

Elle bondit sur ses pieds, et dut se couvrir la bouche pour réprimer un cri d'horreur. Elle comprenait à présent pourquoi Ares l'avait tenue de cette manière, bien à l'écart des animaux.

Le carnage était… phénoménal. Elle aperçut Thanatos agenouillé auprès de Styx dont les os saillaient de tous côtés. Ses jambes étaient tordues en des angles improbables, et la multitude de lames et de flèches qui lui perçaient la chair le faisaient ressembler à un porc-épic.

Bataille et Os arboraient des blessures similaires ; les chevaux étaient entourés par des individus en uniformes d'hôpital, qui s'activaient d'arrache-pied pour les sauver.

Cara rampa jusqu'à Styx, visiblement le plus mal en point des trois étalons, même si la différence entre eux tenait dans un dé à coudre.

Styx avait les yeux fermés, ses narines frémissaient quand il respirait. Le sang s'écoulait de ses nombreuses plaies thoraciques, et rien de ce que faisait le personnel médical ne semblait l'aider.

—Oh, non, haleta-t-elle en s'agenouillant devant l'étalon.

Thanatos l'agrippa par le poignet. Son regard d'ambre était torturé, et la peur avait creusé de profonds sillons sur son beau visage.

—Peux-tu le soigner ? Je t'en prie. Je sais que j'ai été dur avec toi...

—Je comprends.

Le destin de l'humanité reposait sur ses épaules, et il s'en était davantage préoccupé que des sentiments de Cara, ce qui était bien légitime.

Avec douceur, elle s'extirpa de sa prise pour imposer les deux paumes sur Styx. Elle ferma les yeux et canalisa son pouvoir de guérison. Une vague d'énergie la frappa, lui projetant la tête en arrière avec une telle force qu'elle souleva les mains.

—Que se passe-t-il ?

Ares l'attrapa par-derrière afin de l'immobiliser tandis qu'elle clignait des paupières avec stupéfaction pour revenir à elle. Thanatos l'observait, inquiet, et Limos, occupée à soigner Os, s'était tournée vers elle, l'angoisse lisible sur son visage.

—Je n'en sais rien. (Cara secoua la tête pour chasser ce bourdonnement étourdissant.) D'habitude, je sens comme un léger courant électrique, mais là, on aurait dit un torrent. Comme si un barrage avait cédé. Je vais réessayer.

Elle posa à nouveau les paumes sur l'étalon, mais cette fois, elle laissa l'énergie s'écouler en elle de manière graduelle.

Un flux incroyable la parcourut, cent fois plus puissant que d'ordinaire, bien que Cara le contienne encore. Avec hésitation, elle rassembla son pouvoir entre ses mains, et tout autour d'elle, les gens hoquetèrent.

Cara garda les yeux fermés. Dans son esprit, elle voyait tout. Le processus était indolore pour elle, mais les blessures du cheval cicatrisaient, les armes étaient repoussées hors de la chair, et les os se ressoudaient. Elle flaira l'énorme élan d'affection qui émanait de Styx. Quelques minutes plus tard, il lui témoigna sa gratitude en mots et en images tout en frottant doucement le nez contre sa cuisse.

Enfin, il ne resta plus rien à soigner. Elle s'arrêta, et rouvrit les yeux. Le personnel de l'hôpital l'observait, bouche bée, et même Eidolon, qui semblait doté d'une faculté similaire, la considérait, incrédule.

— Vous pouvez faire la même chose sur des personnes ?

Elle secoua la tête.

— Seulement sur les animaux.

Eidolon parut déçu. Thanatos lui tendit la main. Elle n'avait pas besoin d'aide pour se relever, mais elle l'accepta volontiers, consciente de ce que ce geste représentait pour lui. Ares recula, percevant apparemment la même chose. Une fois debout devant l'imposant guerrier, Cara le vit se prosterner à ses pieds, la tête courbée.

— À mon époque, les prêtresses des totems étaient honorées. Vénérées comme descendantes des *aos si*.

— *Aos si ?*

— Les sidhes. Vous les appelez… fées. Ils possédaient le pouvoir de guérir les bêtes et de tuer les hommes quand ils étaient en colère. Leur race est éteinte depuis longtemps, mais de toute évidence, leur sang coule dans tes veines. (Il leva les yeux sur elle et posa le poing sur son cœur.) Tu as ma gratitude et mon respect éternels.

Cara comprit que Thanatos venait de l'élever au rang d'égale. Une vague de chaleur l'envahit, mais elle se contenta de le remercier. Plus tard, elle le cuisinerait sur ces *aos si*, mais pour l'heure, elle avait encore deux chevaux à soigner.

Elle répéta les mêmes gestes sur Bataille et Os, et une fois son travail terminé, elle ne ressentit ni fatigue ni douleur.

Elle était en pleine forme.

— Tu canalises l'énergie de toute la meute, déclara Limos. C'est génial !

Ares aida Cara à se relever tandis que Bataille en faisait de même. Près d'eux, Hal et Hadès continuaient de jouer à leur version peu ragoûtante de « va chercher ! » et les équipes de l'UG remballaient leurs affaires et préparaient les morts pour le transport.

Cara enlaça Ares et le serra fort.

— Si seulement mon pouvoir ne fonctionnait pas que sur les animaux ! J'aurais pu sauver tes hommes.

Thanatos acquiesça, le visage sévère.

— J'ai perdu douze vampires.

— Je vais devoir apprendre à Vulgrim que quatorze membres de son troupeau sont décédés. (Ares pressa un baiser sur la tête de Cara.) Mais tu es saine et sauve. Tu portes toujours mon agimortus, mais comme tu ne peux être tuée, tu n'es plus une cible pour Pestilence ou ses sbires. Ce qui signifie que tu peux rentrer à la maison avec moi.

Il se racla la gorge.

— Enfin… si tu le souhaites, ajouta-t-il.

Quel amour!

— Bien sûr que oui! Mais… l'agimortus… je risque de pomper toutes tes forces.

Thanatos ricana.

— À mon avis, il n'attend que ça.

— Et comment! (Ares passa les doigts dans la chevelure de Cara, un geste simple, mais tellement intime.) La question ne se pose même pas!

L'inquiétude de Cara devait être visible, car il lui décocha un regard empreint de gravité.

— L'effet est temporaire, la rassura-t-il, et le jeu en vaut carrément la chandelle.

— Tsss! (Limos étudia ses ongles ébréchés.) Prenez une chambre.

— Il n'y a pas que des bonnes nouvelles, ajouta Thanatos. Li et moi serons dans la ligne de mire de Pestilence désormais. Et si l'un de nos sceaux se brise, les deux autres suivront automatiquement.

— Et Délivrance est en sa possession, leur fit remarquer Limos.

D'ordinaire, Thanatos devenait irritable à la moindre mention de la dague, mais cette fois, il se contenta de hocher la tête.

— Fichons le camp d'ici.

— Je ne veux plus jamais mettre les pieds dans cet endroit, marmonna Cara.

— Tu n'as rien à craindre. (Ares installa Cara sur la selle de Bataille avant de s'y hisser à son tour.) Hadès s'est occupé du spectre de vapeur. Tirons-nous vite de cet enfer. Sans mauvais jeu de mots. Où veux-tu aller?

—D'abord, sous la douche. Ensuite, dans ton lit.
Elle sentit aussitôt l'érection d'Ares presser contre ses fesses.
—Tes désirs sont des ordres.
—Vraiment ?
Elle se tortilla pour lui saisir la tête à deux mains, et l'attira vers ses lèvres.
—Parce que maintenant que je suis immortelle, poursuivit-elle, tu n'as plus aucune excuse pour m'épargner. Je veux la totale !
Il poussa un grognement.
—On s'arrache !

Ils n'atteignirent pas la chambre à coucher. Ils n'arrivèrent même pas jusqu'à la maison. Ares avait tenu à informer Vulgrim en privé du trépas héroïque de ses camarades, c'est pourquoi il avait laissé Cara, à sa demande, sur la plage toute proche où elle pourrait se nettoyer et se détendre.

À présent, Ares se déshabillait tout en arpentant l'étendue sableuse pour rejoindre sa dulcinée qui s'ébattait dans la mer, les yeux aussi pétillants que les flots. Il admira sa silhouette gracieuse et élancée alors qu'elle remontait avec la houle, exposant ses seins fermes et la zone ombrée entre ses cuisses. Les vagues la léchaient comme il avait prévu de le faire dès qu'elle serait sortie de l'eau.

Ares était déjà au garde-à-vous, et il sentait son corps se crisper à mesure qu'il avançait. De la lave en fusion coulait dans ses veines. Puis, quand Cara l'enlaça, le contact de ses lèvres sur sa nuque l'enivra.

Elle se pressa contre lui, frottant son sexe humide contre le gland d'Ares qui ne put retenir un grognement.

—Laisse-moi trente secondes pour ôter le sang des démons…

Le râle guttural de Cara l'excita et lui indiqua ce qu'elle pensait de cette idée. Certes, le sang ne l'avait jamais dérangé, mais il s'agissait de Cara, et même si elle pouvait supporter sans peine tout ce qu'il s'apprêtait à lui donner, elle méritait au moins qu'il soit propre.

Il recula, avec plus d'efforts qu'il n'aurait cru devoir en fournir, mais elle en profita pour l'empoigner avec fermeté et le faire aller et venir dans sa main avec une telle dextérité qu'il faillit éjaculer.

—Je veux ce que tu m'as promis, murmura-t-elle.

Oh, oui, il tiendrait parole !

Il s'allongea à plat dos, et se frotta le visage et les cheveux sous les vagues. Lorsqu'il remonta à la surface, prêt à l'attirer contre lui… elle avait disparu. Une peur glacée l'envahit aussitôt. Puis, il l'aperçut sur la plage. Elle se dirigeait vers les arbres escarpés du rivage, et quand elle l'invita à la rejoindre d'un signe coquin, son inquiétude se mua en pur désir.

Oh, il allait la rattraper, ça, oui ! Et il allait jouir. Plusieurs fois de suite.

Consumé par la passion, il sortit de l'eau tel un prédateur à la poursuite de sa proie. La petite coquine couina, fit volte-face et commença à courir, mais elle n'avait aucune chance. Ares était plus rapide, et il la capturerait, tel un loup avec une biche.

Or, c'était sans compter sur l'habileté de Cara à grimper aux arbres.

Il s'enfonça dans un bosquet, plus au nord, et la trouva perchée sur l'épaisse branche d'un olivier centenaire noueux.

— Femme, que fais-tu, enfin ?

Il avait la voix râpeuse, le souffle court, mais pas à cause de la fatigue. Cette course-poursuite l'avait mis en appétit, avait attisé sa soif, de sexe ou de bataille, et il ne craignait plus d'en faire profiter Cara.

— Puisque tu m'as fait attendre, j'ai décidé de te compliquer la tâche.

Elle changea de position, lui offrant une vue envoûtante sur son intimité satinée, et il laissa échapper un râle charnel. Ce spectacle le fascinait, il connaissait les sentiments, l'odeur, le goût de Cara, et la liste des traitements qu'il lui réservait n'avait de cesse de s'allonger.

— Tu crois que je ne sais pas grimper aux arbres ?

— Cette branche ne supportera jamais ton poids.

Il expira lentement par le nez, une tactique vieille comme le monde qu'il employait dans les phases les plus critiques du combat, quand les décisions irréfléchies menaient à la ruine. Et à cet instant précis, cela consistait à déraciner cet olivier pour récupérer sa femelle.

Il sonda du regard les feuillages alentour, et élabora aussitôt une stratégie. Un sourire triomphant sur le visage, le chant de la victoire vibrant dans ses veines brûlantes, il se dirigea quelques mètres plus loin vers les vignes sauvages qui recouvraient toute l'île.

Il arracha du plant une tige épaisse et en enroula une extrémité autour du poing.

Cara lui jeta un coup d'œil méfiant lorsqu'il revint vers elle.

— Tu es prête, Cara ? s'enquit-il d'une voix suave, et elle fronça les sourcils.

— Quel est ton plan…

Elle s'interrompit quand il fit claquer la tige comme un fouet et lui attrapa la cheville avant de tirer d'un coup sec.

Elle poussa un cri strident en perdant sa prise, et grogna lorsque l'arrière de ses genoux s'accrocha à une branche plus basse. En un instant, elle se retrouva suspendue, les pieds en l'air, à proférer des jurons qui auraient fait rougir un soldat chevronné. Ares bomba le torse avec orgueil.

— Je t'avais dit de ne jamais me provoquer, non ?

Feignant la fureur, elle tendit les bras vers lui, et il la laissa lui enlacer les cuisses. Ils se trouvaient à présent dans la position parfaite pour ce qu'il avait en tête depuis qu'il l'avait vue nue pour la première fois. Certes, dans ses fantasmes ils étaient à l'horizontale, mais la position verticale fonctionnait aussi. Peut-être même mieux.

Il se colla contre elle, pressant les abdominaux contre son opulente poitrine. Il inspira à pleins poumons, s'enivrant de son désir, et inclina légèrement la tête pour se positionner devant son sexe. Les ongles de Cara qui s'enfonçaient dans ses fesses et son haleine brûlante qui lui caressait le bas-ventre lui procurèrent un pincement délicieux qui l'incita à poursuivre.

Voilà un jeu auquel tous deux pouvaient participer. Ares n'était pas du genre à faire languir ses amantes, il n'en avait pas la patience, mais il prit tout de même le temps de souffler sur les lèvres de Cara avant de les écarter avec délicatesse. La vue de cette chair offerte, rose et gorgée de nectar, le fit presque vaciller.

N'y tenant plus, il la lécha du clitoris jusqu'à l'entrée du vagin, et savoura la façon dont elle se tortilla contre lui, à sa merci, quand il recommença. Encore, et encore.

Comme pour se venger, Cara laissa courir ses lèvres sur sa verge avant de les refermer sur son gland. Elle sentit les pulsations de son sexe dressé à mesure qu'elle l'entraînait dans les tréfonds humides de sa bouche. Elle le suça sans ménagement, ne lui épargnant ni morsures ni égratignures. Elle poursuivit ses caresses avec délectation, s'attardant sur les zones les plus sensibles. Enivré par ce mélange de sensations exquises, Ares se mit à onduler des hanches avec ardeur, impatient de la pénétrer.

Il n'oublia pas pour autant son but, et glissa la langue le plus profond possible avant d'imprimer un mouvement de va-et-vient calé sur ses coups de reins. La saveur sucrée de Cara, mêlée aux embruns salés, décupla son excitation. Les gémissements plaintifs de sa belle résonnaient dans sa tête, faisaient vibrer sa queue et se répandaient le long de ses terminaisons nerveuses.

Sans cesser de la lécher, il lui massa le clitoris du bout du pouce. Elle coula dans sa bouche, et il grogna, avalant ce liquide précieux avec avidité.

—Ares, haleta-t-elle, les lèvres pressées contre son gland.

Bon sang! Il adorait qu'elle bouge ainsi contre lui et transforme son nom en une caresse érotique, c'était tout simplement exquis.

Il savait qu'elle était proche de l'orgasme, et redoubla d'efforts. Il fit rouler le délicat bouton de rose entre ses doigts tandis qu'il décrivait des cercles avec sa langue. Il s'activa sans relâche, abreuvant de caresses son sexe satiné avant d'enfoncer la langue profondément en elle. Cara s'arc-bouta, se débattit, et hurla de nouveau son nom, cette fois, dans un ravissement d'extase.

Il la sentit jouir et se délecta de ce doux nectar. Alors qu'elle essayait, hors d'haleine, de revenir à elle après une montée fulgurante, il titilla à nouveau son clitoris sensible, et elle décolla aussitôt, lui agrippant les fesses avec férocité. Il en garderait des bleus, ne serait-ce que pendant cinq minutes.

—Besoin… de toi… maintenant, dit-il d'une voix rauque.

Mû par le besoin élémentaire de se reproduire, il la souleva, et la décrocha de l'arbre. D'un geste fluide, il la retourna et la plaqua au sol, à quatre pattes. Guidé par un instinct purement bestial, il s'agenouilla derrière elle, se cramponna à ses hanches et la pénétra d'un coup sec. Il lui donna ce qu'elle avait demandé, sans la ménager. Il la baisa avec fureur, ne lui épargnant rien. À chacun de ses coups de reins, ils glissaient vers l'avant et creusaient de profonds sillons dans le sable.

—Oui, haleta-t-elle, tendant un bras en arrière pour planter les ongles dans sa cuisse. Encore!

Il poussa un sifflement érotique, le mélange de plaisir et de douleur décuplant son excitation, et la requête impérieuse de Cara attisant son désir. Il lâcha un grognement digne d'un rescapé de Sheoul, et lui saisit le poignet pour le plaquer contre elle. Puis, il lui attrapa l'autre de sorte à la faire basculer en avant. Engourdi par la torpeur de l'extase, il garda cependant à l'esprit que Cara était sa compagne, son trésor, et passa l'avant-bras devant elle afin qu'elle puisse y reposer la joue.

Pour le remercier de sa prévenance, elle le mordit.

Bon sang, ce qu'il l'aimait! D'une seule main, il s'empara de ses deux poignets, et les coinça sous le ventre de Cara de sorte à lui soulever les fesses. Dans cette position, elle était complètement à sa merci, dominée, soumise, et tandis que ses gémissements plaintifs se mêlaient au claquement de leurs cuisses, elle s'abîma dans un gouffre de volupté.

Ares sentit la pression augmenter dans ses couilles et lui chatouiller le creux des reins. Quand il jouit, il enfonça les dents dans l'épaule de Cara, lui arrachant un hurlement d'exultation. Une vive douleur le parcourut lorsqu'elle lui mordit le bras de nouveau, et putain, ce que c'était bon! Des spasmes de plaisir le secouèrent tout entier tandis que cet orgasme se joignait au premier. C'était l'expérience sexuelle la plus intense, la plus fracassante de toute sa vie.

Cara se contracta pour le retenir et faire durer ce moment alors même que la tension retombait. Tous deux pantelaient, couverts de sueur, et tous les muscles d'Ares tressaillaient.

Il mit plusieurs minutes à reprendre ses esprits. Lorsqu'il se rendit compte qu'il écrasait Cara, les dents encore plantées dans sa chair, il s'empressa de se redresser.

— Merde! Cara… tu vas bien?

Un sourire alangui lui retroussa les lèvres tandis qu'elle roulait sur le dos avec une grâce féline pour s'étirer voluptueusement.

— Voilà ce que je voulais depuis le début, ronronna-t-elle.

Il la souleva dans ses bras, stupéfait d'avoir une chance pareille.

— Quand tu veux, ma douce.

— Bien. (Elle lui lécha la gorge, une longue caresse brûlante qui le fit démarrer au quart de tour.) Tu te rappelles ce que tu m'as dit sous la douche?

La bouche d'Ares devint pâteuse. Il s'en souvenait. Il s'était comporté en parfait abruti, en lui dressant l'inventaire de tout ce qu'elle n'avait jamais fait avec un homme. Ils pouvaient déjà rayer deux entrées de cette liste.

—Ouais, répliqua-t-il, la voix éraillée.

—Je veux qu'on fasse tout ça. Aujourd'hui. J'espère que tu as des bougies, du miel, une cravache et beaucoup, beaucoup d'endurance.

Oh, il avait tout ça en stock.

Bon Dieu, ce qu'il aimait cette femme !

Chapitre 28

Ares se tenait debout dans le sable, près du rivage, une brise chaude lui caressait le visage. Cette crique isolée se trouvait à plusieurs centaines de mètres de sa villa, le point d'arrivée d'un sentier que Cara devait être en train de longer à cet instant. Il lui avait dit qu'il voulait pique-niquer sur la plage pour célébrer leur premier mois d'union. Il s'y était donc rendu en avance pour déposer une couverture ainsi qu'un panier garni de chocolats, de fruits et de champagne. Dans la main, il serrait une boîte à s'en faire blanchir les jointures.

Il entendit les pas légers de Cara derrière lui, et sourit quand elle lui enlaça la taille avant de se plaquer contre lui.

—Où est ton molosse ? Je m'attendais à le voir, enfin, je me comprends.

—Il a tenu un tiers du trajet avant de s'élancer à la poursuite d'un lapin.

—Ce satané clébard est censé chasser les rats, marmonna Ares, feignant l'agacement.

À l'exception d'un incident mineur – Hal s'était laissé emporter et avait mordillé Ares alors qu'ils jouaient, le paralysant pendant une quinzaine de minutes –, la cohabitation entre le guerrier et la bête se déroulait plutôt bien. Tous deux faisaient passer la sécurité et le bonheur de Cara en priorité, ce qui constituait un terrain d'entente parfait.

Cependant, Ares devenait un peu nerveux lorsque plusieurs chiens des Enfers erraient sur l'île. L'avantage, c'était que Pestilence ne s'y était plus aventuré. Rien ne pouvait l'en dissuader autant que la présence de ces canidés. Surtout depuis qu'il s'en était fait des ennemis mortels en mettant leur tête à prix.

Mauvais coup, mon frère. Un chien des Enfers qui vous hait, ça craint, et Ares en savait quelque chose, mais une meute entière ? Ouais, Ares était bien content de ne pas se trouver à la place de Pestilence.

Il se retourna, et dévora des yeux sa petite reine des chiens des Enfers. Cela dit, il pouvait tout aussi bien l'appeler reine des chevaux puisque Bataille, Styx et même Os la vénéraient. Et sans hésitation, reine des ramreels.

Un jour, alors qu'elle nourrissait Rath, qui vivait désormais chez eux, ils avaient découvert que le don de Cara fonctionnait aussi sur les démons aux caractéristiques animales. Les ramreels étaient ravis, Ares en soupçonnait même certains de se blesser volontairement afin que Cara les soigne.

Elle baissa les yeux, et recroquevilla les orteils dans le sable.

—J'aime être pieds nus.

—Limos doit déteindre sur toi.

Cara arbora un sourire radieux.

—Elle m'a donné cette robe.

—Ses goûts sont parfois discutables, mais la mode antique te sied à ravir. (Il effleura du doigt la courbe de son épaule dénudée.) Tu ressembles à une déesse grecque.

Incapable de résister, il se pencha et y pressa un baiser, goûtant la saveur piquante des embruns et la chaleur du soleil.

—Mmmh, tu peux continuer.

Il sourit contre sa peau.

—Oh, mais j'y compte bien !

—Alors, que faisais-tu, le regard rivé sur l'océan ?

—Je pensais à la chance que j'avais.

—Ah oui ?

—Oui.

Il releva la tête, nerveux, mal à l'aise et agité à la fois. Ça ne lui ressemblait pas, mais depuis qu'il avait rencontré Cara, il ressentait des émotions auxquelles il n'était guère habitué.

—Je viens de vivre le plus beau mois de toute ma vie, ajouta-t-il.

Même s'ils cherchaient encore l'agimortus de Limos tout en éteignant les brasiers allumés par Pestilence aux quatre coins du globe, Cara et lui avaient fait de cette île leur paradis, leur sanctuaire.

Et Cara avait mis son existence sens dessus dessous de la meilleure façon possible.

—Je n'ai jamais été aussi heureuse, murmura-t-elle.

—Bien. Parce que j'ai une question pour toi.

Il avait la bouche si sèche qu'il articulait avec peine. Avant qu'elle ait pu dire quoi que ce soit, il posa un genou à terre.

—J'ai toujours trouvé que c'était une coutume stupide, poursuivit-il, mais je tiens à le faire. Je veux honorer ton époque et tes traditions.

Elle porta la main à la bouche, les yeux étincelants, et Ares espéra de tout son cœur qu'elle n'était ni horrifiée ni outrée.

Il s'empressa d'ouvrir la boîte.

—Veux-tu m'épouser ?

L'inspiration saccadée de Cara l'emplit d'effroi. Une terreur absolue, paralysante. Il préférait se faire mordre par l'un de ses molosses infernaux plutôt que de l'entendre répondre « non ».

—Ares… oh, elle est magnifique.

Un diamant de trois carats serti dans un anneau de bronze, tout ce qu'il lui restait de sa mère humaine. Il l'avait fait recouvrir de platine pour le solidifier tout en conservant les irrégularités qui lui conféraient son originalité.

—Je peux changer la monture, ou acheter un plus gros caillou…

—Non. (Elle s'agenouilla à son tour pour lui faire face.) Elle est parfaite.

Il déglutit.

—C'est un oui ?

Elle se jeta à son cou, et déposa un baiser sonore sur ses lèvres.

—Oui ! Évidemment ! Oui !

—Merci, Seigneur ! soupira-t-il tandis qu'elle reculait juste assez pour laisser Ares sortir la bague de son écrin et la lui glisser à l'annulaire.

Elle était à la bonne taille, et lui allait à ravir, comme si elle lui avait été destinée.

Cara remua les doigts, admirant le diamant qui étincelait sous les rayons dorés du soleil. Puis, elle lui décocha un sourire empreint de malice.

—Cette crique est-elle vraiment isolée ?

—Oui.

—Alors, fais-moi l'amour.

—Tu es si exigeante, murmura-t-il, s'empressant de lui descendre une bretelle pour lui lécher l'épaule, bien décidé à poursuivre.

—Normal d'être exigeant quand on sait ce qu'on veut.

—Et ce que tu veux, c'est moi ?

Elle baissa sa robe, exposant sa poitrine, et Ares en eut le souffle coupé. Il se demandait si cela changerait un jour.

—Ça te va comme réponse ?

—Oh, oui !

Il grogna quand elle l'empoigna à travers son treillis.

—Ce sera toujours ma réponse.

—La mienne aussi. (Il prit le visage de Cara entre ses mains et se plongea dans ses yeux.) Cara, tu t'es immiscée dans ma vie. Dans mon cœur. J'étais persuadé que l'amour entravait les guerriers, mais je ne m'étais jamais battu autant que pour toi. Tu m'as rendu plus fort. Tu m'as conquis, et maintenant, je veux tout, avec toi.

Elle lui décocha un sourire coquin.

—Échec et mat. J'ai gagné.

—Toujours.

Il était son sujet dévoué à jamais.

Et pour la première fois, il était ravi de perdre une bataille.

Achevé d'imprimer en septembre 2013
N° d'impression 1308.0122
Dépôt légal, octobre 2013
Imprimé en France
35294702-1